Spiegelungen

ZEITSCHRIFT FÜR
DEUTSCHE KULTUR UND GESCHICHTE
SÜDOSTEUROPAS

HEFT 2.2024
JAHRGANG 19

Archive in Slowenien (I)

Herausgegeben von Florian Kührer-Wielach
unter Mitwirkung von Enikő Dácz, Angela Ilić und Tobias Weger
im Auftrag des Instituts für deutsche Kultur und Geschichte
Südosteuropas an der Ludwig-Maximilians-Universität München

ikgs
Institut für deutsche Kultur und Geschichte Südosteuropas
an der LMU München

VERLAG
FRIEDRICH PUSTET

Die Zeitschrift *Spiegelungen* setzt die
Südostdeutschen Vierteljahresblätter (1952–2005) fort.

Gefördert von: Die Beauftragte der Bundesregierung für Kultur und Medien

Abbildung vordere Umschlagseite: Verzeichnis der monatlichen Mitgliedsbeiträge des Evangelischen Frauenvereins in Marburg im Jahr 1875 (Pokrajinski arhiv Maribor, Signatur: SI_PAM/1846 Evangeljska verska občina Maribor, Karton Nr. 5)

IMPRESSUM

Die Deutsche Nationalbibliothek verzeichnet diese Publikation in der Deutschen Nationalbibliografie; detaillierte bibliografische Daten sind im Internet über http://dnb.dnb.de abrufbar.

Redaktion »Spiegelungen«
Institut für deutsche Kultur und Geschichte Südosteuropas
an der Ludwig-Maximilians-Universität München
Halskestraße 15, D-81379 München
Telefon: +49 (0) 89 780609-0, Fax: +49 (0) 89 780609-22
Zusendungen an die Redaktion werden erbeten an: redaktion@ikgs.de
Redaktionshinweise auf www.ikgs.de
Für unverlangt eingegangene Manuskripte wird keine Haftung übernommen.

ISSN 1862-4995
ISBN 978-3-7917-3512-2

Diese Publikation ist auch als E-Book erhältlich
eISBN 978-3-7917-7506-7 (pdf)
Download unter digibib.verlag-pustet.de

Bestellung, Vertrieb und Abonnentenverwaltung:
Verlag Friedrich Pustet, Regensburg
Gutenbergstraße 8, D-93051 Regensburg
Tel. +49 (0) 941 92022-0, Fax +49 (0) 941 92022-330
verlag@pustet.de
www.verlag-pustet.de

Preis des Einzelheftes: € 17,– zuzüglich Porto- und Versandkosten; E-Book (pdf) € 12,99
Jahresbezug: € 28,– zuzüglich Porto- und Versandkosten; E-Journal (pdf) € 21,–

Bankverbindung: Verlag Friedrich Pustet, Sparkasse Regensburg,
IBAN DE37 7505 0000 0000 0002 08, BIC BYLADEM1RBG

Kündigung des Jahresabonnements nur schriftlich bis 1.10. zum Ende des jeweiligen Kalenderjahres.

Umschlaggestaltung & Layout: www.martinveicht.de
Satz: Vollnhals Fotosatz, Neustadt a. d. Donau
Druck und Bindung: Friedrich Pustet, Regensburg
Printed in Germany 2024

INHALT

WISSENSCHAFT

LITERATUR

FEUILLETON

Editorial

»Das Archiv ist ein Ort der Ansammlung und nicht der Sammlung. Hier spielt der Zufall eine größere Rolle als die gezielte Steuerung«, hat Aleida Assmann einmal konstatiert.[1] Archive sind Speicher des kulturellen Gedächtnisses einer Institution, einer Stadt, einer Region oder eines Staates. Die in ihnen verwahrten Materialien, darunter Urkunden, Akten, Landkarten, Bilder, Korrespondenzen, Ton- und Filmaufnahmen, digitale Datenträger und Forschungsunterlagen, geben Einblicke in das Denken und Handeln der dort lebenden Menschen, ihren Alltag, ihre Freuden, aber auch ihre Konflikte und Sorgen. Werden diese entweder zufällig überlieferten oder bewusst gesammelten Materialien von Forschenden erschlossen, dienen sie als Instrumente der Wissensproduktion.

Die Deutschen im südöstlichen Europa haben in zahlreichen Archiven weltweit ihre Spuren hinterlassen. Wiederholt ist intendiert worden, thematisch einschlägige Speicherorte zu ihrer Kultur und Geschichte anzulegen. Das geschah gelegentlich mit offensichtlichen politischen Vorsätzen, wie die Anlage eines »Nationalen Archivs für die Deutschen Oesterreichs« im Rahmen des Deutschen Schulvereins in Wien, über das die *Marburger Zeitung* vom 5. Jänner 1893 berichtete. Demnach sah sich diese Einrichtung als »Sammelstelle des historischen und politischen Materials [...] für den Geschichtsfreund und den Historiker, der sich dem Studium der nationalen Entwicklung der Deutschen Oesterreichs widmet, für den Politiker, der geistiges Rüstzeug finden will zur Vertheidigung deutschen Rechtes«.[2] Hier ging es in einer Zeit nationaler Spannungen und ethnischer Konkurrenzen im ausgehenden 19. Jahrhundert in erster Linie um die Absicherung einer dominanten Position im imperialen Kontext. Demgegenüber werden in dieser und der folgenden Ausgabe der *Spiegelungen* Archive in Slowenien vorgestellt, in denen sich Informationen zu den früheren deutschsprachigen Bewohnern der historischen Regionen auf dem Gebiet der heutigen Republik auf vielfältige Weise »angesammelt« haben. Angesichts des großen Zuspruchs, das der Aufruf zu diesem Thema gefunden hat, hat sich die *Spiegelungen*-Redaktion zum wiederholten Male entschieden, das Schwerpunktthema auf zwei

1 Aleida Assmann: Archive im Wandel der Mediengeschichte. In: Knut Ebeling, Stephan Günzel (Hgg.): Archivologie. Theorien des Archivs in Wissenschaft, Medien und Künsten. Berlin 2009, S. 165–176, hier: S. 173.

2 Nationales Archiv für die Deutschen Oesterreichs. In: Marburger Zeitung, 32. Jg., Nr. 2, 5.1.1893, S. 3f., hier: S. 3.

Hefte aufzuteilen. Angela Ilić, die diesen Themenschwerpunkt betreut, erläutert in ihrer Einführung dessen Konzeption.

Die Rubrik »Wissenschaft« komplettieren der Hinweis von Uwe Konst auf eine präsentierte wichtige Quelle zum Ersten Weltkrieg in Rumänien sowie Projektberichte von Angela Ilić und Anja Moric zum Gottschee-Projekt im IKGS sowie von Márta Müller und mehreren Kolleginnen von der ELTE Budapest zum Stand der Dinge beim *Wörterbuch der Ungarndeutschen Mundarten*.

Den Literaturteil eröffnet ein Romanfragment unseres früheren IKGS-Fellows Gábor Schein in der Übertragung von Lacy Kornitzer. Es folgen Prosatexte von Ernest Wichner, Edith Ottschofski, Danijela Pilić und Johann Lippet. Lyrik von Carmen Elisabeth Puchianu, Yvonne Livay, Dagmar Dusil und Tom Schulz runden diesen Bereich ab – Letzterer mit einer Hommage zum 80. Geburtstag des aus Siebenbürgen stammenden Dichters Franz Hodjak.

Im Feuilleton wird Casper Molenaars Projekt vorgestellt, in dem er ikonische Aufnahmen des Fotografen Kurt Hielscher aus dem Südosteuropa der Zwischenkriegszeit mit aktuellen, jeweils aus dem identischen Blickwinkel gemachten Fotos konfrontiert. Tobias Weger zeigt auf, wie Kriegserfahrungen der Bevölkerung im 18. Jahrhundert mit südosteuropäischen Söldnern in den Figuren einer Weihnachtskrippe des bayerischen Oberlands thematisiert wurden. Mit dem in den vergangenen Jahren mehrfach ausgezeichneten Schriftsteller Akos Doma hat Klaus Hübner ein Interview geführt. Nicht zuletzt werden mit Eduard Schneider und Gerhard Seewann zwei Persönlichkeiten gewürdigt, die dem SOKW beziehungsweise IKGS stets eng verbunden waren und beide in diesem Jahr ihr 80. Lebensjahr vollenden. Über die Aktivitäten unseres Instituts und seiner Mitarbeiter/innen können Sie sich wie immer in der Übersicht *Aus dem IKGS* informieren.

An dieser Stelle sei auf eine wichtige Neuerung bei den *Spiegelungen* hingewiesen: In diesem Heft drucken wir zum letzten Mal literarische Besprechungen und wissenschaftliche Rezensionen ab. Das heißt nicht, dass wir künftig auf diese beiden wichtigen Bereiche verzichten. Sie werden in unsere Internet-Ausgabe https://spiegelungen.net und unser Institutsportal https://zwischengrenzen.online ausgelagert. Wir sparen damit bei den künftigen Heften an Umfang und Druckkosten. Vor allem aber ermöglichen wir es den betroffenen Literat/innen und Wissenschaftler/innen, dass ihre Werke zeitnah rezipiert werden, indem die Veröffentlichung von Besprechungen und Rezensionen der *Spiegelungen* von nun an nicht mehr an den Halbjahres-Rhythmus der Druckausgaben gebunden ist, sondern unmittelbar nach der redaktionellen Fertigstellung im Internet erfolgt, wo sie weltweit abrufbar sind. Auch über Besprechungen und Rezensionen hinaus lohnt sich übrigens immer wieder ein Blick in die Online-Angebote der *Spiegelungen*, unter denen Sie etwa Podcasts oder ergänzende Beiträge finden können.

Wir wünschen Ihnen wieder eine anregende Lektüre!

Ihre *Spiegelungen*-Redaktion

Archive in Slowenien (I)

Nach den Themenschwerpunkten »Archive in Rumänien (I) und (II)« (2018) und »Archive in Kroatien« (2022) stehen im vorliegenden Heft ausgewählte Archivbestände, Sammlungen, museale Darstellungen sowie Forschungsprojekte in Slowenien mit deutschem Bezug im Mittelpunkt. Die Beiträge stellen allerdings nur den ersten Teil des Themenschwerpunkts dar: Aufgrund der großen Zahl an Texten wird dieser in Heft 1.25 weitergeführt. Zugunsten einer internen Kohärenz in den Einzelheften wurden die Beiträge geografisch aufgeteilt. In der aktuellen Ausgabe werden Archive und Forschungsvorhaben mit Bezug auf die historische Untersteiermark/Spodnja Štajerska vorgestellt, während im zweiten Teil der Schwerpunkt auf Laibach/Ljubljana und der Krain/Kranjska sowie auf der Gottschee/Kočevska liegt.

Es gibt mehrere Gründe, warum wir uns für die Weiterführung archivischer Themenschwerpunkte entschieden haben. Positive Rückmeldungen bestätigen, dass sie für Forscher:innen im deutschsprachigen Raum als wertvolle Informationsquelle dienen und gleichzeitig einen grenzüberschreitenden Austausch zwischen Institutionen, Wissenschaftler:innen und Interessierten ermöglichen.

Wie in zahlreichen anderen Ländern Südosteuropas sind die Verbindungen zur deutschen Sprache und Kultur auch in Slowenien vielfältig und regional sehr unterschiedlich. Zahlreiche Gebiete, die historisch unter habsburgischer oder deutscher Herrschaft standen, oder (auch) durch deutschsprachige Einwohner besiedelt waren, gehören heute gänzlich oder teilweise zur Republik Slowenien. Dies betrifft die ehemaligen habsburgischen Kronländer Krain und Steiermark (nach dem Ersten Weltkrieg zwischen Slowenien und Österreich aufgeteilt) sowie den südlichsten Streifen von Kärnten/Koroška, Teile des österreichischen Küstenlandes wie auch innerhalb von Krain die ethnisch-sprachlich heterogene, aber während des Nationalsozialismus zur »deutschen Sprachinsel« stilisierte Region Gottschee/Kočevska. Die Geschichte der deutschsprachigen Gottscheer Bevölkerung geht – ebenso wie im ehemaligen Siedlungsgebiet Zarz/Sorica – auf das Mittelalter zurück.

Die Bereiche Kulturpolitik und Erinnerungspolitik haben im unabhängigen Slowenien einen holprigen Weg hinter sich. Die Schwierigkeiten resultieren unter anderem aus den komplexen und regional sehr unterschiedlichen Dynamiken des einstigen Zusammenlebens sowie aus Erfahrungen und Fragen von Mehrheit-Minderheit-Verhältnissen, Unterdrückung und Besatzung. In einem Staat, in dem die Angehörigen der Titularnation bis zum Ende des Ersten Weltkriegs und erneut während des Zweiten Weltkriegs – wenn auch mit regional unterschiedlicher Intensität – Germanisierungs-, Magyarisierungs- oder Italianisierungstendenzen ausgesetzt waren und im ersten wie auch im zweiten jugoslawischen Staat oft marginalisiert wurden, lag der Schwerpunkt der Geschichtsforschung und der Etablierung einer gesamtslowenischen Erinnerungskultur seit der staatlichen Unabhängigkeit weitgehend auf den Slowenen. Entwicklungen in jüngster Zeit zeigen jedoch ein verstärktes Interesse an einer über sprachlich-kulturelle Grenzen hinausgehenden Annäherung auch in diesem Bereich.

Wie bei den vorigen verwandten Themenschwerpunkten soll auch hier betont werden, dass kein allumfassender Überblick aller Bestände, Sammlungen und Forschungsprojekte anvisiert wird. Vielmehr möchten wir punktuell auf Archive und Projekte hinweisen, die die Vielfalt der Themen in den einzelnen Regionen veranschaulichen.

Die im aktuellen Heft vorliegenden Beiträge führen uns in die historische Untersteiermark. Die vom slowenischen Historiker Janez Cvirn als »Festungsdreieck«[1] bezeichneten Städte Marburg/Maribor, Cilli/Celje und Pettau/Ptuj wiesen bis zum Ende des Ersten Weltkriegs einen hohen Anteil von Deutschsprachigen unter ihren Einwohnern aus. Die deutsche Sprache nahm in dieser Region in Politik, Verwaltung, Justiz, Wirtschaft und Bildung eine dominante Rolle ein. Die Archive in Maribor und Celje beherbergen dementsprechend eine Fülle von deutschsprachigen Beständen, die in das Mittelalter zurückreichen und derer Auflistung und detaillierter Beschreibung man nur durch lange Beiträge gerecht werden könnte. Aus Platzgründen erscheinen in der Druckversion daher nur kürzere Texte; die ergänzten Fassungen mit detaillierten Tabellen können Sie online auf der Webseite der *Spiegelungen* unter https://spiegelungen.net finden.

Im ersten Beitrag bietet Boštjan Zajšek einen Überblick über die wichtigsten deutschsprachigen Bestände im Regionalarchiv Maribor (Pokrajinski arhiv Maribor). Dabei stellt er Bestände und Sammlungen aus verschiedenen Bereichen vor.

In ihrem gemeinsamen Aufsatz veranschaulichen Jerneja Ferlež und Alja Lipavic Oštir die Möglichkeiten, aber auch Herausforderungen bei der Recherche über den Lebensweg ausgewählter Personen in der Geschichte Maribors und analysieren die vielfältigen – mal spärlichen, mal umfangreichen – schriftlichen Spuren, die diese hinterlassen haben.

Auch aus der Stadt Celje kommt ein Beitrag: In seinem Aufsatz führt Aleksander Žižek durch die vielfältigen deutschsprachigen und deutschbezogenen Bestände im Historischen Archiv Celje (Zgodovinski arhiv Celje).

Als Vorgeschmack auf den regionalen Schwerpunkt des nächsten *Spiegelungen*-Heftes können Sie zudem unter den wissenschaftlichen Berichten über ein Erschließungsprojekt von historischen Bildern zur Gottschee im IKGS-Fotoarchiv lesen.

Ergänzend zu den in großen Mengen aufbewahrten Archivbeständen in physischer Form ist auch die erfreuliche Entwicklung zu erwähnen, dass in Slowenien mehrere, durch staatliche Gelder finanzierte Erschließungs- und Digitalisierungsprojekte durchgeführt werden. Zahlreiche Projekte präsentieren auch für die Erforschung von Themen mit deutscher beziehungsweise österreichischer Relevanz

1 Janez Cvirn: Das »Festungsdreieck«. Zur politischen Orientierung der Deutschen in der Untersteiermark (1861–1914). Wien 2016; im Original: Trdnjavski trikotnik. politična orientacija Nemcev na Spodnjem Štajerskem, 1861–1914. Maribor 1997.

wertvolle Quellen. An dieser Stelle sollten nur ausgewählte Projekte erwähnt werden, die für Historiker:innen und andere Wissenschaftler:innen sowie Ahnenforscher:innen von besonderem Interesse sein können: Die Digitale Bibliothek Sloweniens (Digitalna Knjižnica Slovenije) der Nationalen und Universitätsbibliothek (Narodna in univerzitetna knjižnica) in Ljubljana verfügt über eine stets wachsende Sammlung an historischen Zeitungen, Büchern und Handschriften sowie an Bildern, Landkarten und Musik (inklusive Aufnahmen) aus den eigenen Beständen auf https://www.dlib.si/. Vor allem an Historiker:innen orientiert sich das Portal Sistory, Geschichte Sloweniens (Zgodovina Slovenije) des Instituts für Neuere Geschichte (Inštitut za novejšo zgodovino) in Ljubljana, mit digitalisierten Beständen zu Sloweniens Geschichte aus dem Archiv der Republik Slowenien, dem Historischen Archiv Ljubljana sowie weiteren Institutionen wie Museen und Bibliotheken auf https://www.sistory.si/. Zu den weiteren Online-Sammlungen und Datenbanken, die auch in den Beiträgen erwähnt werden, gehört unter anderem Kamra – Digitalisiertes Kulturerbe der slowenischen Regionen (Digitalizirana kulturna dediščina slovenskih pokrajin). Die Website www.kamra.si wird von der Zentralbibliothek Celje verwaltet und enthält Dokumente wie auch Fotografien aus den Sammlungen kultureller Institutionen in ganz Slowenien.

Ich wünsche Ihnen eine anregende Lektüre!

Angela Ilić

Deutschsprachige Archivbestände und -sammlungen des Regionalarchivs Maribor

Von Boštjan Zajšek

In diesem Beitrag werden die wichtigsten Archivbestände sowie Archivsammlungen des Regionalarchivs Marburg (sl. Pokrajinski arhiv Maribor) verzeichnet, in denen man Archivgut in deutscher Sprache finden kann. Das Zuständigkeitsterritorium des Marburger Regionalarchivs erstreckt sich über den nordöstlichen Teil Sloweniens und umfasst 13 Verwaltungseinheiten mit Zentren in den Orten Unterdrauburg/Dravograd, Oberradkersburg/Gornja Radgona, St. Leonhard in den Windischen Büheln/Sv. Lenart v Slovenskih goricah, Lindau (sl. Lendava, ung. Lendva), Luttenberg/Ljutomer, Marburg/Maribor, Olsnitz (sl. Murska Sobota, ung. Muraszombat), Pöstnizhofen/Pesnica, Mahrenberg/Radlje ob Dravi, Gutenstein/Ravne na Koroškem, Maria Rast/Ruše, Windischgraz/Slovenj Gradec und Windisch-Feistritz/Slovenska Bistrica.

Diese Gebiete waren bis 1918 Teil der Donaumonarchie – Lindau und Olsnitz gehörten dem ungarischen Teil der Monarchie an (zum Komitat Eisenburg in Transleithanien), während sich alle anderen im österreichischen Teil der Monarchie (Cisleithanien) befanden, in den Herzogtümern Steiermark und Kärnten.

Das Regionalarchiv Maribor bewahrt Archivgut, das bis in die Mitte des 13. Jahrhunderts zurückreicht. Eine systematische archivistische Tätigkeit im Sinne von Sammeln, Ordnen und Verzeichnen des Archivguts begann im Rahmen des 1903 gegründeten Historischen Vereins für die Slowenische Steiermark (sl. Zgodovinsko društvo za Slovensko Štajersko). Im Jahr 1933 erfolgte die Gründung des Banschaftsarchivs Marburg (sl. Banovinski arhiv Maribor), des Vorgängers des heutigen Regionalarchivs. In dessen Depots befinden sich Urkunden aus dem Mittelalter und der Neuzeit, thematisch erfasste Sammlungen von Archivdokumenten, darunter Unterlagen zahlreicher Herrschaften und Großgrundbesitze seit dem 15. Jahrhundert sowie Stifte und Ordensgemeinschaften seit dem 17. Jahrhundert, Archivgut von Verwaltungsorganen, Gerichtsbehörden, Bildungs-, Kultur- und Gesundheitsanstalten, Unternehmen, Geldinstituten, Verbänden, Vereinen, Körperschaften und Instituten seit Mitte des 19. Jahrhunderts sowie private Bestände und Sammlungen von Einzelpersonen beziehungsweise Familien.

Deutsch war in der Steiermark und in Kärnten über Jahrhunderte hinweg die vorherrschende Sprache, besonders im öffentlichen Leben und als Amtssprache. Das änderte sich vorübergehend in der Zeit nach dem Zerfall der Donaumonarchie 1918 bis zur deutschen Besetzung im Jahr 1941. Nach dem Zweiten Weltkrieg erscheint Deutsch in den Unterlagen nur noch sporadisch.

Bestände und Sammlungen, die in diesem Beitrag angeführt werden, werden nur in ihren Grundzügen beschrieben, für detaillierte Informationen muss man die entsprechenden archivischen Findmittel konsultieren oder online recherchieren, das heißt im Rahmen des Virtuellen Archivlesesaals (sl. Virtualna arhivska čitalnica – https://vac.sjas.gov.si/vac), einer gemeinsamen Datenbank aller öffentlichen slowenischen Archive.

Die Reihenfolge der aufgelisteten Bestände und Sammlungen folgt der einheitlichen nationalen Klassifizierung von archivischen Bestandsgruppen, wie sie in der oben erwähnten Datenbank der slowenischen Archive benutzt wird. Vor dem Titel des Bestandes oder der Sammlung wird jeweils ihre Signatur (SI_PAM/...) angegeben.

VERWALTUNG

Unter Verwaltung versteht man allgemein die Gesamtheit aller administrativen Tätigkeiten, die – gewöhnlich in einem institutionellen Rahmen – die Ausführung von eigenen oder fremden Angelegenheiten im öffentlichen Interesse betreffen. Diese Aufgaben werden von Behörden, öffentlichen Einrichtungen und Ähnlichem verrichtet.[1]

Bestände aus der Zeit der deutschen Besetzung 1941–1945

Zu dieser Gruppe gehören Verwaltungsbehörden beziehungsweise Körperschaften, die während des Zweiten Weltkriegs in Marburg ihre Tätigkeit ausübten. Die Bestände sind nicht umfangreich, da das meiste Archivgut in der Zeit der Sozialistischen Republik Slowenien (1945–1990) dem Museum der nationalen Befreiung (sl. Muzej narodne osvoboditve Maribor) übergeben wurde. Der umfangreichste Bestand aus dieser Gruppe ist SI_PAM/0121 Pooblaščenec za vprašanje dela Šefa civilne uprave za Spodnjo Štajersko (Beauftragter für Arbeitsfragen des Leiters der [zentralen] Zivilverwaltung in der Untersteiermark) mit 14 Kartons.

Bestände höherer Verwaltungsinstanzen mit Archivgut bis 1918

Den umfangreichsten Bestand aus dieser Gruppe – SI_PAM/0060 Okrožni urad in okrožna vlada Maribor (Kreisamt Marburg und Bezirksverwaltung) – bildet das Archivgut des Kreisamtes Marburg, das von 1750 bis 1860 tätig war. Sein Zuständigkeitsgebiet erstreckte sich von der kroatischen Grenze im Süden über das Draufeld und die Windischen Büheln samt Bachern/Pohorje bis zur Gleinalpe im Norden. Im Archivgut des Kreisamtes beziehungsweise der Kreisregierung findet man Unterlagen zum Beamtentum, zu Stiftungen, Bauprojekten und -angelegenheiten, Finanzen, Jahres- und Viehmessen, kirchlichen Angelegenheiten, Friedhöfen und Leichenschauhäusern, zum Schulwesen, Gesundheits- und Sozialwesen, zu Grundherrschaften, Knechtschaft, Eigentumsstreitigkeiten, Polizeiangelegenheiten und Ähnliches. Neben den Akten sind auch Einreichungsprotokolle erhalten. Insgesamt handelt es sich um 182 Kartons.

---

1 Vgl. Lemma »Verwaltung«. In: Klaus Schubert, Martina Klein: Das Politiklexikon. Bonn [7]2020, <https://www.bpb.de/kurz-knapp/lexika/politiklexikon/18420/verwaltung/>, 9.7.2024.

130 Kartons und 55 Bücher umfasst der Bestand des Bezirksamtes Marburg – SI_PAM/0057 Okrajni urad Maribor. Dabei handelt es sich unter anderem um Akten über den Besuch von Kaiser Franz Joseph I. im Jahr 1856, den Bau der Kärntner Eisenbahn, Landtagswahlen, Angelegenheiten von Bezirksvertretungen, die Versteigerung von Kirchenweinen, Organisation von Schulen, Lehrereinkommen, Handwerk und Zünfte (Handwerksdelikte, Streitsachen, Zunftabrechnungen, Handwerkslizenzen), Jahrmärkte, Heimatscheine und Reisepässe, grundbücherliche Angelegenheiten und so weiter.

Das Archivmaterial des Bezirksamtes Windisch-Feistritz – SI_PAM/0056 Okrajni urad Slovenska Bistrica – umfasst Akten und Einreichungsprotokolle mit Indexen aus der Zeit 1854–1868. Insgesamt handelt es sich um 58 Kartons und 3 Bücher.

Für Forscher der Baugeschichte ist auch der Bestand des Kreisbauamtes Marburg aus der Zeit 1850–1853 zu nennen – SI_PAM/0059 Okrožni gradbeni urad Maribor. In diesem Bestand werden 1 Karton und 1 Mappe mit 41 Plänen bewahrt.

Mit den 1868 neu eingerichteten Bezirkshauptmannschaften, die in Österreich im Wesentlichen bis heute bestehen, wurde die Verwaltung erneut von der Justiz getrennt. Das Archivmaterial dieser Bezirkshauptmannschaften ist im Regionalarchiv Maribor in verschiedenem Umfang erhalten und verzeichnet. Der umfangreichste Bestand aus dieser Gruppe – SI_PAM/0052 Okrajno glavarstvo Slovenj Gradec – gehört der Bezirkshauptmannschaft Windischgraz an (44 Kartons). Recherchieren kann man hier unter den Präsidialakten unter anderem Urkunden bezüglich der Landtags- und Reichsratswahlen, des Lesesaals in Schallegg/Šalek 1888, der Polizeisäuberung in der Steiermark 1888, des Todes des Kronprinzen Rudolf 1889, politischer Auseinandersetzungen nach den Wahlen 1890, der Feierlichkeiten zum 1. Mai 1890 und 1892, des Baus der Brücke in Hohenmauthen/Muta 1892, politischer Unruhen in Mahrenberg 1897, der Verfolgungen von politisch verdächtigen Personen 1899, des Kirchenbaus in Sankt Martin an der Pack/Šmartno ob Paki 1898, der Gründung des Krankenhauses in Windischgraz 1905, des Baus der Eisenbahnstrecken Cilli–Wöllan/Celje–Velenje 1888 und Unterdrauburg–Wöllan/Dravograd–Velenje sowie der Südbahn allgemein, des Kohlebergwerks Wöllan oder im Verzeichnis von Industriebetrieben. Register oder Indexe sind nicht erhalten.

Der Bestand der Bezirkshauptmannschaft Marburg – SI_PAM/0058 Okrajno glavarstvo Maribor – beinhaltet Heiratsurkunden, Bauangelegenheiten (private Bauten, Schul-, Kirchen-, Straßen- und Wasserbauten sowie Baupläne), Polizeiangelegenheiten, Akten zur Eisenbahn, Auswanderungen, Messeinstitute, weiterhin findet man militärische Angelegenheiten, Akten zum Vereinswesen, Wohltätigkeitsinstitute, Invalidenverbände, Angelegenheiten der Gemeindekasse, Grundbuchangelegenheiten, Akten mit Bezug auf die jährlichen Messen, Industrie, Handwerk und Handel. Register und Indexe gibt es in Form von Kopien, da die Originale im Steiermärkischen Landesarchiv Graz aufbewahrt werden.

Im Bestand SI_PAM/0091 Okrajno glavarstvo Velikovec befindet sich Archivgut der Bezirkshauptmannschaft Völkermarkt aus der Zeit der jugoslawischen Besetzung 1918–1920, jedoch nur Akten, ohne Register oder Indexe. Insgesamt handelt es sich um 34 Kartons.

Bestände von Städten und Märkten mit Archivgut bis 1918

In den im Regionalarchiv Maribor aufbewahrten Beständen der Magistrate von Städten und Marktflecken befinden sich am häufigsten Gerichtsdokumente zu Zivil-,

Waisen- und Ablasssachen. Einige Bestände enthalten auch Archivgut aus den Bereichen der Verwaltung, des Handels beziehungsweise des Handwerks, der Kirche, der Armee, der Polizei und noch mehr. Das originale Archivmaterial wird stellenweise durch Kopien aus dem Steiermärkischen Landesarchiv Graz ergänzt. Ältere Urkunden der Magistrate wurden in der Vergangenheit aus den einzelnen Beständen ausgesondert und der Urkundensammlung des Regionalarchivs Maribor zugeschlossen; in ähnlicher Weise befinden sich Grundbücher der Stadt- und Marktmagistrate aus dem 18. und 19. Jahrhundert in der Sammlung von Grundbüchern der Herrschaften und Stadt- und Marktmagistrate (siehe unter Sammlungen).

Der Bestand des Magistrats Luttenberg – SI_PAM/0004 Magistrat Ljutomer – ist der umfangreichste Bestand dieser Gruppe mit 116 Kartons und ist detailliert verzeichnet. Das Archivgut entstand in den Jahren 1535–1914. Der Magistrat entwickelte sich aus einer mittelalterlichen Siedlung unter der ursprünglichen Luttenberger Burg.

Der zweitumfangreichste Bestand dieser Gruppe mit 70 Kartons ist SI_PAM/0624 Magistrat Maribor. Es handelt sich um Archivmaterial aus der Zeit 1513–1850. Das Stadtbuch 1513–1676 ist in Form einer Kopie vorhanden. Marburg wird als Ort erstmals 1164 erwähnt, als Markt 1209, im 13. Jahrhundert erhielt es Stadtrechte.

Außerdem werden im Regionalarchiv Maribor noch Bestände der Magistrate und Marktflecken Hohenmauthen/Muta, Radkersburg/Radgona, Windischgraz/Slovenj Gradec, Windisch-Feistritz/Slovenska Bistrica, Polstrau/Središče ob Dravi, Gutenstein/Guštanj, heute Ravne na Koroškem, Sankt Leonhard in den Windischen Büheln/Sv. Lenart v Slovenskih goricah/, Wernsee/Veržej und Saldenhofen/Vuzenica bewahrt.

Bestände von Gemeinden mit Archivmaterial bis 1918 beziehungsweise von 1941 bis 1945

Gemeinden in Österreich bestehen seit dem im März 1849 als Kaiserliches Patent erlassenen provisorischen Gemeindegesetz.[2] Die Aufgaben der Gemeinden standen bis dahin unter der Verantwortung des jeweiligen Grundherrn, der für Geschäfte vor Ort einen Dorfrichter einsetzte. Ausnahmen bildeten dabei teilweise die Städte und Märkte, die bereits früher direkt dem Landesherrn unterstellt wurden. Im März 1862 wurde ein neues Gesetz erlassen, mit dem die grundsätzlichen Bestimmungen zur Regelung des Gemeindewesens vorgezeichnet wurden.[3]

Das Archivmaterial der Stadtgemeinde Marburg – SI_PAM/0005 Mestna občina Maribor – umfasst 915 Kartons und 556 Bücher aus der Zeit 1528–1941. Marburg erhielt 1866 sein Gemeindestatut. Der Marburger Gemeinderat (auch: Stadtrat) hatte die Zuständigkeit einer Verwaltungsbehörde erster Instanz. Der Bestand ist detailliert verzeichnet und beinhaltet sieben Serien, darunter auch die Haushalts- und Heimatskartei, Register, Einreichungsprotokolle und Indexe. Teilweise wird das Originalarchivmaterial mit Kopien ergänzt, hauptsächlich aus dem Steiermärkischen Landesarchiv Graz.

Der zweitgrößte Bestand dieser Gruppe – SI_PAM/0110 Veliki župan mesta Maribor – ist aus dem Archivgut des Oberbürgermeisters Marburg aus der Zeit 1941–1945 gebildet und umfasst 179 Kartons. Im Februar 1942 wurde der Politische Kommissär für die Stadt Marburg zum Oberbürgermeister der Stadt Marburg an der Drau umbe-

2 Vgl. <https://www.gemeindearchiv.at/mandatare/gemeindegesetze/provisorisches-gemeindegesetz/>, 30.7.2024.
3 Vgl. <https://www.gemeindearchiv.at/mandatare/gemeindegesetze/gemeindegesetz-1862/>, 9.7.2024.

nannt. Das Amt des Oberbürgermeisters hatte 6 Referate und 15 Abteilungen. Der Bestand ist verzeichnet und enthält 11 Serien.

Den Bestand SI_PAM/0076 Občina Ljutomer bildet das Archivmaterial der Gemeinde Luttenberg aus der Zeit 1850–1945 mit 60 Kartons. Der Bestand der Gemeinde Gutenstein – SI_PAM/0009 Občina Guštanj – umfasst Archivgut aus der Zeit 1850–1945, insgesamt handelt es sich um 33 Kartons und 54 Bücher. Außerdem werden im Regionalarchiv noch Bestände folgender Gemeinden aufbewahrt: Windischgraz/Slovenj Gradec, Leitersberg/Košaki, heute ein Teil der Stadtgemeinde Marburg, Mahrenberg/Marenberg, heute Radlje ob Dravi, Mißdorf/Miesdorf/Mežica, Rothwein/Radvanje, heute ein Teil der Stadtgemeinde Marburg, St. Martin bei Windischgraz/Šmartno pri Slovenj Gradcu und viele weitere.

Bestände anderer Verwaltungsbehörden mit Archivgut bis 1918

Im Bestand der Verwaltung für Bau und Regulierung in Marburg – SI_PAM/0011 Uprava za gradnje in regulacijo Maribor – findet man in 718 Kartons, 3 Büchern und 1 Karteischrank Bauangelegenheiten mit Akten und Bauplänen bezüglich des Baus und der Adaptierung von privaten Wohnhäusern, Gewerbebauten, Wohnblöcken, Schulen, Gewerbe-, Industrie- und Gemeinschaftseinrichtungen in der Stadt Marburg aus der Zeit 1840–1963. Ähnliches Archivmaterial, allerdings für die Umgebung Marburgs und den Zeitraum von 1906 bis 1965, findet man im Bestand SI_PAM/0074 Uprava za gradnje in regulacijo Maribor okolica (106 Kartons).

Das Archivmaterial der Männer-Strafanstalt Marburg aus der Zeit 1883–1953 umfasst 250 Kartons; der Bestand SI_PAM/0682 Moška kaznilnica Maribor ist detailliert verzeichnet und enthält zwei Serien: Akten der Verwaltung und Dossiers der Sträflinge. Das Marburger Gefängnis war bei seiner Eröffnung 1889 eine der modernsten Strafanstalten der Monarchie.

RECHTSWESEN

Unter dem Begriff Rechtswesen versteht man die Gesamtheit des organisatorischen Systems der Justizorgane und anderer juristischer Organisationen sowie deren Aufgaben, Aktivitäten und Arbeitsweisen, wie sie sich nach 1850, das heißt nach der Trennung von Justiz und Verwaltung, in Österreich etablierten.[4] Dieses System wurde weitgehend auch im jugoslawischen Rahmen beibehalten.

Zu diesem Bereich gehören sechs Bestandsgruppen: ordentliche Gerichte, Sondergerichte, Staatsanwaltschaften, Prokuraturen, Notariate und Rechtsanwaltschaften, Ordnungsämter. Nach dem Provenienzprinzip waren die Grundlage für die Gestaltung von Archivbeständen die einzelnen Aktenbildner des Archivguts, das heißt einzelne Justizbehörden. In einigen Fällen ist das Archivgut in diesen Beständen älter als der Bildner selbst, da etwa die Gerichte zum Zeitpunkt ihrer Gründung auch das Archivmaterial von früheren Patrimonialgerichten übernahmen.

Bestände von ordentlichen Gerichten mit Archivgut bis 1918 beziehungsweise von 1941 bis 1945

Diese Bestandsgruppe bilden Gerichte erster Instanz (Bezirksgerichte) und Berufungsgerichte (auch Appellationsgerichte, das heißt Kreisgerichte). Vor der Gründung des Marburger Kreisgerichts im Jahr 1897 war als Berufungsgericht für den

4 Vgl. das Lemma »Rechtswesen«, <https://historisches-lexikon.li/Rechtswesen>, 30.7.2024.

südöstlichen Teil der Steiermark das Kreisgericht in Cilli/Celje zuständig. Nach dem Inhalt der Unterlagen handelt es sich bei den Bezirksgerichten meistens um Verlassenschafts-, Streit-, Straf-, Vollstreckungs-, Pflegschafts- und Präsidialsachen und Urkundensammlungen, mit dazugehörigen Registern.

Der umfangreichste Bestand aus dieser Gruppe ist SI_PAM/0635 Okrajno sodišče Maribor 1898–1941, der das Archivgut des im Jahr 1897 gegründeten Bezirksgerichts Marburg beinhaltet. Im Jahr 1897 wurden nämlich die Bezirksgerichte Marburg linkes Drauufer und Marburg rechtes Drauufer vereinigt. Das neu entstandene Bezirksgericht Marburg existierte bis zur deutschen Besetzung 1941. Der Bestand ist detailliert verzeichnet und umfasst neun Serien. Das Archivgut enthält auch Urkunden – beim Gericht deponierte Testamente, Heiratsverträge und Ähnliches – aus der Zeit vor der Gründung des Gerichts (seit 1849).

Das Archivmaterial des Bezirksgerichts Windischgraz stammt aus der Zeit 1790–1978. Der Bestand SI_PAM/0641 Okrajno sodišče Slovenj Gradec enthält 11 Serien und umfasst 1327 Kartons und 97 Bücher. Im Jahr 1978 erfolgte eine Reorganisierung des Gerichtswesens in Slowenien, das Bezirksgericht in Windischgraz wurde somit abgeschafft.

Der Bestand des Kreisgerichts Marburg – SI_PAM/0645 Okrožno sodišče Maribor 1898–1941 – umfasst 1201 Kartons und 38 Bücher. Das Kreisgericht Marburg fungierte seit 1898 als Berufungsgericht für die Bezirksgerichte in Marburg, Windisch-Feistritz, Mahrenberg, Sankt Leonhard in den Windischen Büheln, Pettau/Ptuj, Friedau/Ormož, Luttenberg und Radkersburg. Im Jahr 1941 wurde das Gericht von den Besatzungsbehörden aufgelöst. Im Bestand, der detailliert verzeichnet und in 20 Serien (Strafsachen, Handelsregister, Genossenschaftsregister, Streitsachen, Präsidialakten, Verlassenschaften, Archivgut der Kärntner Gerichte aus der Zeit vor der Volksabstimmung 1919–1920 und so weiter) aufgeteilt ist, befindet sich Archivmaterial aus der Zeit 1862–1945.

Das Archivmaterial des Bezirksgerichts Luttenberg stammt aus der Zeit 1739–1978. Im Jahr 1978 erfolgte eine Reorganisierung des Gerichtswesens in Slowenien, das Bezirksgericht in Luttenberg wurde somit abgeschafft. Der Bestand SI_PAM/0633 Okrajno sodišče Ljutomer umfasst 937 Kartons und 14 Bücher und beinhaltet sieben Serien.

Einer der umfangreichsten Bestände ist SI_PAM/0642 Okrajno sodišče Slovenska Bistrica. Das Archivmaterial des Bezirksgerichts Windisch-Feistritz stammt aus der Zeit 1850–1961 und umfasst 829 Kartons und 25 Bücher. Der Bestand ist in drei Serien aufgeteilt.

Der Bestand SI_PAM/0636 Okrajno sodišče Maribor 1850–1874 (755 Kartons und 253 Bücher) enthält sechs Serien von Archivgut des seit 1850 existierenden Bezirksgerichts Marburg, das sich 1874 in zwei Gerichte teilte: Marburg linkes Drauufer und Marburg rechtes Drauufer. Das Archivgut des Bestands entstand in den Jahren 1790–1874.

Das Amtsgericht Marburg als Nachfolger des 1941 aufgelösten Bezirksgerichts Marburg wurde im April 1943 gegründet, obwohl man bereits vorher das Handels- und Genossenschaftsregister geführt hatte. Das Archivgut des Bestands SI_PAM/0715 Sodišče Maribor 1941–1945 stammt aus der Zeit 1941–1945 und enthält 11 Serien.

Zu dieser Gruppe gehören noch Bestände der Bezirksgerichte Oberradkersburg/Gornja Radgona, Mahrenberg/Marenberg, Marburg rechtes Drauufer/Maribor desni breg, Marburg linkes Drauufer/Maribor levi breg, Prävali/Prevalje, Sankt Leonhard in den Windischen Büheln/Sv. Lenart v Slovenskih goricah und weitere.

Bestände von Staatsanwaltschaften mit Archivgut bis 1918 beziehungsweise von 1941 bis 1945

Die Staatsanwaltschaft ist für die Strafverfolgung und -vollstreckung zuständig und als solche ein Teil der Exekutive. Sie wird auch mit dem Begriff Anklagebehörde bezeichnet. Zu dieser Bestandsgruppe gehört im Regionalarchiv Maribor nur ein Bestand – SI_PAM/0646 Državno tožilstvo Maribor (Staatsanwaltschaft Marburg). In der gesamtslowenischen archivischen Datenbank ist die Serie als Presssachen (1898–1929) verzeichnet.

Bestände von Notariaten mit Archivgut bis 1918 beziehungsweise von 1941 bis 1945

In Österreich wurde im September 1850 die Notariatsordnung erlassen, wodurch es zur gesetzlichen Etablierung des Notariats als öffentlicher Stelle für beweiskräftige Beurkundungen kam.[5] Einzelne Notare wirkten im Rahmen des Zuständigkeitsterritoriums jeweils eines Bezirksgerichts. In den Beständen der Notare werden Urkunden und Namensregister (sogenannte Repertorien) aufbewahrt.

Der umfangreichste Bestand dieser Gruppe ist SI_PAM/0665 Notar Franc Radey, Maribor (38 Kartons). Das Archivmaterial stammt aus der Zeit 1872–1903. Außerdem wird im Regionalarchiv Maribor noch Archivgut weiterer Notariate aus Marburg/Maribor sowie aus Sankt Leonhard/Sv. Lenart, Windischgraz/Slovenj Gradec, Oberradkersburg/Gornja Radgona, Pliberk/Bleiburg, Mahrenberg/Marenberg und Luttenberg/Ljutomer bewahrt.

SCHULWESEN

Die Entwicklung des Schulwesens im 19. Jahrhundert und bis zum Zerfall der Donaumonarchie kann man in zwei Stufen einteilen: 1806 wurde das zweite Schulgesetz verabschiedet, doch erst das dritte Schulgesetz – das sogenannte Reichsvolksschulgesetz aus dem Jahr 1869 – regelte die Unabhängigkeit der Schule von der Kirche und definierte die Schule als öffentliche Anstalt. Zudem hob man die noch aus der Feudalzeit geltende Teilung der Schulen in Trivial-, Haupt- und Normalschulen auf und führte eine fünfjährige Volksschule und eine dreijährige Bürgerschule ein.[6] In den Beständen der Schulen findet man meist Schulkataloge, Protokolle von Lehrerkollegien, Matrikelbücher, Schülerverzeichnisse, Register, Akten der Schulverwaltung, Schulchroniken, Prüfungs-, Abschluss- beziehungsweise Abiturprotokolle, gelegentlich auch Fotografien und viel mehr.

Im Regionalarchiv Maribor werden Unterlagen von Kindergärten, Grund-, Volks-, Bürger-, Mittel- und Hochschulen sowie einzelner Fakultäten bewahrt. Von den zahlreichen Beständen sollen im Folgenden nur einige aufgelistet werden.

Zunächst ist das Archivmaterial des ehemaligen klassischen Gymnasiums in Marburg, gegründet 1757, aus der Zeit 1774–1959 zu nennen. Der Bestand SI_PAM/0739

5 Vgl. Lydia Elena Kalcher: Das Notariatsaktsgesetz de lege lata et ferenda. Diplomarbeit, Universität Graz: Institut für Zivilrecht, Ausländisches und Internationales Privatrecht, 2021, S. 4, <https://unipub.uni-graz.at/obvugrhs/content/titleinfo/6118804/full.pdf>, 9.7.2024.

6 Vgl. Lemma »Reichsvolksschulgesetz«, <https://www.geschichtewiki.wien.gv.at/Reichsvolksschulgesetz>, 10.7.2024.

Klasična gimnazija Maribor ist in 24 Serien aufgeteilt und umfasst 176 Kartons und 87 Bücher.

Im Bestand SI_PAM/0800 Srednja kmetijska šola Maribor (293 Kartons und 2 Bücher) befindet sich das Archivmaterial der Steiermärkischen Landes-, Obst- und Weinbauschule in Marburg, eröffnet 1872, und deren Nachfolger, und zwar aus der Zeit 1872–2005. Der Bestand ist in 14 Serien aufgeteilt.

Das Archivmaterial der ehemaligen Lehrerbildungsanstalt in Marburg, gegründet 1862, stammt aus der Zeit 1891–1968. Der Bestand SI_PAM/0805 Učiteljišče Maribor enthält 20 Serien und umfasst 139 Kartons und 5 Bücher.

Im Bestand SI_PAM/0795 Prva gimnazija Maribor (128 Kartons) befindet sich das Archivmaterial des heutigen Ersten Gymnasiums in Marburg und seines Vorgängers, der Realschule, aus der Zeit 1854–1994. Der Bestand ist in fünf Serien aufgeteilt.

GESUNDHEITSWESEN

Unter Gesundheitswesen versteht man alle Einrichtungen, die die Gesundheit der Bevölkerung erhalten, fördern und wiederherstellen sowie Krankheiten vorbeugen.[7] Zu dieser Gruppe gehören Aktenbildner aus den Bereichen des Krankheitswesens, der Armen- und Familienfürsorge und der Sozial- beziehungsweise Gesundheitsversicherung.

Aus dem Bereich des Gesundheitswesens sollen in diesem Beitrag zwei Bestände angeführt werden: SI_PAM/1384 Splošna bolnišnica Maribor (Archivmaterial des Marburger allgemeinen Krankenhauses aus den Jahren 1840–1961, 177 Kartons und 299 Bücher) und SI_PAM/1891 Splošna bolnišnica Slovenj Gradec (Archivmaterial des Allgemeinen Krankenhauses Windischgraz aus den Jahren 1898–1980, 584 Kartons und 158 Bücher). In beiden Beständen findet man Matrikelbücher, Indexe, Patientenverzeichnisse, Register von Krankheiten und Behandlungen, Personalmappen und Ähnliches.

WIRTSCHAFT

Aus dem Bereich Wirtschaft werden im Regionalarchiv sowohl Subjekte privaten Rechts wie auch Subjekte öffentlichen Rechts aufbewahrt, und zwar aus den Bereichen Urproduktion und Energieversorgung, Nahrungsmittelproduktion, Industrieproduktion und Finanzwesen. Meist handelt es sich um Gründungsakten, Baudokumentation, Personalmappen, Finanzbücher, Jahresberichte, Register einzelner Unternehmen oder Gesellschaften.

Aus dem Bereich der Urproduktion und Energieversorgung ist das Archivmaterial des Blei-Zink-Bergbaus in Mießtal aus der Zeit 1770–2010 hervorzuheben. Der Bestand SI_PAM/0114 Rudnik svinca in cinka Mežica umfasst 192 Kartons, 408 Bücher, 20 Mappen und 164 Hülsen.

Den Bestand SI_PAM/0918 Dravske elektrarne Maribor, Elektrarna Fala (634 Kartons) bildet das Archivmaterial des Elektrizitätswerks in Fall aus der Zeit 1900–1958. Mit dem Bau des Faller Werks wurde 1913 von der Steiermärkischen Elektrizitätsgesellschaft begonnen.

Zu dieser Gruppe gehört auch das Archivmaterial des Gaswerks in Marburg aus der Zeit 1869–2010 – SI_PAM/1982 Plinarna Maribor. Dabei handelt es sich um eines der ältesten Marburger Unternehmen (gegründet 1869).

---

7 Vgl. Lemma »Gesundheitswesen«, <https://www.aok.de/pp/lexikon/gesundheitswesen/>, 10.7.2024.

Der umfangreichste Bestand aus dem Bereich der Industrie ist SI_PAM/0973 Tovarna vozil in toplotne tehnike Boris Kidrič Maribor, in dem sich Archivmaterial des Nachfolgers der Südbahnwerkstätten in Marburg aus der Zeit 1860–2009 befindet (719 Kartons, 5 Bücher, 1 Bild). Sehr umfangreich ist auch der Bestand der Automobil- und Motorfabrik Marburg – SI_PAM/0990 Tovarna avtomobilov in motorjev Maribor – mit 1318 Kartons und 8 Karteischränken. Das Unternehmen wurde 1941 als Fabrik für die Herstellung von Flugzeugteilen gegründet.

Auch der Bestand des Eisenwerks in Gutenstein – SI_PAM/1019 Železarna Ravne – mit Archivgut aus der Zeit 1838–2009 gehört mit 581 Kartons, 39 Büchern und 3 Mappen zu den größeren Beständen des Regionalarchivs Maribor. Das Unternehmen war unter dem Namen Georg Graf von Thurn'sches Stahlwerk Streiteben AG, Gutenstein/Kärnten bekannt.

Aus dem Bereich des Finanzwesens ist der umfangreichte Bestand SI_PAM/0907 Spodnještajerska ljudska posojilnica Maribor. Es handelt sich um das Archivmaterial der Volkskasse in Marburg aus der Zeit 1907–1949 (26 Kartons, 5 Bücher). Zu dieser Gruppe gehört auch der Bestand der Gemeindesparkasse in Marburg aus der Zeit 1858–1954 (SI_PAM/0904 Mestna hranilnica Maribor, 17 Kartons, 5 Bücher).

VEREINE UND VERBÄNDE

Den umfangreichsten Bestand dieser Gruppe bildet mit 21 Kartons das Archivmaterial des Museumsvereins in Marburg aus der Zeit 1902–1966. Der Verein wurde 1902 gegründet und eröffnete im selben Jahr das erste öffentliche Museum in Marburg. Der Bestand SI_PAM/1207 Muzejsko društvo Maribor ist in sieben Serien aufgeteilt.

Der Bestand SI_PAM/1221 Meščansko podporno društvo Šlarafija beinhaltet das Archivmaterial des Vereins Schlaraffia Marpurghia aus dem 19. und 20. Jahrhundert. Die Schlaraffia Marpurghia war eine Vereinigung deutscher Offiziere, dazu wohlhabender und unabhängiger Bürger, die sich dem Hedonismus, spirituellen und kulinarischen Genüssen hingaben und sich gleichzeitig strengen Zeremonien und Ritualen unterwarfen. Erhalten ist allerdings nur ein Karton des Archivmaterials (*Chronik Marpurghiae* und *Das goldene Buch der Marpurghia*).

Zu nennen ist auch das Archivmaterial des Marburger Männergesangvereins aus der Zeit 1847–1942. Der Verein wurde 1846 gegründet und gehörte somit zu den ältesten Gesangvereinen der Monarchie. Über mehrere Generationen hinweg spielte er eine wichtige Rolle im Kulturleben der Stadt. Der Bestand SI_PAM/1215 Nemško moško pevsko društvo Maribor enthält drei Serien und umfasst vier Kartons.

PRIVATE PROVENIENZ

Zu dieser Bestandsgruppe gehören Bestände der Herrschaften und Gutsbesitze, kirchliche Bestände und Familien- und Personenbestände.

Von den Herrschaften bildet den umfangreichsten Bestand das Archivgut der Herrschaft Oberradkersburg – SI_PAM/1852 Gospoščina Gornja Radgona. Die Herrschaft war seit dem 18. Jahrhundert Eigentum der Familie Wurmbrand, zuvor der Familien Stubenberg, Habsburg, Eggenberg und anderen. Die Unterlagen stammen aus der Zeit von 1480 bis ins 20. Jahrhundert, teilweise werden sie jedoch durch Kopien aus dem Steiermärkischen Landesarchiv Graz ergänzt. Insgesamt handelt es sich um 438 Kartons und 30 Bücher.

Das Archivgut der Adelsfamilie Windischgrätz bezüglich ihrer Gutsbesitze in Gonobitz, Oplotnitz und Seiz aus der Zeit 1788–1941 umfasst 443 Kartons. Der

Bestand SI_PAM/1858 Windischgrätzove posesti Konjice, Oplotnica in Žiče enthält acht Serien.

Im Archiv wird Material auch zur Herrschaft Negau der Familie Trautmannsdorf (SI_PAM/1856 Gospoščina Negova, 1533–1856, 430 Kartons, 8 Bücher und 9 Mappen),

Herrschaft Fall (SI_PAM/1851 Gospoščina Fala 1460–1943, 266 Kartons und 17 Mappen) und Herrschaft Ober Mureck der Familie Stubenberg (SI_PAM/1812 Gospoščina Zgornji Cmurek, 18. Jahrhundert – 1915, 75 Kartons) sowie zur Stift Admont in Radkersburg und Stanetinzen, Herrschaft Freisburg (bei Radkersburg), Jahringhof, Lechen, Mahrenberg, Haus am Bacher, Windischgraz, Burg Marburg, Straß, Witschein, Stattenberg, Wildhaus, Kloster und Herrschaft Studenitz aufbewahrt.

Von den kirchlichen Beständen ist der umfangreichste Bestand SI_PAM/1846 Evangeljska verska občina Maribor (75 Kartons, 6 Bücher). Es handelt sich um das Archivmaterial der Evangelischen Gemeinde in Marburg aus der Zeit 1847–1945. Der Bestand enthält acht Serien.

Was die Familienbestände und Bestände von Einzelpersonen betrifft, so sind diese in verschiedenem Umfang erhalten und verzeichnet. Typisch für diese Gruppe ist, dass man bei vielen Beständen einzelne Dokumente in deutscher Sprache findet, meistens amtliche Urkunden, während man [zum Beispiel] auf private Korrespondenz in deutscher Sprache nur gelegentlich stößt, dies zumeist bei den Adelsfamilien. Bei den Beständen von Einzelpersonen beziehen sich zwar einige Dokumente auf dieselben Personen, man kann allerdings unter den Unterlagen auch zahlreiche Dokumente finden, die die Namensträger (beziehungsweise Titelträger) der jeweiligen Bestände nur gesammelt hatten.

Von den Familienbeständen sind für die deutschsprachigen Forscher vielleicht am interessantesten Dokumente der Adelsfamilie d'Orsay aus der Zeit 1863–1923, der Adels- und Militärfamilie Gariboldi aus der Zeit 1649–1945, der Adelsfamilie Sulkowski aus der Zeit 1560–1954, der Adelsfamilie Gödel-Lannoy aus der Zeit 1849–1887, der Adelsfamilie Herberstein aus der Zeit 1856–1944, der Familie Schmiderer-Brunner aus der Zeit 1766–1944 sowie einige weitere. Von den Beständen der Einzelpersonen sind bezüglich ihrer Bedeutsamkeit beziehungsweise ihres Umfangs folgende Personen zu nennen: Walther Thalmann (Arzt, Direktor des Marburger Krankenhauses), Andreas Tappeiner (Industrieller, Bürgermeister von Marburg), Wilhelm Tegetthoff (Vizeadmiral), Hermann Otterstädt (Lehrer, Anhänger der NSDAP), Eduard Lind (Maler), Pius Twickl (Freiherr), Hugo Wolf (Komponist), Josip Urbaczek (Arzt), Johann Girstmayr (Realitätenbesitzer), Fritz Friedriger (Architekt), Egon Baumgartner (Numismatiker), Manfred Straka (Angestellter des Südostdeutschen Instituts in Graz), Josip Mravljak (Historiker, Bürgermeister in Saldenhofen, Sammler), Franc Kovačič (Theologe, Historiker, Redakteur), Lavoslav Gregorec (Theologe, Politiker), Matej Slekovec (Theologe, Historiker), Avguštin Stegenšek (Theologe, Kunsthistoriker), Karel Štrekelj (Sprachwissenschaftler), Pavel Turner (Mäzen, Publizist) und Igor Vodnik (Geschichtslehrer, Sammler).

SAMMLUNGEN

Im Regionalarchiv Maribor werden diverse Sammlungen aufbewahrt, für deren Gestaltung verschiedene Kriterien berücksichtigt wurden: Art des Archivmaterials, dessen Inhalt (Thematik) beziehungsweise dessen Herkunft. Die Sammlungen verzeichnen einen steten Zuwachs.

Die umfangreichste und für Ausstellungen interessanteste ist die Sammlung von Fotografien und Ansichtskarten aus dem 19. und 20. Jahrhundert (SI_PAM/1693 Zbirka fotografij in razglednic) mit circa 16.000 Stücken: Fotografien einzelner Personen oder Gruppenaufnahmen, Fotografien verschiedener Ereignisse, Orte, Objekte sowie Postkarten und Ansichtskarten aus dem 19. und 20. Jahrhundert.

Flurpläne und Schriften des Franziszeischen Katasters für das Gebiet der ehemaligen Untersteiermark aus der Zeit 1824–1914 sind in der Sammlung SI_PAM/1805 Zbirka Franciscejski kataster za Štajersko erhalten (159 Mappen und 33 Kartons).

Die Sammlung von Bauplänen für das Gebiet von Marburg und seiner Umgebung aus der Zeit 1796–1994 – SI_PAM/1806 Zbirka gradbenih načrtov – umfasst 66 Mappen und 40 Hülsen, sie ist in 63 Serien aufgeteilt, die meisten Baupläne sind bereits gescannt. Darunter finden sich Pläne für verschiedene Straßen, Brücken, Pfarrhäuser, Pfarrkirchen und -gebäude, Schulgebäude, Wohn- und Wirtschaftsgebäude, Friedhofsanlagen, Brunnen, Turbinen und Mühlen, Katasterkarten 1796–1990 und vieles mehr.

Die Sammlung mit dem ältesten Archivgut im Regionalarchiv Maribor – SI_PAM/0001 Zbirka listin – beinhaltet Urkunden aus der Zeit 1246–1869. Sie umfasst 1174 Kartons, die Urkunden sind detailliert verzeichnet und gescannt. Die Sammlung von Grundbüchern der Herrschaften und der Magistrate von Städten und Märkten beinhaltet 1233 Kartons von Grundbüchern aus der Zeit 1713–1895 – SI_PAM/1802 Zbirka zemljiških knjig gospoščin ter magistratov mest in trgov. In der Sammlung SI_PAM/0012 Zbirka normalij – patentov, kurend, cirkularnih in pastirskih pisem werden Normalien (Patente, Kurrenden, Hirten- und Zirkularbriefe) aus der Zeit 1653–1916 aufbewahrt.

Außerdem kann man noch in folgenden Sammlungen recherchieren: Sammlung von Diplomen, Auszeichnungen und Zeugnissen, Sammlung von Kleindrucksachen (Statuten, Menüs, Prospekte, Einladungen, Glückwunschkarten, Kalender u. Ä.) seit dem 18. Jahrhundert, Hemerothek (Zeitungsausschnitte) aus der Zeit 1919–1953, Sammlung von Landkarten aus dem 18. und 20. Jahrhundert, Sammlung von Flugblättern und Plakaten aus der Zeit 1790–2013, Sammlung von Archivgut aus der Okkupationszeit 1941–1945, Sammlung von Archivgut, das sich auf Kärnten bezieht (19. und 20. Jahrhundert), Sammlung von Archivgut bezüglich der Kärntner Volksabstimmung aus der Zeit 1918–1938, Sammlung von Archivgut bezüglich des Umsturzes 1918/19 aus der Zeit 1887–1920, Sammlung von Archivgut der Zünfte aus der Zeit 1624–1954, Sammlung von Archivgut der Vereine und Verbände aus dem 19. und 20. Jahrhundert, Sammlung von Archivgut aus dem Bereich der Verwaltung seit 1850, Sammlung von Archivgut aus den Bereichen Ausbildung/Schulwesen, Kultur und Wissenschaft aus der Zeit 1816–2006, Sammlung von Archivgut aus dem Bereich der Wirtschaft aus der Zeit 1858–2003, Sammlung von Archivgut des Kulturhistorischen Symposions Mogersdorf aus der Zeit 1969–2006, Sammlung von älterem Archivgut (13.–20. Jahrhundert), Sammlung von Archivgut verschiedener Provenienz (Varia) seit dem 18. Jahrhundert, Archivgut des Sammlers Ivan Waldhütter aus der Zeit 1778–2009 und so weiter.

FAZIT

Deutschsprachiges Archivmaterial ist in unterschiedlichem Maße in zahlreichen Beständen und Sammlungen des Regionalarchivs Maribor zu finden, hauptsächlich jedoch in Dokumenten aus der Zeit der Habsburgermonarchie (bis 1918), als Deutsch in der Steiermark und in Kärnten die vorherrschende Sprache war, besonders im öffentlichen Leben und als Amtssprache, sowie in Dokumenten aus der Okkupationszeit 1941–1945. Dabei handelt es sich – gemäß dem Zuständigkeitsbereich des Regionalarchivs – größtenteils um Quellen für die Forschung zur lokalen beziehungsweise regionalen Geschichte. Da sich unter dem deutschsprachigen Archivmaterial auch slowenische Dokumente befinden, soll dieser Beitrag nur als allgemeiner Wegweiser dienen. Für detaillierte Informationen muss man die entsprechenden archivischen Findmittel nachschlagen oder online recherchieren, das heißt im Rahmen des Virtuellen Archivlesesaals, einer gemeinsamen Datenbank aller öffentlichen slowenischen Archive.

Kontakt
Pokrajinski arhiv Maribor
Glavni trg 7
2000 Maribor
Slowenien
E-Mail: bostjan.zajsek@pokarh-mb.si

BOŠTJAN ZAJŠEK, Archivrat im Regionalarchiv Maribor, hat auch mehrere Monografien veröffentlicht, darunter »Biti Nemec pomeni biti luteran«. Iz življenja nemških evangeličanov na Slovenskem, s posebnim poudarkom na Mariboru in okolici (1862–1945) [»Deutsch sein heißt lutherisch sein«. Aus dem Leben der deutschen Evangelischen in Slowenien, mit besonderem Schwerpunkt auf Maribor und Umgebung (1862–1945)]. Maribor 2010 sowie »Jugoslavija prihaja«. Kako se je odvila prevratna doba 1918/19 v Mariboru in drugje na slovenskem Štajerskem in Koroškem [»Jugoslawien kommt«. Wie sich der Umbruch von 1918/19 in Maribor und anderswo in der slowenischen Steiermark und in Kärnten vollzog]. Ljubljana 2019.

Personenstandsbücher, Zeitungen, Baupläne und mündliche Quellen. Lebensgeschichten aus Marburg/Maribor

Von Jerneja Ferlež, Alja Lipavic Oštir

EINLEITUNG

Wir können die Vergangenheit nie ganz verstehen, weil wir nicht ein Teil von ihr sind, sondern immer auf sie zurückblicken. Als Neuankömmlinge in einem »fremden Land« kann man jedoch versuchen, sich den Menschen aus mehr oder weniger fernen Zeiten zu nähern, indem man verschiedene Quellen anwendet. In diesem Artikel werden fünf Lebensgeschichten von Menschen vorgestellt, die zumindest einen Teil ihres Lebens in Marburg an der Drau (sl. Maribor, im Folgenden: Marburg) verbrachten.

Der Beitrag hat zum Ziel, Personenstandsbücher als Quelle zu nutzen, um die Bedeutung dieser Quelle abzuwägen und zu versuchen, zumindest einige grundlegende Informationen über das Leben von Theresia Skok, einer Magd, und Antonia Zelan, einer Köchin, mitzuteilen. Weiter wird anhand von Zeitungsartikeln, Adressbüchern, Bauplänen und weiteren Quellen der Versuch unternommen, das Geschäfts- und Privatleben des Klempners und Kaufmanns Friederich Wiedemann zu rekonstruieren. Anhand mündlicher Quellen und überlieferter Erinnerungen des Textilindustriellen Joseph Hutter und des Bauunternehmers Rudolf Kiffmann, Jr. wird versucht, die Gründe für die Bewahrung und für das Verschwinden der Erinnerung in der Stadt zu beleuchten.

Einerseits möchten die Autorinnen die Reichweite einer einzelnen Quelle und andererseits den synergetischen Wert des Zusammenspiels verschiedener Arten von Quellen aufzeigen. Bei der Analyse von Erinnerungen in einer Zeit des gesellschaftlichen Umbruchs werden wir uns auf Theorien des Gedächtnisses stützen und dabei die Lebensgeschichten zweier Individuen als Indikator für einen breiteren Kontext interpretieren.

THERESIA SKOK UND ANTONIA ZELAN – PERSONENSTANDSBÜCHER

Eine der wichtigsten Quellen für die Erforschung von Biografien sind die Personenstandsbücher. Obwohl sie nur relativ wenige Informationen bieten und einige Einschränkungen aufweisen, sind sie, gemeinsam mit anderen Unterlagen, eine Quelle, die die grundlegenden Koordinaten relativ genau beschreibt und bis zu einem gewissen Grad auch die breiteren persönlichen und sozialen Umstände der Person erklärt. Bis vor einigen Jahren standen Personenstandsbücher nur in den Erzdiözesanarchiven zur Recherche zur Verfügung, aber in den letzten Jahren hat sich dies völlig geändert, da die Personenstandsbücher aus Slowenien nun auf der Website *Matricula online* zugänglich sind und gleichzeitig hinsichtlich der technischen Qualität detaillierte Analysen ermöglichen.[1] Die Bedeutung der Zugänglichkeit korreliert mit dem Potenzial der Personenstandsbücher als Quelle für Informationen über die Bevölkerung, da sie die Analyse großer Datenmengen ermöglichen und zugleich eine Reihe von Auskünften bieten, die für verschiedene Forschungsbereiche oder Disziplinen von Interesse sind. Ein Blick auf die Entwicklungsgeschichte der Personenstandsbücher ermöglicht es, ihre wachsende Bedeutung im Übergang von den Aufzeichnungen einzelner Pfarreien, insbesondere der katholischen Kirche, zur Hauptquelle für verschiedene Bevölkerungsstatistiken zu verstehen, wie im Folgenden am Beispiel der Habsburgermonarchie kurz beschrieben wird.

Im Laufe der Jahrhunderte hat die Kirche Geburten, Eheschließungen, Sterbefälle und andere Informationen für ihren eigenen Gebrauch aufgezeichnet. Dies änderte sich im 18. Jahrhundert, als die Verwaltung der Monarchie nun die Erfassung von Bevölkerungsdaten aus administrativen, wirtschaftlichen und militärischen Gründen gesetzlich vorschrieb. Ein Kompromiss wurde gefunden in der Führung von Personenstandsbüchern durch die katholische Kirche (und später auch durch andere Religionsgemeinschaften in der Monarchie). Mit dem Einstieg des Staates erhielten die Personenstandsbücher jedoch den Status öffentlich zugänglicher Quellen, erstmals gesetzlich verankert 1770 unter Maria Theresia und noch komplexer 1784 (*Josephinische Gesetzessammlung*) unter Joseph II. mit einem Patent, das die katholische Kirche zur Führung von Personenstandsbüchern nach vereinbarten Regeln verpflichtete. Bis zu diesem Patent wurden die Personenstandsbücher in lateinischer Sprache geführt, danach wurden die Eintragungen in deutscher Sprache vorgenommen.[2]

So finden wir in der für die vorliegende Arbeit relevanten Diözese Lavant zunächst ebenfalls nur Aufzeichnungen in lateinischer, nach dem erwähnten Patent dann in deutscher Sprache, was sich jedoch nach 1871 zu ändern beginnt, als sich auch die ersten Vermerke in slowenischer Sprache vorfinden.[3] Außerdem wurden ab 1784 gedruckte Formulare für die Eintragungen verwendet, wodurch sich die frühere Syntax der mehrsätzigen Einträge in die Eingabe von Daten in einzelnen Rubriken änderte. Trotz der gesetzlich vorgeschriebenen Führung der Personenstandsbücher kam es natürlich zu Fehlern bei den Eintragungen, wie Rožman hervorhebt.[4] Zufällige Versehen entstanden durch Krankheit des Pfarrers (zum Beispiel Seeschwäche oder Demenz), Alter, Vergesslichkeit oder Unkenntnis der Erlasse, was zu fehlerhaften oder inkonsistenten Eintragungen führte. Systematische Mängel gab es bei der

---

1 Ausführlichere Informationen, auch zu Personenstandsbüchern aus anderen Ländern, findet man unter (ICARUS), <www.matricula-online.eu>, 7.6.2024.

2 Ebenda.

3 Vgl. Alja Lipavic Oštir, Gregor Škafar: Personenstandsbücher an der Wende vom 19. zum 20. Jahrhundert als Spiegel der Sprachenpolitik zwischen Mur und Sava. In: Slavia Centralis 17 (2024) H. 1.

4 Irena Rožman: Analiza verodostojnosti zapisov v matičnih knjigah. Metodološki vidiki [Analyse der Authentizität von Personenstandsbüchern. Methodische Aspekte]. In: Acta Histriae 19 (2011) H. 4, S. 734–756, hier: S. 749.

Registrierung von Kindern, die noch im 19. Jahrhundert nicht konsequent in die Register eingetragen wurden. Die Qualität der Führung der Personenstandsregister konnte auch von Gemeinde zu Gemeinde variieren, was auf lokale klerikale Praktiken zurückzuführen war, die wiederum das Ergebnis persönlicher Einstellungen und lokaler Lebensgewohnheiten waren. Da es sich in diesem Beitrag um Einzelfälle handelt, können die statistische Relevanz oder Signifikanz der Daten nicht berücksichtigt werden, auszugehen ist aber von der wahrscheinlichen Korrektheit der meisten Einträge. Ein Indiz für diese Korrektheit sind die so genannten Indices für jedes Buch, in denen die einzelnen Einwohner alphabetisch nach ihren Nachnamen aufgeführt sind. Recherchen in verschiedenen Personenstandsbüchern von verschiedenen Pfarren zeigen, dass Fehler hier äußerst selten sind. Findet man eine Person in einem Index, in dem sie mit ihrem Familiennamen und Vornamen und einer Seite im Personenstandsbuch aufgeführt ist, so findet man in den Personenstandsbüchern auf der entsprechenden Seite einen Eintrag über sie.

Der handschriftliche Charakter und die Mehrsprachigkeit der Personenstandsbücher stellen ebenfalls eine Herausforderung dar. Obwohl sie im 19. Jahrhundert als ausgefüllte Formulare geführt wurden, wurden einzelne Einträge mit komprimierten Informationen handschriftlich verfasst, und im Gebiet von Marburg und Umgebung verwendete man meist Deutsch, manchmal auch Slowenisch oder sogar beide Sprachen nebeneinander. Die Formulare selbst konnten auch nur deutsch oder zweisprachig (deutsch-slowenisch) sein. Wer heute in den Personenstandsbüchern der Erzdiözese Marburg forschen will, muss also unbedingt die Kurrentschrift lesen und Deutsch verstehen können. Alle Personenstandsbücher der drei Pfarren der Stadt Marburg wurden bis 1918 in deutscher Sprache und in Kurrentschrift geführt (mit teilweiser Ausnahme der Einträge in der heutigen Schrift, vor allem bei den Familiennamen).

Das Rechtssystem der Monarchie verlangte von den Pfarrern ab 1784, Informationen über jede Person zu erfassen, die je nach Lebensereignis in verschiedenen Rollen auftrat (geborenes Kind, Elternteil, Pate, Hebamme bei der Geburt, Bräutigam/Braut, Elternteil des Bräutigams/der Braut, Trauzeuge, Verstorbener). Auch wenn die Formulare die gleichen Rubriken enthielten, gab es einen gewissen Entscheidungsspielraum, welche Informationen in bestimmte Rubriken eingetragen wurden, was aus heutiger Sicht eine Lücke oder einen günstigen Umstand für die Forschung darstellen kann. Illustrieren wir dies am Beispiel einiger Taufbücher.

In allen drei Pfarren der Stadt Marburg (St. Johannes, St. Maria und St. Magdalena) sorgten verschiedene Pfarrer gleichzeitig für die Einträge in Taufbücher, sogar innerhalb eines einzigen Taufbuchs. Folgende Daten wurden eingetragen[5]: Fortlaufende Nummer / Jahr, Monat und Tag der Geburt / Tag der Taufe / Geburtsort / Haus-Nr. / Name des/der Getauften / Religion / Geschlecht / ehelich, unehelich / Eltern – Stand / Paten / Taufender Priester / Hebamme. Das Formular selbst verlangte die Altersangabe der Eltern bei der Geburt beziehungsweise ihr Geburtsdatum nicht. Anzugeben waren lediglich ihr Vor- und Nachname sowie ihr Beruf oder Familienstand. Trotzdem findet man auch andere Angaben zu den Eltern, und zwar in allen drei Pfarren in Marburg.

---

5 Dies bezieht sich auf die Formulare, die zu Ende des 19. und zu Beginn des 20. Jahrhunderts im Gebrauch waren.

Die Magd Theresia Skok

Pfarre St. Magdalena, 17.4.1891, Angaben zur Mutter des unehelichen Kindes[6]: »Theresia Skok, ledige Magd, zuständig nach St. Nikolai, Bezirk Marburg«. Angegeben sind der Familienstand (unverheiratet) und der Beruf der Mutter sowie die Pfarre ihres ständigen Wohnsitzes (St. Nikolai im Bezirk Marburg, heute Sv. Miklavž im Dorf Miklavž na Dravskem Polju).

Hinsichtlich der Angaben zum Kind (linke Hälfte des Formulars) gab es im Wesentlichen keine Unterschiede im Umfang. Es wurden der Name des Kindes, die Adresse und weitere Kategorien erfasst (siehe oben). Im Fall des Kindes von Theresia Skok waren dies: »Nr. 126 / Geburtsdatum: 17. April 1891 / Taufe: 20. (4.1891) / Wohnort: Ober-Pobersch 32 / Name: Antonia / Religion: katholisch / Geschlecht: weiblich / unehelich /«.

Nachträge zum Eintrag können später im Leben des Kindes entstanden sein, wenn der Pfarrer etwa die Information hinzugefügt hat, dass das Kind in frühen Jahren gestorben ist (ein symbolisches Kreuz und Datum), oder er kann Informationen über Heirat, Scheidung und Tod oder Anderes hinzugefügt haben. Für das obige Beispiel finden wir die folgenden Informationen, die ergänzt worden sind[7]: »Verh. 8/2/31 mit Anton Gorjup. Gestorben am 26.3.1964 in Kastav, Bezirk Rijeka (MMK l. 1964, S. 63, Nr. 11). Marburg 25/5 1964. Stadtsbeamter [sic!]: Nabergoj«.

Aus den Daten geht hervor, dass der letzte Eintrag (Tod) vom Standesbeamten hinzugefügt wurde, da die Personenstandsbücher beginnend im Königreich der Serben, Kroaten und Slowenen (SHS-Königreich) nicht mehr von der Kirche, sondern von den Standesbeamten bzw. Registratoren geführt wurden. Sprachlich interessant ist, dass man in den beiden folgenden Einträgen in slowenischer Sprache weder die geografischen Namen (*Kastav*, ohne die Lokativendung *-u*), noch den Nachnamen des Bräutigams dekliniert (*mit Anton Gorjup*, ohne die Instrumentalendung *-om*). Hinter dieser Verwendung des Nominativs von geografischen und persönlichen Namen steht bestimmt die Vorstellung, dass die Namen in den anderen Kasusformen weniger leicht identifizierbar seien.

Aus der Sicht der Forschung sind die Informationen über die Herkunft und das Schicksal von Antonia Skok relativ spärlich. Wäre das Trauungsbuch von 1931 verfügbar, was aufgrund der Gesetzgebung nicht möglich ist (Standesamtliches Material ist erst hundert Jahre nach seiner Erstellung verfügbar[8]), könnte man Informationen über ihre Hochzeit, den Bräutigam und seine Herkunft sowie Antonia Skoks Beruf recherchieren, da Trauungsbücher die meisten Informationen von allen Personenstandsbüchern liefern. Sie enthalten folgende Informationen über die Braut (und den Bräutigam): Adresse zum Zeitpunkt der Eheschließung, Beruf, Alter oder Geburt, Namen der Eltern, Beruf und Wohnsitz der Eltern, darüber, ob die Eltern noch leben, sowie den ständigen Wohnsitz der Braut oder des Bräutigams oder sogar die Anzahl der Jahre, die sie an der Adresse zum Zeitpunkt der Eheschließung gewohnt haben.

---

6 Taufbuch 1891–1900, Pfarre St. Magdalena, Marburg, <https://data.matricula-online.eu/en/slovenia/maribor/maribor-sv-magdalena/01537/?pg=7>, 10.6.2024.

7 Im Taufbuch auf Slowenisch: »Por. 8/2/31 Hoče z Antonom Gorjup. Umrla dne 26.3.1964 v Kastav, okraj Rijeka (MMK l. 1964, str. 63, št. 11). Maribor 25/5 1964. Matičar: Nabergoj.«

8 Siehe »Regeln für die Nutzung von Materialien der Diözesanarchive der katholischen Kirche«, genehmigt von der Slowenischen Bischofskonferenz, Ljubljana, 8. Mai 2017, Artikel 13, <https://katoliska-cerkev.si/media/datoteke/Dokumenti%20in%20publikacije/Pravilnik%20o%20uporabi%20gradiva%20skofijskih%20arhivov.pdf>, 10.6.2024.

Ebenfalls aufgeführt sind alle Dokumente, die beide von ihrer Geburtsgemeinde vorlegen mussten, wenn sie in einer anderen Gemeinde geheiratet haben. Wenn sie minderjährig waren, wurde die Erlaubnis der Eltern oder Erziehungsberechtigten zur Eheschließung angegeben.

Über die Mutter von Antonia Skok, Theresia Skok, weiß man nur, dass sie aus der Gemeinde St. Nikolaus (sl. Sv. Miklavž), Bezirk Maribor, stammte. Wenn man ihre Herkunft erforschen wollte, müsste man alle Einträge in dieser Pfarrei in dem für ihre Geburt geschätzten Zeitraum durchsehen. Es ist zwar möglich, auf diese Weise die richtigen Informationen zu erhalten, aber im Fall von häufigen Nachnamen (die Palette der Personennamen war ohnehin relativ eng) ist es nicht unbedingt sicher, dass man auch die richtige Person gefunden hat. So lässt sich zum Beispiel feststellen, dass eine Theresia Skok 1866 in der Pfarrei St. Nikolaus geboren wurde, aber dies ist nur wahrscheinlich die Person, die man als Mutter von Antonia Skok vermutet.[9]

Die Köchin Antonia Zelan

Einige Pfarrer trugen zusätzliche Informationen in den Abschnitt über die Eltern ein, wie das folgende Beispiel aus der Pfarre St. Maria in Marburg zeigt. Die Mutter des unehelichen Kindes Anton Zelan, geboren am 13. Juli 1896, wird mit den folgenden Angaben beschrieben:

»Zelan Antonia, led. Köchin, geb. 1871, l. Dienstbotenbuch[10] dd.[11] 20. Juli 1896 zur Gemeinde Pretreže, Bez. Wind.-Feistritz zuständig.«

Aus diesem Eintrag geht hervor, dass die Mutter von Anton Zelan 1871 in Pretreže bei Windisch-Feistritz (sl. Slovenska Bistrica) geboren wurde, was die Rückverfolgung ihrer Abstammung erleichtert. Das Dorf Pretreže gehörte zur Pfarre Kerschbach (sl. Črešnjevec), wo Antonia Zelan am 19. April 1871[12] an der Adresse Drumlažno 6 geboren wurde. Ihre Eltern waren Josef Zellan[13], Bauer, und Maria, geborene Puschnig.

Im Taufbuch steht im Eintrag zu Antonia Zelan, dass sie am 9. September 1897 um eine Geburtsurkunde bat, die sie für ihre Heirat in Marburg benötigte. Zurückblickend auf den Sohn Anton Zelan, der 1896 als uneheliches Kind in Marburg geboren wurde, kann man daraus schließen, dass seine Mutter ungefähr ein Jahr später in Marburg geheiratet hat, aber ein Eintrag darüber ist in keinem der Trauungsbücher der drei Pfarren in Marburg zu finden. Man kann also mit deren Hilfe nicht herausfinden, was passiert ist oder warum diese Hochzeit offenbar nicht in Marburg stattgefunden hat. Man kann auch keinen Eintrag über den Tod von Antonia Zelan in einer der Marburger Pfarren ab 1897 finden, allerdings stehen Sterbebücher für Marburg nur bis 1901 (St. Maria), 1920 (St. Johannes) und 1918 (St. Magdalena) zur Verfügung.

Der Geburtseintrag von Anton Zelan, der am 13. Juli 1896 in der Pfarre St. Maria in Marburg geboren wurde, wird durch die Tatsache ergänzt, dass Anton am 24. Juni

9 Taufbuch 1847–1864 (1866), Pfarre Kötsch (sl. Hoče), <https://data.matricula-online.eu/en/slovenia/maribor/hoce/00774/?pg=1>, 10.6.2024.

10 Der Hinweis im Dienstbotenbuch zeigt, dass sie spätestens zu diesem Zeitpunkt ihre erste Beschäftigung aufgenommen hat.

11 Lat. dato de (ausgestellt am).

12 Taufbuch 1858–1874, Pfarre Črešnjevec, <https://data.matricula-online.eu/en/slovenia/maribor/cresnjevec/00383/?pg=190>, 10.6.2024.

13 Es gibt keine Untersuchungen zu den Ungereimtheiten bei der Schreibweise slowenischer Familiennamen, die zeigen würden, wie kompliziert diese Schreibweise war und inwieweit die Pfarrer sich selbst überlassen waren. Vgl. Antonia Zelan (Tochter) und Josef Zellan (Vater).

1897 im Alter von knapp einem Jahr starb: »Gestorben am 24. Juni 1897, l. Todesanzeige v. Pfarramt St. Martin bei Wurmberg dto[14] 29. Oktober 1897.«

Aus dem Sterbebuch der Pfarre St. Martin bei Vurberk (dt. veraltet Wurmberg)[15] geht hervor, dass er 11 Monate alt wurde, dass er das uneheliche Kind einer alleinstehenden Frau (ohne Namensangabe) war, dass er in St. Martin 34 starb und dass die Todesursache »Auszehrung« war. Wir können daraus schließen, dass Anton in diesen 11 Monaten nicht ausreichend vor Infektionen geschützt, gut ernährt und gut versorgt war. Seine Mutter wird im Sterbeeintrag als ledig geführt, was durch die Angaben in ihrem Geburtsregister gestützt wird, da sie im September 1897 um Heiratsurkunden gebeten hatte. Zu diesem Zeitpunkt war ihr Sohn bereits verstorben. Aus dem Sterbeeintrag geht nicht hervor, ob die Mutter tatsächlich mit ihrem Sohn in St. Martin lebte oder ob sie ihn zu Fremden oder Verwandten auf dem Lande gegeben hatte. Letzteres würde erklären, warum der Name der Mutter im Sterbeeintrag des Sohnes nicht erwähnt wird. Die Tatsache, dass sie bei der Geburt ihres Sohnes im Jahr 1896 eine Nachbarin, Katharina Schifka, »Conducteursfrau«, Mühlgasse 29, als Patin wählte, zeigt, dass die Mutter in der Marburger Umgebung einigermaßen heimisch war.[16] Es kann auch nicht überprüft werden, ob Antonia Zelan in der Pfarre St. Martin bei Vurberk geheiratet hat, da es für diese Pfarre nur Trauungsbücher bis 1886 gibt. Unter den Verstorbenen dieser Pfarre ist sie bis 1915 nicht zu finden. Für Antonia, die Köchin in Maribor war, verliert sich im Jahr 1896 die Spur. Wohin ihr beruflicher Weg sie führte, ob sie heiratete, weitere Kinder bekam und wo sie starb, kann man aus den vorhandenen Personenstandsbüchern nicht erfahren. Selbst wenn sie in ihren Geburtsort zurückkehrte und dort starb, kann dies nicht bestätigt werden, da die Sterbebücher der Pfarre Kerschbach nur bis 1889 verfügbar sind.

Beiden Beispielen ist gemeinsam, dass es sich um uneheliche Kinder von Müttern aus der sozialen Unterschicht handelt, die aus beruflichen Gründen nach Marburg eingewandert sind. Wenn solche Mütter unverheiratet blieben, sagen die Personenstandsbücher nicht viel über sie aus und bieten bestenfalls Informationen über ihren Tod. Wenn sie heirateten, erweitert sich die Informationspalette beträchtlich, aber nur, wenn man überhaupt Informationen über die Heirat finden kann. Während Bürger mit dem Eintrag in die Personenstandsbücher ab der Geburt sichtbar waren, ist die Sichtbarkeit viel höher, wenn sie geheiratet haben.

Bei beiden Frauen handelt es sich um uneheliche Mütter, was bei 22 Prozent der Mütter von Neugeborenen in Marburg zwischen 1900 und 1912 der Fall war.[17] Da keine Informationen über ihre Hochzeit zur Verfügung stehen, stellen sie die Gruppe von Personen dar, über die man in den Personenstandsbüchern die wenigsten Informationen finden kann und die kaum der Anonymität entkommen.

Wenn eine Person nicht mobil war, liefern die Personenstandsbücher eine ganze Reihe von Informationen: Geburt, Angaben zu den Eltern, Wohnort, Beruf (im

---

14 Lat. dato de (ausgestellt am).

15 Sterbebuch 1867–1915, Pfarre Sv. Martin bei Vurberk, <https://data.matricula-online.eu/en/slovenia/maribor/sv-martin-pri-vurberku/03395/?pg=100>, 10.6.2024.

16 Vgl. Alja Lipavic Oštir: Med deklo in hčerko veleindustrialca – Mariborčanke in njihovi poklici na začetku 20. stoletja [Zwischen einer Magd und einer Tochter des Großindustriellen – Mariborerinnen und ihre Berufe am Anfang des 20. Jahrhunderts]. In: Andrej Naterer (Hg.): International Conference Education and Gender 2022, 14th October 2022, University of Maribor, Faculty of Arts, Maribor, Slovenia. Book of Abstracts. Maribor 2022, S. 9–10. Für Marburg zwischen 1900 und 1912 findet man 25,5 % Patinnen, die nicht aus Marburg stammen (n=4006).

17 Ebenda, S. 9–10.

Heiratsregister), Wohnort, Angaben zu den Eltern (Wohnort, Beruf, Sonstiges), Wohnort beim Tod, Todesursache und Alter. Wenn die Person umzog, ist man auf zusätzliche Einträge angewiesen, wie zum Beispiel die Beschaffung von Geburtsdaten aufgrund Heirat in einer anderen Pfarre und zusätzliche, nicht obligatorische Einträge zu Personen. Die Personenstandsbücher enthalten auch weitere aufschlussreiche Informationen, wie die Namen, Wohnorte und Berufe der Paten und Trauzeugen. Sie geben auch Auskunft über die formalen Qualifikationen der Hebammen und enthalten grundlegende Informationen zu den Pfarrern. Da man durch die Gesetzgebung zur Veröffentlichung von Daten in Slowenien eingeschränkt ist, sind die zu einem späteren Zeitpunkt notierten nicht obligatorischen Informationen nützlich und wichtig.

Die Personenstandsbücher bilden in erster Linie eine Quelle, die mit Pfarren oder Orten verbunden ist. Aufschlussreich sind sie in zweierlei Perspektive: Zum einen lässt sich der Einzelne betrachten, wie in den beiden Fällen gezeigt wurde – so kann man (Teile der) Biografie einer Person sowie ihre Verbindungen zu anderen nachzeichnen. Zum anderen ist die Perspektive einer Gemeinschaft, sei es einer bestimmten Gemeinde, einer Stadt oder eines größeren Gebiets. In diesem Fall extrahiert man Informationen aus den Personenstandsbüchern, die Antworten auf Fragen wie die Berufsstruktur einer bestimmten Pfarre, die Mobilität der Bevölkerung, demografische Daten (Alter bei Geburten, Eheschließungen oder Todesfällen, Anteil unehelicher Kinder), Daten zur Geschichte der Medizin und Pflege, Daten zur sprachlichen Gestaltung der Einträge und viel mehr geben.

DER KLEMPNERMEISTER UND KAUFMANN FRIEDERICH WIEDEMANN – ZEITUNGSQUELLEN UND BAUPLÄNE

Die erste Zeitung in Marburg erschien 1862 unter dem Namen *Correspondent für Untersteiermark*, sie wurde später mehrmals umbenannt, ist aber am besten unter dem Namen *Marburger Zeitung* bekannt. Diese und andere zeitgenössische Zeitungen, wie *Slovenski gospodar* [Der slowenische Herr] und *Straža* [Die Wacht], die in slowenischer Sprache erschienen, sind ausgezeichnete Quellen, um sowohl das politische als auch das alltägliche Bild der Stadt an der Wende vom 19. zum 20. Jahrhundert zu ermitteln. Sie sind auch wichtig für die Erforschung des Werdegangs und Schicksals von Marburger Geschäftsleuten – Kaufleuten, Handwerkern, Industriellen und anderen. Aufschlussreich sind die Anzeigen und Artikel zu persönlichen Jubiläen, Erfolgen, Unfällen oder Todesfällen, in denen die Journalisten die Leistungen und Lebensstationen einzelner Personen zusammenfassten.

Die ursprünglich politisch neutrale *Marburger Zeitung* (im Folgenden: *MZ*) unterstützte in den Jahren um die Jahrhundertwende angesichts der sich verschärfenden nationalen Spannungen immer mehr die deutschen Interessen und wurde vor allem von den oberen Schichten der Stadtbevölkerung gelesen. Das typische Lesemilieu der *MZ* waren Cafés[18], aber sicherlich auch die Haushalte. Während die Titelseiten in der Regel politischen und wirtschaftlichen Themen, Prozessen, Alltagsereignissen und künstlerischen Leistungen[19] gewidmet waren, spiegelten die Rückseiten den alltägli-

18 Maja Godina Golija: Družabno življenje v Mariboru [Gesellschaftliches Leben in Marburg] 1919–1941. Maribor 1987, S. 15.

19 Petra Kramberger: Nemško časopisje v Mariboru v 19. stoletju [Deutsche Zeitungen in Marburg im 19. Jahrhundert]. In: Kronika 53 (2005), S. 37–52, hier: S. 42.

chen Puls der Stadt wider. Die Anzeigen und Werbungen waren die direktesten und politisch unauffälligsten Zeugnisse. Sie liefern heute einen wichtigen Einblick in das damalige Warenangebot für die Marburger Bürger, wobei man sie unbedingt mit anderen Quellen (Verzeichnissen und Archivdokumenten, insbesondere Bauplänen) in einen Zusammenhang bringen sollte.

Die Biografie des Klempnermeisters und Kaufmanns Friederich Wiedemann, der in den Anzeigen der *MZ* Ende des 19. und Anfang des 20. Jahrhunderts vorkommt, soll hier rekonstruiert werden. Sie ist bislang noch nicht wissenschaftlich erforscht worden.

Adressbuch – Kalender

In einer Anzeige, die 1896 in einem Adressbuch – Kalender[20] veröffentlicht wurde, bietet Friederich Wiedemann Bäder und Stühle mit »Circulationsheizung«, Duschanlagen sowie Blitzableiter, verschiedene Bauarbeiten und Installationen an. Die angegebene Adresse lautet Hauptplatz 11, bei der es sich offenbar um seine Geschäftsräume handelt, aber aus der Anzeige geht nicht hervor, ob er auch dort wohnte oder in welcher Form der Familiengemeinschaft er lebte. Im gleichen Adressbuch – Kalender wird er auch in den geschäftlichen Rubriken[21] als einer der fünf Klempner in Marburg erwähnt, unter der Adresse: Theatergasse 13.

Zeitungsanzeigen

Zu Beginn des 20. Jahrhunderts veröffentlichte die *MZ* häufig Anzeigen von Friederich Wiedemann, in denen er für Badeinrichtungen warb. Besonders häufig waren sie im Jahr 1903, dem Jahr nach der Installation der Marburger Wasserleitung, als wohlhabendere Bürgerfamilien gerne ein Bad in ihrer Wohnung errichteten.[22] Wiedemann warb häufig für sein Sortiment an Badezimmerarmaturen, die im Geschäft am Hauptplatz 11 erhältlich waren, und wies darauf hin, dass er auch ein lizenzierter Vertreter der Firma Rumpel sei, die das Wasserleitungssystem von Marburg versorgte.[23] Später gab er in den Inseraten lediglich die Adresse Theatergasse 16 an, ergänzte aber das Angebot um die Ware und die Installation von Spültoiletten.[24] Er warb damit, dass er Badewannen, Muschelschalen, Warmwasserbereiter, Entlüftungsgeräte und alles, was man sonst noch für die Badezimmereinrichtung braucht, im Angebot hatte.[25] In einer anderen Anzeige bot er auch Krauss-Waschtische an.[26] Durch die Anzeigen lernt man ihn also als Geschäftsmann kennen, man erfährt, was er anbot und wo er tätig war – und auch viel über das damalige Badangebot.

Archivquellen und Personenstandsbücher

Laut Archivquellen wurde Friederich Otto Wiedemann am 30. August 1861 in Groß Kanizsa (ung. Nagykanizsa) in Ungarn geboren und starb 1930 in Marburg; als sein

20 Deutscher Bote für Steiermark und Kärnten 3 (1896) Nr. 1, s. p. (Anzeigen).
21 Ebenda, S. 105.
22 Jerneja Ferlež: Stanovati v Mariboru. Etnološki oris [Wohnen in Marburg. Ein ethnologischer Abriss]. Maribor 2009, S. 215.
23 Das Moderne Bad. In: Marburger Zeitung, 4.7.1903, S. 11, Anzeige.
24 Marburger Zeitung, 16.10.1909, S. 11.
25 Das Moderne Bad. In: Marburger Zeitung, 4.7.1903, S. 11, Anzeige.
26 Marburger Zeitung, 10.9.1903, S. 7, Anzeige.

Beruf wird »Spenglermeister« angeführt.[27] Da er nicht in Marburg geboren wurde, ist in den dortigen Personenstandsbüchern nichts über seine Geburt zu finden, und trotz seines langen Aufenthalts in Marburg gibt es keine Informationen über seine Hochzeit oder die Geburt von Kindern. Auch in den erhaltenen Personenstandsbüchern und anderen Aufzeichnungen der evangelischen Kirchengemeinde in Marburg finden sich keine Informationen über Friederich Wiedemann oder seine Familienmitglieder.[28]

Zeitungsartikel

In den Zeitungen *MZ* (deutschsprachig) und *Straža* (slowenischsprachig) findet man im Juni 1909[29] zwei Berichte über einen nächtlichen Überfall auf Friederich Wiedemann in seiner Wohnung in der Theatergasse 16. *Straža* veröffentlichte eine kurze Notiz über den Überfall eines Studenten auf den Klempner, während die *MZ* einen längeren Artikel über dasselbe Ereignis brachte. In *Straža* erschien ein längerer Bericht erst im November anlässlich des Prozesses gegen den Angreifer, einen ehemaligen Lehramtsanwärter, dessen rücksichtslose Tat ihm 18 Monate Gefängnis eingebracht haben soll.[30] Aus dem Vergleich der Artikel geht hervor, dass Maks Kocbek, ein 16-jähriger Schüler der Pädagogischen Hochschule Marburg, der aus Gornji Grad stammte, vom Hof aus über den Balkon in die Küche von Wiedemann eindrang, um Geld für eine Fotokamera zu stehlen. Als Wiedemanns Hund bellte und er aus seinem Schlafzimmer mit einer Kerze in der Hand kam, wurde er von seinem Angreifer niedergestochen. Der Verfasser des Beitrags in *Straža* beschwerte sich, dass die *MZ* der Tat besondere Bedeutung beimaß, weil es sich um einen Angriff eines slowenischen jungen Mannes auf einen deutschen Geschäftsmann handelte.

Baupläne

Das Regionalarchiv Maribor (sl. Pokrajinski arhiv Maribor) verfügt im Bestand »Bau- und Ordnungsverwaltung« über eine detaillierte, nach Hausadressen geordnete Baudokumentation für verschiedene Stadtteile von Marburg, die eine äußerst informative Quelle für das Bild der Stadt im Bereich des Bauwesens sowie für das Leben der Einwohner von Marburg darstellt. Zur heutigen Adresse Trubarjeva 4 (ehemals Theatergasse 16) erfährt man, dass die Investorin Kathe Wiedemann, offenbar Friederichs Frau, 1903 ein zweistöckiges Geschäfts- und Wohnhaus baute.[31] Errichtet wurde es von der Firma Rudolf Kiffmann. Der Grundriss zeigt im Erdgeschoss eine größere Wohnung mit Bad; die anderen Wohnungen hatten keine Bäder. Im Keller befand sich eine Klempnerwerkstatt und im Erdgeschoss zusätzlich ein Laden, der zur Straße hin offen war. Der Zugang zum Laden erfolgte von der zentralen Erdgeschosswohnung aus, die Werkstatt im Keller war über eine Treppe vom Hof und ebenfalls über eine Treppe vom Laden im Erdgeschoss aus zu erreichen. Weitere

27 SI_PAM/0005/005/001/024_00578, Matrikenblatt über den Gemeindeangehörigen der Stadt Marburg: Wiedemann Otto Friedrich.
28 Wir danken Violeta Vladimira Mesarič, Pfarrerin der Evangelischen Kirchengemeinde Maribor, für die Durchsicht der Personenstandsbücher.
29 Ein windischer Mordbube. In: MZ, 22.6.1909, S. 4; Žalosten čin [Eine traurige Tat]. In: Straža, 21.6.1909, S. 3.
30 Straža, 3.11.1909, S. 3.
31 Marburger Zeitung, 10.10.1903, S. 3; Pokrajinski arhiv Maribor, Viri za gradbeno zgodovino Maribora po 1859 [Quellen für die Baugeschichte von Marburg nach 1859], Viri 2, H. 5, S. 225.

Wohnungen waren in anderen Teilen des Hauses untergebracht. Im Hofgebäude befanden sich ein einstöckiges Kellergeschoss mit Waschküche, Toilette und Abstellräume im Erdgeschoss und eine Wohnung mit drei Durchgangszimmern im ersten Stock. Die zentrale Zweizimmerwohnung im Erdgeschoss war offenbar die Wohnung Wiedemanns, in der das Attentat 1909 stattfand, das laut der *MZ* für ihn tödlich hätte enden können. Sie hatte einen Balkon mit Blick auf den Hof, von dem aus man in die Küche und dann in den Flur gelangte, wo Wiedemann in jener verhängnisvollen Nacht mit dem Messer angegriffen wurde.

Zusammenfassend lässt sich über Friederich Wiedemann Folgendes feststellen:

Die Zeitungsanzeigen sprechen zweifellos von einem geschäftstüchtigen Kaufmann, der an einem prestigeträchtigen Ort in der Stadt Badarmaturen verkaufte. Dies war in den ersten Jahren des 20. Jahrhunderts, nachdem die Wasserversorgung installiert worden war, für die Bürger der Stadt von besonderem Interesse. Viel mehr erfährt man aus den Werbeanzeigen über die Person Wiedemanns nicht – man kann keine Rückschlüsse auf seine familiären Verhältnisse, Charaktereigenschaften oder andere Eigenschaften ziehen, und auch die Angaben in den Anzeigen zu seinem Wohnort bleiben unklar.

Die Verzeichnisinformationen geben Hinweise auf die Bauunterlagen, die als Archivquellen zur Verfügung stehen. Daraus geht hervor, dass Wiedemanns Frau Kathe als Bauherrin im Jahr 1903 ein Haus in der Theatergasse 16 errichtete. Das Haus wurde zu einer Zeit gebaut, als das Geschäft dank der Einrichtung der Marburger Wasserversorgung besonders gut lief. Der Bau von Mietshäusern war zu dieser Zeit eine gute Kapitalanlage und für manche eine Möglichkeit, ihre eigenen Lebensbedingungen zu verbessern.

Aus den Zeitungen erfährt man, dass es im Juni 1909 zu einem Einbruch und einem Überfall in der Wohnung Wiedemanns kam: Ein junger Mann, der vom Hof aus eindrang, wo er selbst im ersten Stock des Hofgebäudes wohnte, kletterte auf den Balkon Wiedemanns und suchte nach den Küchenschlüsseln, von denen er wusste, wo sie sich befanden, weil er gesehen hatte, wie sie das Hausmädchen von Wiedemann weglegte. Als Wiedemann den jungen Mann im Hausflur erwischte, griff dieser ihn mit einem Messer an. Der niedergestochene Wiedemann ging ins Schlafzimmer, um seinen Revolver zu holen und schoss, traf aber seinen Angreifer nicht. Der Vergleich der Schilderungen in den Zeitungen zeigt die nationalen Widersprüche, die vor Ausbruch des Krieges am stärksten waren. Obwohl das Attentat eigentlich als Raub startete, bemühten sich die politisch gegnerischen Zeitungen um eine nationale Interpretation, wobei vor allem die *MZ* wiederholte, dass es sich zum einen um einen slowenischen Studenten und zum anderen um einen prominenten deutschen Geschäftsmann handelte. Sogar der evangelische Pfarrer Ludwig Mahnert wurde involviert, denn Wiedemanns Haus lag in unmittelbarer Nähe der evangelischen Kirche, die das symbolische Zentrum der deutschen Einwohnerschaft in Marburg war.

Die vorliegenden Baupläne offenbaren einen detaillierten Einblick in den Tatort und damit auch in eine der Formen der damaligen Wohnkultur in Marburg. Die Baupläne aus dem Jahr 1903 zeigen im Detail die Erdgeschosswohnung, in der die Familie Wiedemann lebte – zu sehen sind ein Dienstmädchenzimmer, eine Küche mit Ausgang auf den Balkon, ein Bad, ein WC, ein Flur und zwei Zimmer zur Straße hin. Es gab auch eine Reihe von Geschäftsräumen – das Eckzimmer an der Straße, das auch von der Wohnung aus zugänglich war, war offenbar ein Ladengeschäft, außerdem gab es eine Klempnerwerkstatt im Keller und ein großes Lager im Hofgebäude. Das Haus steht noch heute, das Hofgebäude existiert jedoch nicht mehr. Das Haus ist eine materielle Quelle, die in Verbindung mit Informationen aus anderen Quellen eine Annäherung an die Ereignisse ermöglicht.

Wiedemann überlebte den Angriff, wurde sofort medizinisch versorgt und anschließend im Krankenhaus behandelt. Archivdokumente[32] zeigen, dass er 1930 in Marburg starb. Er lebte also offensichtlich noch immer in der Stadt, in der er nach dem Ersten Weltkrieg ein Unternehmen gegründet hatte, und gehörte nicht zu dem Teil der deutschen Einwohnerschaft, die Marburg nach dem Ersten Weltkrieg verließ.

Auf den ersten Blick handeln die Berichte über den Überfall nur von einem bedauerlichen Ereignis, aber wenn man ihn mit Informationen aus anderen Quellen vergleicht, eröffnet er andere Zusammenhänge. Neben der erwähnten nationalen Intoleranz und Wohnkultur werden auch zwei interessante Details aufgedeckt. Der Vorfall fand zu einer Zeit statt, als die »besseren« Wohnungen in Marburg bereits über Badezimmer verfügten, wobei aber noch kein Strom installiert war, denn Wiedemann zündete zum Zeitpunkt des Überfalls keine elektrische Lampe an, sondern kam mit einer Kerze aus dem Schlafzimmer. Die Pläne bilden die Wohnverhältnisse eines erfolgreichen Unternehmers, eines typischen Angehörigen des gehobenen Bürgertums seines Milieus und seiner Zeit, genau ab. Ein weiteres Detail erinnert an eine Zeit, in der die Fotografie an Popularität gewann. In den Jahren nach der Jahrhundertwende schossen in Marburg Fotostudios wie Pilze aus dem Boden, und auch die Amateurfotografie war beliebt.[33]

Wer war der junge Mann, der Wiedemann angriff? Ein Student, der so sehr eine Kamera wollte, dass er bereit war, den Besitzer des Hauses, in dessen Hof er wohnte, zu töten. Aus der *MZ* erfahren wir, dass es sich um einen Sohn des Schulleiters von Gornji Grad handelte. Aus dem Artikel über die Gerichtsverhandlung erfährt man, dass Maks Kocbek ursprünglich zur Marine gehen wollte, dann eine Ausbildung als Schlosser absolvierte und sich später an der Realschule in Ljubljana einschrieb, und schließlich an der Lehrerschule in Maribor landete, aber nicht die erwarteten Ergebnisse erzielte. Wenn man den Quellen weiter folgt, kann seine weitere Lebensgeschichte vielleicht rekonstruiert werden.

Es ist bekannt, dass Wiedemann verheiratet war. Aus den Personenstandsbüchern geht nicht hervor, dass er Kinder hatte, aber er hatte ein einträgliches Gewerbe und durch seine Frau ein Haus, in dem er lebte und arbeitete. Er wurde in Ungarn während der Monarchie geboren, starb aber in Marburg in der Zeit des SHS-Königreichs. Man weiß auch genau, wo er seit 1903 gelebt hat. Anhand verschiedener Quellen kann man ihn als repräsentativen Vertreter des damaligen Marburger Geschäftsumfelds identifizieren, und es ist wichtig, die verschiedenen Quellen nebeneinander zu stellen, sie miteinander zu verbinden und erst dann zu interpretieren.

DER INDUSTRIELLE JOSEF/JOSIP HUTTER UND DER UNTERNEHMER RUDOLF KIFFMANN – MÜNDLICHE QUELLEN UND MEMOIREN

Während verschiedene Quellen im vorangegangenen Beispiel einige Aspekte des Alltagslebens in Marburg zu Beginn des 20. Jahrhunderts beleuchteten, geht es im

32 SI_PAM/0005/005/001/024_00578, Matrikenblatt über den Gemeindeangehörigen der Stadt Marburg: Wiedemann Otto Friedrich.

33 Jerneja Ferlež: Fotografiranje v Mariboru [Fotografie in Marburg] 1918–1941. Ljubljana 2002, S. 23; Jerneja Ferlež: Mariborska dvorišča. Etnološki oris [Marburger Höfe. Ein ethnologischer Abriss]. Maribor 2001, S. 149.

nächsten Beispiel um zwei Personen, zu denen bereits Forschungsergebnisse vorliegen, so dass der Gegenstand der Betrachtung diesmal nicht die Rekonstruktion von Biografien und deren Zusammenhängen ist, sondern die Bewahrung von Erinnerungen, wie sie sich durch/in mündliche/n Quellen offenbar(t)en. In der ethnologischen Forschung sind diese zwar unverzichtbar, jedoch bleibt bei der Erforschung weiter zurückliegender Zeiträume nur das Aufspüren der Fragmente, die über Generationen hinweg überlebt haben.

Bei der Erforschung des Gedächtnisses in der Ethnologie geht es weniger um Rekonstruktion als vielmehr darum, wie die Menschen die Vergangenheit durch die Gegenwart nachbilden, aber auch darum, wodurch und warum die Erinnerung ausgelöscht wird. So hat Hrobat Virloget in ihren Forschungen über das Gedächtnis in Istrien untersucht, wie sich die Menschen an das erinnern, was sie erlebt haben, woran ihnen liegt und was sie als wichtig erachten.[34] In dieser Sichtweise existiert die Vergangenheit nicht an sich, sondern bezogen auf den Kontext der Gegenwart, der sie jedes Mal neu definiert.[35] In unserem Beitrag geht es daher um die Frage, was den Menschen gegenwärtig ist und warum sie sich entschieden haben, sich an etwas zu erinnern oder nicht.

Hutter war ein bekannter Industrieller aus Marburg. Er errichtete in den 1920er-Jahren eine große Textilfabrik im Industriebezirk Melje, die vor dem Ausbruch des Zweiten Weltkriegs rund 1.600 Arbeiter beschäftigte und in der Zwischenkriegszeit ein wichtiger wirtschaftlicher und sozialer Faktor in der Stadt war. Er war ein Gottschee-Deutscher, der 1889 in Niedertiefenbach (sl. Dolnja briga) bei Gottschee (sl. Kočevje) geboren wurde. Seine Frau, eine Slowenin aus Izlake, zog mit ihm in den 1920er-Jahren nach Marburg. Hier gründeten sie eine Familie; Josef baute auch eine Fabrik auf und errichtete drei wichtige Marburger Lebensräume – eine Villa am Stadtpark, eine Arbeiterkolonie im Vorort Pobrežje und einen großen Wohnblock im Stadtzentrum. Nach Kriegsende ereilte ihn das Schicksal vieler Unternehmer der Stadt, vor allem, wenn sie Deutsche waren: Im August 1945 wurde fast der gesamte Besitz der Familie Hutter durch ein Kriegsgericht beschlagnahmt; Josef wurde eine Zeit lang inhaftiert und dann zur Zwangsarbeit eingesetzt. Anfang der 1950er-Jahre wanderten die Hutters schließlich von Marburg nach Österreich aus, wo Josef 1963 starb. Seine Fabrik und die Wohngebäude gingen nach der Gründung des neuen Staates in staatlichen Besitz über.[36]

Auch der Bauingenieur Rudolf Kiffmann jr., ein Zeitgenosse Hutters, war ein bekannter Unternehmer in Marburg. Er wurde im Jahr 1894 in Marburg geboren und stammte aus einer großen Familie, die gegen Ende des 19. Jahrhunderts ein großes Bauunternehmen, ebenfalls in Melje, aufgebaut hatte. Er heiratete die Tochter des Bauunternehmers und Ziegeleibesitzers Franz Derwuschek und wurde Besitzer der Ziegelei in Košaki bei Marburg. Über mehrere Generationen hinweg errichteten Mitglieder der Familie Kiffmann zahlreiche Gebäude in Marburg, von Arbeiterwohnungen über Mietshäuser bis hin zu Villen – darunter auch das Haus von Wiedemann in der Theatergasse; beteiligt waren sie auch am Bau des großen Wohnblocks von

34 Katja Hrobat Virloget: V tišini spomina. »Eksodus« in Istra, Trst, Koper [In der Stille der Erinnerung. Der »Exodus« und Istrien, Triest, Koper]. Trst, Koper 2021, S. 7–12.

35 Ebenda.

36 Jerneja Ferlež: Josip Hutter in bivalna kultura Maribora [Josip Hutter und die Wohnkultur von Marburg]. Maribor 2008, S. 13–21.

Hutter und seiner Arbeiterkolonie. Sie projektierten weiterhin mehrere Schulen, Verwaltungsgebäude und Kasernen, aber ihre Spezialität waren komplexere technische Konstruktionen, darunter Teile der Fabrik von Hutter. Rudolf Kiffmann jr. war der Sohn von Rudolf Kiffmann sen. und der Enkel von Carl Kiffmann, der als Gründer des Unternehmens (1873) gilt. In der ersten Hälfte des 20. Jahrhunderts entwickelten die beiden Rudolfs das Unternehmen zum führenden Bauunternehmen der Stadt und beschäftigten bis zu 600 Mitarbeiter. Viele Einwohner der Stadt wohnen noch heute in den Gebäuden und arbeiten in den von Kiffmann errichteten Büros oder Schulen. Wie Hutter drohte auch Rudolf Kiffmann jr. 1945 eine Verurteilung und die Beschlagnahmung seines Besitzes, doch er erlebte sie im Ausland, hatte er doch Marburg kurz vor Kriegsende in Richtung Österreich verlassen. Er war also bereits abwesend, als ihm der Prozess gemacht und sein Besitz in der neuen gesellschaftlichen Situation beschlagnahmt wurde.[37]

Quellen für beide Biografien

Die Quellen für beide Biografien sind relativ zahlreich und werden hier aus zwei bereits veröffentlichten Texten zusammengefasst. Das Leben von Josip/Josef Hutter konnte anhand von Personenstandsregistern, Baudokumenten, Unterlagen über die Beschlagnahme von Eigentum und die Nachkriegsprozesse rekonstruiert werden. Auch die materiellen Quellen, das heißt die erhaltenen Gebäude, waren aufschlussreich. Das Bildmaterial war in öffentlichen Sammlungen und im Familienarchiv seines Sohnes vorhanden. Es gab auch einige wissenschaftliche wie auch andere Berichte, die Josef Hutter in verschiedenen Zusammenhängen, insbesondere im Geschäftsleben, erwähnten. Entscheidend für die Rekonstruktion seines Privatlebens, seiner familiären und gesellschaftlichen Beziehungen und der Haltung der Marburger Bürger ihm gegenüber, als er schon nicht mehr in Marburg lebte, waren die ausführlichen Interviews mit Hutters Sohn, mit einer Näherin der Familie, mit Nachkommen seiner Angestellten und mehreren Bewohnern seiner Gebäude.[38]

Das Leben von Rudolf Kiffmann jr. konnte vor allem anhand von Zeitungs- und Sachquellen rekonstruiert werden, das heißt anhand der Gebäude, die die Kiffmanns gebaut hatten. Ihre Geschäfts- und Wohngebäude in der Meljska-Straße waren zum Zeitpunkt der Recherche nicht mehr vorhanden. Hilfreich waren Archivquellen, insbesondere Bauunterlagen, aber auch Verzeichnisse, Pläne und alte Fotografien. Mündliche Quellen waren sehr spärlich, es gab nur einige schwache Erinnerungsbruchstücke und vage Informationen von den Nachkommen eines ehemaligen Mitarbeiters, der jedoch eine wertvolle Ressource bewahrte – ein Album mit Bildern ihrer Gebäude. Die Erinnerungen an die Familie und den letzten noch in Maribor lebenden Bauvertreter sind schwach und vage.[39]

Der Umfang der Erinnerungen

Mündliche Quellen ermöglichen den Forschern einen Einblick in das untersuchte Phänomen aus der Perspektive der Forschungssubjekte und geben Einblick in ihre Gefühle, Erfahrungen, Erinnerungen und Werte, aber diese verblassen mit der

37 Jerneja Ferlež: Rodbina Kiffmann [Die Familie Kiffmann]. In: Mateja Ratej (Hg.): Slovenski biografski almanah 19. stoletja [Slowenischer Biografischer Almanach des 19. Jahrhunderts]. Ljubljana 2022, S. 95–110.

38 Ferlež: Josip Hutter in bivalna kultura Maribora, S. 95f.

39 Ferlež: Rodbina Kiffmann, S. 109f.

Zeit, werden absichtlich oder unabsichtlich verzerrt oder sogar irreführend. Im Idealfall können sie mit anderen Quellenarten verglichen werden, wobei auch die schriftlichen Quellen nicht immer zuverlässig sind, da sie Ungenauigkeiten und absichtliche Auslassungen oder Ergänzungen enthalten können, insbesondere wenn sie sich auf Zeiten des gesellschaftlichen Wandels beziehen. Die Erinnerungen an die beiden Unternehmer, die das heutige Marburg maßgeblich geprägt haben, zeigen weniger als ein Jahrhundert nach ihrem physischen Weggang aus der Stadt deutliche Unterschiede in den Spuren des kollektiven Gedächtnisses. Die zentrale Frage ist, warum trotz der zahlreichen Ähnlichkeiten in ihren Biografien solche Unterschiede zu bemerken sind.

Josef Hutter beschäftigte vor dem Krieg viel mehr Menschen, war aber nur zwei Jahrzehnte in der Stadt, während Rudolf Kiffmann das letzte Mitglied einer Familie war, die seit siebzig Jahren in Marburg baute und mehrere Generationen von Arbeitern beschäftigte. Die erfolgreiche Geschäftskarriere beider Männer wurde durch die gesellschaftliche Wende von 1945 unterbrochen, als man sie verurteilte und ihr Eigentum beschlagnahmte. Hutter blieb zunächst in der Stadt und erlebte den Prozess, die Beschlagnahme und die anschließenden Folgen in Marburg, während Kiffmann seine Verurteilung und die Beschlagnahme seines Vermögens in seiner Abwesenheit erlebte.

Über Hutter wurde in Marburg eine Art kollektiver Mythos geschaffen, der ihn als sozial bewussten Unternehmer und angesehenen, erfolgreichen und charismatischen Mann darstellt. Sein Name ist im Namen des Wohnblocks und der Arbeiterkolonie und teilweise auch im Namen der Fabrik erhalten. Zum Zeitpunkt der Recherche zu Hutters Biografie, mehr als ein halbes Jahrhundert nach den Nachkriegsereignissen, existierten noch zahlreiche mündliche Quellen über ihn. Neben seinem Sohn, einer Näherin und den Bewohnern seiner Gebäude berichteten über ihn ehemalige Angestellte oder deren Nachkommen, Mitbewohner und Personen, die ihm begegnet waren und ihn kannten, wie der Klavierlehrer der Familie, der Kassierer, verschiedene Nachbarn und andere. Der rote Faden, der sich durch die Geschichten zieht, ist eine positive Einstellung, wenn nicht gar Bewunderung für Hutter, seine geschäftlichen Fähigkeiten und persönlichen Tugenden. Viele der Erinnerungen stehen im Zusammenhang mit der Fabrik und seiner Arbeit, einige aber auch mit seinem Lebensumfeld – zum Beispiel die urbane Legende, wohin der Marmor für die Fassade seines Wohnblocks nach dem Krieg verschwand.

Persönliche Eindrücke und sogar Legenden strömten von allen Seiten während und nach dem Erforschen seiner Biografie ein. Sie entwickelten sich zu Ansichten, die einerseits eine Art Aura eines idealen Arbeitgebers und einer charismatischen Figur aufbauten und andererseits ein Bewusstsein für die Bitterkeit der Umstände schufen, die nach Kriegsende eine erfolgreiche geschäftliche Karriere unterbrachen und das persönliche Leben der Familie schwer beeinträchtigten. Hutter selbst wuchs zu einem Symbol für Menschen heran, für die der Krieg den Lauf ihres Lebens veränderte und denen die Nachkriegszeit das nahm, was sie geschaffen oder besessen hatten. Vor der Veröffentlichung der Monografie über ihn (2009) war Hutter bereits in der wissenschaftlichen Literatur präsent, zum Beispiel im Werk der Ethnologin Maja Godina Golija.[40] Seither sind neue Bearbeitungen seiner Biografie in verschiedenen Genres

40 Maja Godina: Iz delavskih predmestij [Aus den Arbeitervorstädten]. Maribor 1992.

erschienen – Vorträge, wissenschaftliche und populäre Artikel,[41] ein Fotoprojekt,[42] ein Drama[43] und ein Roman[44]. Hutter wurde aus verschiedenen Blickwinkeln dargestellt und beleuchtet, oft aus einer Position der Bewunderung.

Rudolf Kiffmann hingegen hat im kollektiven Gedächtnis der Stadt, in der er und seine Vorfahren mehr als siebzig Jahre lang tätig waren, fast keine nennenswerten Spuren hinterlassen. In einem Artikel über die Marburger Baumeister[45] findet man zwar mehrere Informationen über ihn, aber nur wenige Einwohner der Stadt hatten von ihm gehört. Die Erinnerungen sind nicht konsistent, sie sind partiell und neutral bis leicht negativ. Die Bewohner erzählen nicht von sich aus, manche wollen nicht über ihn sprechen. Die Gebäude, in denen die Firma untergebracht war, existieren nicht mehr, heute gibt es da eine Stadtumgehung und ein anderes Unternehmen. Selbst in der Familie, die das Album mit Kiffmanns Gebäuden aufbewahrt hat, gibt es kaum noch Erinnerungen an seine Person, denn die Vorfahren sollen nicht viel über ihn erzählt haben. Auch bei den späteren Bewohnern von Melje ist die Erinnerung offenbar nicht weitergegeben worden, denn die Nachkriegsgeneration, die noch in den 1970er-Jahren in der Nähe der ehemaligen Kiffmann-Werke wohnte, hat so gut wie keine Erinnerung mehr an die Gebäude und ihre ursprünglichen Besitzer. Bei den Bewohnern von Košaki, wo Rudolf Kiffmann vor dem Krieg eine Ziegelei betrieb, gibt es zwar noch ein paar schwache Erinnerungen, aber auch dort will man kaum darüber sprechen. Ganz anders als die mythischen Erinnerungen an Hutter zeigt eine der wenigen Erinnerungen Kiffmann als einen stürmischen Mann und einen untreuen Partner. Die Menschen, die in seinen Häusern wohnen oder täglich an ihnen vorbeigehen, wissen in der Regel nichts von seiner Autorschaft, und nur in der Fachöffentlichkeit ist er als bedeutender Bauherr bekannt. In den Untertönen verblasster Erinnerungen lässt sich hier und da erkennen, dass die Kiffmanns zu denjenigen Mitgliedern der deutschen Gemeinde in Marburg gehörten, die die Ankunft der deutschen Besatzungsbehörden während des Zweiten Weltkriegs begrüßten und ihren Abzug bedauerten.

Was macht den Unterschied aus?

Es stellt sich also die Frage, was die beiden wichtigen, gleichaltrigen Unternehmer ihrer Zeit in Marburg, beide deutscher Herkunft, so unterschiedlich in das kollektive Gedächtnis eingeschrieben hat. Beide waren in der gleichen Zeit tätig, aber die Familie Kiffmann war schon viel länger in der Stadt präsent. Beide arbeiteten sogar im selben Stadtteil, beide waren Mitglieder im Kulturbund[46] und im Rotary Club[47], beide

41 Vid Kmetič: Beti, nikar nerca! [Beti, bitte doch keinen Pelzmantel!]. In: Večer v nedeljo, 25.10.2015, S. 12f.; Borivoj Breže: Josip Hutter z vidika družbene odgovornosti [Josip Hutter aus der Perspektive der sozialen Verantwortung]. In: Časopis za zgodovino in narodopisje 84/49 (2013) H. 4, S. 28–70; Jerneja Ferlež – mehrere Beiträge.

42 Matjaž Wenzel: HK, 2009, <http://www.ugm.si/razstave/matjaz-wenzel-hk-701/>, 10.6.2024.

43 Peter Rezman: Hutter, <https://teksti.sigledal.org/tekst/hutter>, 10.6.2024.

44 Orlando Uršič: Krušni oče [Der Brotvater]. Maribor 2022.

45 Jože Curk: Mariborsko gradbeništvo med sredinama 19. in 20. stoletja [Bauwesen in Marburg zwischen der Mitte des 19. und der Mitte des 20. Jahrhunderts]. In: Časopis za zgodovino in narodopisje 75 (2004) H. 2–3, S. 301–331.

46 Kako so mariborski nacistični podjetniki uvajali »novi socialni red« [Wie die Nazi-Unternehmer von Marburg eine »neue Gesellschaftsordnung« einführten]. In: Vestnik, 21.8.1945, S. 3.

47 Božidar Hribernik: Prvi Rotary klub na Slovenskem. Slike in dokumenti Rotary kluba Maribor iz obdobja 1930–1941 [Der erste Rotary Club in Slowenien. Bilder und Dokumente des Rotary Clubs Marburg von 1930–1941]. Maribor 2006, S. 8, S. 12; Ferlež: Josip Hutter in bivalna kultura Maribora, S. 87.

spendeten häufig für wohltätige Zwecke, beide hatten Hunderte von Mitarbeitern. Beide waren verheiratet und hatten drei Kinder. Doch die Geschichten von Hutter sind bei den nachfolgenden Generationen gut angekommen, während die Erinnerung an Rudolf Kiffmann fast völlig verblasst ist.

Der wichtigste Grund für die unterschiedliche Erinnerung liegt wohl in der Annahme, dass Hutter bei seinen Angestellten und in der breiteren Gemeinschaft sehr beliebt und geachtet war, da er sich in Bezug auf Mitgefühl und Freundlichkeit merklich von anderen Unternehmern unterschied. In der Tat sind Geschichten über gute Löhne, Fürsorge für die Arbeiter und respektvollen Umgang ein häufiger Bestandteil der Erinnerungen der Nachkommen seiner Angestellten. Über Kiffmann gibt es keine derartigen Berichte, sondern allenfalls vage Andeutungen und Aufzeichnungen,[48] die auf ein schwierigeres Verhältnis zwischen Kiffmann und seinen Mitarbeitern schließen lassen.[49]

Zu Hutters Popularität könnte auch beigetragen haben, dass er zwar ein Deutscher aus Gottschee/Kočevsko war, aber mit einer Slowenin verheiratet war und sich souverän in slowenischen Kreisen bewegte. Kiffmann war nach außen hin eindeutig ein Mitglied der deutschen Gemeinschaft, wie zum Beispiel sein Engagement im örtlichen deutschen Fußballverein »Rapid« zeigt[50], obwohl er in der Zwischenkriegszeit im geschäftlichen und öffentlichen Leben zweifellos oft auch mit Slowenen zusammenarbeitete.

Die Unterschiede in der Bewahrung von Erinnerungen an Personen, Ereignisse und Orte sind keine Ausnahme. Unverhältnismäßigkeit ist manchmal das Ergebnis des Zufalls, aber oft verblassen Erinnerungen nach einer gewissen Zeit auch deshalb, weil es einfach keine Quellen über die große Mehrheit der Menschen und Phänomene gibt. Im Fall der beiden Marburger Unternehmer mit ähnlichen Lebensgeschichten scheint jedoch eine Folge der Unterschiede in ihrem Leben und Handeln im Kontakt mit den sich verändernden gesellschaftlichen Verhältnissen zu sein, oder wie Katja Hrobat Virloget schreibt – Gruppen, die sich unter den neuen Umständen nicht mehr mit der neuen Ordnung identifizieren können, müssen sie entweder verlassen, oder ihre Stimmen werden marginalisiert und/oder einer Umdeutung unterzogen.[51] Die tschechische Forscherin Barbora Spalová stellt fest, dass in der tschechischen Nachkriegsgesellschaft eher die Marginalisierung als die Tabuisierung die Erinnerungen der ehemaligen Mitglieder der deutschen Gemeinschaft nach der gesellschaftlichen Wende beeinflusste.[52] Interessanterweise werden – wie das Beispiel Hutter/Kiffmann in Marburg zeigt – Erinnerungen selbst in ähnlichen Kontexten nicht auf die gleiche Weise bewahrt.

48 Mündliche Quellen.

49 200 stavbincev je stavkalo pri tvrdki inž. Kiffmann [200 Bauarbeiter streikten bei der Firma Ing. Kiffmann]. In: Delavska politika, 24.6.1936, S. 3.

50 Mariborski večernik »Jutra«, 10. Jg., Nr. 107, 13.5.1929; Kako so mariborski nacistični podjetniki uvajali »novi socialni red«.

51 Katja Hrobat Virloget, Saša Poljak Istenič, Mateja Habinc: Manjšine med obrobjem in ospredjem, med nemimi in dominantnimi spomini [Minderheiten zwischen der Peripherie und dem Vordergrund, zwischen stummen und dominanten Erinnerungen]. Ljubljana 2017, S. 8–12.

52 Barbora Spalová: Remembering the German Past in the Czech Lands. A Key Moment Between Communicative and Cultural Memory. In: History and Anthropology 28 (2016) H. 1, S. 84–109, hier: S. 102.

Einige Konzepte und Theorien des Erinnerns können uns dabei helfen, diese Tatsache zu verstehen. Wie Maurice Halbwachs[53] erklärte, erinnert sich der Mensch gemeinsam mit den Mitgliedern seiner Gesellschaft. Das Erinnern ist also kein individueller Akt, sondern findet gemeinsam mit anderen Mitgliedern der Gruppe statt, zu der man gehört. Das kollektive Gedächtnis, so Halbwachs, ist auf die so genannten Erinnerungskader angewiesen, es passt sich den Bedürfnissen der jeweiligen Zeit und des sozialen Kontextes an und wird immer wieder neu nach den Bedürfnissen der Gegenwart ausgewählt. Die Gemeinschaft wählt aus, was erinnert und was vergessen wird, Letzteres insbesondere das, was nicht dem aktuell gültigen kollektiven Bild der Vergangenheit entspricht. Das Gedächtnis ist eine Art Schnittpunkt von kollektiven Einflüssen und den sozialen Netzen, in denen sich das Individuum bewegt. Halbwachs spricht auch von der Vielfältigkeit sozialer Zeiten, da das Individuum mit seinen unterschiedlichen sozialen Identitäten immer ein Mitglied verschiedener Gruppen ist (Familie, Religionsgemeinschaft, soziale Schicht und so weiter). Das Gedächtnis verbindet das Individuum mit der Gemeinschaft und bestimmt seine Zugehörigkeit.[54]

In diesem Sinne werden die Erinnerungen von Hutter und Kiffmann in Marburg unterschiedlich bewahrt, und zwar nicht wegen ihres unterschiedlichen Einflusses auf die Stadt heute, sondern wegen der durchdringenden Rolle des kollektiven Gedächtnisses, das von Geselligkeit geprägt ist. Dies ist nicht nur eine einfache deutsch-slowenische Dichotomie, die sich durch viele Interpretationen zieht, sondern auch, wie wir aus ihrem Fall ableiten können, eine Frage der persönlichen Umstände und des individuellen Charismas. Das wirft die wichtige Frage nach der Durchlässigkeit und Reflexion des kollektiven Gedächtnisses auf, und zwar nicht nur für Einzelne aus ihrer Vergangenheit mit anderen Werten.

FAZIT

Anhand der besprochenen Lebensgeschichten wird ersichtlich, wie unterschiedliche Quellen – Personenstandsregister, Zeitungen, Baupläne, mündliche Quellen und andere – unterschiedliches Wissen über dieselben Personen vermitteln, was die Kombination verschiedener Quellen zu einer Notwendigkeit für die Forschung macht. Ferner kann man feststellen, dass das kollektive Gedächtnis am Beispiel bestimmter Personen trotz vergleichbarer oder sogar sehr ähnlicher Lebensgeschichten in Bezug auf Zeit, Aktivitäten und Lebensstil mit unterschiedlicher Intensität bewahrt wird. Es ist wichtig festzustellen, warum und in welchem Ausmaß dies geschehen ist.

Die Autorinnen bedanken sich für die finanzielle Unterstützung durch die slowenische Forschungs- und Innovationsagentur (Kernfinanzierung der ethnologischen Erforschung von kulturellem Wissen, Praktiken und Formen von Sozialitäten, Nr. P6-0187).

53 Vgl. Maurice Halbwachs: Kolektivni spomin [Kollektives Gedächtnis]. Ljubljana 2001; Hrobat Virloget: V tišini spomina, S. 7–12.

54 Maurice Halbwachs: Kolektivni spomin [Kollektives Gedächtnis]. Ljubljana 2001.

JERNEJA FERLEŽ, geboren 1968 in Maribor, ist Ethnologin und Bibliothekarin. Sie studierte Ethnologie und Bibliothekswesen an der Philosophischen Fakultät der Universität Ljubljana, wo sie auch ihren Doktortitel erwarb. Seit 1993 ist sie in der Abteilung für Ethnologie und Kulturanthropologie der Philosophischen Fakultät der Universität Ljubljana sowie an der Universitätsbibliothek Maribor tätig, und 2021 hat sie sich an der Universität Maribor für das Fach Ethnologie habilitiert. Im Jahr 2012, als Maribor Kulturhauptstadt Europas war, kuratierte sie die große Ausstellung »Deutsche und Maribor. Ein Jahrhundert der Wenden«. Sie ist Autorin mehrerer Monografien und Aufsätze, insbesondere im Bereich der Wohnkultur.
E-Mail: jerneja.ferlez@um.si; jerneja.ferlez@ff.uni-lj.si

ALJA LIPAVIC OŠTIR, geboren 1965 in Maribor, ist Professorin für Deutsch an der Philosophischen Fakultät der Universität Maribor und an der UCM Trnava, Slowakei. Zu ihren Forschungsschwerpunkten gehören Mehrsprachigkeit, Sprachbiografien von Migranten, Spracheinstellungen sowie Sprachkontakte zwischen Deutsch und Slowenisch. Sie ist Autorin mehrerer wissenschaftlicher Monografien und zahlreicher Beiträge in wissenschaftlichen Sammelbänden und Fachzeitschriften. In verschiedenen Projekten erforscht sie Themen wie problemorientiertes Lernen, Schulpolitik und Klimakommunikation. In Slowenien ist sie auch im Bereich der Sprachpolitik tätig.
E-Mail: alja.lipavic@um.si

Archivquellen in deutscher Sprache im Historischen Archiv Celje

Von Aleksander Žižek

ÜBER DAS HISTORISCHE ARCHIV CELJE UND DIE ANFÄNGE DER ARCHIVSAMMLUNG IN DER REGION CILLI/CELJE

Die Anfänge des systematischen Sammelns von Archivalien auf dem Gebiet des Historischen Archivs Celje (sl. Zgodovinski arhiv Celje, abgekürzt: ZAC) lassen sich bis zum Beginn des 19. Jahrhunderts zurückverfolgen. Die ersten archivalischen Sammlungen in dieser Region wurden vom Landesmuseum Joanneum (gegründet 1811) und später vom Steiermärkischen Landesarchiv angelegt. Letzteres war ursprünglich Teil der Joanneumsbibliothek und wurde 1817 als eigenständiges Joanneumsarchiv gegründet. Die Mitarbeiterinnen und Mitarbeiter des Landesmuseums und des Landesarchivs zeigten besonderes Interesse an Urkunden, älterem Archivmaterial über Städte, Märkte, Pfarreien und Klöster sowie an alten Grundbüchern und Urbarien. Mit der Gründung des Stadtmuseums in Cilli/Celje und des Museumsvereins im Jahre 1882 entstand jedoch auch in Celje eine beachtliche Sammlung von Archivmaterial.

Bis zum Zweiten Weltkrieg befand sich der Großteil des Archivmaterials noch im Besitz der jeweiligen Provenienzstellen. Der größte Teil der Grundbücher, die Urkundensammlung sowie die Gerichtsakten wurden im Kreisgerichtsgebäude aufbewahrt. Die Stadtverwaltung archivierte hingegen die Protokolle des Stadtrats und einen Teil der alten Registratur.

Während des Zweiten Weltkrieges und in den ersten Jahren danach gingen zahlreiche Archivalien verloren. In der gesamten besetzten Steiermark wurden die Archivalien vom Reichsgauarchiv systematisch erfasst und gesammelt. Bereits 1942 richtete man im Kapuzinerkloster in Celje ein Archivsammeldepot ein. Gegen Kriegsende (1944) wurde das gesamte gesammelte Material in die Nähe von Murau »in Sicherheit gebracht«. Im Jahr 1947 erfolgte die Rückgabe des Materials, welches jedoch stark beschädigt und sehr unvollständig war. Dies bedeutet, dass Archive einiger Gemeinden und Vereine sowie das äußerst wichtige Archivmaterial der Bezirkshauptmannschaft und der Bezirksvorstehung von Cilli nicht mehr vorhanden waren. Das zurückgegebene Material wurde von der damaligen Außenstelle des Staatsarchivs in Marburg (an der Drau)/Maribor übernommen. Erst im Jahr 2002 konnte dieses schriftliche

Kulturgut durch eine Vereinbarung zwischen dem Historischen Archiv Celje und dem Regionalarchiv (sl. Pokrajinski arhiv) Maribor endlich an seinen Ursprungsort zurückgeführt werden.

Nach dem Zweiten Weltkrieg wurde das Archivmaterial, insbesondere Grundbücher, von der Kreissammelstelle gesammelt. Im Zuge des Umzugs des Stadtmuseums in die Räumlichkeiten der Alten Grafei/Stara grofija wurde das Material von der Kreissammelstelle übernommen und zusammen mit den Besatzungsarchivbeständen auf dem Dachboden gelagert.

Sammlung von Grundbüchern
Foto: Tomaž Črnej, 2016

Das Historische Archiv Celje wurde am 13. Dezember 1956 als eigenständige Einheit (Stadtarchiv) gegründet und am 10. April 1957 offiziell eröffnet.[1] Das Archiv ist gegenwärtig eines von sechs Regionalarchiven in der Republik Slowenien und umfasst das Gebiet von vierzehn Verwaltungsbezirken: Brežice/Rann, Celje/Cilli, Hrastnik/Hrastnigg, Krško/Gurkfeld, Laško/Tüffer, Mozirje/Praßberg, Sevnica/Lichtenwald, Slovenske Konjice/Gonobitz, Šentjur/Sankt Georgen bei Cilli, Šmarje pri Jelšah/Sankt Marein bei Erlachstein, Trbovlje/Trifail, Velenje/Wöllan, Zagorje ob Savi/Sagor [oder Seger] an der Sau und Žalec/Sachsenfeld. Das Archiv verfügt über einen Bestand von ungefähr 9.000 laufenden Metern und beschäftigt 18 Personen.

Das Historische Archiv Celje ist bereits seit geraumer Zeit mit einer eigenen Homepage im Internet vertreten,[2] auf der auch eine Recherche im umfangreichen

1 Zgodovinski arhiv Celje: Vodnik po fondih in zbirkah [Führer durch Bestände und Sammlungen]. Celje 2010, S. VI–VIII.

2 Zgodovinski arhiv Celje [Historisches Archiv Cilli/Celje], <https://zac.si/>, 12.6.2024.

Archivmaterial möglich ist.[3] Darüber hinaus ist das Archiv am Projekt aller öffentlichen slowenischen Archive, dem Virtuellen Archivlesesaal (sl. Virtualna arhivska čitalnica), beteiligt.[4] Dieses Projekt ermöglicht den Nutzern die Suche in den Beständen und Sammlungen der Archive.

ÜBERSICHT DER BESTÄNDE UND SAMMLUNGEN IN DEUTSCHER SPRACHE

In Anbetracht der Tatsache, dass der Schriftverkehr von Justiz, Verwaltung und Privatpersonen im Einzugsgebiet des Historischen Archivs Celje (und in der Untersteiermark generell) bis 1918 überwiegend in deutscher Sprache abgewickelt wurde, ist es nicht verwunderlich, dass der überwiegende Teil des Archivgutes aus der Zeit vor 1918 in deutscher Sprache vorliegt. Während der Besatzungszeit von 1941 bis 1945 ist zudem ein Anstieg an deutschsprachigen Materialien zu verzeichnen.

Im Folgenden wird eine Übersicht über die einzelnen Provenienzstellen und ihre Archivalien gegeben, wobei die Tektonik des Archivs berücksichtigt wird.

VERWALTUNG

Die älteste Form der unteren Verwaltungsorgane stellten die Grundherrschaften dar, die trotz der allgemeinen Verwaltungsaufgaben, die sie im Laufe der Zeit übernahmen, naturgemäß auch ihre Hauptaufgabe behielten, das heißt, die Verwaltungsaufgaben gegenüber dem Grundherrn und den Leibeigenen. Zu dieser Gruppe gehören im Archiv folgende Provenienzstellen:

- SI_ZAC/0536 Gospoščina Gornji Grad [Herrschaft Oberburg] (1550–1880),
- SI_ZAC/0548 Graščina Ponikva [Gut Ponigl] (1782–1831),
- SI_ZAC/1203 Gospoščina Velenje [Herrschaft Wöllan] (1733–1779),
- SI_ZAC/1270 Gospoščina Turn pri Velenju in Šalek [Herrschaft Turn und Schallegg] (1847–1849),
- SI_ZAC/1271 Gospoščina Šoštanj [Herrschaft Schönstein] (–1752),
- SI_ZAC/1306 Gospoščina Rajhenburg [Herrschaft Reichenburg] (1709–1753),
- SI_ZAC/1457 Gospoščina Šrajbarski turn [Herrschaft Turn am Hard] (1798–1846),
- SI_ZAC/1458 Gospoščina Pleterje [Herrschaft Pleterhof] (1802–1846),
- SI_ZAC/1459 Gospoščina Mokrice [Herrschaft Mokriz] (1797–1847),
- SI_ZAC/1460 Gospoščina Kostanjevica [Herrschaft Landstraß] (1567–1847).

Ein Beispiel aus der jüngeren Vergangenheit ist die Grundherrschaft der Familie Windischgrätz: SI_ZAC/0832 Veleposestvo kneza Windischgrätza v Konjicah [Grundherrschaft des Fürsten Windischgrätz in Gonobitz] (1923–1930).

Des Weiteren umfasst der Bestand SI_ZAC/0008 Okrožni urad Celje [Kreisamt Cilli] (1789–1850) eine beachtliche Menge an Akten und kartografischem Material von 15,3 laufenden Metern. Das Kreisamt Cilli[5] grenzte an die Kreise Rudolfswerth/

3 Zgodovinski arhiv Celje: Vodnik po fondih in zbirkah [Archivführer durch die Bestände und Sammlungen]. Celje 2010, <https://vodnik.zac.si/>, 12.6.2024.

4 Virtualna arhivska čitalnica [Virtueller Archivlesesaal], <https://vac.sjas.gov.si/vac>, 13.6.2024.

5 Mehr zu den Kreisämtern: Handbücher und Karten zur Verwaltungsstruktur in den Ländern Kärnten, Krain, Küstenland und Steiermark bis zum Jahre 1918: ein historisch-bibliographischer Führer = Priročniki in karte o organizacijski strukturi v deželah Koroški, Kranjski, Primorju in Štajerski do leta 1918: zgodovinsko-bibliografski vodnik = Manuali e carte sulle strutture amministrative nelle province di Carinzia, Carniola, Litorale e Stiria fino al 1918: guida storico-bibliografica. Graz u. a. 1988, S. 32.

Novo mesto, Laibach/Ljubljana, Klagenfurt/Celovec und Marburg/Maribor sowie an die Gespanschaften Warasdin (kr. Varaždin, ung. Varasd) und Agram/Zagreb. Die politische Unterteilung des Kreisamtes erfolgte in 58 Werbbezirke und 558 Gemeinden, darunter vier Städte (Cilli/Celje, Rann/Brežice, Windisch-Feistritz/Slovenska Bistrica, Windischgraz/Slovenj Gradec) und 26 Märkte (Fraßlau/Braslovče, Reichenburg/Rajhenburg, Oberburg/Gornji Grad, Gonobitz/Konjice, Drachenburg/Kozje, Tüffer/Laško, Lemberg, Laufen/Ljubno, Maxau/Makole, Motnig/Motnik, Praßberg/Mozirje, Peilenstein/Pilštanj, Montpreis/Planina (pri Sevnici), Windisch Landsberg/Podčetrtek, Hörberg/Podsreda, Rietz/Rečica, Rohitsch/Rogatec, Lichtenwald/Sevnica, Studenitz/Studenice, St. Georgen/Šentjur pri Celju, Schönstein/Šoštanj, Wöllan/Velenje, Weitenstein/Vitanje, Hochenegg/Vojnik, Saldenhofen/Vuzenica und Sachsenfeld/Žalec).

Zum Zuständigkeitsbereich des Kreisamtes gehörten des Weiteren die folgenden Angelegenheiten: Grenzstreitigkeiten, Verzeichnisse der Gemeindegrenzen, Geld- und Naturalabgaben, Militärschulden, Deserteure, Konzessionen, Wasserbauten, Regulierung der Flüsse Sawe oder Save/Sava, Sann/Savinja, Loschnitz/Ložnica, Drau/Drava, Impfungen, Handwerksangelegenheiten, Jahres-, Vieh- und Wochenmärkte, Marktprivilegien, Bau von Bezirksstraßen, kirchliche Angelegenheiten, Bau und Umbau von Kirchen, Pfarrhäusern und Nebengebäuden, Schul- und Gesundheitswesen, Bauernproteste und -unruhen (1848).

Vor 1848 existierten auf der unteren Ebene zwischen dem Kreis und den Gemeinden Institutionen, die sich aus den Werbbezirken entwickelten. Hierbei handelte es sich um delegierte Bezirksherrschaften oder vollständig staatlich geführte Bezirkskommissariate, die nicht nur militärische Aufgaben, sondern auch allgemeine Verwaltungsaufgaben erledigten. Das Archiv verfügt über zwei kleinere Bestände, nämlich SI_ZAC/0009 Bezirksherrschaft Tüffer/Laško (1847–1848) und SI_ZAC/1454 Bezirksherrschaft Oberburg-Altenburg/Gornji Grad-Vrbovec (1821–1828).

Im Jahr 1849[6] wurden im Zuge der Neuorganisation der Verwaltung in der Steiermark 19 Bezirkshauptmannschaften als unterste Ebene der allgemeinen Staatsverwaltung eingerichtet. Mit ihrer Errichtung wurde die endgültige Trennung von Verwaltung und Justiz auf lokaler Ebene vollzogen; geleitet wurden sie von den Bezirkshauptmännern. In Slowenien blieben diese Institutionen auch nach 1918 im neuen Staat bestehen. Das Historische Archiv Celje verwahrt folgende Bestände:

- SI_ZAC/0011 Okrajno glavarstvo in sresko načelstvo Brežice [Bezirkshauptmannschaft und Bezirksvorstehung Rann] (1843–1941),
- SI_ZAC/0012 Okrajno glavarstvo Celje [Bezirkshauptmannschaft Cilli] (1850–1928),
- SI_ZAC/1100 Sresko načelstvo Šmarje pri Jelšah [Bezirksvorstehung St. Marein bei Erlachstein] (1884–1940) und
- SI_ZAC/1304 Okrajno glavarstvo Krško [Bezirkshauptmannschaft Gurkfeld] (1882–1940).

Aus der – wenn auch kürzeren – Zwischenzeit der vorübergehenden Zusammenlegung der Verwaltungs- und Justizkompetenzen in den Bezirksämtern (1853–1868),

6 Ebenda, S. 44, S. 60, S. 61.

in denen die Funktionen der Bezirkshauptmannschaft und des Bezirksgerichts vereinigt waren, liegen wesentlich mehr Bestände vor:

- SI_ZAC/0014 Okrajni urad Celje [Bezirksamt Cilli] (1826–1865),
- SI_ZAC/0015 Okrajni urad Gornji Grad [Bezirksamt Oberburg] (1850–1873),
- SI_ZAC/0016 Okrajni urad Jelšovec [Bezirksamt Erlachstein] (1826–1868),
- SI_ZAC/0017 Okrajni urad Konjice [Bezirksamt Gonobitz] (1830–1868),
- SI_ZAC/0018 Okrajni urad Kozje [Bezirksamt Drachenburg] (1800–1866),
- SI_ZAC/0019 Okrajni urad Laško [Bezirksamt Tüffer] (1809–1868),
- SI_ZAC/0020 Okrajni urad Rogatec [Bezirksamt Rohitsch] (1832–1867),
- SI_ZAC/0021 Okrajni urad Sevnica [Bezirksamt Lichtenwald] (1860–1863),
- SI_ZAC/0022 Okrajni urad Vransko [Bezirksamt Franz] (1787–1868),
- SI_ZAC/0023 Okrajni stavbni urad Celje [Bezirksbauamt Cilli] (1857–1874).

Der Großteil des überlieferten Materials der Bezirksämter besteht aus Bauakten.

Das Archivgut der unteren Verwaltungsbehörden – Städte und Märkte – ist aufgrund zahlreicher Brände, Verlegungen und Zerstörungen unterschiedlich gut erhalten. An manchen Stellen reicht es in der Zeit weit zurück und ist umfangreicher, an anderen sind nur Fragmente erhalten. Von besonderem Interesse sind die Unterlagen zur Stadt- und Marktverwaltung (Protokolle der Selbstverwaltungsorgane, Rechnungen, Wahlen). Hier finden sich folgende Provenienzstellen:

- SI_ZAC/0010 Mestni magistrat Celje [Magistrat Cilli] (1693–1850),
- SI_ZAC/0544 Trg Ljubno [Markt Laufen] (1763–1872),
- SI_ZAC/0547 Trg Mozirje [Markt Praßberg] (1782–1899),
- SI_ZAC/0564 Trg Konjice [Markt Gonobitz] (1776–1861),
- SI_ZAC/1263 Trg Šentjur [Markt St. Georgen bei Reichenegg] (1583–1867),
- SI_ZAC/1272 Trg Lemberg pri Sladki Gori [Markt Lemberg] (1599–1926),
- SI_ZAC/1273 Trg Pilštanj [Markt Peilenstein] (1604–1861).

Für den Zeitraum nach 1850 ist eine signifikant größere Menge an Archivmaterial vorhanden als für die Zeit vor der Schaffung der Gemeinden als unterste Verwaltungsebene; diese stellen bis heute eine Konstante unter den Institutionen dar. Das Material von insgesamt 40 Gemeinden liegt aufgrund der Entstehungszeit (auch) in deutscher Sprache vor: Stadtgemeinde Cilli/Mestna občina Celje, Gemeinde (Rann) Cilli Umgebung/Občina Celje – okolica, Fraßlau/Braslovče, Gomilsko, Oberburg/ Gornji Grad, Hrastnigg/Hrastnik-Dol, Kostreinitz/Kostrivnica, Kotredesch/ Kotredež, Tüffer/Laško, (Maria-)Petrowitsch/Petrovče, Heilenstein/Polzela, Reichenburg/Brestanica, Rohitsch Sauerbrunn/Rogaška Slatina, Rohitsch/Rogatec, Arschische/Ržiše, Unter-Setschovo/Spodnje Sečovo, Gonobitz/Slovenske Konjice, Greis/Griže, St. Georgen am Tabor/Sv. Jurij pri Taboru, St. Peter im Sannt(h)ale/ Šempeter v Savinjski dolini, St. Martin an der Pack/Šmartno ob Paki, Hl. Dreifaltigkeit bei Sauerbrunn/Sv. Trojica, Schönstein/Šoštanj, Tüchern/Teharje, Tekatschewo/ Tekačevo, Trifail/Trbovlje, Weitenstein/Vitanje, Franz/Vransko, Sagor/Zagorje ob Savi, Sachsenfeld/Žalec, Lichtenwald/Sevnica, Paak/Paka, Wresen/Brezen, Unter-Dolitsch/Spodnji Dolič, Lubnitzen/Ljubnica, St. Peter bei Königsberg/Sveti Peter pod Svetimi Gorami, Rohitsch Sauerbrunn – Umgebung/ Rogaška Slatina – okolica, Großpireschitz/Velika Pirešica, Stranitzen/Stranice und St. Ruperti/Sveti Rupert nad Laškim. Das Material stellt eine exzellente Quelle für die Erforschung der Entwicklung der Verwaltung auf lokaler Ebene dar.

Das deutsche Besatzungsregime in den Jahren 1941 bis 1945 bewahrte auf der unteren Verwaltungsebene die kommunale Verwaltungsstruktur (ohne Gemeinderäte), was durch das erhaltene Archivmaterial der folgenden Besatzungsgemeinden belegt wird: Okkupationsgemeinde Cilli/Okupacijska občina Celje, Okkupationsgemeinde Oberburg/Okupacijska občina Gornji Grad, Okkupationsgemeinde Hrastnigg/Okupacijska občina Hrastnik, Okkupationsgemeinde Tüffer/Okupacijska občina Laško, Okkupationsgemeinde Haselbach bei Gurkfeld/Okupacijska občina Leskovec pri Krškem, Okkupationsgemeinde Praßberg/Okupacijska občina Mozirje, Okkupationsgemeinde Heilenstein/Okupacijska občina Polzela, Okkupationsgemeinde Ratschach/Okupacijska občina Radeče, Okkupationsgemeinde Rohitsch Sauerbrunn/Okupacijska občina Rogaška Slatina, Okkupationsgemeinde Oppendorf/Okupacijska občina Sveti Jurij pri Taboru, Okkupationsgemeinde Tüchern/Okupacijska občina Teharje, Okkupationsgemeinde Trifail/Okupacijska občina Trbovlje, Okkupationsgemeinde Großpireschitz/Okupacijska občina Velika Pirešica, Okkupationsgemeinde Weitenstein/Okupacijska občina Vitanje, Okkupationsgemeinde Steinbrück/Okupacijska občina Zidani Most, Okkupationsgemeinde Sachsenfeld/Okupacijska občina Žalec, Okkupationsgemeinde Anderburg/Okupacijska občina Šentjur, Okkupationsgemeinde Preichau/Okupacijska občina Prihova und Okkupationsgemeinde Edlingen/Okupacijska občina Zagorje.

Während des Krieges wurden die Gemeinden neben ihren regulären Aufgaben auch mit der Organisation des Luftschutzes, der Erfassung von Kriegsschäden und Bombenopfern sowie mit der Umsetzung von Entnationalisierungsmaßnahmen betraut.

Auf der oberen Ebene der Besatzungsverwaltung gab es Kreise, die von Landräten geleitet wurden. Das Archiv verfügt über Material aus drei Kreisen – Cilli/Celje (teilweise), Trifail/Trbovlje und Rann/Brežice:

- SI_ZAC/0070 Deželni svetnik okrožja Celje [Landrat des Kreises Cilli] (1941–1945),
- SI_ZAC/0071 Deželni svetnik okrožja Trbovlje [Landrat des Kreises Trifail] (1941–1945),
- SI_ZAC/1284 Deželni svetnik okrožja Brežice [Landrat des Kreises Rann] (1941–1944).

Die Landratsämter erstellten verschiedene statistische Berichte (Vertreibungszahlen, medizinisches Personal, Versorgung), koordinierten die Arbeit der untergeordneten Gemeindebehörden (Bürgermeister) und des Winterhilfswerks. Des Weiteren waren sie an der Mobilisierung für den Reichsarbeitsdienst beteiligt, bei der Rekrutierung für die Wehrmacht involviert, übernahmen die Organisation der Arbeit des Steirischen Heimatbundes und bereiteten die (Verwaltungs-)Maßnahmen zur Bekämpfung der Aufstandsbewegung vor.

Weiterhin umfasst der Bestand des Historischen Archivs Celje für die obere Ebene der Besatzungsverwaltung auch das Material des Beauftragten für die Landgestaltung: SI_ZAC/1726 Šef civilne uprave za Spodnjo Štajersko, pooblaščenec za urejanje prostora [Chef der Zivilverwaltung in der Untersteiermark, Beauftragter für die Landgestaltung] (1941–1943). Das Material dieser Provenienzstelle umfasst 76 Pläne beziehungsweise Karten für das »Ansiedlungsgebiet A« (Kreise Trifail/Trbovlje und Rann/Brežice), welches für die Ansiedlung der Deutschen aus Gottschee/Kočevska vorgesehen war, sowie Material aus den Außenstellen des Amtes des Beauftragten des Reichskommissars für die Festigung des deutschen Volkstums in Maribor, Außenstelle Cilli (1941–1945) (SI_ZAC/0072 Urad pooblaščenca državnega komisarja za utrjevanje nemštva v Mariboru, izpostava Celje), des Amtes des Beauftragten des Reichskommissars für die Festigung deutschen Volkstums in der Untersteiermark, Außenstelle Trifail (1941–1945) (SI_ZAC/0073 Urad pooblaščenca državnega komisarja za utrjevanje nemštva v Mariboru, izpostava Trbovlje) und des Amtes des Beauftragten des Reichskommissars für die Festigung deutschen Volkstums in der Untersteiermark, Außenstelle Schönstein (1941–1943) (SI_ZAC/0074 Urad pooblaščenca državnega komisarja za utrjevanje nemštva v Mariboru, izpostava Šoštanj). Die Zuständigkeit dieser Behörden umfasste insbesondere die Beschlagnahme von beweglichem und unbeweglichem Vermögen inhaftierter und ausgesiedelter Personen sowie die Eigentumsübertragungen.

JUSTIZ

In der vormodernen Zeit war die Justiz für die privilegierten und die nichtprivilegierten Klassen getrennt organisiert. Die Patrimonialgerichte (Herrschaftsgerichte) übten die Gerichtsbarkeit über ihre Untertanen aus, während Magistrate die Rechtsprechung für das Bürgertum und die Marktbürger übernahmen. Ihre Funktion war zunächst auf die Rechtsprechung beschränkt, erst später übernahmen sie auch allgemeine, wirtschaftliche und finanzielle Verwaltungsaufgaben. Die Gerichte für die nichtprivilegierten Klassen waren in Ortsgerichte und Landgerichte unterteilt. Die Ortsgerichte waren für die Rechtsprechung in Zivil- und kleineren Strafsachen zuständig, während die Landgerichte auch schwerere Straftaten untersuchten und verhandelten.[7] Das überlieferte Material dieser Gerichte umfasst überwiegend Verlassenschaften, Waisensachen sowie Prozessakten, zu denen Klagen und Vergleiche gehören. Bestände werden von insgesamt 84 Gerichten aufbewahrt.

Mitte des 19. Jahrhunderts wurde eine neue Gerichtsstruktur etabliert, die bis heute Bestand hat. Diese Struktur umfasst Bezirks- und Kreisgerichte. Darüber hinaus wurden Notare als integraler Bestandteil des Gerichtssystems eingeführt. Zu diesen Beständen gehören Dokumente vom Kreisgericht Cilli, das auch die Funktion eines Handelsgerichtes hatte, 15 Bezirksgerichten und 67 Notaren im Zeitraum 1850–1978.

SCHULWESEN

Bis zum Jahr 1774, als das erste Grundschulgesetz verabschiedet wurde, hatte die Kirche das Bildungsmonopol inne. Die Allgemeine Schulordnung stellte einen bedeutenden Fortschritt in der Entwicklung der elementaren Bildung dar. Sie sah eine Grundschulbildung für alle Kinder, unabhängig von ihrem sozialen Status oder Geschlecht, die Schulpflicht vom sechsten bis zum zwölften Lebensjahr und die Einrichtung von drei Schultypen vor: Trivialschulen in kleinen Städten, in Märkten und ländlichen Gebieten, Hauptschulen (eine in jedem Kreis) und Normalschulen in den Landeshauptstädten. Neben den genannten Schultypen spielten auch die Sonntagsschulen eine wichtige Rolle. Besonders wichtig war ihre Funktion als Bildungs-

7 Ebenda, S. 45, S. 46, S. 56–58.

einrichtungen, in denen in slowenischer Sprache unterrichtet wurde und den Kindern, die aus verschiedenen Gründen nicht regelmäßig eine Schule besuchen konnten, eine grundlegende Ausbildung ermöglichten. Bis zum Jahr 1856 unterlagen sie keinen Einschränkungen durch die Schulvorschriften. Danach wurden sie jedoch in den Orten, in denen bereits herkömmliche Schulen existierten, allmählich abgeschafft. Ein entscheidender Fortschritt erfolgte im Jahr 1869 durch die Verabschiedung eines Schulgesetzes, das eine allgemeine Schulpflicht für Kinder im Alter von sechs bis vierzehn Jahren einführte und eine grundlegende Neustrukturierung der Grundschulbildung vornahm. Die Trivial-, Haupt- und Normalschulen wurden abgeschafft und stattdessen Bürger- und Volksschulen eingeführt. Zur Überwachung der didaktisch-pädagogischen Situation wurden Schulinspektoren ernannt, während für die Verwaltung und Überwachung des Schulwesens Schulräte eingerichtet wurden. Im Historischen Archiv Celje werden Archivmaterialien einzelner lokaler Schulaufsichtsorgane, hauptsächlich aber Materialien von mehr als 70 Grundschulen (Chroniken, Schülerregister) aufbewahrt.

GESUNDHEITSWESEN

Im Bereich des Gesundheitswesens ist das St.-Elisabeth-Krankenhaus (SI_ZAC/0902 Špital Svete Elizabete v Celju [Bürgerliches Spital der Hl. Elisabeth zu Cilli] (1459–1866)) als älteste Einrichtung dieser Art in Cilli zu nennen, während unter den Kuranstalten sicherlich jene in Rogaška Slatina (SI_ZAC/0907 Zdravilišče Rogaška Slatina [Steiermärkische Landes-Kuranstalt Rohitsch-Sauerbrunn] (1800–2000)) hervorzuheben ist. Die städtische Armenfürsorge wurde vom Armenrat Cilli (SI_ZAC/0912 Mestni ubožni svet Celje (1876–1918)) wahrgenommen. Zu diesem Bereich gehört auch der Bestand SI_ZAC/1169 Hiralnica mesta Krško [Siechenhaus der Stadt Gurkfeld] (1602–1906), als Vertreter des städtischen öffentlichen Dienstes aber auch das Bestattungsinstitut in Celje (SI_ZAC/1228 Pogrebni zavod Celje [Städtische Leichenbestattungsanstalt in Cilli] (1880–1981)).

WIRTSCHAFT

Die Entwicklung von Celje und des Großraums Celje zu einem bedeutenden Industriezentrum begann Mitte des 19. Jahrhunderts. Aus dieser Zeit stammen auch die ältesten Archivalien der Industrieunternehmen.

Signatur	*Bestand*	*Zeitrahmen*
SI_ZAC/0560	Cinkarna Celje [K. k. Hüttenverwaltung Cilli, Zinkhütte & Metall, A. G.][8]	1887–2005
SI_ZAC/0748	Rudnik rjavega premoga Laško [Braunkohlebergwerk Tüffer]	1844–1992
SI_ZAC/0750	Premogovnik Senovo [Kohlebergwerk Senovo]	1872–2012

8 Im Laufe der Zeit trugen diese und die im Weiteren erwähnten Fabriken verschiedene Namen (so ist Cinkarna Celje beispielsweise Nachfolgerin der genannten Provenienzstelle, der K. k. Hüttenverwaltung Cilli, Zinkhütte & Metall, A. G.). Hier wurden die alten deutschen Beschriftungen beibehalten, die im Archiv noch erhalten sind.

SI_ZAC/0751	Premogovnik Zabukovica [Energieversorgung Südsteiermark, Kohlenbergbaue Wöllan und Buchberg – Betriebsleitung Buchberg]	1799–1979
SI_ZAC/0755	Rudnik lignita Velenje [Energieversorgung Südsteiermark, Kohlenbergbaue Wöllan und Buchberg]	1767–1987
SI_ZAC/0756	Steklarna bratov Maurer Trbovlje [Glasfabrik Gebrüder Maurer in Trifail]	1825–1863
SI_ZAC/0757	Steklarna Hrastnik [Glasfabrik in Hrastnigg]	1861–1954
SI_ZAC/0758	Železarna Štore [Berg- und Hüttenwerk Store]	1854–1996
SI_ZAC/0759	Westen – Emo Celje [A. Westen, Cilli, Stanzwerk und Emailblechgeschirrfabrik, Westen Industrie- und Handels A. G.]	1894–1999
SI_ZAC/0764	Tovarna kemičnih izdelkov Hrastnik [Fabrik chemischer Produkte in Hrastnigg]	1891–1992
SI_ZAC/0777	Tovarna usnja Šoštanj [Lederwerke Franz Woschnagg & Söhne]	1907–1989
SI_ZAC/0784	Zbirka moštvenih knjig industrijskih podjetij [Sammlung von Mannschaftsbüchern von Industrieunternehmen]	1890–1984
SI_ZAC/0796	Zbirka registrov in kartotek obrtnih, trgovskih in gostinskih obratov ter državnih gospodarskih podjetij lokalnega pomena [Sammlung von Registern und Akten von Handwerks-, Handels- und Gastronomiebetrieben sowie staatlichen Wirtschaftsunternehmen von lokaler Bedeutung]	1846–1961
SI_ZAC/1344	Tekstilna tovarna Prebold [Baumwollspinnerei Pragwald]	1812–1990
SI_ZAC/1386	Rudnik Zagorje [Steinkohlenbergbau Sagor]	1827–2004
SI_ZAC/1436	Rudnik Trbovlje–Hrastnik [Steinkohlenbergbau in Trifail, Trifailer Kohlenbergwerksgesellschaft]	1881–1999
SI_ZAC/1587	Cementarna Trbovlje [Zementwerk Hauck]	1875–2001
SI_ZAC/0804	Zbirka poslovnih knjig, cenikov in prodajnih katalogov trgovskih podjetij in zadrug [Sammlung von Geschäftsbüchern, Preislisten und Verkaufskatalogen von Handelsunternehmen und Genossenschaften]	1811–1940

BANKEN UND SPARKASSEN

Die Entwicklung und Investitionen in Industrie, Handwerk, Handel und Landwirtschaft wurden durch Kapital ermöglicht, welches von verschiedenen Geldinstituten – darunter klassischen Banken und genossenschaftlich organisierten Spar- und Vorschusskassen mit häufig nationalem Charakter – akkumuliert wurde.

Signatur	*Bestand*	*Zeitrahmen*
SI_ZAC/1266	Posojilnica v Šoštanju [Vorschusskasse Schönstein]	1907–1915
SI_ZAC/1267	Hranilno in posojilno društvo Slovenske Konjice [Spar- und Vorschusskasse Gonobitz]	1898–1948
SI_ZAC/1268	Rajfajznovka Zbelovo [Raiffeisenkasse Plankenstein]	1942–1945
SI_ZAC/1269	Rajfajznovka Vitanje [Raiffeisenkasse Weitenstein]	1942–1944
SI_ZAC/0737	Hranilnica mestne občine Brežice [Sparkasse der Stadtgemeinde Rann in [der] Steiermark]	1870–1955
SI_ZAC/0739	Južnoštajerska hranilnica v Celju [Südsteirische Sparkasse in Cilli]	1889–1927
SI_ZAC/0742	Hranilnica in posojilnica Polzela [Spar- und Vorschusskasse Heilenstein]	1907–1946
SI_ZAC/0744	Okrajna hranilnica v Kozjem [Bezirkssparkasse in Drachenburg]	1892–1940
SI_ZAC/0553	Posojilnica v Konjicah [Vorschusskasse Gonobitz]	1884–1946
SI_ZAC/0555	Kmečka hranilnica in posojilnica v Slovenskih Konjicah [Landwirtschaftliche Spar- und Vorschusskasse in Gonobitz]	1884–1947
SI_ZAC/0534	Hranilnica in posojilnica Sveta Kunigunda (Hranilnica in posojilnica pri Sv. Kunigundi na Pohorju) [Spar- und Vorschusskasse bei St. Kunigund am Pachern]	1908–1947
SI_ZAC/0467	Rajfajznovka Ljubno v Savinjski dolini [Raiffeisenkasse Laufen im Sanntal]	1941–1945
SI_ZAC/0602	Posojilnica Zreče [Vorschusskasse Retschach]	1908–1948
SI_ZAC/0743	Zbirka gradiva hranilnic in posojilnic [Sammlung vom Archivmaterial von Spar- und Vorschusskassen]	1825–1985

VEREINE

Im 19. Jahrhundert etablierten sich in der bürgerlichen Gesellschaft auch Vereine, in denen sich Menschen mit gemeinsamen Interessen zusammenschlossen oder gemeinnützige Aufgaben in den Bereichen Sicherheit und Soziales übernahmen.

Signatur	*Bestand*	*Zeitrahmen*
SI_ZAC/0978	Prostovoljno gasilsko društvo Celje [Freiwillige Feuerwehr Cilli]	1880–1957
SI_ZAC/0971	Moško pevsko društvo Celje [Männergesang-Verein Cilli]	1872–1939
SI_ZAC/0973	Nordpol klub Celje [Nordpolklub Cilli]	1875–1881
SI_ZAC/0975	Celjsko strelsko društvo [Cillier Schützen-Gesellschaft]	1801–1921
SI_ZAC/1541	Club der Gemütlichen Cilli	1882–1905
SI_ZAC/1121	Planinsko društvo Celje – Matica [Bergsteigerverein Celje – Matica]	1862–2010

FAMILIEN- UND PERSÖNLICHE BESTÄNDE

Die Archivbestände von Familien und Einzelpersonen sind nicht nur für die mikrohistorische Forschung von Bedeutung, sondern liefern auch wertvolle Informationen über breitere gesellschaftliche Entwicklungen. Diese Kategorie umfasst hauptsächlich Korrespondenzen und persönliche Dokumente von den Familien Achleitner (1874–1955), Attems (1706–1954), Baš (1832–1999), Kartin (1804–1960), Stojan–Krapež (1811–1985) und Woschnagg (1781–1945) sowie von Einzelpersonen.

SAMMLUNGEN

Die in den Beständen des Archivs enthaltenen Materialien sind in ihrer Vielfalt über mehrere Jahrhunderte hinweg dokumentiert. Die Provenienzen und Adressaten der Dokumente sind ebenfalls vielfältig und enthalten Sammlungen von Urkunden, Handschriften, Hochschulurkunden und -zeugnissen, Zunfturkunden, Grundbüchern, geografischen Karten sowie Postkarten.

KIRCHLICHE ORGANISATIONEN

Das Material dieser Provenienz wurde zusammen mit dem Material von (zivilen) Verwaltungsstellen ins Archiv überführt, angekauft oder aber die Daten, in wessen Besitz sich das Material vor der Übergabe an das Archiv befand, sind nicht bekannt. Das Archivgut umfasst Informationen zu Stiftungen, Inventaren, Liegenschaften, Abrechnungen, Korrespondenzen mit der Diözese und weltlichen Behörden sowie Hirtenbriefe.

Signatur	*Bestand*	*Zeitrahmen*
SI_ZAC/0587	Župnija Mozirje [Pfarre Praßberg]	1800–1899

SI_ZAC/0996	Samostan Nazarje [Franziskanerkloster zu Maria Nazareth]	1762–1916
SI_ZAC/1000	Župnija Svetega Frančiška Radmirje [Pfarre St. Xaveri, Strasche]	1741–1880
SI_ZAC/1086	Župnijski urad Trbovlje [Pfarramt Trifail]	1830–1917
SI_ZAC/1194	Dekanija Rogatec [Dechantei Rohitsch]	1728–1941

AUSBLICK

Das Historische Archiv Celje verzeichnet jährlich etwa 500 Besucher, die das Archiv zu Forschungszwecken nutzen. Die Digitalisierung der Bestände und Sammlungen sowie die Nutzung der Plattform des Virtuellen Lesesaals des Archivs und einzelner Portale (Monasterium, Kamra[9]) haben dazu geführt, dass das Archivmaterial auch für Forscher und die interessierte Öffentlichkeit in aller Welt zugänglich ist. Neben den Besuchern, die das Archiv persönlich aufsuchen, nutzen jedes Jahr mehrere hundert Benutzer aus der ganzen Welt unser Archivmaterial und Archivfindmittel (zum Beispiel Bestands- und Inventarverzeichnisse) online. Die Digitalisierung der älteren Materialien, darunter Urkunden, Handschriften und Register, ist mittlerweile abgeschlossen und es wird nun mit der Digitalisierung der Schulchroniken fortgefahren. Die Digitalisierung von fotografischem Archivmaterial stellt weiterhin eine Konstante dar. Neben der Fortführung der Digitalisierung, die neben dem Fernzugriff auf das Material vor allem der Bestandssicherung dient, bleibt es unsere Hauptaufgabe, das digitalisierte Material online zugänglich zu machen und neue Nutzergruppen anzusprechen.

Kontakt

Zgodovinski arhiv Celje
Teharska cesta 1, 3000 Celje, Slowenien
Tel.:+386 3 42 87 640
Fax.:+386 3 42 87 660
E-Mail: info@zac.si

ALEKSANDER ŽIŽEK, Archivrat, ist seit 1993 im Historischen Archiv Celje beschäftigt. Im Jahr 2011 promovierte er an der Philosophischen Fakultät der Universität Ljubljana mit einer Dissertation über die Geschichte des Handwerkslebens in Cilli, Marburg und Pettau. Der Schwerpunkt seiner Forschungen liegt auf der Bearbeitung und Inventarisierung von älterem Archivmaterial.

9 Kamra. Digitalizirana kulturna dediščina slovenskih pokrajin [Kammer. Digitalisiertes Kulturerbe der slowenischen Regionen], <https://www.kamra.si/>, 12.6.2024.

Quelle

Aufzeichnungen von Fritz Ortlepp zum Ersten Weltkrieg in Rumänien

Von Uwe Konst

Der im Bundesarchiv (Militärarchiv Freiburg) verwahrte Nachlass von Fritz Ortlepp (1897–1959) ist in mehrfacher Hinsicht ein unschätzbarer Fundus für die Erforschung der deutsch-rumänischen Beziehungen während des 20. Jahrhunderts:

- Ortlepp hat als Soldat am Ersten Weltkrieg teilgenommen, war von 1916 bis 1918 an den Kämpfen in Rumänien sowie der anschließenden Besetzung von Teilen des Landes beteiligt und hat darüber akribisch Tagebuch geführt.
- In der Zwischenkriegszeit besuchte er mehrfach Rumänien und die Orte, an welchen er gekämpft hatte. Daraus entwickelte sich eine jahrzehntelange Freundschaft zu Pfarrer Ioan Răuțescu aus Dragoslavele (Kreis Argeș).
- Nach dem Zweiten Weltkrieg geriet Ortlepp wegen der von ihm weiter gepflegten Kontakte zu Personen und Institutionen in Rumänien ins Visier der Staatssicherheit.

Nach seiner Verhaftung am 2. April 1958 wurde Fritz Ortlepp am 11. Juli 1958 wegen angeblicher Hetze gegen die DDR zu fünf Jahren Haft verurteilt und in die Justizvollzugsanstalt Waldheim bei Chemnitz eingeliefert, wo er am 12. Januar 1959 an den Folgen eines Herzschlags verstarb. Den Nachlass beschreibt das Bundesarchiv wie folgt:

> Herzstück des Bestandes Fritz Ortlepp sind umfangreiche Kriegserinnerungen, welche Ergebnis der akribischen Aufarbeitung eigener Erlebnisse während des Ersten Weltkrieges auf Basis nicht mehr erhaltener Tagebücher sind. Als ungewöhnliches Selbstzeugnis einer hinsichtlich Stellung und Funktion eher unbedeutenden Persönlichkeit handelt es sich um eine in Form, Umfang und Detailreichtum bedeutende Überlieferung zur Rezeption des Ersten Weltkrieges. Auch der Mensch Fritz Ortlepp ist darin besser erkennbar als in den wenigen übrigen Selbstzeugnissen. Besondere Bedeutung erhält der Nachlass aufgrund der Tatsache, dass wesentliche amtliche Unterlagen über den Ersten Weltkrieg, insbesondere die Kriegstagebücher der Kommandostellen und Truppen des ehemaligen preußischen Heeres, beim Brand des ehemaligen Heeres- und Reichsarchivs auf dem Brauhausberg in Potsdam infolge des Bombenangriffs am 13. April 1945 vernichtet wurden.
> Die teilweise von übergreifenden Exkursen unterbrochene tageweise Schilderung wird durch organisationsgeschichtliche und statistische Angaben (v.a. zu Marschstrecken, Feuerstellungen, Gefechten, Verlusten und Auszeichnungen) am Ende des Textteils fast jeden Bandes abgerundet; eine diese Angaben innerhalb der Einzelbände zusammenfassende

Bandfolge ergänzt die eigentlichen Kriegserinnerungen. Die Kriegserinnerungen und häufig auch seine sonstigen Ausarbeitungen enthalten sowohl eigene als auch Reproduktionen fremder Fotos, zahlreiche Bildpostkarten, Zeitungsausschnitte, erläuternde Kartenanlagen sowie selbstgefertigte Lageskizzen und Zeichnungen (u. a. von Unterständen, Waffen und Personen). Die unterschiedlichen Anlagen dokumentieren vor allem den Frontalltag der Soldaten und veranschaulichen anhand zahlreicher Landschafts-, Orts-, Gebäude- und Personenaufnahmen die regionalen Besonderheiten sowie das Leben der Bevölkerung. Die überwiegend nummerierten und handschriftlich kommentierten Bildanlagen werden im jeweiligen Text eines Bandes näher erläutert. Ortlepps Kriegserinnerungen sind auch Grundlage des zweiten wichtigen Nachlassteils, 37 maschinenschriftlich verfasste Manuskripte zu Schlachten im Rahmen des Rumänienfeldzuges, insbesondere eine Serie, welche auf Gefechte unter Beteiligung der 76. Reserve-Division abhebt. Abgesehen von eigenen Aufzeichnungen nutzte Ortlepp für diese Ausarbeitungen als Basismaterial auch Unterlagen des Heeresarchivs in Potsdam, zu denen er im Rahmen seiner dortigen Tätigkeit Zugang hatte. Der Nachlass enthält darüber hinaus neben einem Reisebericht auch einige den Zweiten Weltkrieg betreffende Manuskripte und Druckschriften. Abgerundet wird der Nachlass durch (wenige) persönliche Unterlagen, Feldpost aus dem Ersten Weltkrieg und Korrespondenz (vor allem aus Ortlepps Zeit als Leiter des Betriebsarchivs des VEB Carl Zeiss Jena zwischen 1946 und 1958).

Da der Nachlass inzwischen vollständig digitalisiert ist, ist eine Einsicht in die Unterlagen ortsunabhängig möglich und setzt (nur) eine gute Internet-Verbindung voraus. Der Bestand kann unter folgendem Link aufgerufen werden: https://invenio.bundesarchiv.de/invenio/direktlink/16588055-9daa-4bc8-85dd-dab18f10c898/

Abschließend zwei Literaturhinweise zu der Beziehung zwischen Fritz Ortlepp und Rumänien:

- Fritz Ortlepp: Luptele din regiunea Bran și Dragoslavele [Die Kämpfe in der Region Bran und Dragoslavele]; Campulung-Muscel, 1933 (Nachdruck: Bucuresti 2003, 150 S., ISBN: 973-8416-12-4)
- Elena Răuțescu-Petroșanu: Preotul Iconom Stavrofor Ioan Răuțescu (1892–1974). Vrednic slujitor al altarului și al neamului românesc [Der Priester Iconom Stavrofor Ioan Răauțtescu (1892-–1974). Ein würdiger Diener des Altars und des rumänischen Volkes]. Bucuresti 2021; ISBN 978-606-49-0506-2. Das Buch enthält mehrere Beiträge (in deutscher Sprache und rumänischer Übersetzung) zu der Beziehung zwischen Fritz Ortlepp und Ioan Răuțescu, welche Ralf Sudrigian in der *Karpaten-Rundschau* veröffentlicht hat.

UWE KONST, geb. 1966 in Kronstadt/Brașov, Studium der Betriebswirtschaftslehre in Nürnberg und Zürich, Tätigkeit bei Banken und Finanzdienstleistern, seit 20 Jahren freiberuflicher Berater in der Außenwirtschaft; Interesse für die Geschichte und Gegenwart Siebenbürgens und Südosteuropas.
E-Mail: uwe.konst@arcor.de

Projektwerkstatt

(Im)materielles Kulturerbe der Region Gottsche/Kočevska

Ein Erschließungsprojekt im IKGS

Die Region Gottschee/Kočevska, heute Teil der Republik Slowenien, gehört zu jenen ehemaligen deutschen Siedlungsgebieten, die allgemein weniger bekannt sind. Durch die nationalsozialistische Umsiedlung der überwiegenden Mehrheit der deutschsprachigen Bevölkerung (ungefähr 95 Prozent) im Winter 1941/42, die absichtliche Zerstörung zahlreicher Dörfer im Zweiten Weltkrieg und das Umfunktionieren des Gebiets nach dem Krieg – teils zu militärischen Zwecken, teils zu einem Naturschutzgebiet – ist der Großteil des materiellen und immateriellen Kulturerbes in diesem seit dem 14. Jahrhundert existierenden Siedlungsgebiet verschwunden. Heute leben deutschsprachige Gottscheer und ihre Nachkommen größtenteils in Nordamerika, in geringerer Zahl in Österreich und Deutschland und nur vereinzelt in Slowenien.

Die historischen Umstände machen die Bildersammlung des IKGS zur Gottschee umso wertvoller, indem sie eine vergangene Welt und verschwundene Traditionen dokumentieren. Insgesamt wurden bisher 291 Fotografien und 79 Negative im IKGS-Fotoarchiv identifiziert, die diese Region abbilden. Der Großteil des Bildmaterials stammt aus der Zwischenkriegszeit und zeigt die Lebenswelt sowie den Alltag der Gottscheer Bevölkerung: Am häufigsten sind auf den Bildern Trachten, Handwerk, Häuser, Kirchen, Landschaften und Feste zu sehen. Obwohl die Einwohnerschaft der Gottschee mit Blick auf ihre Herkunft und Muttersprache immer vielfältig war, stehen die deutschsprachigen Gottscheer im Mittelpunkt der meisten Bilder. Kein Wunder, da der Großteil der Aufnahmen von drei Fotografen stammt: von Hugo Grothe und Rudolf Hartmann aus Deutschland sowie von Josef Dornig aus der Stadt Gottschee/Kočevje. Grothe und Hartmann waren in der Zwischenkriegszeit in der Region unterwegs, um die deutschsprachige Bevölkerung zu dokumentieren und die Gottschee einer breiten deutschen Öffentlichkeit als »deutsche Sprachinsel« vorzustellen.

Im Rahmen eines von PD Dr. Angela Ilić geleiteten und vom Bayerischen Staatsministerium für Familie, Arbeit und Soziales unterstützten Projekts wurden die Fotografien und Negative zwischen September und Dezember 2023 systematisch erfasst und für eine spätere Digitalisierung vorbereitet. Sie wurden einzeln katalogisiert, mit Signaturen versehen, größtenteils georeferenziert und in ein Feinverzeichnis aufgenommen. Begleitende wissenschaftliche Texte zur Kontextualisierung der Bildersammlung befinden sich im Entstehen.

Projektbearbeiterin war Dr. Anja Moric vom Forschungszentrum der Slowenischen Akademie der Wissenschaften und Künste (Znanstvenoraziskovalni center Slovenske akademije znanosti in umetnosti, abgekürzt ZRC SAZU) in Laibach/Ljubljana und Mitarbeiterin der Universität von Ljubljana, die sich bereits seit mehreren Jahren der Erfassung und Konservierung des materiellen und immateriellen Kulturerbes der Gottscheer widmet. Dr. Moric hat unter anderem die Geschichte, die Geografie, den Dialekt und das Liedgut der Gottscheer in Slowenien und in den Vereinigten Staaten erforscht, zahlreiche Zeitzeugeninterviews geführt und wurde für ihre Arbeit mehrmals ausgezeichnet.

Die im IKGS aufbewahrten Fotografien sind besonders wichtig, weil sie das Bild der Gottschee aus der Vorkriegszeit zeigen. Darunter überwiegen Bilder von Dörfern und Kirchen, die im Krieg verlassen und zerstört wurden. Die Fotografien können die Grundlage für zukünftige Studien zum baulichen Erbe der Gottschee sein. Aus ethnologischer Sicht noch wertvoller sind Abbildungen von Menschen und Fragmente aus dem Alltagsleben, die auf wenigen Aufnahmen zu finden sind und zum Beispiel landwirtschaftliche Arbeiten, Weinberge oder traditionelle Kleidung und Trachten darstellen.

Das im IKGS aufbewahrte Fotomaterial ist auch deshalb interessant, weil es die Vergänglichkeit der Grenzen und die Verbundenheit mit der mitteleuropäischen Region in der ersten Hälfte des 20. Jahrhunderts veranschaulicht. Verschiedene Ideen und Konzepte (einschließlich der Idee der Sprachinseln) verbreiteten sich durch Intellektuelle, Reisende und Fotografen, die verschiedene Orte besuchten und unter denen professionelle und freundschaftliche Beziehungen entstanden, was auch zu einer transnationalen Verbreitung ihrer Aufnahmen auf dem Weg von Schenkungen und Ankäufen führte. Berücksichtigt man die historischen Umstände, unter denen die Bilder entstanden sind, können die im IKGS aufbewahrten Fotografien als außergewöhnliche Informationsquelle über das Leben in Gottschee dienen, die infolge der Umsiedlung 1941/42 verloren gingen.

Bei der Feinerschließung der Bestände spielte auch die Georeferenzierung der Abbildungen eine wichtige Rolle. Diese Aufgabe stellte an einigen Stellen eine große Herausforderung dar. Nichtdestotrotz gelang es Dr. Moric, die Mehrheit der Bestände auch mit den notwendigen Daten für Georeferenzierung zu versehen. Dabei stützte sie sich auf die zeitgenössische deutschsprachige Literatur aus der ersten Hälfte des 20. Jahrhunderts, die ihr in der IKGS-Bibliothek zur Verfügung stand.

Die Digitalisierung der Bestände ist durch das Digitale Forum Mittel- und Osteuropa (DiFMOE) vorgesehen. Da die Feinerschließung in Absprache erfolgte, konnten die technischen Voraussetzungen für die zukünftige Digitalisierung bereits in der Vorbereitungsphase erfüllt werden.

Dr. Anja Moric stellte in Form eines IKGS-internen Workshop-Gesprächs am 22. November 2023 vorläufige Ergebnisse des Projektes vor, gefolgt von einem Vortrag im Rahmen der internationalen wissenschaftlichen Tagung *Ethnological Heritage in the Archives: Diverse Contexts in Central and Southeastern Europe* am 12. Dezember 2023 in München, die Dr. Moric und Dr. Ilić in Zusammenarbeit mit dem Institut für Ethnomusikologie des ZRC SAZU und der Slowenischen Ethnologischen Gesellschaft veranstalteten.

Nicht identifizierte Siedlung in der Gottschee
Foto: IKGS-Fotoarchiv, Signatur: GOT1.69, Fotograf unbekannt

Die Vorbereitungsphase für die Digitalisierung wurde im Dezember 2023 erfolgreich abgeschlossen. Ein Gespräch über das Projekt finden Sie in der IKGS-eigenen Podcastreihe *Donauwellen* unter https://zwischengrenzen.online, weitere Einzelheiten zudem auf der Projektwebseite unter https://www.ikgs.de/bildbestaende-gottschee/.

Angela Ilić
Anja Moric

Das *Wörterbuch der Ungarndeutschen Mundarten* (WUM) in der zweiten Projektphase: Ergebnisse des ersten Projektjahres

Werkstattbericht

Von Krisztina Gombkötő-Kemény, Ágnes Huber, Péter Kappel, Gábor Kerekes, Elisabeth Knipf-Komlósi, Éva Márkus, Márta Müller, Illés Nagy, István Szívós, ELTE Budapest

EINLEITUNG

Das kulturelle Bewusstsein einer Gemeinschaft zeigt sich unter anderem daran, dass neben den Gegenständen auch die Dokumente ihrer geistigen Kultur einen hohen Stellenwert besitzen. Die geistige Kultur manifestiert sich in verschiedenen Formen, eine davon ist jene, in der gerade die Sinneinheiten einer Gemeinschaft festgehalten werden können: die Wörterbücher.

Das *Wörterbuch der Ungarndeutschen Mundarten* (WUM) gilt seit mehreren Generationen von Forscherinnen und Forschern als eines der wichtigsten Desiderate der ungarischen Germanistik. Die redaktionellen Arbeiten konnten 2010 systematisch in Angriff – und nach einer kurzen Zäsur – 2022 wieder aufgenommen werden. Die Erstellung eines Sprachinselwörterbuches ist ein langwieriges Unterfangen, da der Erfolg nicht nur von dem lexikographischen Know-how des Redaktionsteams, sondern auch von den vor Ort gegebenen sprachlichen, materiellen, finanziellen und Human-Ressource-Potenzialen abhängt.

Im gegenwärtigen Werkstattbericht wird von den Mitarbeiterinnen und Mitarbeitern der einzelnen Wörterbuchressorts darüber berichtet, welche Fortschritte die redaktionellen Arbeiten im WUM-Projekt bis zum Herbst 2023 erreicht haben.

KURZER ÜBERBLICK ÜBER DIE ERGEBNISSE DER ERSTEN PROJEKTPHASE (2010–2015)

Die Idee eines Wörterbuchs der deutschen Mundarten in Ungarn wurde bereits vor circa 100 Jahren geäußert. Trotz einschlägiger Vorarbeiten und Materialsammlungen in der Zwischenzeit markierte das zwischen 2010 und 2015 durchgeführte OTKA-

Projekt[1] einen wichtigen Meilenstein in der Geschichte des Wörterbuchs.[2] In dieser Projektphase konnten die Konzeption und die Ziele des geplanten Printwörterbuchs erarbeitet und relevante methodologische Fragen geklärt werden. Die wesentlichen Punkte der Mikro- und Makrostruktur des Wörterbuchs wurden ausgearbeitet, anhand von 700 Probeartikeln optimalisiert und ausführlich beschrieben.[3]

Als Zielgruppe für das Wörterbuchs wurden sowohl Expertinnen und Experten aus mehreren Disziplinen (allen voran Dialektologie, Kontaktlinguistik, Geschichtswissenschaft und Volkskunde) als auch Laien bestimmt. Bei Laienbenutzerinnen und -benutzern, die über aktive oder passive Dialektkenntnisse verfügen, könnte das Wörterbuch zur Stärkung der Dialektkenntnisse und der Identität beitragen, aber auch Benutzerinnen und Benutzer ohne Mundartkompetenz sollten relevante Informationen über Geschichte und Kultur der Ungarndeutschen finden und einen Einblick in die Vielfalt der deutschen Sprache und der deutschen Minderheit in Ungarn bekommen.[4] Ziel des Wörterbuchs sollte deshalb ein wissenschaftlich fundiertes, aber leicht handhabbares und benutzerfreundliches Online-Nachschlagewerk für alle Zielgruppen sein.

Um eine Datengrundlage für das Wörterbuch zu schaffen, wurde im ersten Schritt eine systematische Korpusbildung eingeleitet. Exzerpiert wurden einschlägige wissenschaftliche Arbeiten, sowie die Katalogzettel und Tonaufnahmen des Ungarndeutschen Forschungszentrums (UDFZ). Darüber hinaus galten als wichtige Quelle des *WUM* die beiden, 2008 und 2012 erschienen Halbbände des Ungarndeutschen Sprachatlasses (UDSA) zu Südungarn (B-Gebiet).[5] Für die beiden anderen Siedlungsräume, das Ungarische Mittelgebirge (A-Gebiet) und Westungarn (C-Gebiet), liegen weitere dialektale Sprachdaten vor.

Die Digitalisierung der Dialektdaten begann 2010. In der ersten Projektphase konnten circa 12.000 authentische dialektale Sprachdaten digitalisiert werden.[6]

KURZER ÜBERBLICK ÜBER DIE ERGEBNISSE DES ERSTEN PROJEKTJAHRES DER ZWEITEN PROJEKTPHASE (2022–2026)

Im Jahre 2022 konnte mithilfe einer Unterstützung des Ungarischen Wissenschaftlichen Fonds mit einer zweiten Etappe des *WUM*-Projekts angefangen werden.[7]

---

1 Gefördert vom Ungarischen Wissenschaftlichen Fond (Országos Tudományos Kutatási Alapprogramok, OTKA). Projektnummer: 81342, Leiterin des Projektes: Elisabeth Knipf-Komlósi. Mitglieder des WUM-Projektes waren: Regina Hessky, Katharina Wild, Maria Erb, Éva Márkus, Márta Müller.

2 Zur Vorgeschichte und den Vorläufern von WUM siehe Elisabeth Knipf-Komlósi, Maria Erb, Márta Müller: Wörterbuch der Ungarndeutschen Mundarten. Forschungsstand. Budapest 2012, S. 22–24.

3 Zur Makro- und Mikrostruktur, sowie zu Probeartikeln siehe ebenda, S. 31 bzw. S. 43–52.

4 Vgl. ausführlich ebenda, S. 24–26; Márta Müller, Elisabeth Knipf-Komlósi: Wörterbuch der Ungarndeutschen Mundarten (WUM). In: Alexandra N. Lenz, Philipp Stöckle (Hgg.): Germanistische Dialektlexikographie zu Beginn des 21. Jahrhunderts. Stuttgart 2021, S. 323–349, hier: S. 327.

5 Koloman Brenner, Maria Erb, Karl Manherz (Hgg.), in Zusammenarbeit mit Heinrich J. Dingeldein: Ungarndeutscher Sprachatlas (UDSA). Südungarn. Erster Halbband. Budapest 2008; Maria Erb (Hg.), in Zusammenarbeit mit Heinrich J. Dingeldein: Ungarndeutscher Sprachatlas (UDSA). Südungarn. Zweiter Halbband. Budapest 2012.

6 Vgl. Müller, Knipf-Komlósi: Wörterbuch der Ungarndeutschen Mundarten (WUM), S. 342.

7 Projektnummer: 142914, Leiterin des Projektes: Márta Müller. Mitglieder des WUM-Projektes sind: Elisabeth Knipf-Komlósi, Éva Márkus, Gábor Kerekes, Ágnes Huber (Eötvös Loránd Universität, Budapest), Péter Kappel (Universität Szeged), Krisztina Gombkötő-Kemény (Universität Pécs). Das Informatik-Team wird von István Szívós (Eötvös Loránd Universität, Budapest) koordiniert.

Die zweite Phase dauert von 2022 bis 2026 und setzt sich zum Ziel, auf die Ergebnisse der ersten Phase stützend das Korpus, die Datenbank, und den Zugriff auf die Wörterbuchartikel den modernen digitalen lexikografischen Standards anzupassen.

Die lexikografischen Arbeiten laufen auf verschiedene Ressorts verteilt parallel in den folgenden Bereichen: Revidierung der Datenstruktur der Online-Datenbank, Erstellung einer neuen Datenbank (WUM 2.0), Revidierung der abstrakten Mikrostruktur, Neubearbeitung alter WUM-Artikel, Entwicklung der Datenstruktur einer Text- und einer Illustrationsdatenbank, Integration der Text- und Illustrationsdatenbanken in die WUM-Datenbank, Entwicklung von Online-Redaktionstools, mit denen Online-Artikel verfasst, lektoriert und veröffentlicht werden können, Revidierung der Basislemmaliste, Ergänzung der Basislemmaliste um thematische Lemmalisten, Durchführung von Sammelaktionen (Sprachdaten, Illustrationen, literarische Textbeispiele).

Lemmaliste

Lemmalisten sind die Dreh- und Angelpunkte von Wörterbüchern. Eine der 2022 wieder aufgenommenen Aufgaben war die Ergänzung der Basislemmaliste des bearbeiteten Gebiets, die zurzeit 3.638 Lemmata enthält.

Als ein weiterer bedeutender Schritt hinsichtlich der Gestaltung der Lemmaliste des WUM lässt sich die Erstellung thematischer Lemmalisten im Themenbereich »Haus und Hof« erwähnen. Es wurden aufgrund von Referenzwerken und einschlägigen Publikationen insgesamt 4.004 Lemmata samt grammatischen Angaben, standarddeutschen sowie ungarischen Bedeutungen ausgewählt und thematisch differenziert. Als Ergebnis der thematischen Differenzierung wurden Lemmalisten in acht landschaftlichen Sachbereichen zusammengestellt, die folgende Bereiche umfassen: Ackerbau, Fischfang, Forstwirtschaft, Gastronomie, Obstbau, Viehhaltung, Weinbau. Über die erwähnten Lemmalisten hinaus wurde auch früher digitalisiertes, in WORD-Dateien gespeichertes Dialektmaterial der neuen Datenbankstruktur entsprechend umgeordnet.

Änderungen in der Konzeption der Mikrostruktur

Das WUM ist ein semasiologisches Wörterbuch, mit einem überwiegend synchronen, sporadisch diachronen Korpus. Den alphabetisch aufgelisteten, standardsprachlich angesetzten Stichwörtern sind Bedeutungen, ungarische Entsprechungen, Belege aus den mittel- und oberdeutschen Sprachinselmundarten des heutigen Ungarn sowie ihre Erhebungsregionen und -orte zugeordnet.[8] Es werden auch sogenannte echte Dialektwörter und Kontaktphänomene (zum Beispiel die lexikalisierte Übernahme von *Punda* »Pelzmantel« bairisch < ungarisch *bunda* »Pelzmantel« oder die hybride Bildung *Huizvályú* »Holztrog« bair. *Huiz* »Holz« + ung. *vályú* »Trog«) erfasst.[9] In den Wortartikeln werden über die grammatischen Kommentare (Wortart, Genus, Angabe der Konjugationsklasse) und Synonyme hinaus auch Angaben zur Etymologie (bei Kontaktphänomenen), sowie kulturhistorische Kommentare aufgeführt. Das Belegmaterial enthält nicht nur Simplizia und Wortbildungsprodukte, sondern auch

8 Vgl. Márta Müller: »Ein unermäßliches Land von Begriffen.« Dialektlexikographische Konzeptionen im Vergleich. Budapest 2016, S. 68f.

9 Vgl. Knipf-Komlósi, Erb, Müller: Wörterbuch der Ungarndeutschen Mundarten. Forschungsstand, S. 329f.

attributive Konstruktionen, Kollokationen, seltener Redewendungen, Sprichwörter, Sprüche, Bauernregeln und kurze (Kinder-)Reime.[10]

Die Konzeption der Mikrostruktur wurde in der zweiten Etappe hinsichtlich des semantischen Kommentars und der Belege leicht geändert. Einerseits wurde der semantische Kommentarteil um eine Position für Illustrationen erweitert (welche Position der jeweiligen Bedeutung untergeordnet ist, die durch die Illustration veranschaulicht wird, denn die Illustration ist eine Bedeutungsangabe, nur visueller Art). Andererseits wurde der Belegteil um eine Position für literarische Belege (aus der Mundartliteratur bzw. der dialektalen Volksdichtung) erweitert. Das lexikografische Minimum wurde vom *WUM*-Team leicht gekürzt, als Kriterium für die Veröffentlichung eines Online-Wortartikels gilt nun eine belegte und durch lexikografische Beispiele untermauerte Bedeutung aus mindestens einem der drei Siedlungsräume der Deutschen im heutigen Ungarn.

Datenbank und Applikation

Entsprechend den modernen lexikografische Erwartungen des 21. Jahrhunderts sollte ein Wörterbuch auch eine digitale Version haben. Eine digitalisierte Fassung bietet mehrere Vorteile: 1. unbegrenzte Erweiterungsmöglichkeit, 2. Veränderlichkeit des Konzepts, der Struktur, 3. Neuformulierung der Darstellung der Informationen, 4. Verknüpfbarkeit mit anderen wissenschaftlichen Projekten, 5. einfacher Export und unkomplizierte Teilung der Daten. Die aktuelle Online-Version des *WUM* wird in Java sowie in Spring- und Next.js-Framework geschrieben. Java und Spring sind die Plattform und das Framework, die die Daten verwalten, speichern, modifizieren, während Next.js zur Entwicklung der Benutzeroberfläche benutzt wird. Die im ersten Projektjahr fertiggestellten Wörterbuch-Funktionen können als CRUD-Operationen beschrieben werden: durch diese Funktionen können die objekt- und metasprachlichen Daten erstellt (CREATE), gefunden (READ), aktualisiert (UPDATE) sowie auch gelöscht (DELETE) werden. Einige Funktionen der WUM-App sind öffentlich, andere nur für autorisierte (registrierte) User zugänglich. Die öffentlichen Funktionen, zum Beispiel die Suche nach einem Lemma, sind allen Wörterbuchbenutzern zugänglich, also jedem, der die App benutzt. Die Suche werden die User in Bezug auf Lemmata, Regionen und auf Erhebungsorte (und -regionen) durchführen können. Die registrierten User haben den Status des Editors oder des Dozenten. Die Editoren können Lemmata erstellen, modifizieren, Bilder und literarische Quellen hochladen. Alle die genannten Veränderungen werden erst dann endgültig gespeichert, wenn sie jemand mit einem Dozenten-Userstatus (das heißt ein Mitglied des WUM-Redaktionsteams) gelesen, kontrolliert und validiert hat. Erst nach der Validierung werden diese Veränderungen durch die öffentliche Suchfunktion für alle zugänglich. Die User mit Dozentenstatus verfügen auch über die Möglichkeit, Excel-Tabellen mit Lemmadaten in die Datenbank hochzuladen. Geplant ist auch, im nächsten Projektjahr eine zusätzliche Funktion zu erstellen, womit dann die Lemmata auch im Excelformat heruntergeladen werden können.

10 Zum Belegmaterial siehe Elisabeth Knipf-Komlósi, Márta Müller: Ressourcen und Quellen des Wörterbuchs der Ungarndeutschen Mundarten (WUM). In: Germanistische Studien 10 (2016), S. 221–242, hier: S. 234f.; Müller: »Ein unermäßliches Land von Begriffen«, S. 31–35.

Textbank

Entsprechend der revidierten Artikelkonzeption – neben den sprachlichen auch kulturelle Angaben und Kenntnisse zu vermitteln –, wird das künftige Mundartwörterbuch auch literarische Beispiele aus der ungarndeutschen Volksdichtung und der Dialektliteratur einzelner ungarndeutscher Autorinnen und Autoren enthalten.

Zur Erstellung einer literarischen Textbank wurden im ersten Schritt die potenziellen Mundartbeispiele aus der Dialektliteratur nach Gattung, Quellenart, Dialektgebiet-Einordnung typologisiert, diese Typen ins Detail gehend differenziert (zum Beispiel Gattung/Prosa/Erzählung) sowie die Datenstruktur (Anzahl, Positionen und Relationen der erstellten Informationskategorien) dieser Metadaten für die Textbank innerhalb der WUM-Datenbank definiert. Hinsichtlich der Datenträger der Quellen wurde zwischen gedruckten (Monografien, Sammelbände, in Zeitschriften verfügbare Daten), handschriftlichen und sonstigen Formen (Online-Quellen) unterschieden. Die möglichen Quellen, denen literarische Dialektbeispiele entnommen werden können, sind gedruckte Bände, Anthologien, Periodika, Kalender, online verfügbare Sammlungen, Laiensammlungen in Manuskriptform, Dissertationen oder in Archiven auffindbare Texte. Die literarischen Beispiele werden mit studentischer Hilfe digitalisiert und durch die zuständigen Redakteurinnen und Redakteure den entsprechenden Lemmata bzw. Bedeutungsangaben zugeordnet.

Datenbank für Illustrationen

Zu den erweiterten Funktionen des Online-Wörterbuchs gehört auch, dass im Rahmen des WUM-Projekts auch eine Illustrationsdatenbank aufgebaut wird, deren Ziele vielschichtig sind: Sie trägt u. a. dazu bei, die verbale Bedeutungserklärung zu unterstützen, auf diese Weise den Informationsgehalt zu erhöhen, die Rezeption der Benutzerinnen und Benutzer zu vereinfachen und Zirkeldefinitionen zu vermeiden. Zur Gewährleistung der Authentizität und Zuverlässigkeit der Illustrationen, stützt sich die Datenbank vor allem auf ungarndeutsche Heimathäuser und -museen sowie auf private Fotosammlungen als Quellen. Dabei kann »nur ein sehr kleines Spektrum von Bildtypen verwendet [werden] (zum Beispiel einfache Fotoaufnahmen prototypischer Gegenstände ohne Umgebung)«.[11]

In der ersten Projektphase wurden mehr als 400 Bildaufnahmen in den Siedlungsräumen A und B – in den Orten Sankt Iwan bei Ofen (ung. Pilisszentiván), Werischwar (ung. Pilisvörösvár), Harast (ung. Dunaharaszti), Badeseck (ung. Bátaszék), Bonnhard (ung. Bonyhád) und im Weingut Fritz – erstellt und mit Annotationen versehen. In der Sammelarbeit wirkten Studierende der Eötvös-Loránd-Universität (ELTE), Budapest, und der Universität Fünfkirchen (ung. Pécs) aktiv mit. Diese Mitarbeit stellt einen wesentlichen Beitrag dar, die Bereitschaft und die Identität von Nachwuchsforscherinnen und -forscher für die wissenschaftliche Auseinandersetzung mit der ungarndeutschen Sprache und Kultur anzuspornen bzw. diese zu erhöhen – was auch eine wesentliche Intention der WUM-Arbeitsgruppe darstellt.

11 Ulrich Schmitz: Wörterbücher als Sehflächen. In: Stefan J. Schierholz, Rufus Hjalmar Gouws, Zita Hollós, Werner Wolski (Hgg.): Wörterbuchforschung und Lexikographie. Berlin, Boston 2016, S. 207–226, hier: S. 223.

AUSBLICK

Die zweite Etappe des WUM-Projektes strebt an, eine neue Datenbank zu entwickeln, in der über die meta- und objektsprachlichen Daten hinaus sowohl Illustrationen als auch literarische Belege gespeichert werden, aus denen mit dem (extra für dieses Projekt entwickelte) Redaktionstool Online-Artikel verfasst werden können. Ein Wörterbuch kann nicht mehr bieten, als sein Korpus hergibt, deswegen steht über die Entwicklung der digitalen Redaktions- und Benutzerplattformen hinaus die Sammlung von dialektalem und visuellem Material an eminenter Stelle. Unser Bericht überblickte ins Detail gehend jene lexikografischen Ressorts, in denen die Redaktion das WUM-Projekt im ersten Projektjahr voranbringen konnte, jedoch bleiben für die kommenden Jahre genügend Aufgaben übrig, wie die Zusammenstellung, die Redigierung und Veröffentlichung der Wörterbuchartikel, das Herzstück aller redaktionellen Arbeiten.

KRISZTINA KEMÉNY-GOMBKÖTŐ ist Universitätsoberassistentin am Germanistischen Institut der Universität Pécs (PTE). Sie betreut linguistische, minderheitenspezifische sowie fachdidaktische Vorlesungen und Seminare für Lehramtsstudierende und Germanistikstudierende. Ihre Forschungsschwerpunkte liegen in den Bereichen Varietätenlinguistik, Ethnografie, Fachdidaktik und minderheitenspezifische Bildungspolitik.
E-Mail: kemeny.krisztina@pte.hu

ÁGNES HUBER (ORCID: 0000-0001-7094-0637) ist habilitierte Universitätsdozentin am Germanistischen Institut der Eötvös-Loránd-Universität (ELTE) in Budapest. Sie betreut linguistische und minderheitenspezifische Vorlesungen und Seminare für Studierende des Germanistischen Instituts. Ihre Forschungsschwerpunkte liegen in den Bereichen Fremdsprachenerwerb, Unterrichtsmethodologie, Wirtschaftsdeutsch, Soziolinguistik und dem Zusammenhang von Sprache und Identität.
E-Mail: huber.agnes@btk.elte.hu

PÉTER KAPPEL ist Oberassistent am Institut für Germanistik der Universität Szeged. Er betreut linguistische Vorlesungen und Seminare sowie Sprachübungen für Lehramtsstudierende und Germanistikstudierende. Seine Forschungsschwerpunkte liegen in den Bereichen Syntax, Variationslinguistik, Sprachgeschichte und Zweitspracherwerbsforschung. Er wurde 2022 mit dem Robert-Gragger-Preis der Gesellschaft ungarischer Germanisten ausgezeichnet.
E-Mail: kappelp@lit.u-szeged.hu

GÁBOR KEREKES (ORCID: 0000-0001-9943-747X) ist habilitierter Universitätsdozent am Germanistischen Institut der ELTE in Budapest. Er betreut literaturwissenschaftliche und minderheitenspezifische Vorlesungen und Seminare für Lehramtsstudierende und Germanistikstudierende. Er wirkte als Fachlektor am *Deutsch-Ungarischen und Ungarisch-Deutschen Großwörterbuchs* der Ungarischen Akademie der Wissenschaften mit. Seine Forschungsschwerpunkte liegen in den Bereichen ungarndeutsche Literatur, österreichische Literatur, Rezeptionsforschung und Imagologie.
E-Mail: kerekes.gabor@btk.elte.hu

ELISABETH KNIPF-KOMLÓSI (ORCID: 0000-0002-3294-7667) ist seit 2022 DSc. Professor em. an der ELTE in Budapest. Forschungsbereiche: Minderheitenforschung, Mehrsprachigkeit, Lexikologie, Wortbildung, Soziolinguistik. Betreut zurzeit fünf PhD StudentInnen, ist Leiterin und Professorin in der PhD-Ausbildung der Germanistischen Linguistik an der Eötvös-Loránd-Universität, Fakultät der Geisteswissenschaften. Publikationen in den oben genannten linguistischen Bereichen.
E-Mail: erzsebet.knipf@btk.elte.hu

ÉVA MÁRKUS (ORCID: 0000-0002-3571-8472) ist habilitierte Universitätsdozentin an der ELTE in Budapest, Fakultät für Kindergarten- und Primarschulpädagogik. Sie betreut die Seminare Ungarndeutsche Nationalitätenkunde, Literatur der deutschen Minderheit in Ungarn, Ungarndeutsche Kinderliteratur. Ihre Forschungsschwerpunkte liegen in den Bereichen Dialektologie (ungarndeutsche Mundarten), Deutsch-Didaktik (Mundart im Unterricht) und Mehrsprachigkeit.
E-Mail: markus.eva@tok.elte.hu

MÁRTA MÜLLER (ORCID: 0000-0001-6865-827X) ist habilitierte Universitätsdozentin am Germanistischen Institut der ELTE in Budapest. Sie betreut linguistische und minderheitenspezifische Vorlesungen und Seminare für Lehramtsstudierende und Germanistikstudierende. Ihre Forschungsschwerpunkte liegen in den Bereichen Soziolinguistik, Dialektologie (Bairisch), Lexikografie und Namenkunde.
E-Mail: muller.marta@btk.elte.hu

ILLÉS NAGY ist Doktorand im germanistischen Programm der Doktorschule für Sprachwissenschaft an der ELTE in Budapest. Seine Forschungsschwerpunkte liegen in den Bereichen Lexikologie, Lexikografie und Metalexikografie.
E-Mail: nagy.illes55@gmail.com

ISTVÁN SZÍVÓS ist Doktorand im germanistischen Programm der Doktorschule für Sprachwissenschaft an der ELTE in Budapest. Seine Forschungsschwerpunkte liegen in den Bereichen Diskurslinguistik, Identität der Ungarndeutschen (in den Presseerzeugnissen der ungarndeutschen Printmedien).
E-Mail: istvan.szivos@gmail.com

Rezensionen

Gundel Große: Literaturgeschichte im Prozess (1990–2000). Die Auseinandersetzung rumänischer Literaten mit der Zwischenkriegszeit. Berlin: Frank & Timme 2023. 212 S.

Mit fundiertem Wissen und unter Heranziehung umfangreichen Materials untersucht Gundel Große in ihrem Buch *Literaturgeschichte im Prozess (1990–2000). Die Auseinandersetzung rumänischer Literaten mit der Zwischenkriegszeit* (ursprünglich Dissertation, Jena 2016) die unter veränderten politischen und kulturellen Bedingungen wieder aufgenommene Rezeption von literarischen Werken und öffentlichen Diskursen aus der Zeit von 1918 bis 1940 in zwei traditionsreichen rumänischen Zeitschriften im ersten, herausfordernden Jahrzehnt nach der Revolution von 1989.

Die Wahl der Autorin fällt einerseits auf die 1867 in Jassy (rum. Iași) gegründete Zeitschrift *Convorbiri literare* [Literarische Gespräche], die mit einigen Unterbrechungen (1916–1918, 1944–1970 sowie Anfang der 90er-Jahre) bis heute erscheint. Nach einer langen Zeit in Bukarest zwischen 1885 und 1944 ist sie wieder in Jassy beheimatet. Andererseits wählt die Autorin die Zeitschrift *Viața românească* [Das rumänische Leben], die ebenfalls in Jassy gegründet wurde und dort zwei Jahrzehnte erschien (1906–1916 und 1920–1930). Seit 1930 ist allerdings *Viața românească* in Bukarest angesiedelt. Somit deckt die vorliegende literaturgeschichtliche Untersuchung zwei literarische Felder ab, die trotz einiger Gemeinsamkeiten jeweils eine andere Tradition verpflichten, verschiedene Ressourcen mobilisieren und in Konkurrenz zueinander stehen. Es überrascht jedoch, dass eine traditionsreiche und prestigeträchtige Wochenzeitschrift wie *România literară* [Literarisches Rumänien] nicht stärker in den Fokus der Forschung gerückt ist. Dies ist umso erstaunlicher, da viele wesentliche Debatten des betrachteten Zeitraums hier ihren Ausgangspunkt nahmen oder ausgiebig weitergeführt wurden. Zudem trugen die engen Verbindungen des Chefredakteurs Nicolae Manolescu zur Universität Bukarest, wo er als Professor für rumänische Literaturgeschichte tätig war, zum Verein der Schriftsteller Rumäniens sowie zu bürgerlichen Bewegungen wie Alianța civică [Bürgerliches Bündnis] und zur Politik dazu bei, der Zeitschrift deutlich mehr Sichtbarkeit zu verleihen. *România literară* hatte, im Gegensatz zu *Convorbiri literare* und *Viața românească*, nach 1989 nicht mit Engpässen zu kämpfen und konnte sich bis heute als Wochenzeitschrift behaupten, während *Convorbiri literare* zu einer Monatszeitschrift wurde (*Viața românească* entschied sich für das monatliche Format schon vor 1989). Eine Erklärung für die Auswahl der beiden untersuchten Zeitschriften wird nicht gegeben. Es liegt jedoch nahe zu vermuten, dass die Einbeziehung der Zeitschrift *România literară* sowie weiterer literarischer Publikationen – allein im Jahr 1991 wurden 35 Zeitschriften unter der Ägide des Vereins der Schriftsteller Rumäniens herausgegeben – die Struktur der Arbeit erheblich verändert und eine lückenlose, bis ins Detail reichende Analyse erschwert hätte. Darüber hinaus verschwanden in den darauffolgenden Jahren die wichtigsten Kontrahenten der prominenten Bukarester Zeitschrift *România literară*, zum Beispiel die Zeitschrift *Contrapunct* [Kontrapunkt], *Caiete critice* [Hefte für Literaturkritik], *Contemporanul – Ideea europeană* [Der Zeitgenosse – Die europäische Idee] oder *Literatorul* [Der Literat], was einen erweiterten Vergleich erschwert hätte. Eine 2012 an der Universität der Unteren Donau in Galatz (rum. Galați) verteidigte Dissertation von Zanfir Ilie mit dem Titel *Reflectarea fenomenelor literare în presa românească între anii 1990–2000* [Widerspiegelung literarischer Phänomene in der rumänischen Presse zwischen 1990 und 2000] konzentriert sich auf die oben genannten prominenten Zeitschriften, behandelt jedoch nahezu alle literarischen Zeitschriften der genannten Epoche, sowohl aus Rumänien als auch aus der Republik Moldau. Methodologisch bleibt die Arbeit jedoch unscharf und historisch verhaftet, was ihre Brauchbarkeit stark einschränkt. (Zanfir Ilie veröffentlichte seine Dissertation ein Jahr später unter dem leicht abgewandelten Titel *Fenomenul literar în presa românească între anii 1990–2000* [Das literarische Phänomen in der rumänischen Presse zwischen 1990 und 2000] im Verlag Timpul, Jassy. Gundel Große scheint davon keine Notiz genommen zu haben, was sich aber nicht nachteilig auf ihre Untersuchung auswirkt.)

Dieselbe Abgrenzung der Zeitspanne ermöglicht Gundel Große 2016 in der ursprünglichen Version und 2023 in der aktuellen Überarbeitung einen wesentlich distanzierteren Blick auf die Schwierigkeiten sowie die damit verbundenen Naivitäten und Fehler bei der Aufarbeitung des komplexen literarischen und historischen Erbes der ersten beiden demokratischen Jahrzehnte der Zwischenkriegszeit, die ab 1938 in Rumänien in eine rechtsextreme Diktatur mündete. Die Autorin bemüht sich, eine tiefgreifende literatursoziologische Perspektive auf die rumänische Transition zu einer funktionellen Demokratie und Marktwirtschaft in den 1990er-Jahren zu entwickeln. Dabei gelangt sie zu wichtigen Erkenntnissen bezüglich der Pressekrise von 1993, die durch hohe Produktionskosten, die Privatisierung staatlicher Druckereien und den Wegfall von Subventionen ausgelöst wurde und besonders Nischen-, Kultur- und Literaturzeitschriften hart traf. Der Studie liegt zudem eine diskursanalytische Methode zugrunde, die darauf abzielt, die hinter den Texten stehenden Interessen zu identifizieren und Positionen zu umstrittenen Themen besser herauszuarbeiten. Sie untersucht einen Gesamtdiskurs, der mehrfach sozio-historisch verankert ist, und bietet dadurch einen umfassenden Einblick in die vielfältigen Wechselwirkungen zwischen Literatur und Gesellschaft in der Übergangszeit 1990–2000. Das Jahr 2000 markiert einen Wendepunkt, da in diesem Jahr die unabhängige Wochenzeitschrift *Observator cultural* [Kulturbeobachter] ins Leben gerufen wurde, die das literarische Feld in den kommenden Jahren maßgeblich prägen sollte.

Um ein besseres Verständnis für die Themen zu ermöglichen, die für die rumänische Gesellschaft im ersten Jahrzehnt nach dem Sturz des Ceaușescu-Regimes von Bedeutung waren, wird der Untersuchung ein literaturgeschichtlicher Teil vorangestellt. Dieser Abschnitt soll ein breites Publikum mit rumänischen Autoren der Zwischenkriegszeit wie Mircea Eliade, Emil Cioran, Mihail Sebastian, Nae Ionescu, Constantin Noica, George Călinescu und Eugen Lovinescu sowie mit literarischen Kreisen und Ideen der Zwischenkriegszeit vertraut machen. Ebenfalls wird erläutert, warum das Interesse für diese historische Epoche nach der Wende so groß war: Rumänien versuchte politisch wie kulturell wieder an seine Demokratietradition anzuknüpfen. Viele Autoren der Zwischenkriegszeit wurden wiederentdeckt, neu ediert und ausführlich kommentiert – es gab keine Index-Listen mehr, und ein großer Nachholbedarf war deutlich spürbar. Die Veröffentlichung der Gesamtausgabe des Tagebuchs des jüdisch-rumänischen Schriftstellers Mihail Sebastian prägte die Debatten der 1990er-Jahre maßgeblich, insbesondere im Hinblick auf den Umgang mit der Verstrickung rumänischer Intellektueller in antisemitisches und faschistisches Gedankengut. Gundel Große zeichnet präzise nicht nur die ideologischen Spannungsfelder in der Zwischenkriegszeit nach, sondern auch jene zur Zeit der ersten Rückbesinnung auf diese Epoche in den 1960er- und 1970er-Jahren, unmittelbar nach dem stalinistischen Jahrzehnt in Rumänien, sowie nach der Wende, als eine zensurfreie Auseinandersetzung sowohl mit der Zwischenkriegszeit als auch mit deren Interpretation während des Kommunismus möglich war.

Im eigentlichen Kern der Untersuchung, der eine detailreiche Textanalyse umfasst, wird deutlich, welche Verzerrungen bei der Wiederaufwertung der Zwischenkriegszeit aufgetaucht sind und woran sie lagen. Das Verdienst der Arbeit liegt zweifellos im Nachweis der weiterhin verschleppten Revision des literaturgeschichtlichen Rahmens, so wie dieser in den 1940er-Jahren von George Călinescu gesetzt wurde. Andererseits wird gezeigt, dass deutlich offenere Ansätze, die bei dem Literaturkritiker Eugen Lovinescu in der Theorie des Synchronismus (1924–1925) vorhanden sind, von den Literaturkritikern des Aufbruchsjahrzehnts nach 1989 auf ihre zeitgenössische Anwendbarkeit nicht hinterfragt werden, denn eine simple Anerkennung ihrer heutigen Relevanz reiche nicht aus, um sie produktiv einzusetzen. Sie werden nicht mit neuen wissenschaftlichen Impulsen gepaart. Gundel Große gelingt es somit, die Utopie einer Rückkehr zu den Quellen der Zwischenkriegszeit präzise zu diagnostizieren. Diese Utopie ist nicht nur dem anfänglichen Enthusiasmus geschuldet, sondern deutet auch auf eine Versteinerung der kritischen Reflexion hin. Diese Reflexion ist größtenteils von ausländischen Debatten und Entwicklungen abgekoppelt, theoretischen Ansätzen gegenüber feindlich gesinnt und neigt dazu, abgedroschene Themen wie »das nationale Spezifikum« mit denselben alten Argumenten erneut aufzutischen.

Insofern zeichnet sich die Zeit zwischen 1990 und 2000 in vielerlei Hinsicht als ein »verlorenes« Jahrzehnt ab. Darüber hinaus ging es in dieser Zeit ziemlich »wild« zu: In drei Fällen – beim Chefredakteur der *Convorbiri literare*, Cassian Maria Spiridon, sowie bei Gabriel Stănescu und Constantin Mihai in derselben Zeitschrift – deckt Gundel Große Plagiate und verschleierte Bezüge auf. Sehr bedenklich ist auch die Tatsache, dass bis heute die Werke der Literaturhistorikerinnen Isabela Vasiliu-Scraba und Dora Mezdrea regelrecht ausgeplündert werden, während ihren Autorinnen keine Anerkennung durch die Aufnahme in Nachschlagewerke wie das *Dicționarul General al Literaturii Române* [Allgemeines Wörterbuch der Rumänischen Literatur] gegönnt wird. Auch in *Viața românească* findet Gundel Große unverständliche und verwaschene Textpassagen beim Chefredakteur

Caius Traian Dragomir. Jedoch fällt der Vergleich zwischen *Convorbiri literare* und *Viața românească* eher zugunsten der letzteren aus. Der Bukarester Zeitschrift fällt es etwas leichter, ihre Tradition loszulassen, diese nicht überzubewerten oder unkritisch zu präsentieren. Während *Convorbiri literare* ein politisches Profil anstrebt und sich ideologisch schnell positioniert, beschäftigt sich *Viața românească* eher mit der Herausgabe von bisher unveröffentlichten Dokumenten von Autoren der Zwischenkriegszeit wie Mircea Eliade, Eugen Ionescu, Petru Comarnescu, Arșavir Acterian und Mircea Vulcănescu und verzichtet auf übereilte Reaktionen.

Insgesamt handelt es sich bei der vorliegenden Arbeit um einen wertvollen Forschungsbericht, der nicht narrativ, sondern streng analytisch vorgeht und zu einer kritischen Übersicht sowohl über die Zwischenkriegszeit als auch über die näher liegende Übergangszeit (rum. perioada de tranziție) mit ihren Klärungs- und Profilierungsbedürfnissen gelangt. Zu erwähnen wären nur wenige Versehen und Druckfehler, die jedoch nicht sinnentstellend sind und daher nicht alle aufgezählt werden. Unüblich ist die Verwendung der modernen, walachischen Grafie des Vornamens »Mihai« für Schriftsteller wie Mihail Sebastian und Mihail Sadoveanu. Auch sind manche biografischen Informationen über Kritiker der Wendezeit nicht aktualisiert worden. Ein Dialog mit dem Werk *Ideengeschichte Rumäniens* von Mădălina Diaconu (2021) fehlt, dennoch gehören beide Bücher zweifelsohne in die Bibliografie jeder Arbeit, die sich mit der Aufarbeitung der rumänischen Zwischenkriegszeit beschäftigt.

Romanița Constantinescu

Der fortwährende Weg zur Normalität

Hans-Christian Maner, Rainer Ulrich (Hgg.): Ethnische Minderheiten in Rumänien im 20. und 21. Jahrhundert. Herausgegeben von der Landeszentrale für politische Bildung Rheinland-Pfalz. Mainz 2024. 142 S.

Den Osteuropäer gibt es genau so wenig, wie es den homo sovieticus nie geben konnte. Während hinter »Osteuropäer« lediglich »eine Bequemlichkeit für Außenstehende, ein Sammelbegriff, hinter dem sich ein ganzes Nest von Stereotypen verbirgt« (Andreas Neumann), steht, stellt der kommunistisch angestrebte, einst moderne Mensch den gescheiterten soziopolitischen Homogenisierungsversuch zur Schaffung eines »Kollektivsingulars« (Klaus Gestwa) dar. Beide theoretischen Konstrukte – jenes eines Osteuropäers und eines homo sovieticus – stehen im Widerspruch zu dem, was die Länder im ehemals geopolitischen Block Osteuropas und insbesondere Rumänien auszeichnet: Vielfalt – ethnische wie auch religiöse. Genau hier setzt der Sammelband *Ethnische Minderheiten in Rumänien im 20. und 21. Jahrhundert* an. Darin vereint das Herausgeberduo Hans-Christian Maner und Rainer Ulrich fünf Fachbeiträge über die kleinen Minderheiten im Überblick sowie über historische und über zahlenstarke Ethnien. Eingebettet in den gesellschaftspolitischen Kontext, wird neben der Relevanz der jeweiligen Minderheit auch der Umgang mit ihr durch den Staat sowie die Mehrheitsbevölkerung beleuchtet.

Der aktuelle Bezug des Buchthemas ist gegeben: Heute führt Russland einen atavistischen Krieg, der anfangs vorgeblich zum Schutz der russischsprachigen Minderheit in der Ukraine und nun zur Rückführung einer bestrittenen slawisch-ukrainischen Minderheit in das russische Mutterland dienen solle, um folglich an ihr einen kulturellen Ethnozid zu begehen. Das führt uns nicht etwa die Bedeutung der Ethnien für einen Diktator vor Augen, sondern deren Relevanz für die Menschen. Die Geschichte Osteuropas und insbesondere Rumäniens ist keine langer königlicher Erbdynastien. Es ist die Geschichte von armenischen Kaufleuten, jüdischen Dichtern, ungarischen Beamten, Zipser Holzarbeitern, rumänischen Hirten, Lipowaner Fischern, unterdrückten Roma, deutschen Patriziern, Bauern und vielen anderen mehr.

Der Werdegang Rumäniens, ausgehend von zwei vereinigten Fürstentümern mit einem geringen jüdischen Bevölkerungsanteil von vier Prozent hin zum Staat moderner Prägung am Anfang des 21. Jahrhunderts – mit zwischendurch fast 30-prozentigem Anteil ethnischer Minderheiten in der Zwischenkriegszeit –, war lange von der vordringlichsten Aufgabe geleitet, einen neuen Ursprung für sich als Nationalstaat zu finden. Dementsprechend wechselvoll verlief die Minderheitenpolitik zwischen Inklusion über »mitwohnende Nationalitäten« hin zur Exklusion. Wird sie in der EU zur Normalität?

Über Diskriminierung, Integration und Assimilation führt einleitend Hans-Christian Maner an Zusammenhänge zwischen Nationalismus- und Minderheitenforschung heran. Er klärt den feinen Unterschied zwischen ethnischer und nationaler Minderheit und beschreibt den Wandel der Begriffsbedeutung in Rumänien wie auch in internationalem Kontext. Der Autor benennt die 19 staatlich anerkannten Ethnien. Knapp, aber auch für Ortsunkundige gut verständlich geht er auf weniger bekannte Minderheiten ein. Es ist, als lese man an der Siedlungskarte ethnischer Minderheiten in Rumänien sowie deren demografischen Veränderungen die neuere Geschichte im Umfeld Rumäniens ab.

Mariana Hausleitner zeichnet das stetige Ringen um Anerkennung und Einbürgerung sefardischer Juden und der Aschkenasim auf, was mit äußerem Druck erst nach den Friedensverträgen von Paris 1919 schrittweise gelang, um dann von Faschisten wieder aufgehoben zu werden. Die Autorin schafft es auf insgesamt nur 14 Seiten zudem, mit dem Narrativ vom Tod als einem Meister aus Deutschland aufzuräumen: In Großrumänien lebten damals mehr Juden als im Deutschen Reich, und es waren maßgeblich Rumänen, die sich ihrer entledigten – in Massakern, Pogromen, Todeslagern in Transnistrien und später durch Verkauf nach Israel. Man könnte meinen, die Täter waren Faschisten und später Kommunisten. Tatsächlich aber beschreibt die Historikerin das krasse Missverhältnis zwischen ethnischer Minderheit und Mehrheitsbevölkerung auf dem aktuellen Stand der Forschung.

Während der Vertrag von Versailles 1919 keinen nachhaltigen Frieden zwischen Deutschland und Frankreich schuf, konnte jener von Trianon 1920 keine Regelung finden, die Ungarn und Rumänien befriedete. Er war Ausgangspunkt eines 100-jährigen oszillierenden Verhältnisses »zwischen den Extremen Ablehnung und Regierungsbeteiligung« (S. 55) von ungarischer Minderheit und rumänischem Staat, wie es Ralf Thomas Göllner auf den Punkt bringt. Vertane Chancen und die Grenzverschiebungen von 1920 sowie 1940 führten zu massiven Fluchtbewegungen nicht nur bei der ungarischen Minderheit. Göllner räumt zudem mit einer unter Ungarn verbreiteten These auf: »Auch wenn sich die ›Kleine Kulturrevolution‹ nicht in erster Linie gegen die Minderheiten richtete, war das Ergebnis eine tiefe ethnische Spaltung des Landes und der Gesellschaft« (S. 65) durch Ceaușescu. Beispielsweise sollten außerhalb der angestammten Heimatregion verordnete Arbeitsstellen vorrangig den Menschen aus seinem sozialen Umfeld entwurzeln und in Abhängigkeit vom Staat versetzen. Damit fehlten zum

Beispiel ungarische Lehrkräfte an ungarischen Schulen – als (willkommener) Nebeneffekt und nicht als Hauptmotiv. Gezielt benachteiligt war die gesamte Gesellschaft des Landes, was jedoch unter den Minderheiten besonders rasch und krass spürbar war. Einmal mehr ist festzustellen: Die Minderheitenpolitik einer Regierung ist ein Gradmesser für deren Demokratieverständnis für die Mehrheitsbevölkerung.

Eine weitreichende doppelte Loyalität macht Konrad Gündisch als Leitmotiv in der Politik der Minderheit der Deutschen in Rumänien aus. Er zeichnet mit viel Empathie die Alltagsfolgen einerseits für das solidarische Zusammenleben in den diversen deutschsprachigen Bevölkerungsgruppen und andererseits für die Loyalität zu dem Staat, in dem sie lebten. Verhängnisvolle Ausnahme war die Phase ab 1931, als sich Deutsche nach vertraglich unerfüllten Minderheitenrechten und wirtschaftlich existenziellen Benachteiligungen zunehmend dem (externen) Deutschen Reich zuwandten, das sie für eigene Zwecke zu instrumentalisieren wussten. Das sei »durch die jahrhundertelang gepflegte Abschottung gegenüber Nachbarn anderer Herkunft, anderen Standes oder anderen Glaubens« (S. 96) begünstigt worden. Zum Neuanfang rief der von Nazis geschasste Politiker Hans Otto Roth seinen deutschen Landsleuten am 31. August 1944 zu: »Die Treue zum Staat war durch Jahrhunderte unverrückbare Grundlage unseres völkischen Lebens. […] Darum stellen wir uns loyal auf den Boden der neugeschaffenen Ordnung«. (S. 99) Doch das dafür erforderliche übergreifende »Wir-Gefühl« hatte sich nicht einstellen können und wurde von der nationalkommunistischen Diktatur hintertrieben. Das Konzept der doppelten Loyalität ging nicht mehr auf, und die Deutschen wurden zu einer mutmaßlichen Minderheit auf Abruf.

Als sei es eine von Gott gegebene Gewissheit, wurden in Rumänien Roma wie Sklaven sowohl in orthodoxen Klöstern als auch vom Landadel noch lange nach Verbot der Leibeigenschaft gehalten – teilweise bis zum Anfang des 20. Jahrhunderts. Auch heute noch werden Roma gesellschaftlich marginalisiert und ausgegrenzt. Marian Luca gelingt es, objektiv zu erklären, was nicht nur in Rumänien schwer zu akzeptieren ist: das Ausmaß der Tabuisierung der ethnischen kulturellen Rechte – sowohl staatlich als auch gesellschaftlich. Aufgrund fehlender maßgeblicher Fürsprecher wurden Nichtdiskriminierungsgesetze und -maßnahmen erst im Nachgang des EU-Beitrittes in die Wege geleitet, obwohl Antirassismus eine vorformulierte Beitrittskondition war. 2020 hat die Europäische Kommission ein Vertragsverletzungsverfahren gegen Rumänien eingeleitet, da Rassismus im Strafrecht noch keine Berücksichtigung gefunden hatte. Während andere um verbesserte Minderheitenrechte kämpfen, bemühen sich Roma um uneingeschränkte Menschenrechte.

Das vorliegende Buch zeichnet anhand mehrerer Volkszählungen demografische Veränderungen ethnischer Minderheiten auf und ordnet ihnen Ursachen bei Staat und Gesellschaft zu. Akteure und Eckdaten sind klar zuordenbar, womit Lesern selbst der Neueinstieg in die Thematik möglich ist. Mit seinen 142 Seiten ist das Sachbuch kein allumfassender Wälzer, sondern veranschaulicht die zeitgleichen Entwicklungen verschiedener Ethnien im gleichen geografischen Raum. Auf diese Art wird der Leserschaft im Vergleich deutlich, von welch unterschiedlichen Faktoren das Verhältnis von Minderheits- und Mehrheitsbevölkerung abhängt und dass es keineswegs eine Konstante ist, auf die (demokratische) Bürger keinen Einfluss hätten.

Dem Konzept des Buches folgend, wird auf die Entwicklung der jeweiligen ethnischen Minderheiten in Rumänien eingegangen. Ein editorisches Nachwort über ihre Zusammenarbeit in den noch recht jungen staatlichen Institutionen würde das Buch abrunden. Beispielsweise würdigte Ende 2022 das Demokratische Forum der Deutschen in Rumänien gemeinsam mit der Evangelischen Kirche A. B. in Rumänien den parlamentarischen Abgeordneten der Föderation der jüdischen Gemeinschaften in Rumänien Silviu Vexler mit der Honterusmedaille. In der Laudatio hob dessen Abgeordnetenkollege und Freund Ovidiu Ganț die Gesetzesvorhaben hervor, die im gemeinsamen Schulterschluss zum Wohle von Minderheiten durchgesetzt werden konnten. Sein Engagement erklärte Vexler mit dem Satz: »Ich glaube sehr stark an die Idee der Normalität«.

Ortwin-Rainer Bonfert

László Nebojszki: Felső-bácskai települések néprajzi-helyrajzi leírása 1859-60-ból [Ethnografisch-topografische Beschreibung der Siedlungen der Nord-Batschka 1859–1860]. [Hrsg.] Országos Széchényi Könyvtár. Budapest: Argumentum Könyvkiadó: Országos Széchényi Könyvtár 2017. 808 S. [27] T.

László Nebojszki: Közép-bácskai települések néprajzi-helyrajzi leírása 1859-60-ból [Ethnografisch-topografische Beschreibung der Siedlungen der Mittel-Batschka 1859–1860]. [Hrsg.] Országos Széchényi Könyvtár. Budapest: Argumentum Kiadó: Országos Széchényi Könyvtár 2021. 930 S. [23] T.

In den Bänden dieser Reihe werden die ethnografisch-topografischen Verhältnisse der Siedlungen der ehemaligen Komitate des historischen Ungarn Bács-Bodrog, Torontál, Temes und Krassó aus den Jahren 1859–1860 im Licht einer Archivquelle veröffentlicht. Diese Gebiete gehören heute zu drei Ländern: Ungarn beziehungsweise den Nachfolgestaaten Serbien und Rumänien. Zielgruppe des veröffentlichten Quellenmaterials sind sowohl deutsch- als auch ungarischsprachige Forscher, deshalb sind die beiden bisher erschienenen Bände zweisprachig konzipiert.

Zur Entstehung dieses Archivmaterials gehört, dass Graf Johann Coronini-Cronberg, Zivilgouverneur im Kronland Serbien und Temescher Banat, am 8. Januar 1859 per Erlass verordnet hatte, dass die Siedlungen des unter seiner Verwaltung stehenden Gebiets nach den beigelegten Instruktionen mit Hilfe sachverständiger, die lokalen Verhältnisse gut kennender Personen (meist Pfarrer, Notare oder Lehrer) ethnografisch-topografische Beschreibungen verfertigen. Das von den Notaren eingesammelte Material gelangte – wie wir aus der ausschließlich auf Ungarisch verfassten Einleitung zum zweiten Band (S. 18) erfahren – zu Heinrich Kümmer, Großwardeiner Domherr, Schulinspektor des Kronlandes, der es später an Zsigmond Ormós, Komitatsobernotar, später Obergespan, weitergab. Der Verfasser berichtet außerdem ausführlich über die Stadien der Mikroverfilmung des Materials.

Die bisher erschienenen beiden Bände sind ähnlich aufgebaut: Nach der Einleitung wird die Geschichte der verordneten Beschreibungen zusammengefasst, die bisherigen Beschreibungen von der osmanischen Zeit bis zum Ausgleich zwischen Österreich und Ungarn (1867) historisch dargestellt, die behandelten Ortschaften aufgelistet, weiterhin folgen zuerst die deutschsprachigen Beschreibungen, dann diese in ungarischer Übersetzung. Im Anhang sind unter anderem die Archivquellen, die Siglen der Aufbewahrungsorte, die benutzten Periodika, die Abkürzungen, die Maß-, Münz- und Gewichteinheiten mit Erklärungen beziehungsweise die benutzte Literatur aufgeführt. Die Handhabung der Bände erleichtert ein Personen- sowie ein Ortsnamenregister. Beide Bände schließt eine deutschsprachige Zusammenfassung ab. Die Bände werden durchgehend von qualitativ hochwertigen Fotos bereichert.

Das Niveau beziehungsweise die Ausführlichkeit der Beschreibungen ist nicht einheitlich. Im multiethnischen, mehrsprachigen Gebiet sind aus ethnologischer Sicht die Gebräuche, die Kleidung (Tracht), die Mundart (in den Beschreibungen manchmal mit konkreten deutschen Beispielen), die Vergnügungen, sogar der Aberglaube der Einwohner von Interesse. Nach der Lage (bemerkenswert sind Fragen nach Gewässern, Höhlen, Ruinen und Schlössern in der Nähe) und Geschichte der Siedlung, der Anzahl der Einwohner im aktuellen Jahr folgen Angaben der vorhandenen Lehranstalten. Nach der Sprache des Unterrichts wurde nicht gefragt, aber die Magyarisierung der Nationalitäten fing erst nach 1868 an. Der Leser kann viel über die konfessionelle Zugehörigkeit der Einwohner, über herausragende Persönlichkeiten, weiterhin über die Witterungsverhältnisse, Tiere und Pflanzen (manche Informanten haben die Tier- beziehungsweise Pflanzennamen auch auf Lateinisch angegeben), Bodenkultur oder Gewerbe der gegebenen Siedlung erfahren.

Im ersten Band (Nord-Batschka) werden 27 Ortschaften, davon 20 zum heutigen Ungarn, sieben zu Serbien gehörend, dargestellt. Im zweiten Band (Mittel-Batschka) von vergleichbarem Umfang werden 20 Siedlungen ausgewertet.

Der Verfasser betrachtet jeden Band als selbstständiges Werk (Bd. 2, S. 14), deshalb sind die einführenden Texte voneinander in bestimmtem Maße abweichend. Demgemäß enthält der zweite Band Dokumente des Erlasses von Coronini, die Darstellung des weiteren Schicksals der Dokumentensammlung der Beschreibungen (eine Art Vorläufer der heutigen automatisierten Volkszählungen) samt einem historischen Überblick der wissenschaftlichen Bearbeitungen des Gebietes (ab 1849: Woiwodschaft Serbien und Temescher Banat) mit historischen Landkarten sowie weiteren Illustrationen. Merkwürdigerweise fehlt unter den deutschsprachigen Beschreibungen im zweiten Band die Beschreibung des damals fast 23.000 Einwohner zählenden Zombor/Sombor; so veröffentlichte der Verfasser wortwörtlich nur den ungarischen Text von Károly Trencsénys 1911 erschienenem ethnografischem Artikel.

László Nebojszki hat eine enorme Forschungsarbeit geleistet. Er hat die Originaldokumente im Temeswarer Staatsarchiv eingesehen und die schwer lesbare und nicht einheitliche, oft mundartlich gefärbte kursive Frakturschrift entziffert, umgeschrieben und ins Ungarische übersetzt, außerdem die notwendigen archivarischen Recherchen für die Erklärungen durchgeführt und die Illustrationen ausgewählt. Bei der Umschrift der deutschen Texte strebte er an, die Textgestaltung und den Wortgebrauch möglichst getreu wiederzugeben. Die ungarische Übersetzung will dagegen einen für den heutigen Leser leicht verständlichen Text bieten. Das Verdienst des Verfassers ist, dass er ein in Vergessenheit geratenes, für heutige Forscher völlig unbekanntes Quellenmaterial entdeckt, bearbeitet und für breite Forscherkreise zugänglich gemacht hat.

Die Ausstattung der beiden Bände ist – wie beim Argumentum-Verlag üblich – auf hohem Niveau. Sie werden unentbehrliche Hilfsmittel für Ethnologen, Historiker und Lokalgeschichtsforscher sein und weiterführende Forschungen anregen können. Der dritte Band (Süd-Batschka) befindet sich gegenwärtig in der Redaktionsphase.

Mária Rózsa

Victor Neumann (ed.): The Banat of Timişoara. A European Melting Pot. London: Scala Arts and Heritage Publishers 2019. 495 S.

Victor Neumann (Hg.): Das Temeswarer Banat. Eine europäische Regionalgeschichte. Übersetzung und Übertragung aus dem Rumänischen und Englischen von Armin Heinen. Berlin, Boston: De Gruyter Oldenbourg 2023. 588 S. https://doi.org/10.1515/9783111010960

Die Ernennung von Temeswar (rum. Timişoara) zur Kulturhauptstadt Europas für das Jahr 2021 – ursprünglich gemeinsam mit Neusatz (sr. Novi Sad) (Serbien) und Elefsina (Griechenland) – wurde von zahlreichen publizistischen Initiativen begleitet. Dazu gehört auch der von Victor Neumann herausgegebene englischsprachige Sammelband, der hier angezeigt wird. Aufgrund der COVID-19-Pandemie beschloss das Europäische Parlament, das Kulturjahr für Neusatz auf 2022 und für Temeswar und Elefsina auf 2023 zu verschieben. Dieser Umstand wurde zum Anlass genommen, den umfangreichen Band von Armin Heinen, einem ausgewiesenen Kenner der rumänischen Geschichte, ins Deutsche übersetzen zu lassen. Diese Fassung, die seit Frühjahr 2023 auch als Online-Publikation zur Verfügung steht, enthält im Gegensatz zum englischsprachigen Band einige kurze Hinweise auf die Anfänge dieses Publikationsprojekts. Ausgangspunkt war demnach der 2015 in Bukarest erschienene Band *Istoria Banatului. Studii privind particularităţile unei regiuni transfrontaliere* [Geschichte des Banats. Studien zu den Besonderheiten einer grenzüberschreitenden Region], dem ein Jahr später eine überarbeitete und erweiterte Auflage folgte. Beide Ausgaben wurden anlässlich der Feierlichkeiten zum 300. Jahrestag der Einnahme der Stadt durch die kaiserlichen Truppen unter Prinz Eugen von Savoyen herausgegeben. Ein wiederkehrendes Moment der Jubiläums-Veranstaltungen war die Darstellung der Ereignisse von 1716 als Ausgangspunkt für die Entwicklung Temeswars und des Banats zu einem besonderen, dezidiert europäischen Kulturraum, der durch das friedliche Zusammenleben verschiedener ethnischer und konfessioneller Gruppen geprägt war. Diese Besonderheit, die auch in der Metapher des »melting pot« im Titel der englischsprachigen Version anklingt, bildete auch einen inhaltlichen Schwerpunkt des Bid Books zur Bewerbung um den Titel Kulturhauptstadt Europas, dessen Konzeption maßgeblich durch das von Victor Neumann seit Mitte der 1990er-Jahre in einer Reihe von Publikationen gezeichnete Bild geprägt wurde. Darin wurden die ethnische Vielfalt und Toleranz der Bevölkerung des Banats und vor allem seiner Hauptstadt Temeswar als Nährboden für die Entwicklung einer Zivilgesellschaft dargestellt, die einen Gegenpol zu den auf Assimilation zielenden Initiativen der zentralistischen rumänischen Regierungen seit 1918 bildete. Gleichzeitig soll nicht verschwiegen werden, dass das multikulturelle Erbe der Stadt, insbesondere die barocken Baudenkmäler und die um die Wende zum 20. Jahrhundert errichteten Gebäude, die als visuelles Bindeglied zum mitteleuropäischen Raum fungieren, zu wichtigen Bestandteilen des city branding von Temeswar geworden sind.

Die Stärkung des Bewusstseins für die historisch gewachsenen Besonderheiten des Banats wird in der englischen und noch stärker in der deutschen Übersetzung des Bandes von Victor Neumann als wichtiger Schritt in eine europäische Zukunft dargestellt, in der Regionen eine Schlüsselrolle spielen sollen. Dies gilt insbesondere für das Banat, das zu Rumänien, Serbien und Ungarn gehört. Diese Konstellation beeinflusste auch die Konzeption des Bandes durch die Einbindung von elf Spezialistinnen und Spezialisten aus den Bereichen Geschichte, Kunst- und

Architekturgeschichte, die an Universitäten, Museen und Forschungseinrichtungen in Rumänien (Temeswar, Arad und Karansebesch, rum. Caransebeș), Serbien (Neusatz, Werschetz, sr. Vršac, und Belgrad, sr. Beograd) und Ungarn (Szeged und Sárospatak) tätig sind. Die Zusammenführung von Wissenschaftlern, die Historiografien vertreten, die teilweise sogar in Konkurrenz zueinander stehen und auch aufgrund von Sprachbarrieren außerhalb der Region kaum rezipiert wurden, zählt sicherlich zu den positiven Aspekten der beiden Übersetzungen, denen ein Vorwort von Răzvan Theodorescu (1939–2023), Kunsthistoriker und langjähriger Vizepräsident der Rumänischen Akademie der Wissenschaften, vorangestellt wurde. Die deutsche Ausgabe enthält darüber hinaus einleitende Überlegungen von Armin Heinen zu den methodischen Herausforderungen einer europäischen Regionalgeschichte des Banats. Die einzelnen Kapitel behandeln Themen aus der Geschichte der Region nicht monografisch. Sie unterscheiden sich auch in Umfang und Ausführlichkeit. Grundsätzlich wurde eine chronologische Abfolge der Beiträge angestrebt, die jedoch nicht durchgängig eingehalten wurde. Von den insgesamt 23 Kapiteln stammen zwölf aus der Feder Neumanns. Diese haben den Charakter von Essays mit überwiegend sparsamem wissenschaftlichem Apparat. Im Gegensatz dazu stehen andere Beiträge, die mit einer Fülle von Tabellen und Quellenmaterial aufwarten.

In einem ersten Block von vier Kapiteln beschreibt Neumann die Entwicklung des Banats im 18. Jahrhundert. In einem Teil des Kontinents gelegen, in dem sich seit dem Mittelalter die kulturellen Strömungen des orthodoxen Byzanz mit denen des katholischen Mitteleuropa vermischten, erscheint diese Region als ein Laboratorium der Modernisierung. Die von Eugen von Savoyen, Maria Theresia und Joseph II. unter den besonderen Bedingungen (Fehlen eines Adels, Existenz von Unternehmergruppen etc.) initiierten fortschrittlichen Maßnahmen wie die Ansiedlung unterschiedlicher ethnischer Gruppen interpretiert Neumann als Manifestation der europäischen Aufklärung. Die im vierten Beitrag untersuchten Maßnahmen, die unter Joseph II. als »Revolution von oben« umgesetzt wurden, interpretiert Neumann als wichtige Schritte zur Etablierung einer kosmopolitischen, toleranten bürgerlichen Kultur, dargestellt am Beispiel von Temeswar und Lugosch (rum. Lugoj). Der Autor bezieht sich in seinen Ausführungen wiederholt auf die 1780 erschienene Banat-Beschreibung des Polyhistors Francesco Griselini (1717–1787), die das bis heute wirkmächtige Narrativ von der Verwandlung einer »terra deserta« unter habsburgischer Herrschaft in eine blühende Region maßgeblich geprägt hat. In einer Randnotiz weist Neumann darauf hin, dass die deutsche Übersetzung des italienischen Originals des Griselini-Berichts von dem berühmten Mineralogen und einflussreichen Freimaurer Ignaz von Born (1742–1791) angefertigt wurde.[1] Dieser Aspekt hätte sicherlich etwas mehr Raum in den Ausführungen verdient, zumal von Born selbst sehr ernüchternde Schilderungen der Situation in der Banater Hauptstadt vorliegen. Diese haben im Sammelband leider keine weitere Würdigung gefunden.[2]

1 Entgegen dem bibliographischen Nachweis im Sammelband (Anm. 4, S. 19 deutsche Ausgabe) enthalten Titelblatt und Impressum der deutschen Ausgabe von 1780 der Landesbeschreibung von Griselini keine Angaben zur Übersetzung ins Deutsche durch Ignaz von Born, siehe <https://digital.onb.ac.at/OnbViewer/viewer.faces?doc=ABO_%2BZ168695402>, 2.7.2024.

2 Über Ignaz von Born und seine Beobachtungen im Banat, die teilweise von Griselini rezipiert wurden: Alexander Drace-Francis: A Provincial Imperialist and a Curious Account of Wallachia: Ignaz von Born. In: European History Quarterly 36/1, (2006), S. 61–89.

Im Mittelpunkt der beiden folgenden Beiträge von László Majanucz stehen die Bevölkerungsmaßnahmen im Rahmen der an kameralistischen Konzepten orientierten habsburgischen Landesausbaupolitik, wobei ein besonderer Schwerpunkt auf dem siebten Jahrzehnt des 18. Jahrhunderts liegt, an dessen Ende (1778) der zivil verwaltete Teil der Provinz in die ungarische Komitatsverwaltung überging und 1781 Temeswar zur einzigen königlichen Freistadt der Region erhoben wurde. Die Darstellung dieser administrativen Veränderungen mit einem Ausblick auf den Wandel der Bevölkerungsstruktur bis zur Mitte des 19. Jahrhunderts erfolgt auf der Grundlage reichen Quellenmaterials aus Wiener und Budapester Archiven. Darüber hinaus werden Ergebnisse der ungarischen Forschung präsentiert, die aufgrund der Sprachbarriere bisher nur selten rezipiert wurden.

Im nächsten Cluster stehen die verschiedenen materiellen Manifestationen des Landesausbaus beziehungsweise die in seinem Gefolge entstandenen Kunstwerke im Mittelpunkt. Gabriel Szekely behandelt die Architektur der königlichen Freistädte Temeswar und Arad und erweitert damit den Vergleichsrahmen über die eigentlichen Grenzen des Banats hinaus. Der Schwerpunkt der Darstellung liegt auf den Bauten des 19. Jahrhunderts, einer Zeit, in der Arad einen bemerkenswerten Aufschwung erlebte. Die Entwicklung im ländlichen Raum bis zum Beginn des 20. Jahrhunderts wird vom Architekten Teodor Octavian Gheorgiu beschrieben, der ein Nebeneinander verschiedener Siedlungstypen feststellt. Ihre Gestalt war das Ergebnis von Planungen, die einerseits übergeordnete Vorgaben berücksichtigten, andererseits aber auch auf konkrete topografische Situationen und ethnische Konstellationen reagierten. Die Barockkunst im Banat wird anschließend von Mihaela Vlăsceanu behandelt, die die wichtigsten Denkmäler der verschiedenen Gattungen sowie die Übernahme der aus Mitteleuropa importierten Formensprache und Ikonografie im Bereich der griechisch-orthodoxen Bildkünste und Architektur vorstellt. Die Rezeptions- und Austauschprozesse im Bereich der griechisch-orthodoxen, serbischen und rumänischen Gemeinden werden ebenfalls von Adrian Negru behandelt, der nicht nur die wichtigsten Zentren und Werkstätten vorstellt, die in diesem Prozess eine führende Rolle spielten, sondern auch den Blick auf die Rezeption und Transformation künstlerischer Impulse aus der Ukraine und Mitteleuropa öffnet. Ein großes Manko der Publikation ist der spärliche Abbildungsapparat. Pläne und Fotos der wichtigsten Denkmäler fehlen leider, um die detaillierten Ausführungen nachvollziehen zu können.

Die folgenden Beiträge befassen sich mit den Entwicklungen im 19. und 20. Jahrhundert, wobei kleinere inhaltliche Cluster erkennbar sind. Zum einen geht es um das Bildungswesen. Grozdanka Gojkov stellt die Entwicklung unter habsburgischer Verwaltung dar, Aron Kovács jene in der Zeit der Doppelmonarchie. Die Revolution von 1848–1849, die einen ihrer dramatischen Momente in der Belagerung der Banater Hauptstadt im Sommer 1849 hatte, wird von Miodrag Milin thematisiert. Im Mittelpunkt seiner Ausführungen stehen die ethnisch-konfessionellen Auseinandersetzungen zwischen der serbischen und der ungarischen Bevölkerung. Die Konflikte zwischen der deutschsprachigen, kaisertreuen Stadtbevölkerung und den ungarischen Anhängern des Aufstandes, die weit über 1848 hinauswirkten, werden in dem Band allerdings nicht dezidiert thematisiert. Einzelne Details der Auseinandersetzungen finden sich in den Beiträgen von Victor Neumann, der neben den unterschiedlichen Nations- und Staatsvorstellungen auch die deutschsprachige Presse und politische Kultur sowie vor allem die Reformen und die politische Emanzipation der Juden im Banat behandelt. Der Erste Weltkrieg, dessen Ausgang für das Banat dramatische Folgen hatte, insbesondere die territoriale Aufteilung zwischen Rumänien, Jugoslawien und Ungarn, wird in zwei Beiträgen behandelt. Slobodan Bjelica präsentiert die Perspektive der serbischen Geschichtsschreibung auf diese Zeit des Umbruchs, während Vasile Dudaş die kurzlebige Banater Republik und die Rolle des Banats in den Pariser Friedensverhandlungen darstellt.

Die Geschichte des Banats und seiner Hauptstadt unter rumänischer Oberherrschaft von 1919 bis zur Gegenwart wird in fünf Kapiteln mit unterschiedlichen inhaltlichen Schwerpunkten behandelt. Im Mittelpunkt steht das Fortwirken eines von Toleranz geprägten bürgerlichen Selbstbewusstseins, das als positiver Gegenpol zum aufkommenden Ethnonationalismus und Antisemitismus in Rumänien dargestellt wird. Als leuchtendes Beispiel für diesen besonderen Geist verweist Neumann auf die Interventionen Temeswarer Intellektueller beim Metropoliten von Siebenbürgen Nicolae Bălan (1882–1955) und von Politikern wie Constantin Dinu Brătianu (1866–1948) und Iuliu Maniu (1873–1953) bei Marschall Ion Antonescu, die 1942 die Rücknahme der Pläne zur Deportation der Juden bewirkten. Ob der Beginn der Proteste im Dezember 1989, die zum Sturz der Ceauşescu-Diktatur führten, eine Folge der besonderen Zivilkultur in Temeswar war, bleibt ebenso fraglich wie der von Neumann verwendete Begriff der »rumänischen Revolution«.

Auch wenn das Ziel des Bandes, das über Jahrhunderte gewachsene multiethnische und multikonfessionelle Mosaik des Banats als Erfolgsmodell darzustellen, gerade vor dem Hintergrund des Erstarkens nationalistischen Gedankenguts besonders lobenswert erscheint, darf nicht übersehen werden, dass in dem Band an vielen Stellen Fakten falsch dargestellt oder ausgeblendet und Forschungsansätze, die eine andere Perspektive auf die Entwicklung in der Region verfolgen, ignoriert wurden. Dies gilt insbesondere für die Darstellung der Entwicklung im 18. Jahrhundert in den deutlich in der Tradition der Geistesgeschichte stehenden Texten von Neumann und für den Beitrag von Vlăsceanu. Im letztgenannten Text wird der hl. Nepomuk als Bischof von Prag vorgestellt, der 1729 von Papst Bonifatius XIII. heiliggesprochen wurde. (S. 171 englische Fassung, S. 200 deutsche Fassung) Johannes von Nepomuk war Generalvikar des Erzbischofs von Prag und wurde von Papst Benedikt XIII. zur Ehre der Altäre erhoben. In mehrfacher Hinsicht problematisch ist auch der Umgang mit den Personennamen in diesem Beitrag. Bei der Vorstellung der Temeswarer Domkirche, für deren Entwurf vermutlich der Leiter des Wiener Hochbauamts, Joseph Emanuel Fischer von Erlach, verantwortlich zeichnete, findet sich zunächst die Formulierung: »Das Gebäude ist […] dem großen Architekten Johann Fischer von Erlach zugeschrieben worden«. (S. 193 deutsche Fassung, S. 165 englische Fassung) Wenige Zeilen später begegnet die Namensvariante »Emanuel (sic) Bernhardt Fischer von Erlach«, bei der es sich offensichtlich um eine Verballhornung der Namen der beiden berühmten österreichischen Architekten Johann Bernhard Fischer von Erlach (Vater) und Joseph Emanuel Fischer von Erlach (Sohn) handelt. Der Name des Sohnes wird dann überraschenderweise auf derselben Seite im Anmerkungsapparat richtig wiedergegeben, allerdings in einer Passage, die zahlreiche inhaltliche Fehler aufweist: »Formale und stilistische Analogien lassen sich bei einigen Kirchen beobachten, für die Joseph

Emanuel Fischer von Erlach verantwortlich zeichnete, so in Greuze, wo er eine Kirche für die Pauliner erbaute, oder in Sasvar, wo er zusammen mit Jean Joseph Charmant einen Palast für Maria Theresia errichtete«. Der Ort Greuze existiert nicht, ebenso wenig wie der erwähnte Palast. Jean Joseph Charmant war kein Architekt, sondern ein Maler, der die Deckendekoration der neu erbauten Kirche des Paulinerklosters in Schoßberg (ung. Sásvár, slow. Šaštín) ausführte. Besonders misslich ist, dass diese augenfälligen Fehler in beiden Übersetzungen unverändert aus der Originalpublikation übernommen wurden. Nicht minder problematisch – aber aus anderen Gründen – ist die Wiedergabe weiterer Personennamen im Beitrag von Vlăsceanu. Neben falschen rumänisch-deutschen Mischformen wie Frederick Cadusch (S. 169 englische Fassung, S. 198 deutsche Fassung) statt Franz Cadusch finden sich Neuschöpfungen wie »Jean Deschan of Montcassel« (S. 170 englische Fassung) beziehungsweise »Jean Deschan von Montcassel«. (S. 200 deutsche Fassung) Gemeint ist hier der im lothringischen Montcassel geborene spätere Administrationsrat und Leiter mehrerer Banater Behörden Johann Anton de Jean (Deschan) Hansen (1686–1760). Dieser war, wie in der englischen Übersetzung richtig angegeben, der Stifter der Pestsäule auf dem Temeswarer Domplatz, der heutigen Piața Unirii. In der deutschen Fassung wird fälschlicherweise Johann Anton de Jean Hansen als »Entwerfer« des Denkmals genannt.

Ein grundsätzliches Problem, insbesondere in den Beiträgen von Neumann, sind retrospektive Projektionen, zum Beispiel: »Wie Prinz Eugen von Savoyen wurde Claude Florimond de Mercy in Frankreich geboren und trat als Freiwilliger in die österreichische Armee ein«. (S. 32 englische Fassung, S. 36 deutsche Fassung) Claude Florimund Graf Mercy wurde 1666 in Longway im Herzogtum Lothringen geboren, das bis 1766 zum Heiligen Römischen Reich Deutscher Nation gehörte. Somit trat er als Untertan des Kaisers in dessen Heer ein. Prinz Eugen wurde zwar in Paris geboren, war aber familiär mit den spanischen und österreichischen Habsburgern, den französischen Bourbonen und den deutschen Häusern Wittelsbach und Baden-Baden verbunden. Er trat in den kaiserlichen Dienst ein, weil seine Familie in Frankreich in Ungnade gefallen war und er dort keine militärische Laufbahn einschlagen konnte.

Aus mehreren Gründen problematisch sind die Ausführungen zum ehemaligen Domplatz in Temeswar. (S. 34 englische Fassung, S. 40f. deutsche Fassung) Neumann stellt den im 18. Jahrhundert angelegten zweiten repräsentativen Platz innerhalb der Festungsmauern als Vertreter des Corso, einer städtebaulichen Innovation des Barock, dar. Die Planer der Stadtanlage hätten dort einen Raum für die Interaktion verschiedener sozialer und ethnischer Gruppen geschaffen. Die Menschen profitierten schließlich von diesen Begegnungen. »Ihr Denken wurde freier, sie waren besser informiert, und sie erwiesen sich im Vergleich zu jenen Menschen, die in geschlossenen Städten lebten, als durchaus offener. Zu diesem Bild passt, dass Juden – die vielleicht am stärksten unterdrückte Bevölkerungsgruppe des mittelalterlichen Europas – in Timișoara die Möglichkeit erhielten, auch in der Innenstadt selbst zu wohnen, nicht nur in den Vororten. Als Gegenleistung für bestimmte Steuern und ein ärztliches Attest erhielten jüdische Handwerker, Kaufleute und Händler das Recht, sich in unmittelbarer Nähe des Korsos niederzulassen.« Hier wurde offensichtlich die umgangssprachliche Bezeichnung der Temeswarer Flaniermeile als Korso (rum. Corso) auf die Situation im 18. Jahrhundert übertragen.

Die vormalige Lloyd-Zeile, heute Piața Victoriei, entwickelte sich in Etappen in der ersten Hälfte des 20. Jahrhunderts, ausgehend von dem Theater, das Ende des 19. Jahrhunderts in der Nähe des ehemaligen Peterwardeiner Festungstors errichtet wurde. Die Bezeichnung Corso bezieht sich auf die Via del Corso in Rom, die ihren Namen von den Pferderennen erhielt, die dort während des Karnevals stattfanden. In der barocken Architekturtheorie ist der Typus des Corso unbekannt. Plätze und Straßen dienten in dieser Epoche vor allem der Repräsentation und als Rahmen für Paraden und Prozessionen. Diese Prinzipien prägten auch die Planungen für die Banater Hauptstadt, die städtebaulich dem Typus einer Garnisonsstadt entspricht. Dementsprechend bestimmten militärische Überlegungen die Gestalt und das Leben im Inneren der Festung. Noch Ende des 19. Jahrhunderts wurden die Festungstore vor Einbruch der Dunkelheit verschlossen. Innerhalb der Festung durften sich zunächst nur katholische Gruppen niederlassen. Nach den dramatischen Ereignissen der Pest von 1739 und den aufständischen Erhebungen in der Region wurde diese Regelung etwas gelockert. In der Folge durfte sich auch die privilegierte Gruppe der orthodoxen Serben in der Festung niederlassen. Noch prekärer war die Lage der beiden jüdischen Gemeinden. Sie erhielten zunächst einen Gewölberaum im ehemaligen osmanischen Stadttor, der als Erinnerung an den Einzug Prinz Eugens erhalten geblieben war, zur Nutzung als Synagoge. In Anlehnung an Moritz Löwy (1854–1908), der seine Geschichte der Juden in Temeswar (1890) vor dem Hintergrund des aufkommenden Antisemitismus schrieb, deutet auch Neumann die Überlassung des Raumes als Zeichen toleranter Gesinnung. Ausgeblendet wird dabei, dass unter Maria Theresia, die für ihre Intoleranz gegenüber nichtkatholischen Konfessionen berüchtigt war, auch Protestanten aus dem Banat deportiert wurden. Während des Österreichischen Erbfolgekrieges (1740–1748) wurden die Temeswarer Juden mehrmals aufgefordert, die Stadt zu verlassen, durften aber nach Zahlung einer drastisch erhöhten Toleranzsteuer zunächst bleiben. Die ablehnende Haltung der Kaiserin dokumentiert ein Plan, der ihr 1749 bei einem Treffen mit ihren Beratern vorgelegt wurde und die Errichtung eines »Judenquartiers« gegenüber dem Raitzen Rathaus/Serbisches Rathaus vorsah. Die Kaiserin lehnte das Projekt ab und vermerkte persönlich auf dem Plan, »in der statt will sie (d. i. die Juden) nicht haben«.[3] Der »Judenhof« wurde schließlich in den folgenden zwei Jahrzehnten realisiert. Diese Episode verdeutlicht, dass das heute viel beschworene Zusammenleben der Ethnien und Konfessionen in Temeswar weniger das Resultat einer aufgeklärten Politik der habsburgischen Herrscher war, sondern vielmehr aus langwierigen Verhandlungen auf lokaler Ebene hervorging. Die Deportationen aus verschiedenen Teilen der Monarchie in das Banat sowie die in den letzten beiden Jahrzehnten in der Forschung aufgeworfene Frage nach der Vergleichbarkeit der Strategien gegenüber dem Banat mit dem Vorgehen der Seemächte in ihren überseeischen Besitzungen bleiben in dem Sammelband von Neumann auch ausgeklammert. Die Beschäftigung mit diesen Fragen würde allerdings die Möglichkeit eröffnen, die Regionalgeschichte des Banats im Sinne des von Armin Heinen in seinem Vorwort formulierten Desiderats in den größeren Zusammenhang einer Globalgeschichte zu stellen.

Robert Born

3 Vgl. Gottfried Mraz: Kat. Nr. 304. In: Gerda Mraz, Gerald Schlag (Hgg.): Maria Theresia als Königin von Ungarn. Ausstellungskatalog Schloss Halbturn 1980. Eisenstadt 1980.

Halrun Reinholz, Franz Quint: Die Lenauschule sind wir. Erinnerungsbuch zum 150. Geburtstag. München: Landsmannschaft der Banater Schwaben e.V., Rastatt: Verein der Freunde der Lenauschule Temeswar e.V. 2023. 678 S.

Die Pädagogik sollte nicht nur erzieherische Konzepte und Institutionen behandeln, sondern auch untersuchen, wie Menschen durch bestimmte Lebens- oder Bildungserfahrungen geformt werden. Seit den 1970er-Jahren haben sich in der Pädagogik zahlreiche wissenschaftliche Untersuchungen etabliert, die auf biografischen Quellen basieren. Die biografische Methode soll also einen Zugang zur Erforschung des Lebens sozialer Gruppen ermöglichen, der erstens möglichst umfassend sein, zweitens auch die Eigenperspektive der handelnden Subjekte thematisieren und drittens die historische Dimension berücksichtigen sollte.[1] Dieser Forschungsrichtung ist auch der Band *Die Lenauschule sind wir. Erinnerungen zum 150. Geburtstag* zuzuordnen.

Das Jubiläumsbuch wurde vom Verein der Freunde der Lenauschule erarbeitet und in Kooperation mit der Landsmannschaft der Banater Schwaben herausgegeben. Halrun Reinholz und Franz Quint fungieren als Autoren und Koordinatoren des Redaktionsteams. Es umfasst 678 Seiten und präsentiert 150 Jahre Schulgeschichte durch wissenschaftliche Beiträge, historische Dokumente, persönliche Erinnerungen, Zeitungsberichte und zahlreiche Fotos als materielle Stützen des lebendigen Gedächtnisses. Als Methode der Datenerhebung wurde ein kombinierter Fragebogen mit standardisierten Fragen und Fragestellungen einer qualitativen offenen Befragung angewandt. Diese Vorgehensweise ermöglichte es den Zielpersonen, ohne Einschränkungen durch kategorische oder methodische Vorgaben bestimmten Problemfeldern detailliert nachzugehen. Die Herausgeber betrachten ihre Chronik als Momentaufnahme und sind offen für weitere Beiträge.

Die historische Dimension kommt im Kapitel *Wandlungen einer Schule* zum Tragen. Durch die Berücksichtigung verschiedener Aspekte wie soziale, politische, wirtschaftliche, ethnische, religiöse und kulturelle Verflechtungen im Lauf der Zeit wird ein umfassendes Verständnis für die Geschichte einer Schule gewährleistet.

Das Kapitel bietet einen detaillierten Einblick in die Entwicklung des deutschen Schulwesens im Banat, insbesondere in Temeswar (rum. Timişoara). Der Fokus wird dann auf die Nikolaus-Lenau-Schule gerichtet, die im Jahre 1870/1871 gegründet wurde und als Oberrealschule den Unterricht aufnahm. Die wissenschaftlichen Abschnitte werden durch eine Vielzahl von Quellen ergänzt, die dem Kapitel eine hohe Anschaulichkeit und Vielfalt verleihen, was das Lesen angenehm und abwechslungsreich gestaltet.

In besonderem Maße hervorzuheben sind die Beiträge von Hans Fink, die sich nicht nur in der Präzision der Darstellungen auszeichnen, sondern auch in der Art und Weise, wie er komplexe Zusammenhänge verständlich und anschaulich aufbereitet und sich dadurch auch hier als fundierter Kenner des deutschen Schulwesens in Rumänien ausweist. Er betrachtet die deutschen Schulen nach dem Zweiten Weltkrieg als eine fundamentale Grundlage für die Identität der Banater Deutschen. (S. 31)

Der abschließende Teil des Kapitels widmet sich Nikolaus Lenau als Namenspatron und untersucht Fragen in Bezug auf die Lenau-Büste. Das Kapitel

---

1 Martin Kohli: Wie es zur »biographischen Methode« kam und was daraus geworden ist. Ein Kapitel aus der Geschichte der Sozialforschung. In: Zeitschrift für Soziologie 1981/b, 3, S. 273–293.

endet mit dem Lied *Die Lenauschule*, das sich als Schulhymne jedoch nicht durchgesetzt hat.

Das umfangreichste Kapitel des Buches trägt den Titel *Bilder und Erinnerungen* und vermittelt durch Erzählungen, schriftliche Beiträge, Interviews und Fotos sowie Auswertungen von Schülerbeiträgen und der Schulzeitung *Die Lenauschule* ein ganzheitliches Bild des Schullebens während der kommunistischen Ära in Rumänien. Damit bekommt der Untertitel des Bandes *Erinnerungsbuch* seine Berechtigung.

Die Aussage »Die Lenauschule sind wir« im ersten Teil des Titels betont die gemeinsame Identität aller Personen, die Teil dieser Schulgemeinschaft waren oder sind. Sie verdeutlicht, dass Schülerinnen und Schüler, Lehrkräfte, Eltern und alle anderen, die mit der Schule verbunden sind, gemeinsam das Wesen und den Charakter der Lenauschule prägen. Im Verlauf der Jahrzehnte haben sich Rituale entwickelt, die der Schule eine Kontinuität in Raum und Zeit verleihen und dadurch ihre Identität sichern. Diese Rituale fördern die Integration der verschiedenen Ziele der Schule zu einem kohärenten Rahmen gemeinsamer Werte wie Leistung, Gerechtigkeit, Kameradschaftlichkeit und Ehrlichkeit.

So zum Beispiel wurde es zur Tradition, dass Kinderpaare aus dem sogenannten Lenau-Kindergarten an den Trachtenfesten der Lenauschule teilnahmen. (S. 94) Diese Teilnahme könnte als eine Art Eintrittsritual angesehen werden, als eine Möglichkeit, die Kinder in die Gemeinschaft der Schule einzuführen. Von klein auf wurden auch die Grundschüler aktiv in die Lenau-Gemeinschaft eingebunden durch eine Vielzahl von Veranstaltungen, veranschaulicht anhand zahlreicher Fotos und Zeitungsartikel. Diese Aktivitäten förderten den Zusammenhalt innerhalb der Gemeinschaft und vertieften die Bindung zwischen Schülern, Lehrern und Schule insgesamt. Eine ehemalige Lenau-Schülerin, die später ihr Abitur an einem Gymnasium in München ablegte, vermisste dort die Bindung und gemeinsame Identität, die sie von ihrer Zeit an der Lenauschule kannte. (S. 118f.)

Im weiteren Verlauf dieses Kapitels wird der Unterricht in den fortgeschrittenen Klassen und am Abendlyzeum sowie die Einrichtung einer Spezialabteilung mit deutsch-rumänischen Lehrplänen und Methoden beschrieben. Auch der Schulalltag wird näher betrachtet. Dabei werden autobiografische Quellen mit objektiven Fakten kombiniert, um auch Außenstehenden einen umfassenden Einblick in das rumänische Schulwesen zu ermöglichen.

Schule und Leistung sind untrennbar miteinander verbunden. Bereits von Anfang an sahen sich die Schüler der Lenauschule durch die Aufnahmeprüfung mit der Anforderung konfrontiert, Leistung zu erbringen. Insbesondere im Kontext des real existierenden Sozialismus galt dies als entscheidende Voraussetzung für eine aussichtsreiche berufliche Zukunft. Neben den Leistungsbewertungen und Prüfungen wurden in fast allen Fächern Schülerolympiaden durchgeführt, bei denen die Schüler in der Regel herausragende Leistungen erzielten und der Schule ein exzellentes Ansehen verliehen. Die individuellen Leistungen und Erfolge wurden in die Gemeinschaft eingebracht und förderten Motivation und Identifikation innerhalb der gesamten Schülerschaft der Lenauschule.

Eine Vielzahl von Quellen behandelt weitere Aspekte des schulischen Alltags wie das Leben im Internat, die Teilnahme an den Aktivitäten der Pionierorganisation oder des Kommunistischen Jugendverbandes, die militärische Vorbereitung, das Tragen von Uniformen, die Teilnahme an Paraden sowie patriotischen Arbeitseinsätzen, insbesondere während der Erntezeit. Diese Pflichten, auferlegt vom kommunistischen Regime, wurden von den Schülern gleichgültig hingenommen und mussten letztendlich akzeptiert werden. Sie erforderten einen erheblichen Zeitaufwand, verstärkten den Leistungsdruck und der wochenlange Einsatz während der Erntezeit hatte negative Auswirkungen auf den Unterricht. Dennoch empfanden viele Schüler den Ernteeinsatz als eine angenehme Zeit, die mit dem traditionellen »Kukuruzball« abgeschlossen wurde, der gleichzeitig auch den Beginn des Unterrichts feierlich markierte.

Gemäß den Erinnerungen der Befragten waren Tanzkurse, Trachtenfeste und Bälle, Schulfeiern, Theateraufführungen und Konzerte, Fachzirkel sowie Freizeit- und Hobbyangebote wichtige identitätsstiftende Faktoren. Darüber hinaus spielten Reisen während der Ferien, Studienreisen, Sportfeste und Schulmannschaften eine bedeutsame Rolle. Erwähnenswert ist auch der Schüleraustausch mit Schulen aus der Bundesrepublik Deutschland nach 1990, der neue Perspektiven eröffnete. Insgesamt trugen diese Rituale und Traditionen maßgeblich dazu bei, dass die Schüler eine starke Identität innerhalb ihrer Schulgemeinschaft entwickelten.

Schulische Rituale wirken als etablierte Verhaltensmuster für Schüler, Lehrkräfte und andere Beteiligte. Sie ermöglichen gemeinsames Empfinden, Motivation und Handeln innerhalb schulischer Interaktionen. Im Schulalltag sind die Rollen normalerweise klar voneinander abgegrenzt, aber es gibt Situationen, in denen Verhaltensweisen auftreten, die von den offiziellen Normen abweichen. Sowohl Lehrer als auch Schüler zeigen menschliche Seiten, indem sie gelegentlich informeller und persönlicher agieren. Neben fachlicher Kompetenz und pädagogischem Geschick werden in den Lehrerportraits aus dem Kapitel *Gesichter und Geschichten* vor allem die menschlichen Qualitäten der Lehrkräfte geschätzt, insbesondere im Rahmen außerschulischer Aktivitäten. Dabei blieben auch bei derartigen Anlässen Lehrer Lehrer und Schüler Schüler. Mehrere verschiedenartige Quellen beleuchten die Persönlichkeit des langjährigen Schulleiters Erich Pfaff, der sich als »Boss« »zwar beispielhaft für seine Schule, seine Lehrer und seine Schüler einsetzte«, aber »auch die andere Seite eines Direktors, der die Forderungen der diktatorischen Obrigkeiten erfüllte«. (S. 517)

Das Kapitel schließt mit einer Auflistung ehemaliger Schülerinnen und Schüler der Lenauschule, die später maßgeblichen Einfluss auf das Kulturleben im Banat und in Rumänien ausübten oder sich in Heilberufen, Naturwissenschaften, Geisteswissenschaften und den Künsten einen Namen machten. Zusätzlich kann die Lenauschule stolz darauf sein, zwei Nobelpreisträger hervorgebracht zu haben: Herta Müller und Stefan Walter Hell.

Den viel geschätzten Geist des Lenau-Lyzeums auch über diese Zeiten des Umbruchs hinaus weiterleben zu lassen, ist das erklärte Ziel des Vereins der Freunde der Lenauschule Temeswar.[2] Damit sind die gemeinsamen Werte, Überzeugungen, Traditionen und Verhaltensweisen gemeint, die von Lehrern, Schülern und Eltern geteilt werden und die Identität einer Bildungseinrichtung prägen. Diese werden im Kapitel *Der »Geist« der Lenauschule* anhand verschiedener Aspekte veranschaulicht. Die einzigartige Atmosphäre gibt es nicht nur aus dem Rückblick und der Nostalgie. In einem Artikel der Schulzeitung aus den 1970er-Jahren ist festgehalten: »Es gibt etwas ganz Besonderes, was uns alle zusammenhält. Es ist die so typische Lenauschul-Stimmung«. (S. 587)

---

2 https://www.lenauschule.eu/index.php/pressespiegel/104-vereinsgruendung

Zusammenfassend skizziert das vorletzte Kapitel *Was bleibt?* die aktuelle Situation und mögliche Perspektiven. Trotz aller Veränderungen wird optimistisch darauf hingewiesen, dass die Lenauschule auch weiterhin etwas Einzigartiges bleiben wird. Am Schluss findet sich noch ein Anhang mit einer Lehrerliste und dem Literaturverzeichnis.

Geplant hatte der Verein der Freunde der Lenauschule die umfassende Dokumentation zur Lenauschule und zu ihrer Bedeutung für die deutschsprachige Bevölkerung im Banat. Die Entscheidung, das Buch den Lehrern zu widmen, insbesondere dem »Boss« und langjährigen Ehrenvorsitzenden des Vereins, ist eine Geste der Anerkennung für ihr Engagement und ihre Hingabe für die Schule. Die Tatsache, dass die Autoren das Buch auch als ein Werk für alle ehemaligen und aktuellen Schüler der Lenauschule betrachten, verleiht ihm eine besondere Bedeutung und Bindung an die Gemeinschaft. Es zeigt, wie stark die Verbundenheit und Identität mit der Schule und ihren Werten sind. Ein solches Buch ist zweifelsohne eine bleibende Erinnerung an die Lenauschule und ihre Rolle in der Gemeinschaft. Es wird sicherlich dazu beitragen, die Geschichte und den Geist der Schule für zukünftige Generationen zu bewahren und zu würdigen.

Darüber hinaus markiert diese Publikation einen bedeutenden Meilenstein in der wissenschaftlichen Dokumentation des deutschen Schulwesens in Rumänien. Sie trägt in erheblichem Maße dazu bei, die Schulgeschichte der Minderheit festzuhalten und zu bewahren. Halrun Reinholz und Franz Quint verdienen besondere Anerkennung für ihre herausragende Leistung als Autoren und Koordinatoren des Redaktionsteams. Das Buch stellt eine beeindruckende kollektive Gedächtnisleistung dar, die der Geschichtsforschung umfangreiches und hochwertiges Quellenmaterial bietet.

Erwin Jikeli

Josef Franz Thiel: Die Filpwarisch Sprooch. Ein kommentiertes Wörterbuch. Wien: Verein der Filipowaer Ortsgemeinschaft in Österreich, Eigenverlag 2023. 223 S.

Lokale Sprachvarietäten, die das dialektale Kolorit einer etablierten Hochsprache auffächern, mögen vielleicht ein eng begrenztes Spezifikum darstellen, dem sprachgeschichtlich nur in seltenen Fällen eine tragende Rollenfunktion in der Entwicklung der Sprachkultur einer zum Standard erhobenen Hochsprache zuteil wird. Ein anderer Aspekt ist die grundsätzlich kommunikative Funktion der Sprache, die unsere Wirklichkeitsperzeption auf mehreren Ebenen, in der Wahrnehmung des unmittelbaren Lebensumfeldes, der Umwelt, von zwischenmenschlichen Beziehungen bis hin zur jeweils gültigen Gesellschaftsform bestimmt. Ohne ihr dynamisches Merkmal der verkehrenden Funktion ist die kommunikative aber nicht denkbar. Ein reger Kultur- und Sprachkontakt in der heute nordserbischen Provinz Woiwodina führte in der für diese Besprechung gegenständlichen Siedlungsgeschichte von mehr als zweieinhalb Jahrhunderten zu zwar verschiedenartigen Sprachformen; diese sind dennoch ein Sammelbecken für Kulturwerte, die einer gemeinsamen Grundlage entspringen.

Seine bis ins hohe Alter gesammelte Lebenserfahrung ermöglicht es Josef Franz Thiel, durch die aufgenommenen Eintragungen in seinem Werk *Die Filpwarisch Sprooch. Ein kommentiertes Wörterbuch* darauf aufmerksam zu machen, inwiefern ein im gegenseitigen Völkerverständnis stattgefundener Kulturtransfer zum Entstehen einer im deutschen Dialekt gesprochenen lokalen Sprachvarietät beigetragen hat: »Dr Pàtschkr war uf dem gleiche Prinzip ufbaut wie die siidsèrwische Opánke«. (S. 132) Neben der hochsprachlichen Übersetzung werden den dialektalen Eintragungen zusätzlich mundsprachliche Umschreibungen hinzugefügt und bedarfsweise, falls auf lokale Gewohnheiten und Praktiken bezogen oder mit regionalen historischen Erscheinungen im Zusammenhang stehend, auch Erläuterungen in der Hochsprache. Auf diese Weise wird den Lesern sowohl eine gewisse historische Zeit nähergebracht als auch ein Einblick in die kulturellen Verhältnisse seinerzeit gewährt. Der aus dem Ungarischen abgeleiteten Bezeichnung für einfache Arbeitsschuhe, *bocskor*, die bei Feldarbeiten benutzt wurden, setzt Josef Franz Thiel in der Eintragung im filipowarischen Dialekt ebenso noch die Bezeichnung für das entsprechende Schuhwerk der Serben hinzu und erinnert so an Gegenstände, die gemeinsame kulturelle Traditionsstränge symbolisieren.

Der Versuch, einen lokalen Dialekt des im Nordwesten der serbischen Provinz Woiwodina, das im zum Ortsteil der Gemeinde Odžaci (dt. Hodschag, ung. Hódság) im Bezirk West-Batschka gehörenden Dorf Bački Gračac (dt. Filipowa, ung. Szentfülöp) gesprochene Deutsche, linguistisch fachwissenschaftlich vorzustellen, wird der Ausbildung und Berufung des Verfassers entsprechend um die Bedingungen für das Entstehen dieses Dialekts erweitert. Aus sozialwissenschaftlicher Perspektive betrachtet, werden Einblicke in einen historisch determinierten Kulturaustausch geboten. Zu diesem Zweck werden sowohl einzelne Daten zur theresianischen Siedlungszeit als auch Angaben zur Zusammensetzung der deutschsprachigen Siedlergruppen vorgestellt. Dabei erscheint die deutsche Sprache der Einwanderer in die pannonische Ebene selbst schon als eine aus verschiedenen dialektalen Sprachformen zusammengesetzte Sprache. Insofern baut Josef Franz Thiel seine Untersuchung zum filipowarischen Dialekt unter der Berücksichtigung zunächst der regionalen Sprachunterschiede unterschiedlicher deutscher Siedlergemeinschaften auf, um dann Entlehnungen und Ableitungen mit fremdsprachlichem Einfluss aussondern zu können. Letztlich schließt der Autor die Einflussnahme seiner persönlichen sprachlichen Kompetenzen auf die Wahrnehmung des in Filipowa gebräuchlichen deutschen Dialekts nicht aus; schenkt er dieser Möglichkeit doch einen gesonderten Abschnitt (*Meine Sprachvariante*, S. 18–19). Aber unabhängig davon bietet die der Aussprache lautlich angepasste Kodifizierung der Eintragungen ein gelungenes Vorgehen, um einen dialektalen Sprachkorpus als sprachliche Sonderform, die eigenen grammatischen Regeln gehorcht, darzustellen.

Das dem alphabetischen Wörterverzeichnis (S. 35–191) vorangestellte Kapitel *Gedanken zur filpwarisch Sprooch* (S. 13–30) stellt einen historischen Abriss der Genese der Mundart dar, deren Ursprung eng mit einzelnen Aspekten der Siedlungsgeschichte von Filipowa in Zusammenhang gestellt wird. Damit bietet Josef Franz Thiel gleichzeitig einen Zugang zum sprachlichen Korpus an, den er beschreiben möchte. Paradigmatisch wählt er einen vergleichenden Ansatz, gestützt auf seine in der afrikanischen Mission im Kongo gesammelten Erfahrungen. Die daraus geschöpften Erkenntnisse zu den linguistischen Besonderheiten der afrikanischen Sprachsysteme ermöglichten es, sprachliche Grundsätze bei der Aussprache zu erkennen. Die seinerzeit auf Tonbandaufnahmen erstellte Dokumentation erleichterte es dem sprachwissenschaftlich interessierten Verfasser, seine Aufmerksamkeit bei Forschungen der eigensprachlichen dialektalen Sprachvariante zu schenken. Im kontrastiven Ansatz werden zunächst die dialektalen Spezifika von der Hochsprache abgegrenzt und dabei auf

Unterschiede hingewiesen, die auf lexikalischer, phonetischer und morphologischer Ebene bestehen. Verantwortlich für die Ausbildung des dialektalen Sprachbestands macht der Autor zwei Umstände: Zum einen ist es »die sozioökonomische Situation der Einwohner« (S. 21) und zum anderen das Ausbleiben einer geregelten deutschen Schriftsprache unter den deutschen Ansiedlern. Berücksichtigt man allerdings die vom Verfasser, dem historischen Zeitrahmen entsprechend, beschriebenen Bedingungen, dann erhält man auch einen klaren Einblick in die kausalen Verhältnisse der angemerkten Aspekte, die sich nicht nur gegenseitig bedingten, sondern einen Kulturtransfer förderten.

Im Unterkapitel *Zur Entstehung der Wörterliste* (S. 23f.) finden sich zudem die Kriterien, nach denen die Erstellung des Wörterverzeichnisses erfolgte. Wenngleich das kommentierte Wörterbuch nicht darauf ausgerichtet sein kann, und es auch nicht beabsichtigt, einen »Filpwaer Duden« (S. 23) zu erstellen, definiert es sich natürlich im Verhältnis zur Hochsprache; Verwendung und Stellung von a) im Hochdeutschen existierenden Wörtern, die in Filipowa in Gebrauch waren, b) Form und Bedeutung von Wörtern im Filpwarischen, die es im Hochdeutschen nicht gibt, c) Wörtern mit identischer Bedeutung im Dialekt und in der Standardsprache, denen kulturell allerdings eine gesonderte Stellung im Alltagsleben zukam (Hàlftr, S. 81), sowie d) fremdsprachigen Lehnwörtern. Insofern ist Josef Franz Thiels *Die Filpwarisch Sprooch* als Brücke zu verstehen, die Sebastian Wildmanns *Filipowaer Mundart* (Filipowaer ARGE: Haßloch, 1998) um die Verbindung zur standardisierten Hochsprache ergänzt. Für die mundartlichen Besonderheiten, für die Aussprache, die Verwendung von grammatischen Kasus und des Geschlechts, die Zeitformen und die Verwendung verschiedener Pronomina wird ein linguistisch-fachwissenschaftlicher Rahmen gebildet. Seine zusätzliche Sonderstellung erhält Thiels filpwarisches Wörterbuch nicht zuletzt durch Lemmata, deren etymologische Aufschlüsselung gleichzeitig ein Hinweis auf die multikulturelle Grundlage ist, die zur dialektalen Ausformung der gegenständlichen deutschen Sprachvariante geführt hat, wie zum Beispiel die Eintragung *Bóófl*, die als Ausschussware auf das hebräische *bafel* (*babel*) zurückgeführt wird. (S. 53) Ebenso versteht sich das Wörterbuch den Ausführungen des Verfassers zufolge aber auch als Aufruf zu weiterführenden Untersuchungen, um möglichen Verwandtschaften zwischen Wörtern unterschiedlicher Sprachen nachzugehen. Schließlich wird deutlich, dass die Eintragung *Hayduck* (S. 84) sowohl in der türkischen als auch in der ungarischen Sprache ihre Entsprechung findet. Da die Bedeutung in den Sprachen sich aber unterscheidet, steht es dem Verfasser nicht fern, den im Deutschen semantisch nahestehenden Ausdruck *Haudegen* vergleichend heranzuziehen und dessen Anverwandtschaft aus kulturkritischer Sicht in den Raum zu stellen.

Neben den technischen Angaben zu den Abbildungen, der zitierten Literatur, dem Lebenslauf des Autors und seinem akademischen Werdegang, mit denen die Rahmenbedingungen für das Verständnis von Josef Franz Thiels Werk geschaffen werden, bietet der Abschnitt *Das Ende von Filipowa | Ein Textbeispiel* (S. 31–34) zwar ein illustres sprachliches Exempel, ergänzt aber gleichzeitig die Wörterliste. Die im Beispieltext erwähnten und im Wörterverzeichnis nicht aufgenommenen Toponyme sowie ausgebliebenen serbischen Entlehnungen respektive serbischen Entsprechungen zu den etymologisch nichtdeutschen Lemmata lassen auf zukünftige Forschungen hoffen.

Miodrag Vukčević

Jochen Töpfer: Ordnungsvorstellungen von Gesellschaft und Religion. Die Perspektive religiöser Eliten in Südosteuropa. Baden-Baden: Nomos Verlag 2023. 634 S.

Die religiöse Landkarte Südosteuropas ist auf zweierlei Weise geprägt: Auf der einen Seite gibt es die großen, national dominierenden orthodoxen Mehrheitskirchen in Serbien, Bulgarien, Rumänien und Griechenland und eine spiegelbildlich anmutende Situation in Kroatien unter römisch-katholischem Vorzeichen. Weniger auf dem Radar sind oft die multireligiös geprägten Nationalstaaten der Region. Bei der Arbeit von Joachim Töpfer, zugleich seine Habilitationsschrift, handelt es sich um eine datengesättigte, klar strukturierte empirische Studie zu Einstellungsmustern religiöser Eliten in diesem »anderen« Teil der religiösen Landkarte Südosteuropas, konkret in Albanien, Nordmazedonien und Slowenien. Alle drei Fälle sind dadurch geprägt, dass die jeweiligen Mehrheitsreligionen (der sunnitische Islam in Albanien, die Orthodoxie in Nordmazedonien und der römische Katholizismus in Slowenien) jeweils (nur) etwa 55 bis 75 Prozent der Bevölkerungen abdecken und ihnen starke minderheitliche Religionsgemeinschaften beziehungsweise konfessionslose Gruppen in der Größenordnung von etwa 15 bis 30 Prozent gegenüberstehen (Orthodoxe und Katholiken in Albanien, Muslime in Nordmazedonien, Konfessionslose in Slowenien).

Die zur Ermittlung und Typisierung der Einstellungsmuster in der Studie zur Anwendung kommende Q-Methode ist eine ausgeklügelte Mischung aus qualitativen und quantitativen Ansätzen. Auf Grundlage zentraler Aussagen zu gesellschaftlichen Ordnungsvorstellungen, die mithilfe der qualitativen Inhaltsanalyse von strukturiert ausgewählten Quellen und Medien gewonnen wurden, standen neunzig Interviews mit Vertretern der »religiösen Elite« (jeweils dreißig aus jedem der drei Länder) im Zentrum des Verfahrens, in denen die Probanden die vorbereiteten Aussagen auf einer differenzierten Skala zwischen Ablehnung und Zustimmung sortieren mussten, ihre Sortierung aber gleichzeitig freitextlich erläutern, erklären und kommentieren durften. Anhand der Sortierungen wurden computergeneriert Einstellungsmuster herausgefiltert und unter ergänzender Zuhilfenahme der Kommentierungen Einstellungstypen gebildet (vgl. S. 64). Bei der Auswahl der Befragten legte Töpfer einen möglichst breiten Ansatz zugrunde, der es erlaubt, innerhalb der »religiösen Elite« zwischen drei weiteren Kategorien zu unterscheiden (S. 55): »hoher Elitenstatuts« (höchste Ämter in der jeweiligen Glaubensgemeinschaft), »mittlerer Elitenstatus« (Mediatoren zwischen oberer Hierarchie und Gemeinden, wozu auch Nicht-Geistliche gehören können, zum Beispiel Professoren an einer theologischen Fakultät) und »niedere Elite« (Geistliche auf der Ebene einer Ortsgemeinde mit einem »lokal nicht zu unterschätzenden Einfluss auf die Einstellungen und die Spiritualität der Gläubigen«). In einem weiteren Schritt wurden die zusammengefassten Einstellungstypen, unter anderem mithilfe von Indizes, jeweils in ihren Potentialen zu Integration in modernen Gesellschaften oder in ihrer Konfliktträchtigkeit untersucht. Alle ermittelten Typen und Indexfaktoren wurden am Ende der Arbeit korreliert, so dass daraus eine länderübergreifende Gesamtanalyse resultierte.

Die Ergebnisse der Studie sind in mehrfacher Hinsicht bemerkenswert: Mit Blick auf die Orthodoxie wird eine geläufige Auffassung, dass Ostkirchen, zumindest intern, modernen, plural und säkular organisierten Gesellschaften tendenziell ablehnend gegenüberstehen, in Frage gestellt. Das allgemeine Interesse an den großen Nationalreligionen und der Fokus auf die Situation in Russland trägt wahrscheinlich dazu bei zu übersehen, dass zumindest in Nordmazedonien und Albanien orthodoxe religiöse Eliten Strukturen der gesellschaftlichen Ordnung, die den Pluralismus anerkennen, aus begründeter Überzeugung durchaus stark bevorzugen, wozu auch die Unterstützung politischer, demokratischer Strukturen gehört. Ein weiterer sehr wichtiger Befund ist die Tatsache, dass in *allen* untersuchten Ländern der Bestand einer Nationalreligion von religiösen Eliten *auch der Mehrheitsreligionen* (Orthodoxe in Nordmazedonien, Muslime in Albanien, Katholiken in Slowenien) *nicht* bevorzugt wird. (S. 514 und S. 564) Das heißt wiederum nicht, dass zugleich bei allen Akteuren keine Skepsis gegenüber Formen des verfassungsrechtlichen Säkularismus anzutreffen ist. Bevorzugt werden stattdessen die in den untersuchten Ländern ohnehin praktizierten Modelle einer moderaten oder vollständigen »freundschaftlichen« Trennung zwischen Staat und Religion. (S. 564)

Bemerkenswert ist auch, dass länderübergreifend die Zustimmung zur positiven Religionsfreiheit *allen Einstellungstypen* quer durch *alle* Konfessionen gemeinsam ist (S. 563) und konfessions- wie länderübergreifend auch eine klare Anerkennung individueller Identitätskonstruktionen zu beobachten ist (S. 564), was wiederum bedeutet, dass in der Frage der rechtlichen Gleichstellung homosexueller Partnerschaften die Haltungen – ebenfalls länder- wie konfessionsübergreifend – erheblich divergieren und maximal essentialistische anthropologische Aussagen (»Der Mensch ist schlecht oder gut«) zu einem erklecklichen Teil in Frage gestellt werden. (S. 564) Natürlich reicht das Spektrum der Aussagen nie bis an eine Infragestellung des Konzepts von Sünde oder an bedenkenlose Zustimmungen zu sexuell gleichgeschlechtlichen Lebensführungen heran. Beides ist mit den eigenen Glaubensgrundsätzen der Befragten schlicht inkompatibel. Die Frage, ob es staatlicherseits eine Gleichstellung mit der Ehe geben sollte oder nicht, wird aber davon teilweise unabhängig betrachtet und durchaus sehr unterschiedlich eingeschätzt. (S. 564)

Auch in der Gesamtzusammenführung sind die Ergebnisse beachtlich. Die Studie zeigt nicht nur, dass in den drei Ländern die religiösen Eliten konfessions- wie länderübergreifend einen sehr starken Fokus auf die interreligiöse Zusammenarbeit setzen, was in Albanien zum Beispiel damit einhergeht, dass die dort befragten muslimischen Eliten Ursachen von religiösen Konflikten »zuerst auf die inneren Gegebenheiten« ihrer jeweils eigenen Religionsgemeinschaften verorten, »bevor Gründe von Konflikten in externen Ursachen gesucht werden« (S. 427), was aus islamwissenschaftlicher wie islampolitischer Sicht hochinteressant ist.

Sehr bemerkenswert erscheint zudem, dass kein einziger der ermittelten Einstellungstypen, auch der konfliktträchtigen, sich in *einer* bestimmten Religion, Konfession oder Organisation oder einem bestimmten Land bündelt. (S. 516) »So sind Begriffe wie ›der Islam‹, ›das Christentum‹ oder ›die Orthodoxie‹« im Falle Albaniens, Nordmazedoniens und Sloweniens »mehrheitlich nicht als einstellungsprägende Merkmale zu identifizieren« (S. 562f.) und es gibt auch kein typisches (inklusives oder konfliktverschärfendes) Einstellungsmuster, das auf alle untersuchten Konfessionen *eines* Landes zutreffen würde.

Auch sehr relevant ist die ermittelte länder- wie konfessionsübergreifende Grundgemeinsamkeit aller Würdenträger in der Betrachtung von Säkularisierung und Liberalisierung: Dort, wo die beiden Phänomene im Ganzen oder zu Teilen negativ bewertet werden, wird sehr deutlich, dass dabei die Kritik an einer

Ökonomisierung (Töpfer nennt es »Monetarisierung und Materialisierung«) des Lebens im Vordergrund steht. Entweder wird Säkularisierung und Liberalisierung selektiv damit identifiziert oder als ein wichtiger (negativer) Teil von Säkularisierung und Liberalisierung angesehen.

Vor allem die konfessions- wie länderübergreifend ermittelte skeptische Haltung gegenüber den Konzepten nationalreligiöser staatlicher Verfasstheit lässt sich sicherlich mit der multireligiösen Struktur der von Töpfer untersuchten Nationalstaaten erklären. Umso interessanter wäre ein Vergleich mit den Staaten, die entweder (stärker) nationalreligiös verfasst und/oder dementsprechend demografisch strukturiert sind. Auch die Annahme von Töpfer, dass verfassungsrechtlich exklusive Verhältnisse zwischen dem Staat und bestimmten Religionsgemeinschaften »potentiell konfliktfördernd« (S. 105) wirken, wäre dann zu überdenken. Von Interesse wäre auch, ob sich die gleichen Ergebnisse in Bosnien und Herzegowina gezeigt hätten, wo vor 30 Jahren interreligiöse Konflikte hochstilisiert und die religiösen Eliten durch die kriegerischen Seiten instrumentalisiert wurden. In den von Töpfer untersuchten Ländern gab es vergleichbare, zum Teil punktuell auch gewalttätige Konflikte, die sich in ihrem Ausmaß jedoch von den Erfahrungen in Bosnien und Herzegowina deutlich unterschieden.

Ganz nebenbei wird bei der vorbereitenden Erhebung der Daten zur subjektiven Religiosität, religiösen Zugehörigkeit und Bindung sowie Gottesgläubigkeit ersichtlich, dass die Entwicklungen in Albanien und Nordmazedonien (nicht in Slowenien) säkularisierungstheoretischen Makrotrendannahmen (Abnahme von religiöser Zugehörigkeit, Kirchganghäufigkeit, Gottesgläubigkeit und kultureller Bedeutung von Religion) deutlich widersprechen. Hieran ließe sich in religionssoziologischen Fall- oder Vergleichsstudien anknüpfen und säkularisierungstheoretische Annahmen müssten gegebenenfalls überdacht werden.

Selbstredend lassen sich auch Punkte finden, die Anlass zur Kritik liefern könnten. Dies betrifft zum Beispiel die Weichheit des Kriteriums bei der Auswahl der Befragten aus der Gruppe der »niederen« religiösen Elite oder die Frage, ob es nicht im Falle der Hintergrundvariablen der Befragten sinnvoll gewesen wäre, zusätzlich zwischen geistlichen und nicht-geistlichen (zum Beispiel akademisch oder laienorganisatorisch zu verortenden) Eliten zu unterscheiden. Auch, ob die Zuordnungen der inhaltsanalytisch generierten Aussagen hinsichtlich ihrer Integrations- und Konfliktpotentiale in modernen Gesellschaften in allen Fällen ausreichend begründet sind, lässt sich in Frage stellen. Können zum Beispiel Aussagen, dass es »mutig sei, die öffentliche religiöse Identität zu zeigen«, dass »homosexuelle Lebensgemeinschaften rechtlich nicht gleichgestellt werden« und dass »Familien einen Vater und eine Mutter haben«, als Items klassifiziert werden, die »Modernisierungsprozessen« automatisch »ablehnend« gegenüberstehen? Es hängt ganz davon ab, in welchem Verhältnis »Modernisierung« und bestimmte Typen von Konservativismus zueinander gesetzt werden. Hierzu wäre eine detailliertere Erläuterung des zugrundliegenden theoretischen Verständnisses von »Modernisierung« hilfreich gewesen.

All diese Einwände ändern freilich nichts an der klaren und deutlichen Einschätzung, dass Töpfer mit seiner Studie wichtige neue sozialwissenschaftliche Standards eingebracht hat. Die klar strukturierte Studie ist methodisch stark und inhaltlich weiterführend. Sie setzt in der Südosteuropaforschung, der Ostkirchenwissenschaft und wahrscheinlich auch im Bereich der Islamwissenschaft neue Maßstäbe!

Lazaros Miliopoulos

Abwarten

Von Gábor Schein

Auszug aus dem Roman *Es wird schon irgendwie*

Sechs Uhr zwanzig. Das Fenster bot einen Blick in den Garten der Klinik und auf die Straße dahinter. Der Eingriff war gut verlaufen, und doch wusste Kiefer, dass seine Schwester nicht mehr lange leben werde. Er war erschöpft, er war ruhig, ruhig und gleichgültig allem gegenüber, was außerhalb dieses Krankenzimmers lag und was nicht in das Viereck des Fensters passte. Er saß neben dem Bett. Seit Tagen dasselbe Bild, er sitzt neben seiner Schwester am Krankenbett. Die Wände schließen die restliche Welt aus. Rhapsodisches Atmen mit immer längeren Intervallen, immer lauter werdendem Pfeifen. Nur selten kam seine Schwester zu sich. Selbst wenn sie die Augen aufschlug, sah sie ihn nicht, wahrscheinlich nicht. Vielleicht nahm sie war, wenn er ihre Hand berührte, vielleicht erreichte seine Stimme sie. Der Tumor verhält sich wie ein Polyp, der seine Arme immer tiefer ins Zellgewebe frisst. Die Frage war nurmehr, wann schließlich der Gehirnstamm zersetzt werden würde. Das regelmäßige Tropfen der Infusion maß die stillstehende Zeit. Kiefer benetzte die Lippen seiner Schwester auf einem angefeuchteten Tuch.

Draußen war es noch dunkel. Dunkel wie das Herz nach der verlorenen Liebe. Nein, dunkel wie ein Wintermorgen. Es war Winter jetzt. Die Straßenlaterne warf schwach ihr gelbes Licht auf ein Stück Fußweg, vom Fenster aus gut zu sehen. Kiefers Blick fiel auf den weißen Stamm einer Birke ohne Blätter. Die obersten Zweige mit ihrer dichten Materie unterschieden sich kaum vom Morgendunkel, Kiefer sah sie nur im Winkel des Fensters, wenn er sich etwas vorbeugte und den Kopf nach links neigte. Das musste er tun, um die Krähe blinzelnd zu beobachten, die sich in der früh eingebrochenen Kälte auf einen der oberen Zweige niederließ. Immer wenn sie hochgeflogen war, um eine Runde zu drehen, kehrte die Krähe stets auf denselben Zweig zurück, niemals auf einen anderen. Kiefer sah lange ihrem Federputzen im Gezweig zu. Die Augen der Krähe nahmen das Morgendunkel ganz in sich auf und entließen kein Licht, all ihre Bewegungen waren perfekt. So vollendet, dass sie die Zeit zum Stehen brachten. Kiefer kannte das, für ihn war es wie eine theoretisch einfach, praktisch jedoch nie zu lösende mathematische Formel. Seit die Welt besteht, sitzen die Krähen auf die gleiche Art und Weise in den Bäumen, putzen ihre Federn in derselben Weise, erforschen die Landschaft mit demselben Blick, und wenn sie wegfliegen, erzittern die Zweige wie immer, geräuschlos, nackt.

Wenn er so bei seiner Schwester saß, hatte Kiefer nicht viel auszurichten. Man gestattete ihm, so lange bei ihr zu bleiben, wie er wollte. Vor ein paar Tagen konnte er seiner Schwester noch zu trinken geben. Er achtete darauf, dass sie sich nicht zu viel im Bett bewegte. Wollte sie eine andere Körperhaltung einnehmen, sich ein wenig zur Seite drehen, schossen ihr die Schmerzen sofort in die Schläfe. Das Bewusstsein, eingeschlossen in einem zur Vernichtung seiner selbst programmierten Aggregat, registrierte jederzeit die Knotenpunkte, die Radiation, die Richtung aller Ausdehnungen. Verschlimmerung und Linderung. Und dennoch war die gelegentliche Veränderung der Körperhaltung ungeachtet der damit verbundenen Qualen notwendig, es war notwendig, dass sie von Zeit zu Zeit auf dem Bettrand saß, um der Gefahr von Wundliegen oder einer Lungenentzündung entgegenzuwirken.

Frühmorgens kam einer der Pfleger herein und machte Licht. Der Pfleger heute war ein anderer als gestern. Täglicher Wechsel, täglich eine andere Stimme, mal streng, mal unerbittlich, mal gnädig, mal mild. So unterschieden sich die Tage. Der Krebs verwischt jeden Unterschied, er ist absolut souverän, wuchert besinnungslos, hat seine eigene, unteilbare Zeit, lebt vollkommen unabhängig im fremden Leben. Guten Morgen, sagte der Pfleger. Auf weißem Kunststofftablett präsentierte er die Medizin und das Thermometer, aus der weißen Kitteltasche lugte der Blutdruckmesser hervor. Kiefer übernahm die Aufgabe und steckte das Thermometer in die Achselhöhle unter dem dünngewordenen Arm seiner Schwester. Er ließ nicht mehr zu, dass fremde Hände sie berührten. Ihr Körper roch nicht gut, er roch süßlich, roch nach Abwaschmittel aus dem Discount. Abwischen mit einem befeuchteten Handtuch nützte nicht viel, der Geruch blieb. Andere Kranke schließen in solchen Momenten noch die Augen. Gönnen sich ein paar Minuten halbe Abwesenheit, bevor sie die vorschriftsmäßige Behandlung verschluckt. Die Insel des allgewöhnlichen, nirgendwo sonst akzeptierten menschlichen Elends, die Krankenhaus heißt, funktionierte ehern. Es produzierte sich selbst, produzierte das gehärtete Weiß, Desinfektionsgeruch, Gestank, organische Ausdünstungen und Exkremente. Wenn man lang genug im Krankenhaus weilt, verwandelt sich der Blick vollkommen. Das Gedächtnis verwandelt sämtliche draußen wahrnehmbaren Gegenstände und Gesichter in Pappmaché, dessen Konturen eine unbekannte denkende Kraft formt. Krankheit und Schmerz, an die das Bewusstsein gekettet ist, sind wie ein Faustschlag. Dieser Faustschlag verändert mitunter die Pappmaske. Ein Augenblick, in dem das gefesselte Bewusstsein aus dem Kerker tritt. Einen Augenblick lang wird etwas sichtbar von den realen Gesichtern und Formen. Eine augenblickslange Schönheit ohne Hoffnung dank der Körperfunktion, befreit von den Verzerrungen der durch die Natürlichkeit des Lebens betäubten Willenskraft und Vorstellung. Eine dem Verhältnis der Gegenstände zugrunde liegende Einfachheit, die weiche Matratze, die Wannen, die Dellen, das zerwühlte, bleiche Laken. Der den Hausschuh suchende Fuß unterm Bett. Kanülen und wie sie unermüdlich die entzündeten Venen dehnen, das hingebungsvolle Warten des Infusionsapparats, mit dem man ins Bad tänzelt, die Pyjamahose herunterzieht oder das Nachthemd hoch, sie irgendwie hält, damit sie nicht vollgepinkelt werden, wobei der Infusionsapparat so hingestellt werden muss, dass das Blut durch den dünnen Plastikschlauch nicht plötzlich rückwärts fließt und sich auch keine Luftblasen bilden. Endlich die Blase entleeren.

Entleeren, leer werden.

Einen wonnigen Augenblick lang wird alles sichtbar, dann verschwindet alles und der Riss schließt sich. Kiefers Schwester, ihr Bewusstsein, war mit einem Körper zusammengekettet, der nur noch Schmerzen zu produzieren vermochte. Weshalb die Verkettung so früh und so wirksam wie möglich beendet werden musste. Diesen Zweck erfüllen die Beruhigungspillen und später das Morphium.

Rasch zerstob die morgendliche Stille. Der Pfleger war zurück, schob den grünen Plastikvorhang beiseite, der das Krankenbett vom restlichen Raum trennt, Kiefer las die Körpertemperatur ab, reichte dem Pfleger das Thermometer, 35,6. Offenbar kühlt seine Schwester langsam aus. Zuerst erfrieren die Zehen, dann zieht die Kälte tückisch den Körper hinauf, Beine, Schenkel, den operierten Magen und weiter hinauf entlang der Wirbelsäule. Dann irgendwann wird auch die Stirn kalt. Seine Schwester wird zu einer Säule aus Eis, diese wunderschöne, unerreichbare Frau. Eine kalte Schönheit liegt vor Kiefer. Das Ende war tröstlich nah bereits.

Die vergangenen Monate hatten die Geschichte der Jahre vor der Erkrankung wie ein Senkloch aufgesogen. Kiefer stand neben seiner Schwester, als der Arzt ihr erklärte, dass sie Krebs habe. Während das Blut in seinen Gliedern zusammenlief und ihm die Knie erzitterten, lenkte seine Schwester ihre Aufmerksamkeit instinktiv auf nebensächliche Dinge. Auf die Flecken auf dem kahlen Schädel des Arztes. Auf einen Salamander, der irgendwie ins Krankenhaus hineingeraten war, sich im Korridor verirrt hatte und zwischen den Stühlen vergebens nach Fluchtmöglichkeiten suchte. Seine Schwester tat, was in ihrer Situation richtig war. Sie ergab sich den Diktaten der Ärzte. Kiefer recherchierte, brachte neueste Erkenntnisse zur Sprache, doch das kümmerte seine Schwester nicht. Es folgten Untersuchungen, Telefonate, es gab jede Menge zu tun. Bald wurde die Sprache zwischen ihnen durch Begriffe abgelöst, deren Bedeutung sie zuvor nicht gekannt hatten. Schwindelerregendes, ermüdendes Lernen begann. So als würde ein Vogel sich zu einem Ornithologen ausbilden, um am Leben zu bleiben.

Ein schwerer Fall. Eine Woche nach der Diagnose lag sie auf dem Operationstisch. Kiefer hatte ihre Hand bis zuletzt gehalten. Bis zuletzt hatte seine Schwester gelächelt. Als sie aus dem Operationssaal wieder herausgeschoben wurde, lag sie unter einem grünen Tuch, ihre Hand war eiskalt. Alles in ihr fror, sie konnte nicht aufhören zu schlottern. Ein paar Tage später dann die Chemotherapie. Mit ihr der übliche Brechreiz, Appetitlosigkeit, Erschöpfung, das Kippen des Blutbildes, das Schwinden der weißen Blutkörperchen. Wer Krebs hat, langweilt sich nicht. Man zählt die verlorenen Pfunde. Beachtet jede Begleiterscheinung. Man verliert die Haare, die Haut wird grau, die Stimme entseelt, man büßt die Körperbehaarung ein. Man denkt über seine Chancen nach und rechnet mit der Chancenlosigkeit. Sie stellte den Ärzten keine einzige Frage, Kiefer war es, der sie ständig mit Fragen löcherte, doch mit der Zeit ließ er davon ab. Drei Wochen, und die erste Phase der Chemotherapie war durch. Danach kam es zu Entzündungen in ihrem Organismus. Eine weitere Operation war erforderlich, am Tag darauf verspürte sie entsetzliche Schmerzen im Brustkorb. Das Gefühl, die Luft sei eingeklemmt. Was nicht verwunderlich war, denn die Betten im Krankenhaus waren unsäglich. Vor der Schlafenszeit sprach sie den Pfleger und den diensthabenden Arzt auf den Stau in ihren Lungen an, sich quasi entschuldigend für solche Klagen und Schmerzen, die sie ja für sich hätte behalten können, schließlich waren es bloß Kleinigkeiten, mit denen sie die abendliche Visite nur aufhielt, und bis sie das sagte, war der Arzt schon ein Bett weiter und wandte den Kopf von dort zurück.

Seit wann?

Seit einer Stunde.

Tut es sehr weh?

Kiefers Schwester nickte schamhaft.

Drehen Sie sich auf die Seite. Das hilft.

Doch die Schmerzen wurden nicht geringer, sondern heftiger. Jeder Atemzug glich einem Dolchstoß. Mitten in der Nacht wurde sie in einen Rollstuhl gesetzt und zum Röntgen geschoben. Das Krankenhaus befand sich im Umbau; der Pfleger fuhr sie durch aufgerissene, unwegsame Flure im Parterre. Dr. Röntgenfrau war nicht begeistert, dass sie mitten in der Nacht hergezerrt wurde. Sie erwiderte den Gruß nicht, Kiefers Schwester ahnte nicht einmal, von wem die Anordnung gekommen war.

Machen Sie den Oberkörper frei.

Das Röntgenbild zeigte nichts. Am Morgen wies zwar die EKG-Untersuchung erklärungsbedürftige Anomalien auf, sie gäben jedoch keinen Anlass zu irgendwelchen Bedenken, hieß es. Es müsse doch die sich ständig verdickende Luft schuld sein. In den folgenden zwei Wochen ließen die Schmerzen nicht nach. Unerträgliche Schmerzen. Kiefer begriff, dass seine Schwester kaum atmen konnte. Kaum hob sich minimal die Brust, fuhr ihr sogleich ein heftiger Stich zwischen die Rippen.

Ich schaffe es nicht.

Kiefer baute ihr ein Nest aus Kissen und der Bettdecke. Das half ihr etwas und verhalf ihr zum Schlaf, immer mal für eine Viertelstunde. Die Ärzte wussten Bescheid, die Schmerzen beruhten auf somatischen Störungen, die Patientin rege sich über Gebühr auf. Der behandelnde Arzt empfahl Beruhigungstabletten, und nachdem die Beschwerden nicht weniger wurden, vielmehr sich häuften, ermahnte er sie noch. Eine so harte Frau solle sich zusammenreißen. Wobei er nicht zu ihr, sondern zu Kiefer sprach, von dem er Zustimmung erwartete. Dann teilte er mit, dass er in den Urlaub fahre, verständlich, denn Ferien brauche jeder. Und er erst recht, wo er doch eine derart strapaziöse Arbeit verrichte. Im Satz schwang Vorwurf mit. Für die Schmerzen war einzig Kiefers Schwester verantwortlich. Sie behindere die Behandlung, setze den Erfolg aufs Spiel, folglich stelle die Zusammenarbeit, vom unumgänglichen Urlaub unabhängig, allmählich eine Zumutung für ihn dar. Er werde sie einer frisch aus dem Ausland zurückgekehrten Kollegin überantworten. Etwas Sinnvolleres könne er gar nicht arrangieren. Zu den Schmerzen gesellte sich inzwischen hohes Fieber, Kiefers Schwester spuckte Blut. Die vom Auslandsaufenthalt zurückgekehrte Ärztin begriff als erste die Schwere des Krankheitsverlaufs. Die heftigen Schmerzstöße gaben ihr zu denken, ihre gekräuselten schwarzen Locken erinnerten an die langen gekräuselten schwarzen Locken einer Spielpuppe, über ihrer Oberlippe spielten beim Sprechen erste zarte Falten ihr Spiel. Sie ordnete die CT-Untersuchung an. Sehen wir uns an, was in den Lungen vor sich geht. Was es ist, das dort wohnt. So poetisch sprach sie.

Sie haben es sich angesehen. Konferenzwürdiges, prächtiges Stück. Lungenembolie, beidseitig entwickelt. Dieses Krankenhaus würde gern ohne Kranke auskommen. Es schien, als rechnete die Belegschaft mit einem neuen Erlass der Regierung, wonach die Patienten sich selbst zu versorgen hätten. Täglich eine Kiste frisches Morphium hinstellen und fertig, man könnte dann idealerweise vor dem Fernseher sitzen und sich stillvergnügt der Parteipropaganda widmen. Jedenfalls soll der Patient sich nicht beklagen, keinen Schmutz verursachen, nicht bluten, nicht sinnlos herumnässen, soll seinen Ärzten und Pflegern gegenüber verständnisvoll sein, sie mit Fragen nicht belästigen, stattdessen geduldig, freundlich und allzeit entgegenkommend ertragen, was zu ertragen ist. Selbst die Zeit soll stillhalten, sie hält still. Lehnt alle Varietät, alle Extravaganz ab, sie toleriert nur Gleichbleibendes, Wecken, Fiebermessen, Visite, Medizinverabreichung, Mittagessen, Abendessen. Dennoch hält das stille Warten eine gewisse Spannung bereit, Warten auf eine Untersuchung, auf irgendein Resultat, auf eine Äußerung des Arztes, auf ein Kopfschütteln, auf einen Gruß. Darauf, dass man endlich selber sich erkühnte und irgendwas zuwege brachte. Zum Beispiel: Wann sterbe ich, Herr Doktor?

Kiefers Schwester wurde unmittelbar nach der CT auf die Intensivstation verlegt. Etwas Panik herrschte. Ihr Name wurde vorübergehend zu 4 Schrägstrich 1, denn sie lag nun im Krankenzimmer Nr. 4 und im Krankenbett Nr. 1. Fremde Hände wuschen sie und stachen in ihre Venen, man hatte ihr Sauerstoff in die Nase gelegt, führte Blutgasanalysen durch, sie wurde geröntgt, den ganzen Tag über floss Blutverdünnungsmittel in ihren Körper. Ein Ufo, kein Blut in ihr. Gequält lächelten die Pfleger, dass sie keine brauchbaren Venen in den Armen und Beinen mehr zur Verfügung hatte. Vergeblich suchte man nach geeigneten Stellen unterm Schlüsselbein und am Oberschenkel. Vergeblich stach man frühmorgens mit einer langen Nadel zwanzig Minuten lang in ihr herum, bis der Arzt sich entschuldigend aufgab. Die Entfernung zwischen diesem frühen Morgen und dem Abend erschien Kiefers Schwester endlos lang, die Stunden waren leer und schwer, sie überließ sich der unbarmherzig langsam vorrückenden Zeitmasse, deren phlegmatischem Wogen, und sie schlief und schlief.

Am zehnten Tag stand sie auf. Der Physiotherapeut half ihr, wieder gehen zu lernen. Er hielt sie am Arm, sie schlurfte. Sie konnte atmen. Schmerzen verspürte sie nur noch minimal. Sie trug ein sauberes Nachthemd und ein Kopftuch auf dem kahlen Schädel. Zuerst ein paar Schritte um das Krankenbett. Später mehr Meter, längere Strecken. Sie war zufrieden mit sich. Noch am selben Abend durfte sie zurück in die onkologische Abteilung zur Fortsetzung der Chemotherapie. Hier kam es zum ersten Zusammenbruch. Ihre Kräfte verließen sie vollends, sie hatte Angst, wenn sie einschliefe, würde sie nie wieder aufwachen. Sobald sie aufstehen durfte, verbrachte sie den Tag auf dem Korridor. Gehen konnte sie kaum, sie ging gebeugt, schob die Füße unendlich langsam vorwärts, die Wunde gestattete es ihr nicht, sich gerade zu halten. Ständig musste sie die beiden Plastikschläuche richten, in den einen tropfte das seröse Blut, in den andern Urin durch den in die Harnröhre eingeführten Dränstrang.

Haben wir es aber heute eilig!, rief ihr eine Pflegerin zu, die sie nicht kannte.

Und auch Urin haben wir schon!

Kiefers Schwester hatte für den Witz der Pflegerin nur einen elegischen Blick übrig, der zentnerschwer wog, kein fragender, kein passiver Blick. Kiefer hielt seine Schwester an den Hüften mit festem Griff. Er spürte, dass sie ihre Schritte beschleunigen wollte, um so schnell wie möglich aus dem Blickfeld der Pflegerin zu verschwinden, aber es gelang ihr nicht, der Gehschmerz stach sie beim geringsten Tempowechsel. Kiefer blieb geduldig. Geduldig interpretierte er das Plakat neben dem roten Feuerlöscher an der Wand mit der Mahnung zur richtigen Lebensführung, das heißt zur Entlarvung der Patienten, die durch eigene Schuld hier gelandet waren, denn ein vernünftiger Erwachsener weiß, dass in ihm nichts kaputtgehen darf, sein Verantwortungsbewusstsein der Gesellschaft, der Nation gegenüber weist ihm den rechten Weg, was wäre der Körper eines arbeitsfähigen Staatsbürgers denn auch anderes als Allgemeingut.

Die Pflegerin lächelte ihnen ermutigend zu, um sich im nächsten Moment in einen Krankenbericht zu vertiefen. Genug gesehen. Am selben Nachmittag wurde eine junge Frau, die kaum nach einer jungen Frau aussah und neben Kiefers Schwester gelegen hatte, fortgebracht. Die Pflegerin von vorhin half ihr beim Einsammeln der Habseligkeiten, und bevor sie sie im Rollstuhl hinausrollte, wandte die junge Frau den Kopf zurück, sie schien aufgeregt, es schien, als wolle sie noch etwas sagen, ein Abschiedswort, etwas Ermutigendes oder einfach nur ein Nein. Dann war sie draußen. Kurze Zeit später ging die Putzfrau schon herum, zog das Bettzeug ab, wischte den Bettrahmen mit Desinfektionsmitteln ab, wischte den Boden unterm Bett auf, eine magere Frau ohne Zähne, ich weiß genau, sagte sie, ob jemand gesund wird oder nicht, sammelte dann den Rest vom Frühstück ein, wünschte Kiefers Schwester friedliche Genesung und ging.

Und allem Anschein nach besserte sich ihr Zustand. Sie durfte nach draußen gehen, Kiefer begleitete sie, sie legten immer längere Strecken zurück, zuerst umrundeten sie das Krankenhaus, dann durchstreiften sie auch die benachbarten Straßen, Plätze, Parks. Saßen in der Konditorei, bestellten sich Kuchen, Biskuits, je nachdem, was es so gab oder gut aussah. Tranken grünen Tee. Kiefer sagte nichts von seiner Entlassung aus der Schule. Das hatte Zeit, bis sie ganz wiederhergestellt war. Und seine Schwester fragte nicht, wieso er so viel Zeit mit ihr verbringen könne. Dass er da war, bei ihr war, nahm sie als selbstverständlich hin. Vielleicht ahnte sie es auch und behielt ihre Ahnung für sich. Ihre Haare begannen wieder zu wachsen, das bunte Tuch trug sie aber weiterhin, raffiniert gebunden zu einem kleinen Turban, er stand ihr gut. Alles würde sich zum Guten wenden.

Das tat es nicht. Kiefers Schwester klagte erneut über Erschöpfung. Bei ihren Gängen schwitzte sie plötzlich übermäßig, sie mussten häufig innehalten. Auch ließ ihr Appetit nach. Kiefer sprach ihr gut zu, es sei möglicherweise normal, schließlich hatte sie extrem gelitten, der Organismus brauche lange, um sich zu regenerieren. Das brauche Zeit, mindestens so lange, wie die Krankheit gedauert hat. Solche Sätze machten sie wütend, ihre Geduld war auf einen Schlag dahin.

Verstehst du denn nicht, was ich sage?

Sie begann, Trost in der Bibel zu suchen. Trost oder Aufklärung. In Kiefers Augen war das ein schlechtes Zeichen. Anfangs gab sie sich mit der Lektüre der Psalmen zufrieden, dann war es das Buch Hiob, das sie zerlas. Etwas Schlimmeres konnte sie sich gar nicht antun, Hiob machte sie täglich düsterer.

Es handelt von einer Giraffe, nicht?, wollte Kiefer sie zum Lachen bringen.

Sie lachte nicht. War auch kein guter Witz. Die nach Vorschrift durchgeführten Untersuchungen ergaben, dass der Gehirntumor gestreut hatte. Auch in ihrem Bauch wurde eine neue Geschwulst entdeckt. Von da an ging alles sehr schnell, der Verfall war unaufhaltsam. Eine immer größere Dosis Morphium war erforderlich. Kiefer saß an ihrem Bett. Es war sein letzter Abend hier. Zuvor war er auf dem Korridor auf und ab gegangen auf den schwarzweißen Quadraten der Fliesen. Hinter der Glastür, wo sich die Untersuchungsräume befanden, lief der Fernseher. Sechs Personen saßen davor auf unbequemen Plastikstühlen. Kiefer blieb stehen, eine miese Serie. Zwei fürchterlich unsympathische Typen saßen sich auf dem Bildschirm gegenüber, Schuss, Gegenschuss, wie üblich, es ging um Geld und Erpressung. Dauerthema in der Öffentlichkeit für das Privatleben. Die Kontrahenten auf dem Bildschirm tranken Cocktails, eine wunderschöne Frau hüpfte im Hintergrund von rechtem zum linken Rand des Apparats und hinaus. Der jüngere der beiden Typen, etwas widerwärtiger als der andere, zog einen Batzen Geldscheine aus seiner Jackentasche und wedelte damit. Mehr Klischee schaffte die Szene nicht.

Zurück auf dem Weg zu seiner Schwester wurde Kiefers Aufmerksamkeit von einem sonderbar cremefarbenen Lichtscheit abgelenkt, der durchs Fenster in den Korridor fiel und auf die Wand gegenüber einen beinahe leuchtenden Streifen warf. Wo hatte er dieses Licht schon gesehen? Trani, Apulien. Wie war das möglich? Das Licht, die Weite. Die einzige gemeinsame Reise mit seiner Schwester. Die Brandung, die Pier, vom Dunkelbraun bis Indigo hatte sich das Meer in tausend Farben ergossen, nur in der Mitte war es glatt, tiefgrün, türkis, Berliner Blau. Nach dem Schwimmen kletterten sie auf einen Felsen, setzten sich und ließen sich von der Sonne trocknen. Auf der Landzunge jenseits der vom Pier und dem kleinen grünen Leuchtturm begrenzten Bucht stand die Kirche. Der unter dem Dach die Kirche kranzförmig umarmende riesige Abakus, gestützt von archaischen Tiergestalten. Ganze Länder, dachte Kiefer, in denen keine vergleichbare Schönheit existiert wie auf diesem winzigen Fleck wasserbespülter Erde. Über die Stirnseite wanderte das dichte, cremefarbene Licht.

Es ist lange her. Kiefer war wieder bei seiner Schwester und saß am Bett. Immer wieder benetzte er ihre Lippen mit einem Tuch, etwas anderes gab es für ihn nicht zu tun. Das Atmen setzte inzwischen für zehn, zwölf Sekunden aus, um dann pfeifend und keuchend zurückzukehren wie bei jemandem, dessen Kopf unter Wasser gedrückt wird und er kurz vor dem Ertrinken halb ohnmächtig noch nach Luft schnappt. Könnte man sich beibringen, ohne Luft zu atmen? Oder mit nur sehr wenig Luft? Jetzt ruhig das Ende abwarten.

Aus dem Ungarischen von Lacy Kornitzer

GÁBOR SCHEIN, geboren 1969 in Budapest, studierte Germanistik und Hungarologie in Debrecen, Budapest, Greifswald und München. Er promovierte 1996 und habilitiere sich 2007 an der Eötvös-Loránd-Universität Budapest. Schein lehrte als Gastprofessor an der Universität Wien und an der Sorbonne IV. Seit 2020 ist er Professor am Institut für Ungarische Literatur und Kulturwissenschaften an der Eötvös-Loránd-Universität. Von November 2023 bis Mai 2024 war er IKGS-Fellow. Neben zahlreichen wissenschaftlichen Veröffentlichungen hat er auch ein umfangreiches literarisches Werk, zuletzt erschien 2021 der Lyrikband *Ó, rinocérosz* [Oh, Nashorn].

LACY KORNITZER, geboren in Budapest, floh zu Ostblockzeit aus Ungarn in den Westen. Nach Fahrten und Irrfahrten quer durch Europa ließ er sich in Westberlin nieder, lernte Deutsch, wurde Theaterregisseur und Dramaturg, später Übersetzer von Imre Kertész, Gábor Schein, Péter Esterházy, Péter Nádas und anderen. Seit ein paar Jahren schreibt er.

Übersetz mir Wangenrot

Von Ernest Wichner

Nun, hat Ihre Frau einen Liebhaber?
Wie bitte, wieso meine Frau? Und wenn sie einen hätte, müßte ich das wissen?
Sie sind doch verheiratet, nehme ich an, da kriegt man doch einiges mit.
Er schaute seinen Kollegen oder Partner an, der links von ihm am gleichen Schreibtisch saß. Das Möbel wirkte wie eine Barrikade; ich, schmal und langhaarig, saß davor, die beiden Beamten, gut zehn Jahre älter, beleibter und berufsfahl, dahinter. Ein komisches Bild, ging mir durch den Kopf. Ja, es könnte komisch wirken, wären wir nicht hier, in diesem Haus mit den labyrinthischen Fluren, in diesem euphemistischen Amt. Im Grunde sind sie unfreundlich, als hätte ich etwas verbrochen, dabei bin ich freiwillig hier. Ich habe darum gebeten.
Ich glaube nicht, daß meine Frau einen Liebhaber hat, nein, das kann ich wohl ausschließen.
Aber es wäre doch vorstellbar, und dann hätte der vielleicht einen Grund, Sie zu erschrecken.
Nein, nein, das kann ich mir nicht vorstellen.
Und im Schriftstellerverband, haben Sie da Feinde?
Feinde im Schriftstellerverband? Wieso das denn?
Könnte doch sein, vielleicht haben Sie da jemanden beleidigt oder herabgesetzt?
Wieso redet immer nur der eine, und warum sind sie zu zweit, wenn der andere bloß stumm dabeisitzt? Könnte doch auch mal was sagen. Vielleicht ist der freundlicher. Aber bei dem Gesicht? Der ist möglicherweise nur als Zeuge anwesend. Ist schließlich kein Kreuzverhör. Blöd ist es trotzdem. Aber da bin ich selber schuld. Hätte auch alles auf sich beruhen lassen können.
Wie ist es nun mit den Schriftstellern, haben Sie da Probleme.
Nun ja, da gibt es Meinungsverschiedenheiten, politischen Streit, meinetwegen auch Beschimpfungen, Neid, aber doch nichts, was zu Morddrohungen führen könnte.
Sind Sie da sicher?
Denke schon.
Und Sie meinen, es sind die Rumänen …
Ja, das glaube ich. Es war schließlich ein ziemlich verdorbenes Deutsch. Ich habe es nur verstanden, weil ich den Text kannte. Erst die paar Beschimpfungen und dann:

Bossert tot, du bald auch. Und dann gleich nochmal. Also aufgelegt und dann ein paar Sekunden später das gleiche nochmal. Die gleiche Stimme, der gleiche Text. Offenbar vom Band.
Haben Sie den Text mitgebracht?
Ja, hier, ich habe Ihnen eine Kopie gemacht.
Jetzt stecken sie die Köpfe zusammen und lesen die vier Seiten. Meine Erzählung von dem einzelnen Reisenden, den Koffer in der linken, dann in der rechten Hand, wie er vor den vielen Pendlern den schmalen Weg vom Bahnhof auf das Dorf zugeht, dann der Anstieg, bei dem die Pendler zurückfallen, schließlich steckt ihnen der Arbeitstag in den Knochen, er steigt vor ihnen den Berg hoch und schaut sich um, sieht die Männer hinter sich, je zwei nebeneinander, geringe, jedoch regelmäßige Abstände zwischen ihnen, wie sie den Anstieg beginnen. Und er lacht still in sich hinein, da ihm die Formel »in geschlossener Formation« einfällt, und dann lacht er schon halblaut und sagt auch das »in geschlossener Formation« halblaut, dann lauter und lauter, bis er vor Lachen brüllt und auch »in geschlossener Formation« brüllt, und oben angekommen, erst einmal stehen bleiben und zu Atem kommen muß, damit er wie irre weiterbrüllen kann, als sie schon auf ihn einschlagen, ihn umringen und auf ihn einschlagen, alle auf ihn und sein Gebrüll einschlagen, bis er in dem Moment zusammenbricht, als ihm wie eine Ahnung der Gedanke durch den Kopf geht, daß er von dieser Stelle aus einen ersten Blick auf das Dorf hätte werfen können.

Verstehst du das? Nö, und du? Nö.
Sagen Sie, das haben Sie veröffentlicht?
Ja, vor zwei Jahren.
Und so etwas wird gedruckt?
Warum nicht?
Weil, Entschuldigung, weil es Unsinn ist. Was soll das denn bedeuten?
Es ist einfach ein Stück Literatur.
Literatur?
Ja.
Ich dachte, Literatur ist Kunst und nicht Unsinn.
Das ist kein Unsinn. Es ist eine Kurzgeschichte.
Wo einer erschlagen wird, weil er gelacht und gebrüllt und »in geschlossener Formation« gerufen hat?
Ja.
Und wenn der etwas anderes gerufen hätte, oder überhaupt nichts gerufen und auch nicht gelacht hätte, wäre er dann nicht erschlagen worden?
Vermutlich, kommt darauf an.
Worauf kommt es an?
Was er sagt oder ruft, und was die Leute damit verbinden. Wer diese Leute sind, wo sie herkommen. Das heißt, was sie erlebt haben und was sie mit dem Erlebten verbinden.
Ich sehe da keine Zusammenhänge. Was meinen Sie damit?
Vielleicht wissen die ebenso wie er, daß geschlossene Formationen mitunter Mörderbanden sind.
Was meinen Sie damit, halten Sie das für normal?
Nicht für normal, aber es kommt vor. Es gibt Gesellschaften, ich meine Gemeinschaften, vielleicht auch verschworene Gruppen, die verhalten sich so. Das sollte Ihnen doch bekannt sein.

Reden Sie vom Nationalsozialismus, meinen Sie so etwas?
Zum Beispiel. Aber man muß nicht Nazi sein, um zu morden. Auch denken und empfinden kann man in geschlossener Formation. Ja man kann vermutlich sein ganzes Leben in geschlossener Formation zubringen.
Ist man beim Denken denn nicht allein? Und beim Fühlen? Sag, hab ich nicht recht, das macht man doch mit sich selber aus.
Denk ich auch. Ist Unfug.
Na, sehen Sie, wir können darin keinen Sinn erkennen.
Müssen Sie auch nicht. Ich habe Ihnen den Text mitgebracht, weil der Anrufer daraus zitiert hat und meinte, auch ich würde demnächst erschlagen werden. Hier geht es nicht um Literatur, sondern um eine Morddrohung.
Ja, gewiß, ich wüßte aber zu gerne, was einen bewegt, einen solchen Unfug aufzuschreiben und dann auch noch zu veröffentlichen. Verzeihen Sie, wir sind keine Spezialisten für Literatur. Was sagen denn Ihre Schriftstellerkollegen dazu?
Keine Ahnung. Jeder liest, was ihn interessiert. Man redet nicht über seine eigenen Texte. Aber die Anthologie hatte zwei Herausgeber, die werden schon wissen, warum sie den Text gedruckt haben.
Sind Sie mit denen befreundet?
Mit wem?
Diesen Herausgebern, oder mit einer Person im Verlag, Sie werden doch mit irgend jemandem darüber gesprochen haben?
Hab ich nicht. Und die Herausgeber kenne ich nur dem Namen nach, nicht persönlich.
Entschuldigen Sie bitte, aber ich bin freiwillig hierhergekommen. Und ich bin hier, weil ich dachte, Sie könnten etwas unternehmen, damit ich keine Angst haben muß, vor die Tür zu treten. Ich muß auch mal einkaufen gehen oder zur Post.
Können wir vielleicht auch. Aber wir müssen uns ein Bild von Ihnen machen. Möglichst umfassend. Wer war dieser Bossert?
Das habe ich Ihnen doch schon gesagt. Ein Dichter und ein sehr guter Freund. Er ist vor Weihnachten nach langen üblen Schikanen aus Rumänien ausgewandert, und zwar mit Frau und zwei Söhnen, und Mitte Februar lag er eines Morgens tot auf dem gepflasterten Weg hinter dem Wohnhaus in Frankfurt am Main, in dem die Familie untergekommen war. Allem Anschein nach ein Suizid, aber jetzt brüsten sich die Anrufer mit diesem Tod.
Und hat er auch so unverständliches Zeug geschrieben?
Er hat großartige Gedichte geschrieben, die leuchteten vor Verzweiflung.
Nichts von geschlossenen Formationen?
Nicht mit diesen Worten, aber auch davon, wie man zugrunde geht, wenn der Kopf etwas weiß, das nicht wahr sein darf.

Und warum hab ich jetzt Hanne im Kopf, die wunderschöne Hanne, die ich wie von Sinnen liebe. Der Zug kriecht durch die Finsternis, Hanne sitzt neben mir, gegenüber Georg und Lisa, Franz ist dabei und Gudrun gleich neben Hanne. Und ich hab seit Wochen schon kein Wort mehr direkt an Hanne gerichtet, ich würde roter als rot und brächte keinen Ton heraus, kann nur mitreden, wenn ich sie nicht ansehe. Dreckig geht es mir, krank bin ich vor Glück und Angst, sie könnte ein klein wenig wegrücken. Und verschwände aus meiner Nase. Denn jetzt kann ich sie einatmen, das heißt, ich rieche sie ganz, mit Haut und Haar. Und unsere Hüften berühren sich. Meine ist glühend heiß. Aber ich kann sie nicht ansehen, geschweige denn anders als zufällig berühren. Und ich rede ununterbrochen auf Georg und Lisa und Franz und Gudrun ein und meine doch niemand und nichts und niemals jemand anderen als Hanne. Die Pendler dösen auf ihren Plätzen, es ist vier Uhr früh, sie fahren in ihre Fabriken, wir in unsere Gymnasien. Hanne ist mein Jahrgang und damit zu weit für mich weg, zu erwachsen, zu schön, zu einem-anderen-bestimmt, als daß ich irgendeinen Grund hätte, etwas hoffen zu dürfen. Und sie geht ins andere Gymnasium, sitzt nicht bei mir in der Klasse, sonst wäre ich längst sitzen geblieben, ja wahrscheinlich schon gar nicht mehr auf dem Gymnasium. Wie schön sie ist, weiß sie, sie weiß, daß man nicht anders kann als sie ganz und gar hingegeben zu lieben, egal, ob man Junge ist oder Mädchen, diese Vollkommenheit erträgt man genauso wenig wie die gelassene Selbstverständlichkeit, mit der sie hinnimmt, was um sie herum geschieht. Nicht stolz ist sie, nicht eingebildet und nicht die Spur überheblich, nur atemberaubend schön und wie vom Mond gefallen. Auch ist sie zweifellos in allen unseren Gesprächen das geheime, das niemals ausgesprochene Zentrum. Wer etwas sagt, sagt Hanne, in vielen anderen Worten und mit einer Leidenschaft, die uns alle frühmorgens am Montag und samstags am frühen Abend, wenn wir in die Stadt oder zurück aufs Dorf fahren, redend die Sprache verschlägt. Allesamt sind wir Sänger, die wir schwärmen und übertreiben und lobpreisen, wir fabulieren und berichten, phantasieren und ergründen. Niemals und nirgends auf der Welt hatte es eine höhere Schule der Dichtkunst gegeben als in diesem Zug und rings um Hanne. Selbstverständlich hatte es auch noch nie einen würdigeren Gegenstand gegeben. Und es war alles wahr, nicht die Spur Überspanntheit, wiewohl, dieses Wort gab es für uns damals eigentlich nicht.

Geben Sie uns doch irgendeinen Hinweis, der Ihre Angaben stützen könnte.
Daß man mich mit dem Tod bedroht?
Nein, daß es die Rumänen sind, die das tun.
Mehr als ich Ihnen heute und schon vor zwei Wochen gesagt habe, fällt mir dazu nicht ein. Es ist zwar töricht von denen, aber sie tun es offenbar. Ich weiß nicht, an welcher Stelle Diktatoren durchdrehen.
Haben Sie selbst eine Geliebte?
Ich vermute, das wüßten Sie.
Ich hoffe doch, Sie glauben uns, daß wir nicht im Leben unserer Bürger herumstochern.
Aber ich habe Sie vor zwei Wochen schon gebeten, mir zu helfen. Und ich dachte, ich spräche mit einem professionellen Geheimdienst. So etwas gäbe es in Rumänien nicht.
Wie meinen Sie das? Was gäbe es in Rumänien nicht?
Sie sprechen mit mir, als hätte ich etwas Böses getan.
Haben Sie nicht?
Nein, habe ich nicht.
Und warum sollten die Sie dann umbringen wollen?
Wir reden über eine Diktatur.
Ich rede mit Ihnen über Sie.

Aber ich habe niemals mit Hanne gesprochen. Habe alle meine Freunde und Bekannten im Zug vollgequatscht mit Hendrix, der Janis, den Stones, Woodstock und Paris und Prag, wir haben die Texte analysiert, zwanzigmal *Satisfaction* – meinst du wirklich, die sagen das grad so, daß es so direkt und nicht auch anders gemeint ist? – haben uns gegenseitig die englischen Texte auswendig vorgesagt, sie kommentiert, bewertet und kritisiert. Wir waren das Zentrum der Bewegung, das blinde aber wissende Auge des Tornados, wir waren der mystische Kern des Universums; die schönsten Frauen flogen auf uns, an unseren Lippen hingen die Nachrichtensprecher der ganzen Welt. Und der alte Zug fuhr durch Abend und frühen Morgen, und Hanne saß mal neben mir und mal gegenüber. Sie wußte längst alles, was uns heilig war, was uns erhob und vernichtete, aber sie schwieg, wir mochten über Prag reden, über Berlin und Paris, über Jan Palachs Selbstverbrennung oder über Sartre, doch wenn der Zufall mir ihre Hüfte zuwürfelte, war ich entrückt. Ich muß in Versen gesprochen haben, wie sie niemals je ein Mensch vernommen hatte. Einmal aber habe ich auch zu Hanne etwas gesagt, beim Aussteigen, allein zu ihr. Ich hatte zufällig ein Wort aufgeschnappt, das außer mir noch niemand kannte, es lautete *stunning*, und ich hatte in der Bibliothek im Wörterbuch nachgeschlagen, denn schon beim Lesen dieses Wortes hatte mir der Kontext angezeigt, daß es nur auf dieses einzige Wort ankam: *stunning*. Es verschlug mir den Atem, jedenfalls das, was mir Hanne davon noch gelassen hatte. Und ich sagte ihr beim Aussteigen, während ich ihr vom obersten Trittbrett die alte Ledertasche hinabreichte: *Hanne, you are really stunning*. Hanne aber war nicht vom Donner gerührt, sie langte nach den Taschengriffen und glitt davon, schwebte, entschwand, löste sich auf. Das war Hanne. Reglos stand ich auf dem überfüllten Bahnsteig und schaute in die Richtung, in die sie verschwunden war, wußte nicht einmal, ob sie am nächsten Samstag wieder nach Hause fahre, aber ich hatte etwas zu ihr gesagt, das sie beschäftigen sollte, wenn sie es nicht umgehend vergessen hatte. Gewiß hatte sie es längst vergessen, wer war ich denn, daß ausgerechnet Hanne sich merkte, was ich gesagt hatte. Und wenn sie es sich gemerkt hatte, dann eher zufällig, weil sie etwas gehört, aber nicht verstanden hatte, gleichgültig, wer dieses unverständliche Wort ausgesprochen hatte.

Ich verstehe nicht, warum die etwas gegen Sie haben sollten. Doch nicht wegen eines vierseitigen, schwerverständlichen Textes.
Ich habe dort Freunde, die größte politische Schwierigkeiten haben, die verfolgt werden. Das heißt verhört, verhaftet, verprügelt.
Aber nicht umgebracht.
Nein, noch ist niemand von ihnen dort umgebracht worden. Aber rumänische Schriftsteller sterben auf rätselhafte Weise. Und es gibt Selbstmorde, an die keiner glaubt. Gerichtsmedizinische Untersuchungen werden jedenfalls nicht angestellt. Die Leichen werden ihren Familien in plombierten Särgen zur Beerdigung übergeben. Und keine Behörde nimmt eine Anzeige oder Nachfrage entgegen. Ich telefoniere mit meinen Freunden, wir sprechen über das, was dort passiert, und ich informiere hier die Presse.
Und nun wollen die Sie erschrecken. Das meinen Sie doch?
Kann sein. Aber sie haben auch hier im Westen schon gemordet.
Sie sind aber noch ganz munter. Gibt es denn sonst nichts, was Sie uns noch erzählen sollten?

Mir selbst erzählte ich Tausende Varianten der Geschichte von Hannes Wangenrot. Denn die Wirklichkeit bediente sich weder eines Wortes noch einer Geschichte. Ich hatte an diesem Samstag eine Klassenfête abgesagt und stand schon eine halbe Stunde vor Abfahrt des Zuges auf dem Bahnsteig. Weil der Zug hier abfuhr, stand er auf einem Nebengleis, etwas außerhalb des Bahnhofs. Befand man sich rechtzeitig in Höhe des letzten Waggons auf dem Bahnsteig oder ging dort auf und ab, konnte man keinen Mitreisenden verpassen. Hanne erst recht nicht, denn sie kam, wenn sie kam, immer erst wenige Minuten vor der Abfahrt. Mithin hatte ich Zeit. Ich mußte mich nur von den erschöpften Pendlern, die nach und nach eintrafen, begaffen und von dem einen oder anderen Jugendlichen fragen lassen, ob ich nicht einsteigen und mit ihm oder ihnen Karten spielen wolle. Dazu brauchte ich nur den Kopf zu schütteln, und sie verschwanden in den Waggons. Mochten denken, ich hätte es nur auf einen Nachbarn abgesehen, dem ich meine Umhängetasche mit der Schmutzwäsche für Mutter mitgeben wollte und würde selbst gar nicht nach Hause fahren. Wie aber schüttelt man sich die beklemmendsten Wartezeiten aus den Kleidern, nein, wie schüttelt man sie sich aus dem Gesicht, von der Haut? Wenn Hanne kam, sollte sie gar nichts anderes denken können, als daß ich soeben erst angekommen sei und mir an der Sonne noch ein bißchen die Beine vertrete. Und wenn sie nicht kam? Würde ich dann trotzdem fahren oder sollte ich mit der Straßenbahn zurückfahren ins Internat, so tun, als hätte ich den Zug verpasst, und abends zu dem Fest gehen?

Sie haben uns noch nichts über Freunde hier in Berlin gesagt, Sie haben doch hier studiert.
Ja, das habe ich.
Na und? Kommilitonen, Freunde. Treiben Sie Sport?
Nein, das versuche ich zu vermeiden.
Discos, Clubs …
Früher gelegentlich, und dann auch nur im Schlepptau irgendwelcher Leute. Wir haben schließlich zwei Kinder, aber das wissen Sie doch längst.
Wir wissen, was wir wissen, aber wir wissen nicht, ob wir genug wissen.
Darin sind Ihre rumänischen Kollegen anders.
Inwiefern anders?
Die wissen immer sehr viel mehr, als man selbst weiß. Dabei wissen sie im Grunde gar nichts. Und was sie an Daten haben, verstehen sie nicht. Ich schätze mal, Sie wissen und Sie verstehen mehr als Ihre Kollegen dort.
Also kennen Sie den Unterschied zwischen Wissen und Verstehen.

Was ich wußte, als Hanne schließlich kam, war, daß sie mich längst auch gesehen hatte. Aber sie lächelte nicht, war weder freundlicher noch abweisender als sonst. Ihre Schritte blieben gleichmäßig, sie kam einfach so, die edle Ledertasche am Trageriemen über der Schulter, auf den letzten Waggon, also auf mich zu, der ich so unbekümmert und entspannt hier herumschlenderte, als befände ich mich am Meeresstrand zwischen gleichgültigen und unbekannten Menschen. Hallo, sagte ich, und Hallo sagte sie, doch als unsere gekonnt sich ausweichenden Blicke aneinander vorbei glitten, ich zum Bahnhof hinschaute, sie stadtauswärts in die öde und flache Landschaft, durch die wir nun gleich fahren würden, hatte ich für Sekundenbruchteile den Eindruck, ihre Wange habe sich beim Hallo mit einer zarten Röte überzogen. *Stunning*, sagte ich mir, sie weiß, was es bedeutet, da stieg ich schon hinter ihr das rostige Gitter der Zugtreppe hinauf. Doch als ich mich wenige Sekunden später neben ihr auf der Holzbank niederließ, diesmal hatte ich ihr die Tasche nicht abgenommen, um sie mit lässigem Schwung über unseren Köpfen ins Gepäcknetz zu befördern, das hatte sie noch mit dem Rücken zu mir aus dem Handgelenk heraus selber getan, sah ich jene tiefe Wangenröte, die mir für den Rest der Fahrt Zunge, Lippen und Atem ersterben ließ. Erst beim Abschied, wir waren still den Hang hochgestiegen und Seite an Seite durch das halbe Dorf gegangen, als ich Servus und bis Montag früh gesagt hatte, begegneten sich kurz verständige und darum unendlich traurige Augen.

Was macht Sie so sicher, daß es die Rumänen sind? Sehen Sie, ich und Herr Hecht, wir haben da unsere Zweifel.
Herr Hecht und Herr Fröhlich also, wieso geben diese Staatsschützer sich jüdische Namen? Sitzen in einem Nazibau und machen auf Juden. Hat man etwa die Söhne jüdischer KZ-Überlebender für den deutschen Staatsschutz angeheuert? Damit da keinerlei Verbrüderung stattfindet? Verbrüderung mit wem? Unsinn, das ist nicht der Mossad, das ist nichts als Gedankenlosigkeit, Schlapphuterei und Geschichtsvergessenheit, unsere immerzu überforderten dienstbeflissenen Leute. Oder aber es ist Strategie, schließlich heißt heute niemand mehr Fröhlich und Hecht. Also ist es Tarnung, damit nicht Opa Schulze oder Opa Meier in Schöneberg ein Problem kriegt, weil sein Enkel …
Dann behalten Sie und Herr Hecht Ihre Zweifel und quälen mich bitte nicht länger mit einem Verhör, das zu nichts führt.
Wir verhören Sie nicht, wir führen ein Gespräch.
Das sagen die dort auch. Immer ist es nur ein Gespräch, aber wenn es nicht den gewünschten Verlauf nimmt, wartet irgendwo eine Zelle.
Entschuldigung, aber Sie verstehen uns falsch. Unsere Aufgabe ist es, alles genauestens abzuwägen. Wenn Sie dabei den Eindruck haben, wir ermittelten gegen Sie, so tut uns dies leid. Aber wir müssen, um zu einem konsistenten und belastbaren Urteil zu kommen, alles, was gegen Sie sprechen könnte, ausschließen. Hier in West-Berlin sind nicht nur die Rumänen geheimdienstlich zugange. Wir sind ein freies Land, und wir können nicht jeden Menschen kontrollieren, der über die innerdeutsche Grenze nach West-Berlin kommt. Sie haben doch Politologie studiert, es sollte Ihnen bekannt sein, was unsere Verfassung dazu sagt.
Ja, eben deshalb, auch Politologie.
Na, sehen Sie …

Was ich gesehen hatte, ließ sich nie und nimmer in eine mir vorstellbare Wirklichkeit übersetzen. Es wäre zu schön, zu unwahrscheinlich, zu kostbar, zu erschreckend, zu teuer, ja in jeder Hinsicht viel zu gewaltig, zu mörderisch und zu beglückend gewesen. Ich hätte es nicht ausgehalten, und Hanne hätte sich weggeworfen an einen überspannten Spinner und Versager. Keine zwei Tage hätte sie dies ausgehalten. Und der große, der strahlende und wunderschöne, der zweifellos demnächst auftauchende Gewinner wäre umsonst auf dieser Welt herumgeirrt. Aber ein ganz klein bißchen war auch ich ein Gewinner, der Triumphator zweier Augenblicke, wenngleich, was darauf folgte, nicht nur in meinem Kopf in ungelenk stummen Worten beschwiegen wurde. Wir waren, fremd in unseren eigenen Leibern, durch das Dorf gegangen, in dem wir geboren worden waren. Und als ich am dritten Tag um vier Uhr morgens zum Bahnhof aufbrach, berührte Mutter mich noch einmal am Oberarm, wir hatten uns zum Abschied schon so flüchtig wie stets umarmt. Paß auf, sagte sie, was du im Zug so erzählst. Ich habe gehört, du redest dort ununterbrochen. Gudruns Vater, du weißt, er sitzt bei euch im Waggon und fährt jeden Tag in die Fabrik; er hat kürzlich im Wirtshaus erzählt, vor unserem Sohn müsse man sich hüten, der rede so schön.

ERNEST WICHNER, geboren 1952 in Guttenbrunn (rum. Zăbrani), lebt seit 1975 in Deutschland und absolvierte sein Studium der Germanistik und Politikwissenschaft in Berlin. Er war ab 1988 am Literaturhaus Berlin tätig, das er von 2003 bis 2017 leitete. Neben eigenen Lyrik- und Prosabänden ist er als Herausgeber und Übersetzer tätig. Für sein Schaffen erhielt er zahlreiche Auszeichnungen, als letztes den Johann-Heinrich-Voß-Preis für Übersetzung 2020. Zuletzt erschien 2022 sein Gedichtband *Heute Mai und morgen du* im Schöffling & Co Verlag Frankfurt am Main.

Marilena

Von Edith Ottschofski

Es war schon wieder spät geworden, bis ich endlich loskam. Mascha war nach der Schule hungrig gewesen, und so hatte ich ihr noch schnell etwas zu essen gemacht. Dann wollte sie nicht mit Oma bleiben.

Aber es musste sein.

»Musst du jeden Tag hinfahren?«, fragte mich meine Mutter vorwurfsvoll.

»Müssen, was heißt schon müssen?«, erwiderte ich etwas ungehalten.

Wenn niemand ihn besuchte, kam Thomas gar nicht raus. Also fuhr ich jeden Tag hin.

Und so war es schon fünf, als ich aus der S-Bahn ausstieg. Dann lief ich noch 500 m zu Fuß durch den herbstlichen Park oder die parkähnliche Abkürzung ... Eine Menge Kastanienblätter lag schon am Wegrand. Aber ich hatte keine Zeit, sie aufzuwirbeln, wie ich das meistens tat.

Nun war Thomas schon vier Wochen da. In der Anstalt. Komisch war das. Seine Arbeitskollegen durften nichts davon wissen. Ich hatte dem Chef gesagt, dass er ein Magengeschwür hat. Das war leichter zu erklären. Da konnte man Mitleid haben.

Thomas hatte eigentlich einen Nervenzusammenbruch. Oder so etwas Ähnliches. Die Fremdwörter der Ärzte verstand ich nicht so recht. Damit würde Thomas auf Arbeit nur misstrauisch beäugt werden.

Es kam wegen der Stresssituation. Ich fragte mich nur, wieso jetzt? Es ging uns doch eigentlich gut. Wir hatten eine schöne Wohnung, ein gesundes Kind. Und Mutter half manchmal aus. Vor einem halben Jahr, ja, da hatten wir Stress. Der ganze Umzug. Die neue Arbeit von Thomas. Der schwierige Chef. Und Mascha ging es in der neuen Schule auch nicht besonders. Aber jetzt hatte sich doch alles eingependelt.

Der Sommer war dann richtig schön. Wir machten sogar Urlaub.

Und dann kam das mit Thomas.

Ich steckte eine Zwillingskastanie ein, für Mascha. Sie glänzte dunkelbraun. Damit konnten wir etwas basteln. Dann sputete ich mich mit dem schweren Rucksack.

Nächste Woche sollte Thomas entlassen werden. Ich hatte schon alles vorbereitet. Die Wohnung aufgeräumt. Die Fenster geputzt. Er sollte dann erst mal zu Hause bleiben. Um Mascha würde ich mich kümmern. Wie jetzt auch. Ich wollte Thomas schonen. Vier Wochen waren eine lange Zeit. Aber jetzt sollte alles anders werden.

Dann klingelte ich in der Station und wurde eingelassen. Thomas war im Raucherraum. Er hatte es nicht eilig. Ich brachte ihm die frische Wäsche und packte die schmutzige wieder ein. Gab ihm drei Päckchen Zigaretten und fragte dann, ob er mit nach draußen wollte. Wir mussten zur Schwester gehen. Ich redete mit ihr. Sie war einverstanden.

Ich ging zurück zu Thomas in den Flur.

Eine fremde Frau stand neben ihm.

»Das ist Marilena.«, sagte er.

»O. k.«, nickte ich nur.

»Sie kommt mit uns.«

»So?«

Wir gingen nach draußen. Es dämmerte leicht. Laternen leuchteten in braungelbe Baumkronen.

Marilena war brünett, hübsch und jünger als ich. Sie war mir nicht aufgefallen auf Station. Thomas hatte auch noch nie von ihr erzählt.

Sie ging einige Schritte voraus.

»Mit Marilena erzähle ich immer im Raucherraum. Sie hat auch eine Tochter.«, murmelte Thomas.

»Ja«, sagte Marilena und drehte sich zu mir. »Sie heißt Julia!«

»Wie alt ist sie denn?«, fragte ich, um nicht unhöflich zu sein.

»Fünf.«

»Und wo ist sie jetzt?«

»Im Heim.«

»Ach so, muss ja auch schwer sein. Und wie lange bleibst du noch hier?«

»Weiß ich nicht, noch ein paar Wochen. Dann will ich sie wieder zu mir holen. Es soll alles anders werden.« Das kam mir bekannt vor.

»Schön.«, sagte ich.

Thomas bot uns Zigaretten an, von denen, die ich ihm mitgebracht hatte. Wir rauchten im Stehen, vor dem Eingang.

»Und wie gefällt es dir hier?«, fragte ich Marilena.

»Nun ja, es geht so …«

»Langweilig«, unterbrach sie Thomas. »Die Zeit will nicht vergehen!«

»Man wird nur betreut«, ergänzte Marilena. »Verwahrt.«

»Das einzig Schöne ist der Raucherraum!«, schwärmte Thomas. »Dort gibt es die interessantesten Leute.« Er zwinkerte Marilena zu.

»Hey, Leute, habt ihr eine Fluppe für mich?«, fragte ein junger Mann, der gerade aus der Tür kam.

»Klar«, sagte Thomas und bot ihm auch eine Zigarette an.

»Danke, Mann!«

»Das ist Joschka«, stellte Thomas ihn mir vor. Ich grüßte.

»Morgen geht's ab nach Hause!«, sagte Joschka.

»Cool!«, sagte Thomas. »Und dann?«

»Dann hol ich mir mal wieder eine Maria, bin schon ganz wild darauf.«

»Eine Maria?«, fragte ich verwirrt.

»Was zum Rauchen, Mann, das geht doch hier nicht.«

»Ist aber nicht so gut, oder?« Thomas gab mir einen Stups.

»Die Tabletten aber auch nicht, mit denen sie einen zudröhnen«, erwiderte Joschka.

Ich sagte nichts mehr.

»Bis später, Leute!«, rief Joschka uns zu und ging. Wir hatten zu Ende geraucht. Ich schlug vor, durch den Park zu gehen. Wir liefen die Allee hoch bis zur kleinen Kirche, die rechts am Weg stand.

»Kommt, wir gehen rein!«, schlug Thomas vor.

»Gut!«, meinte Marilena.

Ich hatte keine Lust dazu, lief aber mit. Thomas ging gleich ganz nach vorne zum Altar und kniete nieder. Seit er krank war, hatte er eine besondere Beziehung zu Gott. Er war Gott. Manchmal zumindest. Ich setzte mich hinten in die letzte Bank. Thomas zündete eine Kerze an. Marilena ging zu ihm. Sie setzten sich beide nebeneinander in eine Bank und beteten reglos. Es dauerte eine ganze Weile. Ich wurde ungeduldig, ging zu Thomas und rüttelte an ihm: »Komm, lass uns gehen.« Wieder draußen, blieben wir stehen und rauchten.

»Na, wollen wir ewig hier stehen? Oder lädst du uns auf einen Kaffee ein?« Thomas nahm Marilena und mich um den Hals. Ich wand mich aus der Umarmung. Dann zog er seinen Arm auch von Marilena zurück. Wir trotteten in Richtung Cafeteria. Es nieselte ein wenig. Ich zog meine Füße durch die braunen Blätter. Es raschelte so schön, aber meine Schuhe wurden nass. Dann hörte ich damit auf. Wassertropfen glitzerten im Abendlicht auf Thomas' Jacke und auf seinem dunkelbraunen Haar. Die letzten Meter rannten wir. Das Café war brechend voll. Wir fanden noch einen letzten freien Tisch, und Thomas stellte sich an, um Kaffee zu holen.

»Was machst du beruflich?«, fragte ich Marilena, nur um etwas zu sagen.

»Ich bin arbeitslos.«

»Und wie lange bist du schon hier?«

»Seit zwei Wochen. Es ging mir nicht gut. Konnte nicht mehr aufstehen. Mich nicht mehr um Julia kümmern. Dann kam ich her.«

»Und ist es besser jetzt?«

»Ja, ein bisschen. Auch durch die Tabletten.«

»Nimmst du sie immer?«

»Na ja, ich hatte sie abgesetzt. Jetzt haben sie mich wieder richtig eingestellt. Die vertrage ich jetzt auch besser. Von den anderen wurde ich ständig müde.«

»Thomas ist nicht so überzeugt von den Tabletten«, bemerkte ich.

»Ja«, meinte Marilena, »er hat es mir gesagt. Wenn er draußen ist, will er sie absetzen.«

»Hat er das gesagt?«

Ich wusste von nichts. Thomas kam mit drei Tassen Kaffee zurück.

»Meine Frau nimmt immer drei Stück Zucker«, zwinkerte er Marilena zu, während er den Würfelzucker umständlich in meine Tasse plumpsen ließ.

»Na ja, nicht sehr gesund«, erwiderte ich schuldbewusst und zog die Tasse zu mir heran.

Marilena nippte an ihrem Kaffee.

»Und ihr habt auch eine Tochter, nicht wahr? Wie alt ist sie?«, fragte sie.

»Gerade erst sechs geworden«, antwortete ich. »Sie ist in der ersten Klasse«, erzählte ich weiter, »und sie hat heute …«

»Dann passt sie ja gut zu Julia«, schnitt mir Marilena das Wort ab.

Ich starrte sie an. Sie schwieg einen Augenblick, stand dann langsam auf und ging wiegenden Schritts zum Zeitungsstand. Dort zog sie eine Illustrierte hervor.

»Was soll das?«, fragte ich Thomas, als sie weit genug entfernt war.

»Was soll was?«, fragte er zurück.
»Das mit Marilena?«, fragte ich ihn. »Wer ist sie?«
»Ich quatsche immer mit ihr, hab' ich dir doch gesagt, im Raucherraum.«
»Und? Warum müssen wir heute mit ihr rausgehen?«
»Du sollst sie mal kennenlernen.«
Marilena schmökerte derweil in der Zeitschrift.
»Warum?«
»Nur so.«
Thomas druckste herum. »Sie ist eine Seelenverwandte. Sie versteht immer alles, noch bevor ich es ihr erzähle. Sie versteht mich. Ich habe mich in sie verliebt.«
Ich schluckte.
»Es ist so wie bei dir damals.«
»Und wie ist es bei mir jetzt?«
»Jetzt ist es nicht mehr so wie früher.«
»Was meinst du damit?«
»Nun …« Er machte eine Pause. »Ich meine, dass wir uns trennen sollten.«
Ich stand auf und warf dabei meine Kaffeetasse um. Die Bedienung kam, und es wurde ein kleiner Aufruhr daraus. Marilena kam auch herbei und wollte helfen, aber ich konnte sie nicht mehr anschauen.
»Komm, gehen wir«, sagte ich zu Thomas, als alles weggewischt war.
»Wir kommen nicht mit«, sagte Thomas plötzlich.

Zu Hause kam als erstes Mascha zu mir: »Hallo, Mama, spielst du mit mir?«
»Nicht jetzt, Mascha.«
Mutter fragte: »Wie geht es Thomas?«
»Es geht schon«, sagte ich.
Dann bereitete ich Mascha das Abendbrot vor und brachte sie zu Bett.
»Heute Abend mal keine Geschichte«, sagte ich. Als sie eingeschlafen war, trat ich auf den Balkon, um eine Zigarette zu rauchen. Dann packte ich Thomas' Schmutzwäsche aus.

EDITH OTTSCHOFSKI, 1964 in Temeswar (rum. Timişoara) geboren, reiste nach dem Studium an der heutigen West-Universität Temeswar 1990 nach Deutschland aus und lebt seit 1995 als Autorin und Übersetzerin in Berlin. Sie publizierte die Gedichtbände *der schaum der wörter* (2010), *im wohlklang unverhohlen*, (2018), *Clipe. Augenblicke. Clins d'oeil* (2021), *saumselige annäherung* (2022). Im Jahr 2016 erschien ihr Roman *Luftwurzeln*. Zudem veröffentlichte sie zahlreiche Features und Rezensionen über rumänische sowie rumäniendeutsche Literatur.

Der König von Colorado[1]

Von Danijela Pilić

An ihrem sechsten Geburtstag ging Mina Nikolić mit ihrer Zwillingsschwester Jelena und ihrer Tante Zora in die Knez Mihailova. Sie würden *kremšnite* essen und sich danach bei Madame Barbier ihren ersten Hut aussuchen. Die Stimmung war heiter, man schlenderte und hüpfte und war sich einig, dass sechs eine fabelhafte Zahl war, und wenn man hochsah, war der Himmel über Belgrad so trotzig winterknallblau, wie Mina ihn später nur in Berlin und Kalifornien wahrnehmen würde.

Mina und Jelena trugen dunkelblaue Mäntel, dunkelblaue Lackschuhe und türkisblaue Schleifen in den Haaren, die ihnen Miss Betty sorgfältig gebunden und danach stolz und von ihrer eigenen Leistung ergriffen *my sweet darlings* gehaucht hatte. Die im Halbmond lackierten, ochsenblutroten Fingernägel der Tante gruben sich fest in die Handflächen der Mädchen ein. Zora hielt sie sehr fest, aus vielen Gründen: weil sie sie liebte, weil sie es nie fassen konnte, wie kräftig man von zwei so kleinen Wesen in verschiedene Richtungen gezogen werden konnte, weil sie kürzlich gesehen hatte, wie ein Automobil über das Bein eines Jungen gerollt war, der sich losgerissen hatte. An der Ecke Dositejeva und Simina blieben die Mädchen plötzlich stehen.

»Was denn, meine kleinen Sonnen?«, fragte Tante Zora.

Die Mädchen sahen sich an. Sie wussten schon, wie sehr die Tante sie liebte, weil: Es gab ja nur eine Sonne. Sie wussten auch, dass sie beide Sonnen waren. Jelena nickte. Damit erteilte sie Mina die Erlaubnis, ihre Gedanken im Namen beider auszusprechen.

»Wir glauben, also …«

»Ja?«

»Wir glauben, dass alle Menschen denken, dass wir noch fünf sind«, sagte Mina mit fester Stimme.

Die Tante lachte so laut los, dass sie von unten fast bedrohlich aussah, sie verschluckte sich und begann zu husten, und als sie sich wieder gefangen hatte, würgte sie seufzend die folgende Wahrheit heraus:

»Nein, Kinderchen. Niemand denkt das.«

Mina und Jelena sahen sich an.

---

1 Fragment aus dem gleichnamigen Roman, Kapitel 1.

»Denken denn alle, dass wir schon sechs sind?«, fragte Jelena.

»Ja«, sagte Tante Zora schmunzelnd, während ihr eine Träne sehr langsam die linke Wange herunterlief, wie ein Tropfen Glyzerinöl.

»Warum weinst du, Teta Zora?«

»Nein, gar nicht! Ich lache, meine Sonnen.«

Später, als sie mit leichten Bauchschmerzen, schwerer Zufriedenheit und neuen Hüten (lila für Mina, rot für Jelena) nach Hause spazierten, merkte sich das Kind: *Sechster Geburtstag. Du bist sechs, und niemand denkt, dass du fünf bist.* An diesem 24. November 1925 verstand Mina Nikolić, viel früher als der Lehrplan ihres Lebens eigentlich vorgesehen hätte, dass man sich viel zu viele Gedanken über die Gedanken anderer Leute macht. Es war nicht so, dass sie in Zukunft nicht dagegen ankämpfen musste, der Mensch ist ja für den Menschen gemacht und kann nicht ohne andere, und jede Phase des Lebens hat ihre eigene quälende und einzigartige Note des Sich-den-Kopf-über-andere-Zerbrechens: andere Kinder, andere Mädchen, andere Jungen, andere Erwachsene, andere Frauen, andere Männer, die Freunde, die Feinde, die dazwischen, die Eltern, die Gesellschaft, aber Mina besann sich seit diesem 24. November 1925 immer wieder auf *meine Wurschtigkeit*, wie sie sie selbst an diesem Tag taufte. Es war nicht so, dass sie nie dagegen ankämpfen musste; wie alle anderen neigte sie dazu, darüber nachzudenken, wie andere einen wohl finden, ob sie einen richtig verstanden haben, ob man ihnen auf die Füße getreten ist oder »erfrischend ehrlich« war, warum sie einen arrogant fanden, wenn man doch eigentlich schüchtern war, warum sie dachten, man sei nicht interessiert, wo man doch nur müde war, ob man zu viel geredet hatte oder nicht genug. Doch sie verlor sich nie so tragisch in Gedankenkarussellen wie ihre Freundin Jasna, die einmal sieben Wochen lang nur darüber nachdachte, ob der junge Jovan ihre Nase zu lang fand.

»Er guckt mir immer mitten auf die Nase«, heulte Jasna und sank auf das buttergelbe Biedermeier-Sofa in Minas Zimmer.

»Aber doch nur, weil er zu schüchtern ist, dir direkt in die Augen zu sehen!«, rief Mina und war fast stolz darauf, wie geschickt sie diese Halbwahrheit hingebogen hatte, während ihr in der Umarmung Jasnas Tränen den Rücken hinuntertropften. Doch es half nichts: Jasnas Gedanken kreisten immer nur darum, bis Jovan die noch längernasige Milena kennenlernte und neun Wochen später um ihre Hand anhielt.

»Ich bin immer überrascht, wie sehr wir uns selbst lieben, aber viel mehr Wert auf die Meinungen anderer statt auf unsere eigenen legen.« Als Frau Janković in der Philosophiestunde diese Beobachtung von Marcus Aurelius vorlas, sahen sich Mina und Jelena an, und Jelena senkte ihren Blick. Jelena hatte das Konzept der Wurschtigkeit zeitgleich begriffen, und deshalb litt sie doppelt: weil sie nicht genügend Mut aufbringen konnte, diese seltene, kostbare, ihr von den Ahnen (wem sonst?) so großzügig dargebotene Wahrheit umzusetzen und frei zu leben. Sie bekam jedes Mal Ausschlag am Hals, wenn man sich das Maul über sie zerriss, so sehr stresste es sie, deshalb hatte sie viel zu früh den falschen Mann geheiratet und ein Kind bekommen, das richtiger nicht hätte sein können.

Die meisten Menschen denken nämlich gar nicht an einen, außer manche, die an gar niemand anderen denken können, wie der Junge, der sich in der Schule einen Bleistift in die Fingerspitze bohrte, wenn er sie im Halbprofil betrachtete. Man kann an so vieles denken: an den Geruch der Häuser, in denen man mal gelebt hat, oder an Freundschaften, die man verloren hat, und warum sie noch viel mehr wehtun als verlorene Lieben, auch daran, wo der eine Ring mit dem Amethysten und den zwei Diamanten abgeblieben ist. Man kann an Momente denken, die man zutiefst bereut, und wie man es schafft, sie nicht zu wiederholen, an Sätze, die wir nicht hätten sagen sollen, an Sätze, die wir hätten sagen sollen. Man kann an das eine Mal denken, als man gelogen hat, indem man die Wahrheit nicht ausgesprochen hat, und wie das die Menschheitsgeschichte verändert hat, oder auch nur deine Geschichte, oder daran, ob deine Geschichte die gesamte Geschichte verändern kann, wenn auch nur um einen Bruchteil, und wie wichtig Bruchteile sein können. Man kann an vertrocknete gelbe Rosen denken oder den einen Tag am Fluss, als er so grün war wie noch nie, man kann an Höhlen und Erde und Gestein denken, an all die Lagen unter der Erde, daran, dass es im Serbokroatischen nur ein Wort für Land und Erde gibt: *zemlja*. Und daran, dass es im Englischen nur ein Wort für Brief und Buchstabe gibt: *letter*.

Und auch daran, dass, wenn ein ganz bestimmter Mensch sagt: »Ich habe an dich gedacht«, das so viel wert ist wie 7000 Dukaten in Rajkos Höhle.

Nun denn.

*

In der letzten Juniwoche 1945 hatte Mina aber keine andere Wahl, als darüber nachzudenken, was andere Menschen über sie denken würden, welchen Eindruck sie wohl hinterlassen würde, und wie es sich von Land zu Land unterscheiden würde. Doktor Pavlović hatte es ihr eingebläut: Wenn die Mission (so nannte er es) gelingen sollte, hatten sie nicht aufzufallen. Das war umso schwieriger, als es so kurz nach dem Ende dieses Weltkrieges gar keine Parameter dafür gab, was als normal oder nicht normal und was als auffällig oder unauffällig galt.

An diesem Juni-Abend lackierte sich Mina die Nägel, damit das Gesamtbild, wie Pavlović es genannt hatte, stimmte. Am nächsten Tag, am 26. Juni 1945, würde sich ihr Leben für immer ändern, und sie nahm das mit heftiger Dankbarkeit an. Das Leben ändert sich meist, wie es will, in einer Sekunde, unverhofft, wie ein Erdrutsch, und man wird davongespült und kämpft und kommt mit Blessuren wieder heraus, die man dann Erfahrung nennt – wenn alles gut geht. Wie großartig also, dass sie wissen konnte, dass, wenn sie Marko Marić morgen früh mit der schwarzglänzenden zweitürigen Limousine abholte, ihr Leben endlich gezwungen sein würde, eine Richtung einzuschlagen, wie an einer Kreuzung: Will es nach links gehen, will es nach rechts gehen, es müsste jetzt auf jeden Fall losruckeln und immer schneller werden. Entweder würde sie nach der Reise das bekommen, was sie immer wollte, oder nicht. Doch das Warten darauf wäre vorbei.

In diesem Sommer 1945 gab es die grellsten, süßesten, prallsten Kirschen, seit sie denken konnte. Sie leuchteten angeberisch auf Belgrader Tellern aufgetürmt, leicht nass, mit einem hellen Fleck, in dem sie die Sonne wie eine ferne Hoffnung reflektierten. War es ein gutes Omen, dass sie sich die Nägel kirschrot lackierte? War es überhaupt ein Omen? Manchmal war sich Mina nicht so sicher, inwieweit die abergläubischen Vorstellungen ihres Volkes ihre Berechtigung hatten, aber natürlich würde sie nie in einem Raum mit geschlossenen Fenstern pfeifen, weil: Was, wenn dann doch die bösen Geister kommen, die den Familienfrieden stören? Natürlich: Es gab keine Familie, deren Frieden nicht irgendwie gestört war, aber wollte man wirklich riskieren, dass es durch unbedachtes Pfeifen noch schlimmer wurde? Und sie wusste auch, dass Ljubica Avramović einen Mann geheiratet hatte, der sich dann als verrückt entpuppte, weil sie am Tisch während des Essens gesungen hatte. Und ja, das hätte man vielleicht schon vorhersehen können, so wie der immer gezuckt hat, aber Minas Mutter Vera wurde ganz blass, als sie ihr die Geschichte erzählte. Mina wusste auch, dass sie wollte, dass Jelena und ihr kleiner Stefan und Zora und ihr Vater Dušan und ihr Bruder Ivan ein bisschen Wasser verschütten, wenn sie am nächsten Tag aus der Haustür geht, so wie man es tun soll, wenn jemand eine wichtige Reise antritt oder zu einer Prüfung fährt, damit ihm alles so leicht fällt und er voller Glück ist wie fließendes Wasser.

DANIJELA PILIC, geboren 1971 in Split (Kroatien), zog 1981 mit ihrer Familie nach München, wo sie auch heute wieder lebt. Ihre Studien an der Middlesex University (London) schloss sie mit dem BA-Titel ab (»Writing«). Danach arbeitete sie als Journalistin und schrieb hauptsächlich über Mode, Lifestyle, Beauty, Zeitgeist und Astrologie, u. a. für *Glamour*, *Vogue*, *Vanity Fair*, *Süddeutsche Zeitung Magazin*, *Cosmopolitan und Playboy*. Danijela Pilic veröffentlichte bisher drei Bücher: *Yoga Bitch. Wie Yoga nicht nur meinen Hintern, sondern auch mein Leben veränderte* (2010), *Jetzt rede ich schon wie meine Mutter* (2012) und *Sommer vorm Balkan: Mein Leben zwischen Alpen und Adria* (2015). Ihr erster Roman *Der König von Colorado* ist in Arbeit.

Liebesgeschichte mit Engel

Von Johann Lippet

(Diese Geschichte ist sozusagen eine aufgeschnappte. Anlässlich eines Besuches in Temeswar hörte ich sie auf Rumänisch an einem Nebentisch in einem Straßencafé von zwei Männern meines Alters auf sonderbare Weise erzählt: sie riefen sich gegenseitig Details der Geschichte in Erinnerung, ergingen sich in Mutmaßungen zu Details.)

Es war einmal ein Ehepaar, das hatte früh geheiratet: Maria war bei der Hochzeit im Herbst 1952 siebzehn, Mihai achtzehn. Sie waren Einzelkinder, entstammten rumänischen Kleinbauernfamilien aus einem Dorf mit Bahnanbindung unweit der Stadt Turnu Severin an der Donau, hatten sich als Schüler des dortigen Wirtschaftslyzeums, er in der Abgangsklasse, bis über beide Ohren ineinander verliebt. Sie waren die ersten aus ihren Familien, die eine höhere Schule besuchten, und die Möglichkeit, studieren zu können, bot sich geradezu an, wollten die kommunistischen Machthaber doch durch großzügig gewährte Stipendien möglichst vielen Jugendlichen aus Arbeiter- und Bauernfamilien, mit gesunder sozialer Herkunft, hieß es, ein Studium ermöglichen, sie dadurch für die neue Gesellschaftsordnung gewinnen.

Die Erfüllung ihres Traums von einem gemeinsamen Studium, wenn sie in einem Jahr das Wirtschaftslyzeum absolvierte, war in greifbare Nähe gerückt, als er die Aufnahmeprüfung an der Fakultät für Wirtschaftswissenschaften in der Hauptstadt Bukarest bestanden hatte, doch bei ihrem ersten Rendezvous nach seiner Rückkehr von der Aufnahmeprüfung an ihrem geheimen Treffpunkt, der imposanten Trauerweide im Wäldchen am Dorfrand, hatten sie sich im Liebesrausch einander hingegeben, und sie war schwanger geblieben.

Ein Hürchen, nicht einmal im Traum hätte man sich das von ihr vorstellen können, hatte es unter den Dorfleute geheißen. Es war darauf hingewiesen worden, dass sie nun von der Schule fliegen werde, und daran erinnert worden, dass ihre und seine Familie noch vor einem Jahr großes Glück gehabt hatten.

Mit Glück war gemeint, dass die Familien von der Deportation in den Bărăgan, eine unwirtliche, dünn besiedelte Gegend südöstlich der Hauptstadt Bukarest, verschont geblieben waren, wohin im Juni 1951 aus dem rumänisch-jugoslawischen Grenzgebiet diejenigen zwangsumgesiedelt worden waren, die in den Augen des Regimes als feindselige Elemente galten, in ihrer Mehrzahl Bauern, die sich im Zuge der Verstaatlichung der gesamten Landwirtschaft geweigert hatten, mit ihrem Hab und Gut den Landwirtschaftlichen Kollektivwirtschaften beizutreten. Die Zwangsumsiedlung hatte ihre Wirkung nicht verfehlt, im Frühjahr 1952 waren auch Marias und Mihais Familien in die örtliche Landwirtschaftliche Kollektivwirtschaft eingetreten.

Ein Kind der Liebe, und ihre Eltern hätten gegen eine spätere Heirat bestimmt nichts einzuwenden gehabt, war, nachdem sich die Wogen der Empörung etwas gelegt hatten, wohlwollend eingeräumt worden. Für reichlicheren Gesprächsstoff hatten die Gerüchte über die ersten Reaktionen in ihrer und seiner Familie gesorgt: Nur das beherzte Einschreiten der Mutter habe den Vater daran gehindert, die Tochter noch schlimmer zuzurichten oder gar totzuschlagen, hatte die Runde gemacht. Zu ihm hieß es, sein Vater habe ihn geohrfeigt, nachdem er dessen Frage, ob er sich sicher sei, der Vater des Kindes zu sein, bejaht habe, seine Mutter habe gejammert, er sei auf die Reize eines leichten Mädchens hereingefallen, habe sich seine Zukunft versaut. Und weil sie trotz der Aufforderung ihres Mannes von ihrem Gejammer nicht abzubringen gewesen sei, habe der ihr in seiner Wut an den Kopf geworfen, sie sei doch auch nicht die Heilige Jungfrau gewesen, woraufhin sie ihn angezischt habe, er solle sich was schämen, schluchzend weggelaufen und erst abends wieder daheim aufgetaucht sei.

Der angebliche Vorwurf, sie sei ja auch nicht die Heilige Jungfrau gewesen, hatte ein längst vergessenes Gerücht aufleben lassen, das seinerzeit anlässlich der überraschenden Heirat von Mihais Eltern aufgekommen war: Sie habe ihn verführt, dem Mädchen ausgespannt, das seinen Eltern als Schwiegertochter lieber gewesen wäre. Bei all dem Klatsch war unter den Dorfleuten zu keinem Zeitpunkt bezweifelt worden, dass Maria und Mihai heiraten würden. Als dann durchgesickert war, dass das junge Paar weder in seinem Elternhaus noch in ihrem wohnen werde, sondern bei ihrer noch rüstigen verwitweten Großmutter mütterlicherseits, hatte es geheißen, es sei zu erwarten gewesen. Und wie erwartet, hatte die Hochzeitsfeier bloß im engsten Familienkreis stattgefunden, jedoch nicht, wie angenommen, in einem der Elternhäuser, sondern im neuen Zuhause des Brautpaares. In der Frage, wie es weitergehen würde, waren die Dorfleute von der finanziellen Unterstützung der frisch Verheirateten durch ihre Eltern ausgegangen, deshalb völlig überrascht, dass es bereits kurz nach der Hochzeit anders gekommen war.

Vor allem hätte man nicht erwartet, dass Maria eine feste Anstellung finden würde. Dass sie die Stelle in der Buchhaltung der Konsumgenossenschaft gekriegt hatte, weil deren Vorsitzender ein Freund ihres Vaters war, hatte in dem aufgekommenen Gerede keine hauptsächliche Rolle gespielt: Den Neidern war es darum gegangen, ihr wegen ihres fehlenden Schulabschlusses die Berechtigung auf die Stelle abzusprechen, während die ihr Wohlgesinnten ins Feld führten, dass sie wohl keinen Abschluss vorzeigen könne, jedoch immer Klassenbeste gewesen sei und bestimmt auch als Beste absolviert hätte. Festgestanden hatte auch, dass Mihai sein Studium im Fernkurs machen und eine Stelle in der Buchhaltung der Landwirtschaftlichen Kollektivwirtschaft kriegen werde. Dass er die Stelle auf Fürsprache des Buchhalters, eines Jugendfreundes seines Vaters, erhielt, erregte die Gemüter kaum, wegen Mihais Fernstudium aber war Maria zusätzlich ins Gerede geraten. Es ging das Gerücht, sie habe sich durchgesetzt mit ihrem Gejammer, dass er sie mit dem Kind im Bauch allein lasse, mit ihrem Vorwurf, er liebe sie nicht mehr, mit der Unterstellung, er würde die Gelegenheit nutzen, sich in Bukarest mit Studentinnen zu verlustieren. Von den

Dorfleuten, die dem Gerücht nicht so recht hatten glauben wollen, war Bedenken geäußert worden, dass es doch merkwürdig sei, dass man von seinen Eltern, vor allem von seiner Mutter, auch nicht die kleinste Unmutsäußerung gehört habe. Letztendlich hatte man gutgeheißen, dass er bei seiner schwangeren Frau geblieben war und beide nun in Lohn und Brot standen.

Dann war es um das junge Ehepaar still geworden. Einige Wochen vor der Entbindung aber hatte Maria eine Diskussion ausgelöst. Warum sie in ihrem Zustand denn noch immer zur Arbeit gehen, nicht zu Hause bleiben würde, hatten einige moniert, dem war entgegengehalten worden, dass Schwangerschaft doch keine Krankheit sei, zudem die Arbeit im Büro doch keine schwere.

In der zum Dorfambulatorium gehörenden Entbindungsstation, auf der die Wöchnerinnen von ihren Angehörigen mit Essen versorgt wurden, war im Frühjahr 1953 auch Marias Kind, ein Junge, zur Welt gekommen. Die Geburt ohne Komplikationen, Kind und Mutter wohlauf, stillen kann sie. Diese erfreulichen Nachrichten und der Name des Jungen, Constantin, hatten rasch die Runde gemacht. Der Anspruch der Schwiegermutter, auch für die Wöchnerin zu kochen und ihr das Essen zu bringen, hätte wohl für mehr Klatsch gesorgt, wäre nicht gleichzeitig bekannt geworden, dass Mihai das Fernstudium aufgegeben hatte. Maria habe damit nichts zu tun, es sei seine Entscheidung gewesen, hatte es geheißen. Warum, war gerätselt worden, wo er die ersten Prüfungen doch geschafft habe. Die Annahme einiger, er habe die Prüfungen, wie behauptet, gar nicht geschafft, hatte keinen Anklang gefunden, da die Mehrheit überzeugt war, dass eine solch dreiste Lüge schon längst aufgeflogen wäre. Letztendlich war man der Meinung, er habe sich wohl Rechenschaft gegeben, dass die kommenden Prüfungen viel schwieriger sein würden, und es wäre doch weitaus schlimmer gewesen, hätte er nach Jahren dann doch aufgeben müssen; er habe doch eine gute Stelle, eine viel bessere hätte er auch mit Hochschuldiplom nicht gekriegt. Das Gerede über Mihais Verzicht auf das Studium war so rasch abgeebbt, weil die bevorstehende Taufe von Constantin für neuen Gesprächsstoff gesorgt hatte. Es war um die Frage gegangen, ob es eine kleine Feier geben würde, wie bei der Hochzeit nur im engsten Familienkreis, oder eine große, ob dann auch weitläufige Verwandte eingeladen werden würden wie üblicherweise nur zu großen Hochzeitsfeiern. Wie insgeheim erwartet, war es zu einer großen Tauffeier gekommen, sogar mit weitläufigen Verwandten aus anderen Ortschaften, darunter auch ein kinderlos gebliebenes Ehepaar aus Turnu Severin. Der Mann, ein weitläufiger Verwandter von Marias Großmutter mütterlicherseits, von den jüngeren in der Familie Onkel Victor genannt, war bereits vor dem Zweiten Weltkrieg aus dem Dorf nach Turnu Severin gezogen, dort Hafenarbeiter geworden und Mitglied der damals illegalen Kommunistischen Partei, die, an die Macht gekommen, in Arbeiterpartei umbenannt worden war, hatte auf lokaler Ebene Parteikarriere gemacht, war Mitglied des städtischen Parteikomitees und Vorsitzender der Kommission für die Zuteilung von Wohnungen.

Nicht die Tauffeier hatte am nächsten Tag für Gerede gesorgt, sondern die Nachricht, dass jener Onkel Maria und Mihai vorgeschlagen habe, nach Turnu Severin zu ziehen, er würde für Wohnung und Arbeit sorgen. Im Suff etwas versprechen, das kenne man doch, hatte es geheißen, und gegen einen Umzug in die Stadt waren vor allem pragmatische Überlegungen angeführt worden: Hier hätten sie doch ihr Haus, ihre Arbeit, seien durch den Hausgarten doch mit allem versorgt, Maria müsse sich doch nicht einmal ums Kochen kümmern, auch dafür sei doch die Großmutter da, von ihren Eltern würden sie doch Weizen und Mais kriegen, für Brot und Futter für

Geflügel und Schweine sei dadurch doch gesorgt. Und dann das Kind nicht zu vergessen, das müssten sie doch in die Krippe geben, wenn Maria nach einem Jahr wieder arbeiten müsste wegen der hohen Lebenskosten in der Stadt, wer aber gebe sein Kind in diesem Alter denn gerne in fremde Hände, wenn er nicht müsse, von diesen Krippen höre man doch Schreckliches, die Kinder seien ständig krank, oft wund, weil man ihnen die durchnässten und verkackten Windeln nicht rechtzeitig wechselte. Zu fragen, ob wahr sei, was man so hörte, hatte man sich gescheut, Maria, Mihai und ihre Familienangehörigen hatten sich diesbezüglich nicht geäußert, für die Leute der Beweis, dass an dem im Suff gemachten Vorschlag des Onkels nichts dran gewesen war. Diese Annahme war zur Gewissheit geworden, da in der Folgezeit nichts darauf hingedeutet hatte, dass man sich geirrt haben könnte.

Dann hatte für Wirbel gesorgt, dass Mihai in die Partei eingetreten war, die im Dorf gerade mal so viele Mitglieder zählte, dass es für eine Grundorganisation gereicht hatte. Jetzt könne ihm niemand mehr seine Stelle streitig machen, ein Parteimitglied könne man nicht so einfach hinauswerfen, hatte es geheißen, und es war nicht ausgeschlossen worden, dass Mihai im Dorf schon bald Parteikarriere machen könnte, da die Partei doch ein Interesse habe, junge Mitglieder zu fördern. Nichts da mit Parteikarriere, war zu hören gewesen, als sich nach einem Jahr noch immer nichts getan hatte, aber auch, dass es so schnell mal nicht gehen würde. Dann Konsternation, als nach einiger Zeit bekannt worden war, womit niemand mehr gerechnet hatte: der Umzug von Maria und Mihai samt Kind nach Turnu Severin. Wie man sich doch täuschen könne, hatte es geheißen, und man war überzeugt, dass der Onkel, um bessere Karten bei seinen Vorgesetzten zu haben, Mihai gedrängt hatte, Parteimitglied zu werden, dass es trotzdem nicht einfach gewesen sein dürfte, da es mit dem Umzug doch mehr als ein Jahr gedauert hatte. Hut ab jedenfalls vor diesem Onkel, war man sich einig angesichts des Erreichten: zwei Zimmer mit Küche in einem verstaatlichten Mietshaus, für Mihai eine Stelle in der Buchhaltung des städtischen Volksrats, für Maria eine Stelle in der Buchhaltung der städtischen Konsumgenossenschaft, für das Kind ein Platz in einer Krippe, die Kindern von Parteikadern vorbehalten war. Dass der Onkel für den Umzug auch einen LKW organisiert hatte, war für die Leute in Anbetracht all des anderen nicht verwunderlich. Einen Onkel müsste man haben, war schon bald zum geflügelten Wort geworden, hatte man Schwierigkeiten mit Ämtern.

Bis dahin war keine Familie aus dem Dorf in die Stadt gezogen, großes Gerede aber, ob Maria und Mihai es daheim nicht doch besser gehabt hätten, war nicht aufgekommen, da deren Eltern keine Gelegenheit ausgelassen hatten, den Entschluss ihrer Kinder gutzuheißen, sodass man als Neider abgestempelt worden wäre. Schon bald war für die Dorfleute alles selbstverständlich geworden: die Besuche von Maria und Mihai mit Kind an Wochenenden, mit Übernachtung abwechselnd bei seinen und ihren Eltern, die Kurzvisiten bei der Großmutter mütterlicherseits, die Abreise Sonntagnachmittag, die Taschen vollgepackt mit Lebensmitteln, die Besuche der Eltern bei den Kindern mit vollgepackten Taschen.

Beim Begräbnis ihrer über alles geliebten Großmutter mütterlicherseits, vier Jahre nach dem Umzug, hatte Maria nicht dabei sein können, da sie den zweiten Sohn, Vasile, zur Welt gebracht hatte. Dass der am Todestag seiner Urgroßmutter geboren war, hatte man im Dorf als gutes Omen gesehen.

Als ein Jahr nach dem Tod der Großmutter deren Haus verkauft worden war und Maria den Erlös erhalten hatte, war man sich im Dorf einig: Ihre Großmutter habe es bestimmt so gewollt. Und die Frage, was Maria und Mihai wohl mit dem Geld machen würden, war schon bald geklärt: Sie hatten den Großteil in die Ausstattung der neuen Dreizimmerwohnung gesteckt. Und man war überzeugt, dass sie die größere Mietwohnung nur dank des Onkels erhalten hatten.

In den darauffolgenden Jahren waren auch die anderen Großeltern von Maria und Mihai verstorben, die Besuche von Maria und Mihai seltener geworden, sie hatten jedoch die Kinder, vorerst nur Constantin, dann auch Vasile, als der in die Schule gekommen war, in den Sommerferien zu den Eltern gebracht, zu den Eltern von Maria. Im Dorf war man überzeugt, dass Maria entschieden hatte, die Kinder nicht ihrer Schwiegermutter zu überlassen, dass deren Behauptung von einer Vereinbarung mit Marias Eltern nicht stimmte.

Dann waren die Kinder in den Sommerferien nicht mehr zu den Großeltern gekommen. Deren Erklärung, die Enkelkinder wollten das nicht mehr, hatte man angezweifelt, jedoch schon bald einsehen müssen, dass die Annahme, es wäre zum Streit gekommen, nicht stimmte, da Maria und Mihai mit den Kindern weiterhin zu Besuch kamen und alles wie immer war.

Als Constantin nach der achten Klasse die Aufnahmeprüfung am Wirtschaftslyzeum bestanden hatte, war man im Dorf überzeugt, dass seine Eltern hinter der Wahl der Fachrichtung steckten und der Sohn durch sein späteres Studium verwirklichen sollte, was ihnen wegen der damaligen Umstände nicht möglich gewesen war. Und so war es auch gekommen: Constantin schaffte die Aufnahmeprüfung an der Fakultät für Wirtschaftswissenschaften in Temeswar. Diejenigen im Dorf, die nicht ausgeschlossen hatten, dass der Onkel seine Finger im Spiel gehabt haben könnte, hatten sich lächerlich gemacht, denn der war ein Jahr davor verstorben. Als durch einen Studenten aus dem Dorf, einen ehemaligen Spielkameraden von Constantin, der in Temeswar Maschinenbau studierte, bekannt wurde, dass Constantin in die Partei eingetreten war, hatte man sich gefragt, ob sein Vater ihm dazu geraten hatte, und es war darauf hingewiesen worden, dass der ohne Parteibuch nie Städter hätte werden können. Als die Rede darauf gekommen war, dass sich seit Mihais Parteieintritt einiges geändert habe, hatte es geheißen: Na ja.

Unter der neuen Parteiführung war 1965 der Name der Partei geändert worden, von Arbeiterpartei wieder zu Kommunistischer Partei, das Land hieß nun nicht mehr Rumänische Volksrepublik, sondern Sozialistische Republik Rumänien, im Jahr des Parteieintritts von Constantin 1974 hatte sich Ceauşescu, auf dessen Weisung die Namensänderungen 1965 vorgenommen worden waren, zudem zum Präsidenten des Landes küren lassen.

Da auch Vasile Schüler des Wirtschaftslyzeums geworden war, hatten sich einige im Dorf gefragt, ob seine Eltern nicht übertreiben würden, da doch klar sei, dass auch er Wirtschaftswissenschaften studieren sollte, andere hingegen hatten gemeint, doppelt genäht halte besser. Der eine Sohn Buchhalter im Schlachthof von Turnu Severin, der andere in den Fußstapfen des Bruders, mehr könne man sich doch nicht wünschen, war dann im Dorf Bilanz gezogen und gleichzeitig bedauert worden, dass es den Großeltern nicht mehr gegeben war, das zu erleben.

Maria und Mihai hatten ihre Elternhäuser verkauft und, um im Dorf keine Spekulationen aufkommen zu lassen, was mit dem Erlös passieren würde, von Anfang an kein Geheimnis aus der Verwendung gemacht: Er war den Kindern zu gleichen Teilen als Hochzeitsgeschenk für die Anzahlung einer Eigentumswohnung in einem Wohnblock zugutegekommen. Um die Familiengräber hatten sich Maria und Mihai anfangs noch gekümmert, dann für die Pflege Verwandte, es lebten nur noch ein paar weitläufige im Dorf, bezahlt, entweder persönlich oder durch den Fahrer der Konsumgenossenschaft, der von der Zentrale in Turnu Severin das Dorf belieferte.

Dass niemand aus dem Dorf zur Hochzeit von Constantin mit einer Rumänischlehrerin aus Turnu Severin, die aus dem Nachbardorf stammte, eingeladen worden war, hatte kein großes Gerede ausgelöst, da man der Meinung war, dass es was anderes gewesen wäre, hätte die Hochzeit im Heimatdorf der Braut stattgefunden und nicht in einem Restaurant in Turnu Severin.

Über die Eltern von Constantins Frau hatte man im Dorf erfahren, dass auf der Hochzeit die baldige Heirat von Vasile mit der Tochter eines hohen Parteifunktionärs aus Temeswar bekannt gemacht worden war. Man hatte nicht schlecht gestaunt, die Frage aber, ob Vasile vielleicht jemanden aus dem Dorf zur Hochzeit einladen würden, hatte sich erübrigt.

Er Parteimitglied, seine Frau bestimmt auch, ihr Vater ein hohes Tier, wer würde da noch lange rätseln, hatte es im Dorf geheißen, als Vasile dann bei der Zuteilung eine Stelle in der Temeswarer Möbelfabrik gekriegt hatte, seine Frau, die Englisch studiert hatte, den ihr zugeteilten Posten als Lehrerin irgendwo auf dem Lande nicht angetreten hatte, obwohl sie dazu verpflichtet gewesen wäre, sondern eine Stelle als Übersetzerin in einem Temeswarer Maschinenbaubetrieb.

Große Anteilnahme im Dorf, als Maria 1981, ein Jahr nach Vasiles Hochzeit, im Alter von 46 Jahren an Krebs verstorben war. Der Fahrer des LKWs, der den Dorfladen belieferte, hatte im Auftrag von Mihai die Todesnachricht einer Verkäuferin, Enkelin weitläufiger Verwandten, überbracht. Ein kleiner Trost, wenigstens die Geburt von Vasiles Sohn noch erlebt, hatte es im Dorf geheißen.

Von den weitläufigen Verwandten wäre nicht zu erwarten gewesen, dass sie zum Begräbnis fahren, da sie alle hoch betagt waren, von den Jüngeren aus diesen Familien wie der Verkäuferin im Dorfladen auch nicht, da diese überhaupt nicht mehr als Verwandte galten, gegenseitig versicherte man sich, dass man zum Begräbnis gegangen wäre, hätte Maria ihre letzte Ruhestätte auf dem Dorffriedhof gefunden.

Ihr Tod war für die Leute natürlich Anlass, Rückschau zu halten, und so lernten seinerzeit noch gar nicht Geborene die Liebes- und Lebensgeschichte von Maria und Mihai näher kennen, einige Details, die zur Sprache gekommen waren, hatten bis dahin selbst die 1955 mit der Aufhebung der Zwangsumsiedlung aus dem Bărăgan Zurückgekehrten nicht gekannt. Wie es beim Begräbnis von Maria gewesen sei, könne man sich doch vorstellen, hatte es im Dorf geheißen, da Leute aus dem Nachbardorf von Constantins Schwiegereltern bloß erfahren hatten, dass es ein schönes Begräbnis gewesen sei. Die Nachrichten über Mihai, die später dann im Dorf die Runde gemacht hatten, waren schon ausführlicher: Er habe Marias Tod nur schwer verkraftet, anfangs jeden Tag ihr Grab aufgesucht, er mache seinen Haushalt selbst, habe die Hilfe der Schwiegertochter abgelehnt und auch von einer Haushälterin nichts wissen wollen.

Ein paar Wochen später war im Dorf bekannt geworden, dass nun nicht mehr die alte weitläufige Verwandte die Familiengräber pflegen werde, sondern die Verkäuferin im Dorfladen, dass die Abmachung zwischen Mihai und ihr über den LKW-Fahrer der Konsumgenossenschaft erfolgt war. Nun, da mit den Familiengräbern für die Zukunft alles geregelt sei, werde Mihai zu Besuch so rasch nicht kommen, war man überzeugt. Und so war es auch.

Als sich im Dorf herumgesprochen hatte, dass Mihai im Tausch mit einem Ehepaar, das drei Kinder hatte, deren Zweizimmerwohnung erhalten hatte, war von einigen zu hören gewesen, dass er eigentlich nur auf eine Einzimmerwohnung Anspruch gehabt hätte. Diese Neider, selbst sich laufend Vorteile erschleichen, anderen aber nichts gönnen, war zur Verteidigung von Mihai vorgebracht und darauf hingewiesen worden, dass dieselben doch nach Vasiles Heirat moniert hatten, Maria und Mihai würde die große Wohnung nicht mehr zustehen.

Dass Mihai 1984 im Alter von 50 Jahren in Krankenrente gegangen war, hatte im Dorf kein großes Gerede ausgelöst, die Leute hatten andere Sorgen: Grundnahrungsmittel nur noch auf Bezugsscheine, Stromausfälle an der Tagesordnung, Artikel des täglichen Bedarfs, selbst Streichhölzer, Mangelware. Da seit jeher Selbstversorger, hatten es die Leute auf dem Land leichter als die Städter, für die das Anstehen um Nahrungsmittel zur Vollzeitbeschäftigung geworden war.

Dann war Dezember 1989 der Umsturz gekommen. Im Zuge der darauffolgenden Umwälzungen waren auch die LPGs, wie die Landwirtschaftlichen Kollektivwirtschaften seit dem Abschluss der Kollektivierung 1962 geheißen hatten, aufgelöst und den Leuten ihr ehemaliger Feldbesitz zurückgegeben worden.

Im Dorf war das letzte Mal ein Jahr nach dem Umsturz von Mihai die Rede gewesen, als bekannt geworden war, dass er der ehemaligen Verkäuferin des Dorfladens, der privatisiert worden war, das Geld für die Pflege der Familiengräber über die Schwiegereltern von Constantin hatte zukommen lassen.

Mit der Auflösung der LPG war man sich im Dorf sicher, dass Mihai kommen würde, um die Rückgabe des ehemaligen Besitzes seiner und Marias Eltern in die Wege zu leiten, doch er hatte auf sich warten lassen.

In der Zwischenzeit hatte man im Dorf erfahren, dass Constantin mit Frau und Sohn nach Temeswar gezogen war, dass er die Stelle bei einer Privatbank durch seinen Bruder gekriegt hatte, der auch bei einer Privatbank arbeitete. Beziehungen, wie früher, hatte es im Dorf geheißen.

Warum Mihai auf sich hatte warten lassen, hatte sich kurz darauf geklärt: Mit der Rückgabe des ehemaligen Feldes der Familie war ein Anwalt betraut worden. Wer es sich leisten kann, hatte es im Dorf geheißen, und man war überzeugt, dass der Anwalt ein Bekannter von Vasile war.

Dass Mihai und seine Söhne das Land nicht bewirtschaften würden, lag auf der Hand, weil zurück erhaltenes jedoch erst nach fünf Jahren verkauft werden durfte, war es Constantins Schwiegereltern zur Bewirtschaftung überlassen worden. Im Dorf war man überzeugt, dass es für Mihais Söhne kein Problem gewesen wäre, das Feld schwarz zu verkaufen, und dass nur die galoppierende Inflation sie davon abgehalten hatte.

Als einige Zeit darauf im Dorf bekannt geworden war, dass Constantin mit seiner Familie auf dem Friedhof gewesen war, hatte man sich gefragt: Wieso jetzt auf einmal? Zur Frage, warum Mihai im Auto seines Sohnes nicht mitgekommen war, hatte man schließlich nur eine Erklärung: Er will nicht.

Januar 2000 hatte man dann im Dorf über Constantins Schwiegereltern vom Tod Mihais erfahren, einen Tag nach seiner Beerdigung. Schon bald hatten die Umstände seines Todes im Dorf die Runde gemacht.

Den Nachbarn von Mihai sei nicht entgangen, dass es ihm nicht gut gehe, abgenommen habe er, vor allem aber eine gelbliche Gesichtsfarbe. Darauf angesprochen, habe Mihai gemeint, das würde schon werden, und von einem Arzt nichts wissen wollen. Constantin habe ja die Abneigung seines Vaters gegen Ärzte gekannt und bei seinem letzten Besuch den Nachbarn seine Telefonnummer gegeben mit der Bitte, ihn anzurufen, sollten sie bemerken, dass sein Vater gesundheitliche Probleme habe. Anrufen oder nicht, hätten sich die Nachbarn gefragt, ihn dann letztendlich doch angerufen. Constantin habe sich mit dem Auto sofort auf den Weg gemacht, sei über das Aussehen seines Vaters entsetzt gewesen, habe mit dem Arzt einer Temeswarer Privatklinik, einem guten Bekannten von Vasile, telefoniert und nach langem Hin und Her seinen Vater schließlich überzeugen können, mitzukommen. In der Privatklinik habe Mihai ein Einzelzimmer gekriegt, nach der Untersuchung habe Constantin mit dem Arzt unter vier Augen gesprochen, wissen wollen, was sein Vater denn habe. Das könne er ihm erst morgen früh sagen, wenn die Analysen von Blut und Urin vorlägen, habe der Arzt gesagt und Constantin versichert, dass sein Vater hier in guten Händen sei. In der Nacht sei er leider dann gestorben, das Herz habe nicht mehr mitgemacht.

Das war jedoch noch nicht die ganze Geschichte. Ein paar Tage später hatte man über eine Krankenschwester, die aus dem Dorf stammte, in einer Temeswarer Klinik arbeitete und zu Besuch bei ihren Eltern war, erfahren, was dieser eine befreundete Krankenschwester, die in der Privatklinik arbeitete und Mihai betreut hatte, erzählt hatte.

Sie habe im Zimmer von Mihai vorbeigeschaut, der habe ihr zugelächelt, ihr dann flüsternd gesagt, er habe bei ihrem Eintritt ins Zimmer geglaubt, es wäre seine Frau in jungen Jahren in Gestalt eines Engels. Sie sei sehr ergriffen gewesen, habe versucht, es sich nicht anmerken zu lassen, als sie das nächste Mal in seinem Zimmer vorbeigeschaut habe, sei er tot gewesen.

Eine große Liebe, wie im Märchen, war man sich im Dorf einig.

JOHANN LIPPET wurde 1951 in Wels, Österreich, geboren, wohin es seine Eltern verschlagen hatte – seine Mutter nach ihrer Entlassung aus der Deportation zur Zwangsarbeit in der Sowjetunion, seinen Vater nach der Entlassung aus der Kriegsgefangenschaft. 1956 kehrte die Familie nach Rumänien, ins Banat, zurück. 1970–1974 studierte Lippet Germanistik und Rumänistik an der Universität Temeswar (rum. Timişoara), er war Mitbegründer der Aktionsgruppe Banat. Nach dem Studium arbeitete er als Deutschlehrer in Temeswar, ab 1978 bis zu seiner Ausreise in die Bundesrepublik Deutschland, 1987, als Dramaturg am Deutschen Staatstheater Temeswar. In Deutschland war er am Nationaltheater Mannheim, an der Akademie für Ältere Heidelberg und der Stadtbücherei Heidelberg beschäftigt, seit 1998 ist er freischaffender Schriftsteller und lebt in Sandhausen, bei Heidelberg. Lippet veröffentlichte Lyrik, Erzählungen, Romane sowie eine Dokumentation zu seiner Bespitzelung durch den rumänischen Geheimdienst. Sein literarisches Werk wurde mit mehreren Preisen ausgezeichnet. Gedichte und Prosa von ihm erschienen in rumänischer, ungarischer, englischer und französischer Übersetzung. Zuletzt veröffentlichte er 2021 den Band *Beziehungsweise(n). Gedichte & Geschichten* im Pop Verlag Ludwigsburg. Der hier veröffentlichte Text stammt aus dem demnächst erscheinenden Band *Beziehungsweise(n) 2*.

Carmen Elisabeth Puchianu

Lyrische Intermezzi.

Geburtstag

Ich bin seit gestern über vierzig und
man nimmt mich in die Kartei
der Kranken und Gefährdeten auf.
Zwei Wochen vor Heiligabend
regnet es mitten in den Winter
und
in meinem Blut fließt ein Risikofaktor mit.

Ich bin seit gestern über vierzig
und habe es versäumt,
meine Mülltonne an die Kette zu legen.
Über Nacht
wurde sie geklaut.

Ich darf mich nicht beschweren,
denn
ich bin seit gestern über vierzig
und habe ein gutes Jahr
länger gelebt als mein Vater.
Um so viele Monde habe ich ihn
überlebt.
Meine Chancen stehen nicht ganz so schlecht,
könnte man meinen.

Wer in der Kartei geführt wird,
braucht sich nicht zu sorgen:
Irgendwann wird man ordnungshalber
zum Appell aufgerufen.
Dann heißt es: antreten, abtreten!

Ich bin seit gestern über vierzig.
Oder älter.

(20.12.2000/10.07.2002/19.02.2024 K.)

Meine tote Freundin

geht
einkaufen:
Sie braucht ein Kleid,
passend zu festlichem Anlass,
und kann sich nicht entscheiden,
ob es ein Hosenrock
oder ein Rock mit Jacke
oder eher ein Abendkleid mit Stola
oder etwas ganz anderes
sein soll.

Ich habe meine tote Freundin
nur im Traum
ein Kleid tragen gesehen.

(Juni, 2021, K. In Gedenken an M. C.)

Ein Sonett

Ich wäre gerne ein Dichter des Barock,
dann könnte ich dich wohl umschreiben
in kraftvoll leidenschaftlicher Manier als Mann
und dich begreifen mit zart verspielter Kunst als Frau,
dass ich mich deinem Sein ganz und gar verschreibe,
mich zum Gedicht in dir verdichte
und dich liebe zweifach – als Frau, als Mann.
Dann wäre ich dein Sonett,
darin mein Wohl und Weh sich blind verweben,
sich binden, sich lösen und sich wiederfinden
im Streit der Quartette,
im Reigen der Terzette,
        bis ich darin vergehe und wieder auferstehe
        und du mich sachte hebst aus jeder Zeile.

(10.05.2023, K.)

Ordnung der Dinge

Ich sehe zu,
wie du Dinge ordnest.
Ein Jedes hat seinen Platz,
und als wäre es eine endgültige Ordnung,
legst du jeden Morgen deine Zahnbürste
über den Becherrand,
dass sie eine Brücke bildet aus deiner täglichen Welt
hinüber zu einer imaginären,
der du im Wachtraum entgegenlebst.
Die Haarbürste liegt zwischen Kamm und Nagelfeile
auf dem verschlossenen Deckel meiner Waschmaschine
und dein Parfüm steht neben der Körperlotion.
Dein Selbst schwebt über den Holzgriff der Zahnbürste
hinüber in das Spiegelbild,
das mich mit leuchtenden Augen und
glühenden Wangen ansieht
und an sonnige Gestade erinnert,
wenn ich die Augen schließe,
wenn ich meine Lippen
auf deine lege und deine Worte einatme,
damit ich weiterlebe
und auch dieser Tag ein guter wird,
den wir dann an seinen Platz stellen und ihn
neben all den anderen Dingen
in Ordnung aufbewahren
für unsere Not,
für unsere Zeit.

(am 30.12.2023, in K.)

Taglied 22

Es düstert sich etwas vor dem Fenster zusammen:
grau-gelb,
als wäre es ein Anflug von Krankheit,
die das Gesicht verfärbt, bevor sie richtig ausbricht,
und der Tag,
dem noch eine oder zwei Stunden Helligkeit zustünden,
beugt sich süchtig dem Abend entgegen
wie einem heimlichen Geliebten.
Und weil es Sonntag ist,
geben wir uns am Ende dieses Tages doch noch ein Stelldichein:
Leichtfüßig wie kubanische Tänzer begegnen wir einander in Gedanken,
du hast den Regenschirm dabei, das weiß ich,
und ich trage eine Pelerine, das weißt du.
Dann spielen wir Der-Mond-sucht-seine-Hälfte
und trinken Rotwein dazu.

(K., 18.02.2024)

CARMEN ELISABETH PUCHIANU, 1956 in Kronstadt (rum. Braşov) geboren, studierte nach dem Besuch des deutschen Honterus-Gymnasiums Germanistik und Anglistik an der Universität Bukarest. Sie debütierte 1980 in der Zeitschrift *Neue Literatur* und veröffentlichte 1991 ihre erste Gedichtsammlung *Das Aufschieben der zwölften Stunde auf die dreizehnte*. Es folgten weitere Lyrikbände und 2012 der Roman *Patula lacht*. 2019 erschien das Werk *Die Professoressa. Ein Erotikon in gebundener und ungebundener Rede* (Pop Verlag, Ludwigsburg). Neben der schriftstellerischen Tätigkeit unterrichtet sie Deutsche Literatur an der Transilvania-Universität Kronstadt und ist seit 1991 Herausgeberin der *Kronstädter Beiträge zur germanistischen Forschung*.

Yvonne Livay

Quatuor pour la fin du temps I

(Olivier Messiaen, 1941)

Netze
bergen Lieder
freundlich
hell

Golden
harren Tränen
über
Netzen

kühlen Atemwege
fremdem
Schlaf entgegen

Schnee
harrt hinter
Büschen

Stumme Adler zielen
steil
auf alte Weisen
greifen
Opfer
aus dem
All

In den Wipfeln
jauchzen
Lerchen
grell sich frei

Quatuor pour la fin de temps II

(Olivier Messiaen, 1941)

Zwischen Splittern
irren
Schritte
gläsern

brechen

schreien glänzend
tief
in Blicke
schmal
im Sog

Ganz
am Rande
wiegen
Winde über
Feldern

Neu
betreten Monde
weiße
Bahnen

klar
im Raum

Quatuor pour la fin de temps III

(Olivier Messiaen, 1941)

Silberdünn
im Glanz der
Schlangenhaut

Hauteng
glühen
Sümpfe tief am Rand
Nägel
reißen sich in
Adern
wund

Schmale Tage
rollen über Ketten
perlen feucht
durch
alte Tore
eisern
lauschen Blicke
splittern
gläsern
über Träumen
weiß
und lauernd
treten Löwen schwer
ins Dunkel
alles
singt mich um

Verklärte Nacht

(Arnold Schönberg)

Schlaf
im Morgennebel

dunkelflach
verbittert

Hoch
und stockend
reißen
Töne
sich in
Wunden

formen
Teiche
schmal um
Bande

Träume
gleiten zögernd
rückwärts

seeverbunden

Wiegenlied I

Eisgitter
in Wasserlachen

schmalschwer
am Hang

Tief
lockt
Blaues
in der
Brandung

singt
den Tauben
zu

Geier
stürzen
drohend
in den Nachhall

Eng
verstummt
das Tal

Wiegenlied II

Wild
schwankt Tau am
Ufer

still
den Steinen
nach

Federn
sinken leise
über
Grenzen

Vor der Welle
zögern
Worte
sacht
im Kreis

fallen bitter
in
die Wunden

Mythen
kühlen
Stirn und Augen

Und im Aufwind
schweben
Wünsche
klar
davon

Wiegenlied III

Durch
die Enge
gleiten
Schwäne zögernd
über
Meere

wirr
in kaltem
Atem

Stunden
harren fragend
zwischen
Schritten

leuchten
sacht
in meiner Hand

YVONNE LIVAY, 1942 in Zürich geboren, wurde zur Stimmbildnerin und Gesangspädagogin ausgebildet. Dann folgte ein Kunststudium. Sie arbeitet als Malerin, Kunstdruckerin sowie Bildhauerin und ihre Werke werden in zahlreichen Ausstellungen gezeigt. Seit 1972 lebt sie mit ihrer Familie in Jerusalem. Dort war sie von 2000 bis zu seiner Auflösung (2017) Mitglied des »LYRIS«-Kreises der deutsch schreibenden Lyriker:innen in Israel, zu dem sie der Cernowitzer Dichter Manfred Winkler eingeladen hatte. Ihre deutschen und hebräischen Gedichte sind in mehreren Anthologien enthalten. Von Yvonne Livay erschienen drei Bände, zuletzt 2020 die Dokumentation *Die Frau mit der Lotosblume* im rain-Stein-Verlag Berlin.

Dagmar Dusil

Ankunft

Angekommen am Bahnhof des Ostens im Westen
mit fünfundzwanzig Jahren Verspätung
die Bahn streikt
der Ostwind heißt crivăț lässt das Gehirn gefrieren
der Mensch liegt auf einem toten Gleis
wir trinken Glühwein in der Dürre des Sommers
die Zunge erlebt Euthanasie im lauwarmen Bier
auf Straßen bewegen sich gläserne Wesen
Plastik vergiftet Mensch und Tier
die Festplatte der Erinnerung
stürzt ab im Jahr MMXX
Bilder in SchwarzWeiß im kleinsten Format
überlagern die bunte Welt
die Löschtaste klemmt
die Bilderrahmen bröckeln zerbrechen
sind leer

Austauschbar

Sei der Tod im Leben
und das Leben im Tod
das unausweichlich Austauschbare.
Sei das Schmelzwasser,
das den Durst stillt,
wenn sich Tage verkürzen,
sei das Fragende, von
langer Hand geplant,
die Berührung einer Kruste Brot,
sei der Bettler, der die Krone trägt,
und der zerschlissene Mantel des Königs.
Sei die hängenden Gärten des Lebens.

24. Januar 2024

Ein Schritt

Du gehst zurück in den Anfang in die
Wolken der Höhe in den Atem des Lichts
du tauchst ein ins Gewesene Verderbliche
Einblicke vor dem Leben deinem Leben
streichst über den Tod mit
geschlossenem Blick
Regen jagt Feuer durch den Körper
Worte fallen durch des Mundes Sieb
eines bleibt hängen an der hungernden Lippe
es bleibt nichts mehr zu tun oder auch alles
und einmal hast du gesagt auf der Wiese der
weiten und fernen und grünen zwischen Champignons
und dem Muhen der Kühe man kann es nicht üben
wie die Etüden Chopins es gibt keine zweite
Vorstellung ist immer eine Premiere
doch der Erfolg bleibt nie aus
es gibt keinen Stuntman hast du gesagt
das muss jeder schon selbst machen
der Einstieg einfach oder schwierig doch
der Schritt zu Charon du machst eine Pause
es ist nur ein Schritt ein Schritt ins Boot

Gegenüber

Er sitzt dir gegenüber
am Morgen in Winter gefasst,
sagt: Kümmelgrün und Nelkenblau,
wenn das Grün in den Frühling drängt.
Ist er Mann oder Frau
im gestohlenen Himmelsblau?
Hat er einen Schutzengel dabei?
Ich gieße sie dir, Kind dieser Welt,
die Stunde, die in Glocken ruht,
als die Zeit ein Kleid
trug in Nelkenblau
an der Stelle des Herzens.
Du kennst nicht den Klang der Glocke,
der nach Osten klingt und Sonnenaufgang?
Ich gieße sie nur für dich
aus sieben Metallen,
deren Klang nach Leben klingt,
während du mit dem Tod verhandelst.
Erinnerst du dich an den Schnee der Lämmer
in anderen Gefilden,
an die Blusen, die Blüten sprießen
ließen auf deiner Brust?
Hol die Geldbörse, Kind dieser Erde,
Halte die Münze bereit.
Nimm ein Tuch, verhänge den Spiegel.
Nicht in Kümmelgrün und Nelkenblau,
das sind die Farben des Lebens,
nimm ein tiefes Kraterschwarz,
die Fellfarbe lebloser Katzen,
halte die Uhren an,
du kannst die Zeit nicht
speichern und sparen,
dein Atem ist in den Schwingungen
vergangener Zeiten,
deine Seele in sieben Metallen der Glocke.

21. Januar 2024

DAGMAR DUSIL, geboren in Hermannstadt (rum. Sibiu). Nach dem Studium der Anglistik und Germanistik an der Babeş-Bolyai-Universität Klausenburg (rum. Cluj-Napoca) reiste sie 1985 in die Bundesrepublik aus. Sie wurde u. a. 2014 mit dem Literaturförderpreis der GEDOK für den Kurzgeschichtenband *Wie die Jahre verletzen* ausgezeichnet, 2017 mit dem Dorfschreiberpreis Katzendorf, 2019 mit dem 1. Preis für Prosa der KünstlerGilde Esslingen, 2020 mit den 1. Preis in der Kategorie Prosa beim Landschreiber-Wettbewerb zum Thema »Sprache und Flucht«, 2022 mit dem Literaturpreis (Prosa und Lyrik) der KünstlerGilde Esslingen, 2023 mit dem 1. Themenpreis der Gruppe 48) in Rösrath.

Tom Schulz

Drei Gedichte für Franz Hodjak

März ist der sanfteste Stein
heb ihn nicht auf, lass alles Gras

hindurch, wir wollen zur Herberge
wandern hinter der Stirn

Gebrochener Stein, einer
zum anderen, über das Wasser
hüpfender Stein

Verabschiede dich nie
von einem Tier, denn es kennt dich
nur im Raum und keiner Zeit

Hinter der Schwelle
bist du ein Gemisch aus Schatten
und Geruch

Im Aug die Trauer
wirst du wieder sehen, das Tier
liegt an der Kette vor der Tür

Westbahnhof, Jena

Wir verstehen die Bahnhofsuhr
als Stillstand
und nachrückende Reserve

Bis in den Oktober
hält sich der Rabe auf dem Dach

11 Uhr 17

Laub fällt
es stürmt

Auf Regen folgt Hagel
folgt Schnee

Es ist Weihnachten
ein Zug kommt an

11 Uhr 17

An der Kreuzung
steht ein Huhn
und friert

TOM SCHULZ, geboren 1970 in der Oberlausitz, lebt heute als freier Autor, Herausgeber, Journalist und Dozent für Kreatives Schreiben in Berlin. Von 1991 bis 2001 arbeitete er als kaufmännischer Angestellter in der Bauindustrie. Seit 2002 ist er freiberuflicher Autor. Von 2011 bis 2014 leitete er die Schreibwerkstatt »open poems« an der Literaturwerkstatt Berlin. Seit 2018 lehrt er als Dozent an der Universität Köln. Er erhielt zahlreiche Auszeichnungen und Stipendien, zuletzt 2022 das H.C. Artmann-Stipendium in Salzburg. Außerhalb seiner literarischen Tätigkeit ist er auch als Übersetzer, Herausgeber und Kritiker aktiv. 2024 erschien sein neuster Gedichtband *Die Erde hebt uns auf* im Poetenladen Verlag Leipzig.

In Kurt Hielschers Fußstapfen

Casper Molenaar stellt in einem Online-Fotoprojekt historische Bilder nach

Der Fotograf Kurt Hielscher (1881–1948) erlangte europaweite Bekanntheit durch seine Bildbände, die in den 1920er- und 1930er-Jahren veröffentlicht wurden. Sie bildeten Landschaften, Architektur und Menschen aus jeweils einem Land oder einer Region des Kontinentes ab und erreichten in vielen Ländern sehr hohe Auflagen.

Hielscher wurde in Niederschlesien geboren und wuchs in einem Waisenhaus in Bunzlau/Bolesławiec auf. Schon als Jugendlicher wanderte er gerne in den schlesischen Bergen. Nach seinem Studienabschluss zum Lehrer erfolgte seine erste große Auslandsreise nach Spanien. In den folgenden Jahren reiste er quer durch Europa und kam im Jahr 1914 erneut in Spanien an. Als der Krieg ausbrach, befand er sich auf einem Dampfschiff auf dem Weg zurück nach Deutschland, das Schiff musste jedoch umkehren, und Hielscher verbrachte auch die nächsten fünf Jahre in Spanien. Während dieser Zeit bereiste er das Land und fing an, seine Eindrücke als Hobbyfotograf festzuhalten. Er verdiente sich seinen Unterhalt durch Vorträge und Foto-Ausstellungen.

Nachdem er Spanien verlassen hatte, lebte er in Deutschland und hielt weiterhin Vorträge über »das unbekannte Spanien« – was auch zum Titel seines ersten, 1922 erschienenen Bildbandes wurde. Dieses Reisefotobuch brachte ihm große Aufmerksamkeit und Anerkennung. Ab diesem Zeitpunkt wandte er sich immer mehr der Fotografie zu und entschied sich, auch andere Länder Europas zu bereisen und zu dokumentieren. Aus diesen Reisen, die zum Teil auf Einladung europäischer Herrscherhäuser beziehungsweise Regierungen stattfanden, entstanden mehr als zehn weitere Bildbände, die in zahlreichen Sprachen herausgegeben wurden.

Die beiden Bände, die in der IKGS-Bibliothek vorhanden sind – *Siebenbürgen* und *Rumänien* –,[1] zeugen von der meisterhaften Kamerahandhabung eines bereits erfolgreichen Fotografen. Der Band *Rumänien* enthält ein Vorwort des Dichters und Politikers Octavian Goga (1881–1938) und wurde von Hielscher König Carol II. von Rumä-

1 Kurt Hielscher: Siebenbürgen. Banat–Sathmar–Marmarosch. Landschaft–Bauten–Volksleben. Leipzig 1936; ders.: Rumänien. Landschaft–Bauten–Volksleben. Leipzig ²1938. Die erste Ausgabe des Rumänien-Bandes erschien 1933.

nien gewidmet. Hielscher erklärt in seiner kurzen Einführung, dass er bereits 1931 von der rumänischen Regierung eingeladen worden sei, »als ihr Gast Rumänien zu bereisen und ein gleichartiges Buch zu schaffen wie meine bisherigen über Deutschland, Spanien, Italien, [und] die nordischen Länder Europas«.[2] Während Hielscher im *Rumänien*-Band auf insgesamt 304 Bildern Angehörige verschiedener Gruppen und deren Kultur festhielt und diese Vielfalt auch in seinem Bildband zu Siebenbürgen dokumentierte, stand im Letzteren – nach eigenen Angaben – jedoch die deutschsprachige Bevölkerung im Mittelpunkt. Auch seine Einführung trägt den Titel *Das Deutschtum in Siebenbürgen*; er beschreibt hier den Zusammenhalt und die Tugenden der deutschsprachigen Einwohner Siebenbürgens als Vorbild für andere in der Region und vermittelt dadurch ein idealisiertes Bild.[3]

Während Hielscher sich ab Mitte der 1920er-Jahre in erster Linie auf Fotografie und Selbstvermarktung konzentrierte, muss seine Rolle als »Influencer«, der in einer analogen Welt über eine ungewöhnlich große Reichweite verfügte, besonders in der nationalsozialistischen Zeit, auch kritisch betrachtet werden. In der Ausgabe seines Buches *Italien. Baukunst und Landschaft* von 1939 beschreibt er seinen Empfang bei Mussolini im vorausgegangenen Jahr; in der Ausgabe seines Deutschland-Bandes 1941 präsentiert er außerdem Bilder aus ganz »Großdeutschland«, das heißt, einschließlich aller besetzten und an Deutschland angeschlossenen Gebiete. Zudem hat Hielscher mindestens einen Vortrag mit Bildern über Spanien nachweislich im Konzentrationslager Auschwitz im Januar 1944 gehalten und war für Januar 1945 ebenso eingeplant. Da der Forschung diesbezüglich jedoch keine schriftlichen Ego-Dokumente von Hielscher zur Verfügung stehen, ist eine Beurteilung seiner Motivationen und Sympathien in Bezug auf diese Unternehmungen nicht möglich.

Dass Hielschers Fotografien Angehörige verschiedener Generationen über Landesgrenzen hinaus auch heute noch ansprechen, beweist der niederländische Hobbyfotograf Casper Molenaar. Molenaar betreibt zwei Seiten auf Facebook: Eine davon, *In the Footsteps of Kurt Hielscher*, hat 3.000, die andere, *Yugoslavia 1926 – Present – In the footsteps of Kurt Hielscher*, etwa 4.000 Follower. Auf beiden Seiten veröffentlicht er regelmäßig Hielschers Bilder und seine eigenen, die Nachstellungen von dessen historischen Fotografien sind. Auf der Facebook-Seite zu Jugoslawien stellt er die Bilder aus Hielschers Buch *Jugoslavien: Slovenien, Kroatien, Dalmatien, Montenegro, Herzegowina, Bosnien* aus dem Jahr 1926 nach.

Die visuellen Nebeneinanderstellungen haben sich als besonders wirksam erwiesen. Die Schwarz-Weiß-Fotografien Hielschers stehen in starkem Kontrast zu Molenaars Farbbildern, während die fast 100-jährige zeitliche Distanz zwischen den Bildern unterschiedlich wahrnehmbar ist: In einigen Fällen erkennt man kaum Veränderungen in der Landschaft oder in der Umgebung, während bei anderen größere Unterschiede zu bemerken sind, die teils einer rasanten Urbanisierung, Bauprojekten oder kriegsbedingter Zerstörung beziehungsweise Beschädigung geschuldet sind.

Wie ist Molenaar, der hauptamtlich bei UNICEF Niederlande arbeitet und mit seiner Familie in Breda lebt, überhaupt zu diesem Thema gekommen? Im Gespräch mit Angela Ilić erörterte er seine Erfahrungen und wie er auf das Werk von Kurt Hielscher aufmerksam geworden war:

---

2 Hielscher: Das Deutschtum in Siebenbürgen. In: ders.: Siebenbürgen, S. V–VII.

3 Hielscher: Zu meinen Bildern. In: ders.: Rumänien, S. XVf.

> Alles begann damit, dass ich Osteuropastudien an der Universität von Amsterdam (Universiteit van Amsterdam) studierte. Ich interessierte mich besonders für das ehemalige Jugoslawien, und ich liebte auch alte Karten und Fotografien. Das waren die Gründe, warum ich mich eines Tages am Anfang des Jahres 2002 in ein Antiquariat begab. Ich sah mir verschiedene Bücher an und entdeckte ein wirklich altes Buch. Ich schlug es auf und stellte fest, dass es 192 Fotografien enthielt, die wirklich beeindruckend waren, und ich hatte einen Wow-Moment. Einige der Bilder waren mir vertraut: Ich konnte die Orte erkennen, an denen sie aufgenommen wurden, da ich in den ehemaligen jugoslawischen Republiken schon viel herumgereist war. Andere waren mir jedoch unbekannt. Ich dachte: Ich möchte diese Orte besuchen, um herauszufinden, wie sie heute aussehen. Das Buch war auch ganz besonders. Die Fotos wurden in sehr hoher Qualität abgedruckt, und sie glänzten sogar. So ist die Idee für mein Projekt innerhalb der ersten zehn Minuten entstanden, in denen ich das Buch in der Hand hielt.

Das Buch war Hielschers Jugoslawien-Band, der für Molenaars damalige studentische Verhältnisse ein kleines Vermögen – um die 30 Euro – kostete. Er konnte sich von dem Buch jedoch nicht trennen, und so fand er mit seiner damaligen Freundin, seiner späteren Ehefrau, eine Lösung: Sie kauften es für ihn als verfrühtes Geburtstagsgeschenk.

> Wir sind dann zwei Monate später nach Kroatien gereist, und ich habe die ersten Fotos in Šibenik und Trogir aufgenommen. Diese waren noch keine digitalen Bilder, ich habe sie erst später digitalisiert. In Trogir steht ein Portal am Eingang in die Altstadt. Auf Hielschers historischem Foto stand noch der venezianische Löwe auf dem Portal; heute ist er nicht mehr da. Es war interessant, darüber nachzudenken, welche Geschichten sich hinter solchen Änderungen wohl verstecken. Es wurde mir schnell klar, dass sich bei der Nebeneinanderstellung mit Hielschers Fotografien ständig faszinierende Fragen und Geschichten ergeben würden.

Es folgten seitdem unzählige Reisen und Urlaube, erst noch zu zweit, dann auch gemeinsam mit den beiden Söhnen. Meistens ist die Reiseroute ganz genau geplant, um das Neufotografieren an möglichst vielen Orten zu ermöglichen.

Molenaar führt eine detaillierte Tabelle mit allen neuen Fotografien von Hielschers Motiven, nicht nur den eigenen. Geschätzt hat er selbst bisher um die 250 Bilder auf Facebook und auf seiner Website veröffentlicht. Die meisten Bilder aus dem Jugoslawien-Band hat er bereits neu fotografiert.

Die Idee, die Bilder auf Social Media zu stellen, kam ihm 2017, als in der Facebook-Gruppe *Slavorum* ein Beitrag über Hielscher und seine Fotografie veröffentlicht wurde und innerhalb von kurzer Zeit mehr als 10.000 Likes erzielte. Ermutigt durch diese positive Rezeption von Hielschers Werk entschied sich Molenaar, eine eigene Facebook-Seite zu erstellen, da er damals bereits eine Reihe von neuen Fotos parat hatte.

Abb. 1: Sarajevo, Bosnien und Herzegowina
Fotos: Kurt Hielscher (ca. 1926); Casper Molenaar (2006)

Im Mittelpunkt des ersten hier abgedruckten Bildes befindet sich das Rathaus (vijećnica) in Sarajevo, Bosnien, das zu den bekanntesten Bauwerken der Stadt gehört und gleichzeitig als Symbol der Kriegszerstörung gilt. Das Gebäude wurde 1896 feierlich eröffnet, ab 1951 als Nationalbibliothek genutzt und während der Belagerung Sarajevos im August 1992 durch Granaten stark beschädigt. Der Brand zerstörte 80 Prozent der Bücher. Seit dem Wiederaufbau dient das Gebäude erneut als Rathaus.

Molenaar sagt zu seiner Aufnahme von Sarajevo (siehe Abbildung 1):

> 2005–2006 reisten wir nach Bosnien, um vor allem Bilder in Mostar und Sarajevo zu machen. Ich stand auf der Žuta Tabija, der Gelben Bastei, und hatte einen großartigen Blick auf die Stadt mit der Lateinerbrücke, an deren Nordende Franz Ferdinand ermordet wurde, und auch auf das bekannte Rathaus, das während des Krieges mit all den Büchern abgebrannt war. Es war zum ersten Mal, dass ich die Kraft eines alten Fotos neben einem neuen gespürt habe.

Bei der Nachstellung von Hielschers Fotografien würde man denken, dass neue Gebäude für den größten Unterschied zwischen den historischen und aktuellen Bildern verantwortlich sind. Dies stimmt nur teilweise, denn wie Molenaar behauptet, sind es eigentlich die Bäume, die für die größten Unterschiede verantwortlich sind, denn sie wachsen – oder verschwinden. Ein gutes Beispiel dafür ist ein Bild aus Neuming/Nomenj in Slowenien (siehe Abbildung 2).

Zuerst hat Molenaar Hielschers Aufnahmeort nach langer Suche 2018 fotografiert. Damals stand jedoch ein großes Fahrzeug im Vordergrund, das die Sicht teilweise

Abb. 2: Neuming/Nomenj, Slowenien
Fotos: Kurt Hielscher (1926); Casper Molenaar (2019)

Abb. 3: Leitmeritz/Litoměřice, Tschechien
Fotos: Kurt Hielscher (1941); Casper Molenaar (2020)

blockierte. 2019 kehrte er zurück und entdeckte das Denkmal, das zur Erinnerung an die Gefallenen des Ersten Weltkriegs errichtet worden war.

Der Sitz des Regionalmuseums in Leitmeritz/Litoměřice (auf Abbildung 3) blickt auf eine bewegte Geschichte zurück. In seiner ursprünglichen Form am Ende des 14. Jahrhunderts erbaut, diente das Gebäude über mehrere Jahrhunderte als Rathaus. Nach zahlreichen Umbauten erhielt es seine heutige Form. Bis 1909 war hier das Landgericht untergebracht, seit 1927 dient es als Museum.

Molenaar schreibt über den Tag seiner Aufnahme: »Es war ein wunderschöner Morgen, denn hier im Norden der Tschechischen Republik war alles weiß wegen des Frosts auf den Bäumen und dem Gras und dem Nebel. Die Sonne versuchte sich durchzukämpfen, konnte sich aber nicht durchsetzen.«

Molenaars Projekt ist allerdings nicht der erste Versuch, Hielschers Werk nachzustellen oder seine Fotografien im Rahmen eines Projektes zu verwenden. Der Bildband

Deutschland – ein Jahrhundert erschien 2019, ein gemeinsames Unternehmen der Fotografen Wolfgang Henkel und Peter Schubert, in dem sie Hielschers Fotografien von Deutschland nachgestellt hatten.[4]

Zum Anlass des 100-jährigen Bestehens des modernen rumänischen Staates hat außerdem ein Team unter der Leitung von Valentin Ionescu und Cristian Gugu Fotografien und Filme aus den vergangenen 100 Jahren, darunter ausgewählte Aufnahmen Hielschers, gesammelt und ins Internet gestellt.[5]

Zwar hat Molenaar von den 192 Jugoslawienbildern die meisten bereits neu fotografiert, doch nähert sich sein Projekt noch lange keinem Ende. Spanien, Hielschers große Liebe, bietet noch zahlreiche Orte, an denen seine Fotografien nachgestellt werden könnten. Und obwohl Molenaar in Rumänien bereits unterwegs gewesen ist und einige Bilder aufgenommen hat, steht eine systematische Nachstellung von Hielschers Rumänien- und Siebenbürgen-Bänden immer noch aus.

Molenaar hofft, eines Tages eine physische Ausstellung mit einer Auswahl seiner Fotos machen zu können. Einen möglichen Anlass stellt das bevorstehende 100-jährige Erscheinungsjubiläum von Hielschers Jugoslawien-Band dar. Er würde die Ausstellung gerne in den großen Städten aller ehemaligen jugoslawischen Republiken zeigen.

Weitere Informationen zum Projekt finden Sie auf der Projektwebseite unter www.inthefootstepsofkurthielscher.com.

Angela Ilić

4 Kurt Hielscher, Wolfgang Henkel, Peter Schubert: Deutschland ein Jahrhundert / Germany a century. Dresden 2019.

5 Mehr über dieses Projekt erfahren Sie unter <https://100deani.ro/>, 26.9.2024.

Im Labyrinth der Liebe

Gespräch mit Akos Doma

Akos Doma, 1963 in Budapest geboren, floh mit seinen Eltern aus dem kommunistischen Ungarn und gelangte über Italien und England nach Bayern. Er studierte Anglistik, Amerikanistik und Germanistik in München und Eichstätt und promovierte 1994. Doma ist Autor und Übersetzer aus dem Ungarischen (unter anderem Péter Nádas, Sándor Márai, László F. Földényi). Sein erster Roman *Der Müßiggänger* erschien 2001. Für die Außenseitergroteske *Die allgemeine Tauglichkeit* erhielt er 2012 den Chamisso-Förderpreis. Domas Prosawerk *Der Weg der Wünsche* stand 2016 auf der Longlist zum Deutschen Buchpreis. 2024 erschien sein neuer Roman *Das Haus in Limone* (siehe Besprechung S. 181–183). Akos Doma lebt seit vielen Jahren in Eichstätt.

Lieber Akos, Dein Roman Der Weg der Wünsche *erschien 2016, vor acht Jahren also. Die Welt hat sich seitdem stark verändert – Stichworte: Klimakatastrophe, Donald Trump, Corona-Pandemie, Überfall auf die Ukraine, Krieg im Nahen Osten. Hast Du deshalb acht Jahre für Dein neues Werk gebraucht?*

Das Haus in Limone war schon deutlich früher fertig, dann folgte Corona und alles kam zum Stillstand. Aber auch die drastische Ideologisierung des ganzen Literatur- und Kulturbetriebs in den letzten Jahren ist nicht gerade bekömmlich für ein Werk, das auf selbstständigem Denken und einer eigenen Sicht der Welt abseits der Vorzeigediskurse beruht. Es ist ein Roman, der nicht nur über mich etwas zu sagen hat, sondern auch über unsere Zeit, unsere Gesellschaft. Ihn zu schreiben war für mich kein Ersatz für den Gang zum Psychiater, wie das bei so vielen literarischen Erzeugnissen heute offenbar der Fall ist.

Du bist bekannt geworden als »Chamisso-Autor«. Der Weg der Wünsche *handelte von einem typischen Migrationsthema, nämlich von einer Flucht aus Ungarn nach Bayern. Jetzt* Limone. *Ist die Thematik »Migration« endgültig auserzählt? Auch wenn, um vom neuen Roman zu sprechen, Liliánas Mutter Ungarin war, auch wenn ein Traum von Budapest vorkommt, auch wenn ein wichtiger Erzählstrang rund um eine merkwürdige Frau namens Asja in der Slowakei spielt und ihr »Zipser Deutsch« erwähnt wird?*

Migration war nie mein Thema, ich schreibe niemals auf Aktualitäten hin. Ich habe damals nur die ganz persönliche Fluchtgeschichte unserer Familie aus dem kommunistischen Ungarn erzählt. Schon der Ausdruck Migration ist eine Irreführung, als wäre Migration eine gewollte Lebensform, ein Schritt ins große Multi-Kulti-Paradies, als wären diese Menschen nicht vor Krieg, Hunger und Elend auf der Flucht – was übrigens eine Folge der politischen Einrichtung der Welt ist, die bisher weitgehend vom Westen bestimmt wurde. Ich bin für planetarische Immobilität. Auch unser Massentourismus bis in die entlegensten Ecken der Erde hat die Welt nur beschmutzt.

Warum Limone? Warum der Gardasee?

Eigentlich durch Zufall. Weil mir bei meinen ersten beiden Aufenthalten und Wanderschaften am Gardasee vor einigen Jahren die Handlung des Romans förmlich in den Schoß fiel. Fast wie durch ein Wunder. Der zweite Schauplatz des Romans, die östliche Slowakei, gehört wiederum dem Kulturraum der einstigen k. u. k.-Monarchie an, der mir in seiner Gänze emotional sehr nah ist. Geballte Schönheit auf Schritt und Tritt, landschaftlich wie kulturell, kulturell dank den vielen Ethnien und Nationen, die dort miteinander gelebt haben und sich gegenseitig übertreffen wollten. Eine transnationale Einebnung Europas würde zu einem kulturellen Kahlschlag ungeahnten Ausmaßes führen. Und uns einem Zustand des Friedens keinen Millimeter näherbringen. Das ist nur PR.

2024 ist Kafka-Jahr. Von Kafka stammt das erste Motto des Buchs, und man begegnet ihm gleich am »Sonntag Morgen«, im ersten Teil des Romans. Kann man sagen, dass eine Art »Kafka-Stimmung« den gesamten Text grundiert?

Kafka ist wie Dostojewski ein Prophet unserer Zeit, der Autor der Bürokratie, der Terrorherrschaft anonymer Systeme und Institutionen. Seine Erzählung *Der Bau* zum Beispiel ist eine grandiose Parabel unserer Sicherheits- und Kontrollparanoia. Hinter *Das Haus in Limone* steht aber nicht Kafka, ich fand nur das zitierte Motto wunderbar tiefsinnig, eher sind es Filme. Schon *Der Müßiggänger* und *Die allgemeine*

Tauglichkeit beruhten thematisch-emotional auf je einem französischen Film aus den Siebzigerjahren.

Was für Filme meinst Du genau? Und weshalb sind Filme derart wichtig für Dein Schreiben?

Ich beschäftige mich seit etwa fünfzig Jahren ziemlich intensiv mit Filmen, sie sind eine Art Fluidum, in dem ich mich bewege, und wenn sie in meinen Romanen auftauchen, ist das auch eine Hommage an sie. *Der Müßiggänger* – oder *Schläfer*, wie der Roman ursprünglich hieß – ist den drei Protagonisten des Films *Die Mama und die Hure* von Jean Eustache gewidmet. Ein Jahrhundertfilm, den kaum jemand kennt, der mir aber sehr viel bedeutet hat. In *Die allgemeine Tauglichkeit* weht der romantisch-anarchische Geist des Films *Die Ausgebufften*. Mein Motto lautet allerdings: »Keinen Film nach 1980« – Ehre den Ausnahmen –, da zieht etwas Krankes herauf, das ich nicht an mich heranlassen möchte. Der Mensch hat eine Seele – ganz untheologisch gesprochen –, und es ist ein Irrtum zu glauben, man sei intellektuell erhaben über die Bilder und Ideen, denen man sich aussetzt.

In Deinem Buch ist die Rede von der »entsetzlichen Leere« der Gegenwart, und das »ewig banale Hier und Jetzt« wird mehr als einmal beklagt. Früher habe man gelebt, nun beginne die »Zeit der Erinnerung«, meint der Ich-Erzähler. Der alte Songtitel Those were the days *kommt ebenfalls vor. Pessimismus? Resignation?*

Resignation kenne ich nicht, sonst würde ich nicht Romane schreiben, sondern abends die Füße hochlegen und in die Röhre gucken. Die habe ich aber schon vor zwanzig Jahren entsorgt, wie der Protagonist des Romans auch. Allerdings werde ich tatsächlich von einem starken Gefühl der Nostalgie heimgesucht. Früher war immer alles besser, denn früher war man immer jünger. Leider ist das nicht der einzige Grund dafür, warum die Grundbefindlichkeit der Menschen früher zweifellos besser war. Es ist unsere zunehmende Entfremdung von der Natur und dem Natürlichen – also von uns selbst –, die Überhandnahme von Ideologien, Technologien und sonstigen Kopfprodukten, die uns seelisch und körperlich immer kränker macht.

Die Gegenwartsdiagnose, die im Roman immer wieder formuliert wird, ist einigermaßen niederschmetternd. Der Traum von schöneren, besseren Leben scheint ausgeträumt. Sind wir letztlich nur »Handlanger des Lebens«?

Eher »Handlanger des Krieges gegen das Leben«, der Biophobie, wie ich unsere naturfeindliche, hedonistisch-konsumistische Leitkultur nenne, in deren Mittelpunkt nicht mehr die Familie und das Kind, die Gemeinschaft, sondern das Ego steht.

Manchmal klingt auch eine gewisse Verachtung der (westlichen) Intellektuellen an, die ständig die Menschheit aufklären und retten wollen, während das Leben verrinnt. »Selbstzufriedener Professor oder quirliger Intellektueller, beide Typen waren mir gleichermaßen zuwider«. Auch sei »jeder Tag, an dem man sich die Finger an einer Zeitung beschmutzte«, ein »verlorener Tag«. Was hat es damit auf sich?

Der Protagonist stellt bei vielen Intellektuellen eine allzu große Bereitschaft fest, sich mit der jeweiligen Macht zu arrangieren, sich auf Kosten der geistigen Redlichkeit von ihr belügen und manipulieren zu lassen, was vor allem über die Medien geschieht.

Das begann für ihn mit den Lügen im Vorfeld des Irakkriegs, er gehört der »Generation Golfkrieg« an.

Mit der vertrackten Struktur des Textes machst Du es dem Publikum nicht ganz einfach. Das Haus in Limone *ist auch ein postmodernes Verwirrspiel, oder? Es ist manchmal schwer, den Überblick zu behalten über die Zeitenfolge und die ziemlich vielen weiblichen Namen. Oder geht das nur mir so?*

Ich habe die Komplexität der Erzählweise wohl etwas unterschätzt, obwohl es im Roman eigentlich nur einen einzigen Kunstgriff gibt, der sich, sagen wir mal, am Rande der literarischen Legalität bewegt. Den hier preiszugeben, hieße aber, sich tief in Spoilergewässer zu begeben. Aber wir sind zum Glück nicht mehr im Zeitalter des platten Realismus à la Zola. Postmodern würde ich den Roman jedoch nicht nennen, diese Haltung habe ich nicht drauf. Jemand hat die Postmoderne mal sehr treffend als »Moderne ohne Trauer« bezeichnet. Für mich ist die Trauer, genauer eine gewisse Melancholie, der Ausgangspunkt, ein durchaus vitaler Gemütszustand, nicht zu verwechseln mit Depression. Wahrscheinlich ist das meinem ungarischen Erbe geschuldet, einer gewissen gesteigerten Emotionalität, der Neigung zu überschäumender Freude und tiefer Trauer – und zwar gleichzeitig. Die Postmoderne hingegen ist meines Erachtens der pathologische Zustand einer inneren Unordnung, eines Gefühls der Sinnlosigkeit. Dabei steht der Sinn, ein Leben nach dem Leitfaden der Natur, allzu klar vor Augen. Dieser Sinn ist aber biologisch, und da schauen wir lieber stolz weg. Als wären wir Übermenschen und nicht etwa die Tiere, die wir sind.

Lieber Akos, danke für Deine Geduld und Deine Zeit!

Klaus Hübner

Der Kindermord von Bethlehem in Oberbayern

Trencks Panduren in der barocken Weihnachtskrippe von Tuntenhausen

Nordwestlich von Rosenheim liegt die kleine, noch stark landwirtschaftlich geprägte Ortschaft Tuntenhausen, die von den beiden aneinandergebauten Spitztürmen der im Kern gotischen, später barockisierten Wallfahrtskirche Mariä Himmelfahrt überragt wird. Die dortige Wallfahrt lässt sich seit einem »Mirakel« im Jahr 1441 nachweisen und wurde in früheren Jahrhunderten auch von den bayerischen Landesherren gefördert. Im Jahr 1678 soll der verwitwete Kurfürst Ferdinand Maria (1636–1779) der Kirche eine wertvolle barocke Weihnachtskrippe gestiftet haben. Sie wurde in früheren Zeiten in der Kirche aufgebaut, geriet dann in Vergessenheit und wurde nach ihrer Wiederauffindung im Tiefgeschoss des Pfarrhauses von Tuntenhausen Besuchern zugänglich gemacht, insbesondere in der Advents- und Weihnachtszeit. Um die Mitte des 18. Jahrhunderts sind dann die meisten der heute vorhandenen Figuren hinzugekommen, außerdem aufwändige Architektur- und Landschaftskulissen sowie manches dekorative Detail.

Abb. 1: Geburt Christi, Hauptszene der barocken Weihnachtskrippe von Tuntenhausen.
Foto: Tobias Weger

Als Besonderheit zeigt diese mehrteilige Barockkrippe nicht nur die Geburtsszene Jesu, sondern auch zehn weitere Geschichten aus dem Alten und dem Neuen Testament. Zu diesen szenisch veranschaulichten Episoden zählt auch der Bethlehemitische Kindermord. Das Matthäusevangelium hat uns diese Gewalttat des Königs Herodes festgehalten. Dort heißt es, die Sterndeuter, später als »Heilige drei Könige« bezeichnet, hätten ihm die Geburt Jesu in Bethlehem angezeigt. Daraufhin habe der Monarch aus Furcht, Jesus könne ihm seine Macht streitig machen, alle männlichen Kleinkinder in Bethlehem umbringen lassen.

Die anonymen Schöpfer der Krippenfiguren aus dem 18. Jahrhundert haben die dargestellten Personen nicht in antikisierende Gewänder gekleidet, sondern je nach Stand in bayerischer Tracht oder in höfischen Kostümen wiedergegeben. Auch die Soldaten des Herodes sind nicht in imaginierten Uniformen der Zeit um Christi Geburt zu sehen. Der Bethlehemitische Kindermord ist die grausamste aller Szenen in der Barockkrippe von Tuntenhausen. Den altbayerischen Zeitgenossen um 1750 stand aus eigener Erfahrung in Bezug auf Grausamkeit das Handeln der sogenannten Panduren noch lebhaft vor Augen – und so erhielten die grausamen Handlanger des Herodes kurzerhand Panduren-Uniformen.

Die Panduren waren eine etwa 1.000 Mann zählende Freischärlertruppe, mit der Oberst Franz Seraph Freiherr von der Trenck (1711–1749) während des Österreichischen Erbfolgekriegs in Bayern operierte. Trenck war als Sohn eines österreichischen Besatzungsoffiziers in Reggio Calabria zur Welt gekommen und hatte zunächst in der ungarischen, dann in der zaristischen Armee militärische Erfahrungen gesammelt, ehe er der jungen Kaiserin Maria Theresia (1717–1780) seine Dienste antrug. Von seinem Vater hatte er das Gut Brestovac bei Poschegg (kr. Požega) in Slawonien erhalten. Dieses Gebiet zählte noch nicht lange zum habsburgischen Machtbereich, nachdem es dem Osmanischen Reich entrissen worden war. Aus Freiwilligen in der Umgebung baute er ein Panduren-Söldnerheer auf, dessen Dienste die arg bedrängte Kaiserin bereitwillig in Anspruch nahm. Nach dem Tod ihres Vaters Karl VI. (1685–

1740) hatten gleich mehrere europäische Fürsten Anspruch auf die Habsburger Territorien und die Kaiserkrone angemeldet und versuchten, ihre Absichten militärisch durchzusetzen. Maria Theresia stellte dem ungestümen Trenck sogar ein »Gnadenpardon« aus, eine Art Freibrief für jegliche gewaltsame Übergriffe während seiner Feldzüge. Die Panduren trugen zu osmanischen Pumphosen eine ungarische Husarenjacke, dazu eine hoch aufragende Kopfbedeckung aus Fell. Sie waren mit Langwaffen, Krummsäbeln, Messern, Pistolen und Pulverflaschen ausgestattet. Im Frühjahr 1742 fielen Trencks Panduren in Niederbayern ein und hinterließen unter anderem in Vilshofen, Plattling, im Kloster Metten und in Deggendorf ihre blutige Spur. Von der Zivilbevölkerung erpressten sie Kontributionen, je nach Bedarf Pferde, Geld, Weizen oder Salz. Im Sommer 1742 brach im bayerischen Oberland ein Aufstand gegen die österreichische Besatzung aus; Trenck half mit, ihn niederzuschlagen. Dann bekam er den Auftrag, die im Gäuboden bei Straubing stationierten österreichischen Truppen mit Lebensmitteln zu versorgen. Dafür unternahm er einen berüchtigten Plünderungszug durch den Bayerischen Wald, Niederbayern und die Oberpfalz. 1743 stieß er bis zum Rhein vor, um für die Kaiserin die vorderösterreichischen Gebiete zu sichern; in den beiden folgenden Jahren war er an verschiedenen böhmischen und mährischen Schlachtorten anzutreffen. Trenck war ein klassischer Protagonist des »kleinen Kriegs«, jener paramilitärischen Kriegsführung im 18. Jahrhundert, unter der das einfache Volk besonders zu leiden hatte.

Abb. 2: Einer der Panduren aus der Darstellung des Bethlehemitischen Kindermords. Foto: Tobias Weger

Mit dem Ende des Österreichischen Erbfolgekriegs sank Trencks Stern jedoch: Er musste sich 1746 wegen unbotmäßigen Verhaltens vor einem Kriegsgericht in Wien verantworten, wurde zum Tode verurteilt, aber von Kaiserin Maria Theresia schließlich zu einer privilegierten Haft auf der Festung Spielberg (tsch. Špilberk) oberhalb von Brünn (tsch. Brno) begnadigt. Dort verbrachte er unter milden Bedingungen seine letzten Lebensjahre, bis er 1749 an den Folgen der Wassersucht starb. Unter allen Ehren fand er seine letzte Ruhestätte in der Brünner Kapuzinergruft (tsch. Kapucínská hrobka), wo Seelenmessen für ihn gelesen wurden und sein Sarg bis heute als eine der Hauptattraktionen gilt.

In Bayern werden Trenck und seine Panduren hingegen weniger wohlwollend erinnert. Bereits während des Österreichischen Erbfolgekriegs hatte der Augsburger Kupferstecher Martin Engelbrecht (1684–1756) eine Folge mit Darstellungen exotischer Soldaten, darunter auch der Panduren, veröffentlicht. Haben sich die Schöpfer der Figuren des Bethlehemitischen Kindermords in Tuntenhausen möglicherweise auf diese Illustrationen gestützt? Wie langlebig die Erfahrungen mit den Panduren in Bayern sind, belegen zwei bekannte Festspiel-Initiativen: Seit 1950 wird in Waldmünchen das Stück *Trenck der Pandur vor Waldmünchen* zur Aufführung gebracht, seit 1984 regelmäßig im oberbayerischen Halsbach das Historiendrama *Das schwarze Jahr*, das die Einquartierung der Panduren in dieser Ortschaft auf die Bühne bringt. Geblieben sind auch die vom Ethnonym »Kroate« abgeleiteten, wenig schmeichelhaften bayerischen Dialektbezeichnungen »krowat« oder »krabat«, die einen gewalttätigen Soldaten bezeichnen und auch mit den brutalen Erfahrungen in Verbindung gebracht werden können, die man hier seinerzeit mit Trencks Söldnern gemacht hat. Die figürlichen Repräsentationen in der Tuntenhausener Weihnachtskrippe sind ein volkstümliches Echo dieses negativen Bildes.

Tobias Weger

Ein Banater Kulturjournalist und Literaturhistoriker ersten Ranges

Eduard Schneider wurde 80

Kein zweiter Literat des Banats im letzten halben Jahrhundert hat mit solch gleichbleibender Konsequenz und wirksamer Gediegenheit das banatdeutsche Literaturgeschehen kritisch fördernd und solide erforschend begleitet wie Eduard Schneider. Anlässlich seines 80. Geburtstags soll hier an seinen Werdegang und seine bleibenden Verdienste erinnert werden.

Eduard Schneiders weiter literarischer Horizont – verbunden mit feinem Gespür für junge Dichterbegabungen und aktualitätsbezogener Literaturvermittlung – prädestinierte ihn zu einer prägenden Rolle im Erneuerungsprozess der banatdeutschen, implizite der rumäniendeutschen Literatur in der Zeit seines Wirkens als Kulturredakteur der *Neuen Banater Zeitung* (*NBZ*) von 1969 bis 1989 in seiner Geburtsstadt Temeswar. Auch nach seinem dann erfolgten unvermeidlichen Wechsel in den Westen – auf dem Fluchtweg, wenige Monate vor dem Fall des Eisernen Vorhangs – blieb Literatur der Lebensinhalt des Familienmenschen und Menschenfreundes Eduard Schneider, wenn auch mit anderen Akzenten. So scheute er im neuen Lebensabschnitt keine Mühe bei der sachkundigen Pflege und Sicherung des rumäniendeutschen Literaturerbes und wandte sich als verantwortlicher Redakteur der IKGS-Zeitschrift *Spiegelungen* kontinuierlich der Förderung aktueller deutschsprachiger Autoren südosteuropäischer Literaturlandschaften zu.

Geboren wurde Eduard Schneider am 10. Mai 1944 in Temeswar, wo er die Lenauschule besuchte und anschließend an der dortigen Universität (heute West-Universität) von 1962 bis 1967 Germanistik und Rumänistik studierte. Seine berufliche Laufbahn begann er als Deutschlehrer in der Gemeinde Semlak (Kreis Arad), wechselte aber bereits 1969 in die Redaktion der *Neuen Banater Zeitung*, die als Tageszeitung das bereits seit 1957 bestehende Periodikum *Die Wahrheit* (1957–1968) ablöste. Dort fand er als Kulturredakteur das Arbeitsfeld, das seinen Neigungen entsprach und das er unter dem Schirm des rührigen, literarisch ambitionierten Chefredakteurs Nikolaus Berwanger (1935–1989) kompetent und kontinuierlich bestellen konnte. Als Literaturkritiker und Essayist publizierte er auch in anderen deutschsprachigen Periodika des Landes, vorwiegend in der Bukarester Monatsschrift *Neue Literatur*.

Eduard Schneider und Nikolaus Berwanger sorgten dafür, dass in der *NBZ* – auf ihren Kulturseiten und in den damals geschaffenen Sonderbeilagen für Gymnasiasten und Studenten – laufend eine Fülle literarischer Texte erscheinen konnte, quer durch alle Autorengenerationen. Die Jugend gab allmählich den Ton an. Lenauschüler und Germanistikstudenten stellten in den Spalten der Zeitung ihre ersten Gedichte oder kurzen Prosatexte vor. Und mancher dieser Debütanten sollte späterhin zu den überregional etablierten Autoren zählen.

Eduard Schneider setzte mit der Herausgabe der Anthologie *Wortmeldungen* (Temeswar 1972) – darin sind lyrische Texte von rund zwei Dutzend Autorinnen und Autoren im Alter von siebzehn bis dreißig Jahren versammelt – ein deutliches Zeichen des Aufbruchs einer selbstbewussten, jungen banatdeutschen Dichtergeneration. Breite und dauerhafte Resonanz sollte der damals entstandene Dichter-Freundeskreis Aktionsgruppe Banat auslösen, in Rumänien und im deutschen Sprachraum.

Parallel zu seiner vielseitigen redaktionellen Arbeit war Eduard Schneider im Temeswarer Literaturkreis Adam Müller-Guttenbrunn, der alle Autorengenerationen zusammenführte, eine Art tragende Säule. Dort las er als Lyriker und referierte als Literaturhistoriker. Für seine in der Saison 1980/81 zur Diskussion gestellten Gedichte wurde Eduard Schneider mit dem Lyrikpreis des Adam-Müller-Guttenbrunn-Kreises ausgezeichnet. Gesammelt erschienen seine Gedichte im Band *Dass am Abend der Himmel so rot war* (Facla Verlag, Temeswar 1982).

Mit dem anthologischen Band *Pflastersteine. Jahrbuch des Literaturkreises Adam Müller-Guttenbrunn* (1982) hat Eduard Schneider als Herausgeber (diesmal gemeinsam mit Nikolaus Berwanger und Horst Samson) eine Bestandsaufnahme der banatdeutschen Literatur wenige Jahre vor ihrem fast totalen Transfer in den Westen vorgelegt.

Eduard Schneiders Rezensionen zu rumäniendeutschen Neuerscheinungen in den 1970er- und 1980er-Jahren haben in seiner facettenreichen literaturpublizistischen Arbeit einen besonderen Stellenwert. Er widmete sich als Essayist und Rezensent den Publikationen aus dem rumäniendeutschen literarischen Erbe (Guttenbrunn, Alscher) oder Teilaspekten des Werks der älteren Schriftsteller (Franz Liebhard, Ludwig Schwarz, Nikolaus Berwanger), vorwiegend jedoch den Publikationen der jüngsten Dichtergeneration. Neben der Belletristik galt sein Interesse auch der literaturhistorischen Forschung. Zusammengefasst handelt es sich schon heute um relevante Quellen zu einer Geschichte der banatdeutschen Regionalliteratur nach dem Zweiten Weltkrieg.

Literatur blieb Eduard Schneiders beruflicher Lebensinhalt auch in Deutschland, wo er als Fünfundvierzigjähriger zunächst die Widrigkeiten des Übergangs und den Neuanfang für sich und seine Familie zu bestehen hatte.

Man kann vom Glück des Tüchtigen sprechen! Als erfahrener, in literarischen Kreisen hochgeschätzter Kulturjournalist und Literaturhistoriker konnte er im Südostdeutschen Kulturwerk München (dem heutigen IKGS) ab 1992 als Projektmitarbeiter tätig werden. Dazu schrieb Stefan Sienerth, langjähriger Direktor des IKGS:

Nach seiner Ausreise gelang es ihm, in der regionalen südosteuropäischen Kulturszene wieder Fuß zu fassen. Im Südostdeutschen Kulturwerk fand er eine Arbeitsstätte, an der sein Wissen gefragt war, ein Arbeitsklima, das ihm zusagte, und einen Kreis von Mitarbeiterinnen und Mitarbeitern, die seine Belesenheit und Stilsicherheit [...] und sein kollegiales Verhalten zu schätzen wussten.[1]

Die Kuratierung der großen Nikolaus-Lenau-Ausstellung *Ich bin ein unsteter Mensch auf Erden* (1993) und die Gestaltung des imponierenden Begleitbuchs dazu (gemeinsam mit Stefan Sienerth) waren der erfolgreiche Einstieg Eduard Schneiders in seine neue Arbeitswelt. Sein Aufgabenkreis sollte sich schrittweise erweitern, doch die sogenannte Projektstelle bot ihm leider keine gleichbleibende Sicherheit. Eine gewisse Kontinuität und Perspektive versprach schließlich seine Einsetzung als verantwortlicher Redakteur der *Spiegelungen* (2006–2014), eine Aufgabe, für die er seine langjährige journalistische Erfahrung und seinen weit über die Heimat Banat hinausreichenden literarischen Horizont voll einbringen konnte.

In seiner Forschungsarbeit ging es Eduard Schneider zunehmend um die bibliografische Erschließung und Kommentierung literaturhistorischer Quellen. Im Zentrum dieser Arbeit stand zunächst der Beitrag der Presse zum banatdeutschen und im weiteren Kontext zum rumäniendeutschen Literaturgeschehen bestimmter Zeitabschnitte. Er hatte dafür keine Vorbilder und entwickelte für die einzelnen Untersuchungen jeweils ein eigenes Erschließungsmodell. Darin verband er einführende literaturhistorische Studien mit Textanthologien und einem bio-bibliografischen Kapitel. Allerdings kann diese vorbildliche Leistung Eduard Schneiders hier wegen des begrenzten Raums nur in aller Kürze skizziert werden.

Mit seiner umfassenden und detaillierten Studie *Literatur und Reflexion in der rumäniendeutschen Presse der Nachkriegszeit. Die* Neue Banater Zeitung *(Temeswar) und ihr Beitrag zur Förderung der literarischen Nachwuchsgeneration (1969–1975)*, erschienen im IKGS-Studienband *Benachrichtigen und vermitteln. Deutschsprachige Presse und Literatur in Ostmittel- und Südosteuropa im 19. und 20. Jahrhundert* (München 2007) bietet Eduard Schneider das facettenreiche Bild eines geradezu kometenhaften Abschnitts der banatdeutschen Literatur. Seiner exhaustiven Studie schließt er eine minutiöse bibliografische Dokumentation an. Schneider hat dieses literaturgeschichtlich einmalige Kapitel als Kulturredakteur prägend mitgestaltet.

Ebenso richtungweisend für die Erforschung und literarhistorische Auswertung der Tagespresse ist des Weiteren sein Buch *Literatur in der* Temesvarer Zeitung *(1918–1949). Einführung, Texte, Bibliographie auf CD-Rom* (IKGS Verlag, München 2003). Im Konzept dieses presse- und literaturgeschichtlichen Quellenwerks lässt sich ein dem Forschungsgegenstand angemessenes lexikografisches Informationssystem erkennen, das in allen Teilen – in der einführenden Studie, dem belletristischen Abschnitt und den literaturpublizistischen Kapiteln – beibehalten wird.

Als Krönung seiner bibliografischen »Kärrner-Arbeit« kann Eduard Schneiders Buch *»So setz ich das Wort«. Die rumäniendeutsche Zeitschrift* Banater Schrifttum/Neue Literatur *(1949–1989) als Quelle der Literaturgeschichte. Eine bibliografische Darstellung* (IKGS Verlag, München 2019) gelten. Dem akribischen Bibliografen ist aus dem vielfältigen Materialreichtum der Zeitschrift gleichsam unter der Hand ein Standardwerk erwachsen, auf das die Literatur- und Kulturhistoriker jederzeit dankbar zurückgreifen werden.

---

1 Kulturjournalist und Publizist mit Tiefgang. Eduard Schneider zum 70. Geburtstag. In: Banater Post 10 (2024), 20.5.2014.

Eduard Schneider – vorbildlich in seiner Bescheidenheit und Toleranz im zwischenmenschlichen Umgang, vielen ein beständiger Freund durch Jahrzehnte – hat sich im wahrsten Sinne des Wortes bleibende Verdienste um die rumäniendeutsche, insbesondere banatdeutsche Literatur erworben. Dafür gilt ihm unsere hohe Anerkennung.

Walter Engel

WALTER ENGEL, Literaturwissenschaftler und Publizist, war von 1988–2006 Direktor der Stiftung Gerhart-Hauptmann-Haus Düsseldorf.

Gratulation für Gerhard Seewann zum 80. Geburtstag

Lieber Gerhard,

bevor ich das große Vergnügen hatte, mit Dir gemeinsam ein Buch zur Geschichte der Donauschwaben zu schreiben, habe ich lediglich einen Bruchteil deines beeindruckenden wissenschaftlichen Œuvres gekannt. Die wenigen Texte habe ich dafür mit umso mehr Gewinn und Bewunderung gelesen. Als ich die Anfrage für ein gemeinsames Buchprojekt bekommen habe, habe ich zunächst gezögert. Ich habe mich gefragt, ob ich Deinen hohen Anforderungen an die Wissenschaftlichkeit und Deinem gleichermaßen präzisen wie angenehm zu lesenden Schreibstil genügen würde. Im Nachhinein betrachtet bin ich Dir für all die wertvollen Erfahrungen äußerst dankbar, die ich im Zuge dieser Herausforderung machen durfte. Ich erinnere mich noch daran, was mein guter Freund und Kollege Zoran Janjetović zu mir gesagt hat, als ich ihm von diesem Projekt erzählt habe. Er hat damals mit Begeisterung gemeint, dass er von den Begegnungen und Gesprächen mit Dir mehr profitiert hätte als in den Vorlesungen und Vorträgen davor. Mir ist es ähnlich ergangen: Anlässlich der zahlreichen Buchpräsentationen in Wien, Berlin, Stuttgart und Ulm bin ich in den Genuss Deines enormen Wissens und Deiner wertschätzenden Art gekommen. Die Unterhaltungen mit Dir waren stets geistreich, bereichernd und witzig. Sowohl meine Eltern als auch meine beiden Kinder haben Dich bei jeweils verschiedenen Anlässen kennengelernt. Wenn meine damals fünfjährige Tochter unseren Auftritt bei der Buchmesse Wien im Herbst 2018 als »langweilig« in Erinnerung hat, lag das weniger an Deinen Ausführungen als an ihrem Alter.

Das Buch zur Geschichte der Donauschwaben ist trotz oder gerade wegen seines populärwissenschaftlichen Charakters mein bisher erfolgreichster Text. Für keinen anderen Beitrag habe ich mehr positive Rückmeldungen erhalten als für diese reich bebilderte Monografie. Ich bin mir bewusst, dass Du wesentlich mehr zum Gelingen dieses Projektes beigetragen hast als ich. Du hättest das Buch auch in Eigenregie schreiben können, ich hingegen war auf Deine Expertise unbedingt angewiesen. Ich danke Dir für das Vertrauen in mich und meine Fähigkeiten. Die Zusammenarbeit mit Dir, dem Deutschen Kulturforum Östliches Europa und dem Donauschwäbischen Zentralmuseum war großartig.

Lieber Gerhard,

zu Deinem 80. Geburtstag gratuliere ich Dir von Herzen. Ich wünsche Dir gute Gesundheit, Freude und Gelingen bei all Deinen zukünftigen Unternehmungen und viele bereichernde Begegnungen im neuen Lebensjahr. Veränderungen prägen unser Dasein. In einem Punkt mögest Du so bleiben, wie ich Dich kennen- und schätzen gelernt habe: Als Humanist durch und durch.

Alles Gute!

Michael Portmann

MICHAEL PORTMANN ist Historiker und arbeitet am Institut für die Erforschung der Habsburgermonarchie und des Balkanraumes der Österreichischen Akademie der Wissenschaften. Gemeinsam mit Gerhard Seewann hat er die Monografie *Donauschwaben. Deutsche Siedler in Südosteuropa* (Deutsches Kulturforum östliches Europa, Potsdam 2018) geschrieben.

Besprechungen

Literatur als ethnografische Quelle
Bora Stanković: Erzählungen vom Balkan. Ausgewählt, eingeleitet und aus dem Serbischen übersetzt von Robert Hodel. Leipzig: Leipziger Literaturverlag 2023. 364 S.

Der erste Kontakt mit dem Buch wirft eine Frage auf: Was will der Herausgeber dem potenziellen Leser vermitteln? Oder: Welche Erwartungen verbinden sich mit dem Buchtitel? Bora Stanković hat bekanntlich weder einen Roman noch eine Kurzgeschichte mit dem Titel *Erzählungen vom Balkan* geschrieben. Er bezieht sich in seiner Prosa nicht auf den Balkan als expliziten Ort; seine Toponyme sind meist lokal – Städte wie Vranje (und Umgebung) und Belgrad oder noch spezifischer Stadtteile oder Straßen. Diese Einheiten sagen dem Leser jedoch nicht viel – eine unbekannte Stadt im Süden Serbiens birgt keine potenziellen Reminiszenzen an die Kultur oder Geschichte der Region. Das Bild des Balkans hingegen hat eine jahrhundertelange Tradition, die in Bezug auf die Geografie und die Grenzen des Balkans wuchs und schrumpfte, sowie darauf, welche Vorurteile und Stereotypen in die entsprechenden mentalen Landkarten aufgenommen und später vielleicht wieder ausgeschlossen wurden. Auch wenn der Leser sich bei der Lektüre eventuell auf solche Vorstellungen einlässt, beweist Robert Hodel, der Herausgeber und Übersetzer von Stankovićs Prosa, dass dieser »Schmelztiegel«, eine der beliebtesten Metaphern für den Balkan, viel mehr ist als die Erfüllung bestehender Stereotype. Erstens erkennt er die Schichten, die eine so spezifische lokale Kultur ausmachen und von Bora Stanković dargestellt (oder besser gesagt, zum Leben erweckt) werden, und zweitens sieht er die Notwendigkeit, den Lesern einen reichhaltigen Kontext oder den Schlüssel zu geben, in dem sie die Geschichten verstehen sollten.

Hodel schreibt ein kurzes Vorwort und eine ausführliche Einleitung, die zusammen mehr als 120 Seiten umfassen. Im Vorwort stellt Hodel die serbische Literatur und den Autor Bora Stanković kurz mit dem folgenden Satz vor: »Es gibt Literaturen, die sehr reich sind und eine eigenständige Prägung haben und dennoch nur in vereinzelten, meist aktuellen Gesichtern über die Landesgrenzen hinaus bekannt werden«. (S. 5) Mit einem kurzen Hinweis darauf, dass solche literarischen Werke selten veröffentlicht werden, weckt der Herausgeber das Interesse des Lesers mit zwei Zitaten, die den Kern von Stankovićs Prosa beschreiben. Das erste stammt von Nobelpreisträger Ivo Andrić, der Stanković mit Tolstoj vergleicht; das zweite von dem prominenten serbischen Literaturkritiker Jovan Skerlić, der schreibt, Bora Stanković habe »wie ein Blitz in die Literatur eingeschlagen«. (S. 5) Der Herausgeber beschreibt dann kurz die Struktur des Buches, das aus 14 Erzählungen und 19 Skizzen besteht. Er geht auf die Herausforderungen bei der Übersetzung ein und verweist den Leser auf die Wörterbücher (Deutsch-Serbisch und Serbisch-Deutsch) am Ende des Buches.

Die Einleitung *Leben und Werk des Schriftstellers Bora Stanković* ist eine chronologische Mischung aus kurzen Kapiteln zu verschiedenen Themen – geschichtliche Umstände, Biografie des Autors, seine berufliche und private Entwicklung, sein literarisches Werk und sein Vermächtnis. Auf diese Weise erhält der Leser, so scheint es, alles, was er zum weiteren Verständnis der Erzählungen und Skizzen benötigt. Was Hodels Einführung auszeichnet, ist, dass er sich von Verallgemeinerungen über den Balkan und Serbien fernhält und stattdessen Ebenen schafft, die zusammen eine komplexe Geschichte über die Umstände erzählen, die als Inspiration und Hintergrund für Stankovićs Prosa dienten. Die historischen Umstände sind in diesem Fall von größter Bedeutung. Die Jahrhundertwende markiert den Übergang von der patriarchalischen und konservativen osmanischen zur modernen europäischen Gesellschaft, von der Feudalordnung zum Frühkapitalismus. Die Einleitung enthält auch eine Analyse von Stankovićs bekanntesten Werken, dem Roman *Unsauberes Blut* und dem Drama *Koštana*, die als beste Beispiele für seine literarische Poetik gelten. Darüber hinaus bereichert den Band eine Auswahl von mehreren Fotografien, die das Leben von Bora Stanković zeigen. Hodel schließt die Einleitung so ab, wie er sie begonnen hat – mit Zitaten von Stankovićs Schriftstellerkollegen und Kritikern, die die Sensibilität des Schriftstellers vielleicht am besten verstanden.

Der zweite Teil des Buches, die Auswahl der Erzählungen und Skizzen von Bora Stanković, bringt uns zur Frage der Übersetzung, die in diesem Fall vielleicht sogar noch wichtiger ist, weil der Schriftsteller einen ungewöhnlichen sprachlichen Ausdruck hat. Stanković ist für seinen Vranje-Dialekt bekannt, der typisch für den südlichen Teil Serbiens ist. Dieser Dialekt unterscheidet sich deutlich von den Dialekten, die die serbische Sprachnorm bilden, denn er ist in der Grammatik vom Bulgarischen und im Wortschatz vom Türkischen beeinflusst. Das Schreiben in diesem Dialekt (der auch ins Serbische übertragen wurde, weil die Redakteure und Kritiker des Schriftstellers den Vranje-Dialekt selbst für Sprecher der serbischen Sprache für zu kompliziert hielten) bringt nicht nur sprachliche Unterschiede mit sich, sondern auch bestimmte mentale Bilder über die Kultur und die Region. Die Frage ist, wie man solche Erinnerungen, die über die Sprache selbst hinausgehen, übersetzen kann. Robert Hodel entschied sich für einfache, klare Sätze, behielt aber das typische Vokabular bei, das größtenteils aus dem Türkischen stammt und aus Wörtern besteht, die sich nicht wörtlich übersetzen lassen, weil sie kontextabhängige Bedeutungen haben, wie *sevdah*, *dert*, *šalvare*, *gazda* und andere. Diese Wörter werden im serbisch-deutschen Wörterbuch am Ende des Buches übersetzt und erklärt.

Bora Stankovićs Werke wurden in zwei größere Abschnitte unterteilt –*Erzählungen vom Balkan*, der Erzählungen enthält, und *Unter der Okkupation* mit den Skizzen. Innerhalb des ersten Teils finden sich vier weitere Abschnitte, die nach Erzählungen aus den veröffentlichten Erzählsammlungen benannt sind und eine Auswahl von ihnen enthalten: *Aus einem alten Evangelium*, *Alte Tage*, *Aus meiner Gegend* und *Die Armseligen*. Innerhalb dieser Unterkapitel haben einige der besten Kurzgeschichten von Stanković ihren Platz gefunden, zum Beispiel *In der Nacht*, *Welke Rose* oder *In den Weinbergen*. Der zweite Teil, *Unter der Okkupation*, ist in die Unterkapitel *Notizen*, *Belgrader Spaziergänge*, *Drückeberger* und *Frühe Erzählungen* unterteilt, die Fragmente sind, die Stankovićs Porträt als Schriftsteller und wichtige Figur des beginnenden 20. Jahrhunderts in der serbischen Kultur zu vervollständigen scheinen. Diese Notizen enthalten entweder kurze Porträts der Menschen, die Stanković für wert hielt, aufgeschrieben zu werden, oder der Ereignisse, an denen Stanković teilnahm.

Auch ohne die Hauptwerke wie *Gazda Mladen*, *Koštana* und *Unsauberes Blut* sind die Erzählungen in der Lage, den Kern der Poetik von Stanković darzustellen. Der Schriftsteller wählt Themen wie Sexualität, Sinnlichkeit, Vergnügen und Instinkt, der die Vernunft überwindet, die in einer konservativen, patriarchalischen Gesellschaft zum Ausdruck kommen, die um jeden Preis die bestehende Ordnung aufrechterhalten will, oder wie Hodel es ausdrückt: »Der Prosaist Stankovic wendet sich auch von Beginn an dem Thema der Sinnlichkeit, der Sexualität und der ausschweifenden Phantasie zu, das in *Unsauberes Blut* und manchen Erzählungen eine zentrale Rolle spielt und mit Tabus brechen wird, die damals europaweit noch tief verankert sind«. (S. 24) Eine der Besonderheiten seiner Prosa ist die ständige Verstrickung mit dem Brauchtum und der traditionellen Kultur. Er schildert nicht nur das Leben innerhalb einer solchen Gemeinschaft, sondern auch die Konsequenzen, die seine Figuren zu tragen haben, wenn eines der patriarchalischen Gesetze gebrochen wird; diese haben oft ihre Wurzeln und Entsprechungen in der Volksdichtung. Mit dem Ziel, die bestehende Ordnung aufrechtzuerhalten, verzichtet die Gemeinschaft auf das unerwünschte Individuum, was oft ein tragisches Element in sich birgt, das in Stankovićs Prosa tief und emotional dargestellt wird.

Abgesehen von diesen Motiven ist Bora Stanković unübertroffen in der Darstellung des Lebens und der Gesellschaft von Vranje zwischen den beiden Jahrhunderten. Er beschreibt die Hierarchie innerhalb der Gesellschaft, die Bräuche, insbesondere an Feiertagen, bei Hochzeiten und anderen besonderen Anlässen. Seine Werke können als ethnografische Quellen betrachtet werden, da sie das tägliche Leben und seine Annehmlichkeiten so detailliert darstellen und oft auch Verse von Volksliedern und Gedichten enthalten. In dieser Sammlung kann der Leser Stankovićs emblematische Motive und Handlungsstränge sowie eine typische Struktur der Erzählungen nachvollziehen, die oft mit der Beschreibung eines Ortes, eines Brauchs oder etwas anderem beginnen, das nicht unmittelbar auf die Ereignisse hinweist, aus denen die Fabel besteht. Diese Beschreibungen gehören jedoch zu den außergewöhnlichsten Passagen in der serbischen Literatur, da sie die Atmosphäre der bäuerlichen Kämpfe, die Beschreibungen der Landschaft, die neblige Gegend oder die staubige Luft an einem heißen Sommertag zum Leben erwecken können. Als Beispiel sei der erste Satz der Kurzgeschichte *In den Weinbergen* angeführt: »Die Erde roch nach saftigen, berstenden Trauben, der Nebel, der nur mehr langsam aufstieg, war kalt und düster«. (S. 191)

Es ist auch anzumerken, dass die meisten von Bora Stankovićs Charakteren von den Menschen inspiriert wurden, die er in Vranje traf – einige der wichtigsten sind seine Großmutter Zlata, die Frau seines Stiefbruders Nuška oder seine Nachbarin Sofija. Angesichts dieser Perspektive sowie der Persönlichkeitsmerkmale und der Lebensweise, die Robert Hodel in der Einleitung beschrieben hat (einschließlich der Sensibilität, der Lust am Singen und Erzählen oder der ständigen Besuche in der Kafana), kann man mit Sicherheit sagen, dass seine Geschichten seine Lebensereignisse, aber – was noch wichtiger ist – seine inneren Kämpfe schildern.

Schließlich bleibt die Frage: Warum sollten deutsche Leser zu den Geschichten des serbischen Schriftstellers aus dem späten 19. und frühen 20. Jahrhundert greifen? Ich würde behaupten, dass Stankovićs Prosa mehrere Eigenschaften vereint, die zusammen ein spannendes literarisches Werk ergeben. Stankovićs Fähigkeit, Lokales und Persönliches bis ins kleinste Detail zu beschreiben und dennoch auf die universelle menschliche Natur zu verweisen; eine alltägliche Situation zu schildern und dennoch in den verborgensten Teil der eigenen Seele vorzudringen; Emotionen zu erkunden, die auch heute noch ein gewisses Tabu darstellen, ist einfach erstaunlich.

Danica Trifunjagić

Viel Lärm um … *semmi?*

Johanna Sebauer: Nincshof. Roman. Köln: DuMont Buchverlag 2023. 366 S.

Johanna Sebauers *Nincshof* hat seit seinem Erscheinen in Österreich sehr viel Aufmerksamkeit bekommen. Dieser mediale Erfolg von Sebauers Debütroman ist beeindruckend und macht natürlich neugierig, zumal schon der Titel, ein wunderschönes Beispiel von humorvoller Spielerei mit Mehrsprachigkeit, Lust darauf macht, in die einerseits eindeutig verortbare, reale, andererseits aber mit fantastischen Elementen durchsetzte Welt von Johanna Sebauers Figuren, die in dem fiktiven Dorf Nincshof im Burgenland leben, einzutauchen.

Sebauers Kurzprosa, die unter anderem in Anthologien des burgenländischen edition lex liszt Verlags erschienen ist, kreist thematisch immer wieder ums Burgenland. Wie in diesen früheren Texten hat auch ihr Debütroman durch den Ort der Handlung einen eindeutigen Bezug zum Burgenland und das macht zumindest in Österreich einen nicht unwesentlichen Teil des Reizes ihres Romanes aus und trägt vielleicht auch zu dessen Erfolg bei, da er dadurch zum immer noch ausgesprochen beliebten Genre der Regionalliteratur gezählt werden kann. So spielt die Geschichte an zum Teil realen und sehr charakteristischen Orten, wobei der typische Gegensatz von Stadt (Wien) und Land (Burgenland) hier dem Genre entsprechend teilweise fast schon klischeehaft heraufbeschworen wird. Der neben Nincshof selbst einzige weitere fiktive Ort Zick ist ein direktes Zitat aus einem der wichtigsten zeitgenössischen Romane der burgenländischen Literatur, der im Übrigen sehr ausgiebig mit der für die Region charakteristischen ungarisch-deutschen Mehrsprachigkeit spielt: Klaus Hoffers zweiteiliger Roman *Bei den Bieresch* – 1979 erschien der erste Teil *Halbwegs*, 1983 der zweite Teil *Der große Potlatsch* im Fischer Taschenbuch Verlag – erhielt damals ebenfalls begeisterte Kritiken, wurde aber wohl aufgrund seiner Komplexität in erster Linie von Schriftstellerkolleginnen und -kollegen wertgeschätzt.

Bei Sebauer wird hingegen auf unterhaltsame und leicht verdauliche Weise die Geschichte eines Sommers im burgenländischen Seewinkel erzählt, in dem eine Gruppe durchweg liebenswerter, aber schrulliger Bewohnerinnen und Bewohner von Nincshof sich nach der guten, alten und lang vergangenen Zeit zurücksehnt, in der das Dorf der Legende nach unentdeckt und somit den eigenen Regeln nach in völliger Autonomie vom umgebenden österreichischen Staat beziehungsweise Königreich Ungarn lebte – worauf auch der Name des Ortes verweisen soll: *nincs* bedeutet im Ungarischen so viel wie *ist nicht, existiert nicht*. Die Gruppe von drei Männern aus drei Generationen, die sich als Oblivisten bezeichnen und sich um eine der beiden Hauptprotagonistinnen, die Nincshoferin Erna Rohdiebl, zusammenfinden, versucht nun mit verschiedenen Mitteln zu erreichen, dass das kleine Dorf wieder vergessen werde. Der Älteste unter ihnen stellt dabei das lebendige Bindeglied zwischen der Gegenwart der Erzählung und dem legendären Waschweib Martha dar, das sich im Verlauf der Geschichte nicht nur als große Freiheitskämpferin für das autonome Nincshof, sondern auch als Großmutter der nun selbst schon über 70-jährigen Erna Rohdiebl entpuppt. Martha und Erna erwecken außerdem die Neugierde der deutlich jüngeren Isa Bachgasser, der zweiten Hauptprotagonistin des Romans und krassem Gegenteil zu Erna. Isa ist Teil der frisch nach Nincshof zugezogenen Familie aus Wien, die ebenso der typischen Vorstellung der urbanen, sehr wohlhabenden Aussteigerfamilie entspricht: ein vom Umzug völlig überzeugtes Elternteil, das im neuen Landleben aufgeht, ein Elternteil, das die zurückgelassene Stadt vermisst und sich in der neuen, ländlichen Einfachheit und Eigenheit nicht zurechtfindet, und ein pubertierendes Kind. Als solche machen die – wie man im Burgenländischen sagt – *Zuagroasten* der Nincshofer Oblivistengruppe mit ihren exotischen Hobbys wie etwa der Irrziegenzucht sowie beruflichen Gewohnheiten, nämlich der Recherchelust der ehemaligen Dokumentarfilmerin, immer wieder einen Strich durch die Rechnung, was zum Teil zu durchaus skurril-komischen Situationen führt. In all dem sich stellenweise ein bisschen langsam entwickelnden Chaos rund um eine trächtige Ziege und olfaktorische Anschläge auf Radtouristinnen und -touristen kommen sich die beiden Hauptprotagonistinnen, aus deren Perspektiven die Geschichte zum größten Teil abwechselnd erzählt wird, immer näher, bis schließlich die Neuzugänge Teil der Nincshofer Gemeinde werden.

Mit *Nincshof* hat Sebauer also einen grundsätzlich leicht lesbaren, unterhaltsamen Roman vorgelegt, der sich als solcher auch gut in die Tradition der humoristischen Regionalromane einreiht, was auch seine Präsenz in der breiten Öffentlichkeit – vom Wiener Werbefernsehen in den öffentlichen Verkehrsmitteln bis hin zum Corporate Publishing Magazin des Landes Burgenland – belegt. Ebenso scheint der große Erfolg auch dem guten Marketing und der vorteilhaften Positionierung der Autorin im deutschsprachigen Literaturbetrieb geschuldet zu sein, denn was die inhaltliche und erzählerische Ausgestaltung angeht, bleibt doch noch deutlich Luft nach oben. Wer nämlich ein vielschichtiges oder tiefergehendes Beispiel für burgenländische Regionalliteratur erwartet, etwa auch durch den Titel verleitet denkt, dass in dem Buch auch auf die burgenländische oder speziell die ungarische Geschichte des Burgenlandes auf kreative Weise Bezug genommen wird, bleibt nach der Lektüre enttäuscht zurück.

Geradezu irritierend ist, wie die Autorin es vermeidet, ihrer Geschichte oder den in ihr vorkommenden Figuren Tiefe zu verleihen, indem sie ihre Aufmerksamkeit jenen Elementen der Erzählung widmet, die im Vergleich zu anderen weit weniger Potential haben, Spannung aufzubauen oder die Charaktere sowie die Geschichte weiterzuentwickeln. So wird der zum Teil zu lang geratenen Ausarbeitung der fantastischen Elemente rund um die Herkunft der Irrziegen sowie der Theorie des Oblivismus weit mehr Raum gegeben als beispielsweise der ebenso fantastischen, aber doch mit der realen Geschichte des Burgenlandes verwobenen und deshalb umso spannenderen Legende rund um die Entstehung von Nincshof, die in Form der Erinnerungen Ernas an die Gute-Nacht-Geschichten ihrer Großmutter, dem Waschweib Martha, erzählt wird. Auch die im Titel heraufbeschworene und für das Burgenland charakteristische Mehrsprachigkeit findet im Text selbst so gut wie keine Erwähnung oder Umsetzung – von einem Nebensatz abgesehen, demnach früher die Menschen in Nincshof Ungarisch gesprochen hätten, wird die bis heute spürbare sprachliche Besonderheit dieser Region nicht weiter aufgegriffen. Eine Tatsache, die insbesondere in Zusammenhang mit einer stilistischen Eigenheit der Autorin umso seltsamer anmutet: So werden in dem Roman sämtliche Figuren konsequent jedes einzelne Mal mit ihrem vollen Namen benannt. Was vermutlich ein Element der Komik sein soll, kann bestenfalls als nervenaufreibende Übung zur Steigerung der persönlichen Frustrationstoleranz der Leserschaft betrachtet werden. Erzählerisch erschließt sich diese Eigenwilligkeit nicht, denn wollte es eine Bezugnahme auf die im Burgenland mitunter verbreitete Angewohnheit sein, Menschen im Gespräch gelegentlich mit vollem Namen zu nennen, so müsste dies der ungarischen Tradition folgend in der aus deutscher Perspektive umgekehrten Reihenfolge von Vor- und Nachnamen passieren.

Vielleicht wollte die Autorin, die zweifellos die Region kennt und einiges an Recherchearbeit in ihr Debüt gesteckt hat, mit ihrer Erzählung bewusst auf einer einfacheren Ebene verbleiben und sich auf die Wirkung der Kombination von zum Teil absurder Komik und dem massentauglichen Reproduzieren der beliebten, regionalen Stereotype verlassen, anstatt zu sehr in die komplexe, aber dafür umso reichhaltigere Geschichte der Region einzutauchen, um ihre Leserschaft nicht zu sehr zu fordern. Und vielleicht ist dies auch der Grund dafür, dass man auch in Bezug auf die leider in den meisten Fällen etwas flach geratene Charakterzeichnung weniger das Gefühl hat, hier einen authentischen burgenländischen Regionalroman vor sich zu haben, als vielmehr einen Roman, der zwar aus einer gut informierten und sympathisierenden Außenperspektive geschrieben worden ist, sich aber doch nur den gängigen Klischees entlang bewegt – wobei jene Passagen der Erzählung, die im urbanen Kontext spielen, deutlich differenzierter wirken. Schade, denn die durchaus originelle Grundidee der Geschichte hätte so viel mehr hergegeben. Wie so etwas gehen kann, beweist etwa Michaela Frühstück mit ihrem 2012 in der edition lex liszt erschienenen, ebenfalls erfolgreichen Buch *Teta Jelka überfährt ein ~~Huhn~~ Hendl*: Dieser durchweg unterhaltsame Roman ist vollkommen im burgenländischen Kosmos, konkret dem Mittelburgenland mit seinen burgenlandkroatischen Ortschaften, verwurzelt und schöpft mit Humor und Tiefgang aus der burgenländischen Geschichte, um mittels der Lebensgeschichten der Bewohnerinnen und Bewohner eines kleinen, real existierenden Dorfes Themen wie die Nachkriegszeit, die Auswanderungswellen, den Eisernen Vorhang oder das Volksgruppendasein zu behandeln.

Wer also beispielsweise eine Ferienlektüre mit kurios-fantastischer Geschichte, gespickt mit liebenswerten, regionalen Stereotypen, sucht, ist mit *Nincshof* gut bedient. Wer einen burgenländischen Regionalroman erwartet, der amüsant und authentisch aus dem Vollen der durchaus komplexen Region und deren Geschichte schöpft, ist mit anderen Werken besser beraten.

Erika Erlinghagen

Neuauflage des Erstlingswerks

Hans Bergel: Fürst und Lautenschläger. Eine Erzählung aus dem Siebenbürgen des 17. Jahrhunderts. Mit einem Vorwort von Stefan Sienerth. Berlin: Edition Noack & Block 2024. 134 S.

Zwei Jahre nach dem Tod des 1925 in Siebenbürgen geborenen Schriftstellers und Publizisten Hans Bergel, der mehr als 50 Jahre in Deutschland lebte und mehr als 50 Bücher schrieb, liegt nun seine – viel zitierte und wenig gelesene – Jugenderzählung *Fürst und Lautenschläger* mit einem ausführlich kommentierenden Vorwort von Stefan Sienerth, dem langjährigen Leiter des IKGS in München, vor.

Das Erstlingswerk des ungemein produktiven Autors von Romanen, Erzählungen, Gedichten, Sachbüchern und Biografien erschien 1957 im Jugendverlag Bukarest. 1956 bei einem literarischen Wettbewerb innerhalb der sich nach dem Zweiten Weltkrieg langsam wieder entfaltenden deutschen Kulturszene im mittlerweile sozialistischen Rumänien preisgekrönt, spielte die Erzählung nur drei Jahre später eine verhängnisvolle Rolle für Hans Bergels biografischen und dichterischen Weg. Sie wurde Anlass zu Bergels Verhaftung und Verurteilung im Kronstädter Schriftstellerprozess am 15. September 1959 zu 15 Jahren Kerker und Zwangsarbeit, von denen er bis zu seiner Rehabilitation 1964 fünf Jahre verbüßte. Mit Bergel zusammen wurden die Autoren Andreas Birkner, Wolf von Aichelburg, Georg Scherg und Harald Siegmund zu insgesamt 95 Jahren Lagerhaft verurteilt. Den politischen Hintergrund bildete die rigide stalinistische Innen- und Kulturpolitik unter dem Staats- und Parteichef Gheorghe Gheorghiu-Dej in Frontstellung gegen potenzielle antisozialistische Bedrohung Rumäniens nach dem ungarischen Aufstand 1956.

Bergel bedient sich in seiner Novelle dramatischer historischer Abläufe und pittoresk-bühnenhafter Sprachbilder und Kulissen, um kriegerische Ereignisse des 17. Jahrhunderts zu veranschaulichen: »in einem jener Jahre, in denen das Riesenreich der Habsburger unter den unherrschlichen Händen Rudolfs II. wie ein blinder Koloss einer Katastrophe entgegenzutaumeln begann […]«. (S. 47)

Am Tag nach der Wahl des 18-jährigen Gabriel, letzter Spross des altberühmten und gefürchteten Adelshauses Bathory, zum Fürsten in Klausenburg »fuhren Befehle wie Peitschenhiebe in das Fürstentum hinaus«. (S. 50) Ein Sänger tritt auf. »[…] wo immer der Fremde seine Lieder wider die Tyrannei der Fürsten wie Rufe hinwarf, wo er, die Fäuste in den Saiten und mit einem Lachen in dem Narbengesicht, seine Spottlieder auf den Bathory sang, sah man geballte Fäuste und blitzende Augen.« (S. 65) Der Sänger weigert sich, für den Fürsten zu singen: »Die Kunst, Euer Weisheit, ist in Zeiten der Not mehr als in solchen des Glücks, ein Feuer, an dem sich die Herzen entzünden […]. Ich bin keine Hure und meine Kunst erst recht nicht!«. (S. 128)

Der aus der Bukowina stammende Dichter Manfred Winkler berichtete Hans Bergel im Jahr 2011 bei dessen Besuch nahe Jerusalem, er habe im Jahr 1958, kurz vor seiner Emigration aus Rumänien nach Israel, Bergels Buch *Fürst und Lautenschläger* gelesen. In einem *Gespräch* erinnert er sich: »Ich dachte: Wer sowas schreibt, der ist verrückt. Oder tollkühn. Der greift das Ungeheuer frontal an. Der lacht den Diktatoren bei Tageslicht ins Gesicht. Wenn die das spitzkriegen, o weh! So kam es ja dann auch. Ich dachte: Diese Erzählung *Fürst und Lautenschläger* ist ein Sprung mitten ins Feuer hinein. Ein Freiheitstanz vor aufgepflanzten Bajonetten. Sag mir, kennst du keine Angst?«. Bergel antwortet dem Freund: »Kein anderes [Buch] hat mein Leben so bestimmt wie diese ungehobelte Prosa«.[1]

Zwanzig Jahre nach dem Zusammenbruch des kommunistischen Regimes in Rumänien verweist Bergel in einem Vortrag über »Literatur und Widerstand« unmittelbar auf den autobiografischen

1 Hans Bergel/Manfred Winkler: Die Verweigerung der Negativität. Gespräch über Hiob und Apollon. Berlin 2016, S. 85f.

Bezug seiner Erzählung. Sie machte ihm als 20-Jährigem »bewusst«, dass sein Leben »das eines Schriftstellers sein würde. Ich bin als Schriftsteller […] sicherlich zunächst das Produkt einer genuin vorgegebenen Veranlagung, ich bin es aber ebenso als Ergebnis der Rebellion gegen jederlei Diktatur. Niemals kam es mir bei alldem auf Öffentlichkeit an, es war immer die Entscheidung für meine Haltung in ausschließlich persönlicher, ja sogar privater Wertung«.[2]

Bergel beteiligte sich gegen Ende des Zweiten Weltkriegs nach dem Vordringen der Sowjetarmee auf rumänischen Boden als Kurier bei rumänischen Partisanen. Nach Kriegsende 1945, so berichtet Bergel, »hofften die Männer des Widerstands nicht mehr auf die deutschen Raketenwaffen, sondern auf die Intervention der Amerikaner«. Sie wurden »Schachfiguren im Spiel vor allem der US-Amerikaner«.[3]

»Aus der in mir […] angestauten Wut auf die Fremden, die das Land beherrschten, auf die Verhältnisse, in denen wir als Widerständler wie die Tiere lebten, auf die uniformierten *Siguranța*-Agenten, die uns jagten und unsere Familien zerstört hatten, […] aus dieser Wut heraus«[4] begann Bergel am Tag nach dem Tod eines Luftwaffenoffiziers, der ihn entscheidend geprägt hatte, mit der Niederschrift seiner ersten Erzählung. Den Anstoß gaben für ihn zwei Sätze des »in seinen Armen verstorbenen Hauptmanns: *In Knechtschaft zu geraten und zum Sklaven gemacht zu werden ist nichts weiter als ein Unglück des Moments, das Unglück eines Menschen oder einer Gesellschaft beginnt erst dort finale Ausmaße anzunehmen, wo der Wille aufhört, sich daraus zu befreien*«.[5]

Der zweite Satz des Hauptmanns Cepa blieb Hans Bergel lebenslang unvergessen: »*So gesehen kann man auch im Zustand der Unterjochung frei sein.* Das Gefühl, das mich nach Abschluss der Arbeit an der Erzählung *Fürst und Lautenschläger* Ende Februar 1946 beherrschte, war die Gewissheit, mich von der Angst vor der Diktatur ein für allemal befreit zu haben«.[6]

Hans Bergel hat sich in reiferen Jahren des Schreibens von der ungestümen sprachlich-stilistischen Form seines Jugendwerkes distanziert. Die Novelle lässt aber bereits ein Grundmuster von Bergels suggestiv-emotionalem Erzähltalent und seinem an klassischen Vorbildern geschulten Formwillen erkennen, die seine späteren Erzählungen und großen Romane auszeichnen. Bis zuletzt bleibt er seiner dichterischen Maxime treu, dem schrankenlosen Bekenntnis zur menschlichen Freiheit, »zur Freiheit des Individuums« – die dichterische Botschaft, die der Lautenschläger der frühen Novelle dem verbrecherischen Fürsten gegenüberstellt. Hans Bergel sollte dieses Bekenntnis Jahre seines Lebens kosten, seine dritte fatale Verurteilung. Kein zweiter Autor hat den Mut besessen, das stalinistische Regime Rumäniens der 1950-er, 1960-er und 1970-er Jahre in leicht zu entschlüsselnder Form als despotische Herrschaft zu entlarven.

Renate Windisch-Middendorf

2 Hans Bergel: Die Unbesiegbarkeit des Freiheitsgedankens. Zur Geschichte der Erzählung der Geschichte *Fürst und Lautenschläger*. In: ders.: Das Spiel und das Chaos. Essays und Vorträge. Berlin 2013, S. 177–195, hier: S. 178.

3 Peter Paspa: Hans-Bergel-Brevier. Berlin 2021, S. 128.

4 Hans Bergel: Die Unbesiegbarkeit des Freiheitsgedankens. Zur Geschichte der Erzählung der Geschichte *Fürst und Lautenschläger*. In: ders.: Das Spiel und das Chaos. Essays und Vorträge. Berlin 2013, S. 185.

5 Ebenda, S. 184.

6 Ebenda, S. 187.

Die Poesie trotzt der Schwerkraft
Hellmut Seiler: Aufhebung der Schwerkraft. Lyrik. Berlin: Edition Noack & Block 2023. 141 S.

Der Lyriker Hellmut Seiler erfreut uns mit seinem neuesten Gedichtband *Aufhebung der Schwerkraft*. Auf 141 Seiten und in 102 Gedichten werden die Leser eingeladen, sich durch die Erfahrungen, Erinnerungen, Reisen, Impressionen, Weltansicht des lyrischen Ichs auf eine sprach- und bildgewaltige Poesie einzulassen. In seinem Vorwort bereitet Anton Sterbling den Leser auf eine neue Art von Poesie vor, indem er historisch einordnet und die wichtigsten Aspekte aus Seilers Prosawerk vorstellt, die die »neuen Wendungen, Überraschungen« (S. 5) in seiner Lyrik vervollständigen.

Die Schwerkraft steht für Seilers literarisches Versteckspiel, die zu Erkenntnissen, Reisen und individuellen Prägungen führt. Das Motto dieser Lyrik trotzt der Schwerkraft und verweist auf die Distanz, die sich zwischen dem Leser und dem lyrischen Schaffen befindet. Die Lektüre erweist sich als lyrischer Tango, in dem die Wahrnehmung und das Verstehen von Verborgenem gefordert sind. Es ist eine anspruchsvolle, aber einnehmende Lektüre. Anspruchsvoll, weil das Leben im kommunistischen Rumänien reflektiert wird und es viel Neues zu entdecken gibt. In insgesamt 19 Gedichten begibt sich der Leser auf eine Zeitreise durch die Jahrzehnte und streift von Exkursionen – *Im Goethe-Haus zu Frankfurt a. M.* (S. 35), die auf den 27. Oktober 2018 datiert ist – bis hin zu Begegnungen – *September*, *Mai* (S. 84) führt zum 3. August 2019 zurück und ist Werner Söllner gewidmet. Nicht nur die lyrische Schöpfung ist beachtenswert, sondern auch die künstlerische Note des Gedichtbandes, die aus fünf ausgewählten Fotografien von Éva Seiler-Iszlai besteht. In Seilers Lyrik entsteht ein Begegnungspunkt, an dem Fotografie und Poesie aufeinandertreffen und einen Dialog zwischen den Sinneswahrnehmungen und dem Text ermöglichen. Durch die Verbindung von visuellen und sprachlichen Elementen schafft Seiler eine einzigartige Synthese, die es dem Leser erlaubt, sich sowohl durch die Bilder als auch durch die Worte in seine Gedichtwelt zu vertiefen. Diese Synthese erweitert die traditionelle Grenze zwischen Bild und Text und lädt zu einer vielschichtigen Interpretation ein, die über die bloße Betrachtung oder das Lesen hinausgeht.

Das dichterische Schaffen Seilers lädt zu einer »schwerelosen« Lektüre ein, auf Versmaß, Reim oder Rhythmus wird weniger geachtet. Es sind Prosagedichte, die scheinbar auf persönlichen Erlebnissen, Erinnerungen und Selbstreflexionen beruhen. Schon in den ersten fünf Gedichten kann man die Schwerelosigkeit als Leitmotiv erkennen. Die Gedichte locken den Leser aus der Gemütlichkeitsecke heraus und erfordern eine aufmerksame Lektüre. Nicht die lyrischen Formelemente (Reim, Rhythmus, Strophenform) sind zu analysieren, sondern die geschlichteten Informationen.

Hellmut Seilers Gedichtband ist eine Fundgrube an Informationen und Offenbarungen. Schon die ausgewählten Bilder sind bemerkenswert und laden den Leser ein, sich intensiv mit dem dargestellten Epos auseinanderzusetzen. Die Vielfalt der Themen und Motive in Seilers Gedichtband bietet zahlreiche erfrischende Interpretationsmöglichkeiten. Seine Gedichte decken ein breites Spektrum an Emotionen und Gedanken ab, von tiefgründigen Reflexionen bis hin zu alltäglichen Beobachtungen. Diese Vielseitigkeit ermöglicht es den Lesern, eigene Verbindungen zum Geschriebenen herzustellen und neue Einsichten zu gewinnen. Seilers geschickter Einsatz von Sprache und Bildsprache verstärkt die Wirkung seiner Gedichte und lässt sie in ihrer Bedeutung und Tiefe erstrahlen. Ein Beispiel für diese Bedeutung und Tiefe in Seilers Lyrik ist *Weinlese beim Übergang zur Weinverkostung* (S. 49), das dem deutschen Astronauten Alexander Gerst gewidmet ist, der mehr als 100 Tage im All verbrachte. Es ist das erste und einzige Gedicht, in dem das Wort »Schwerkraft« vorkommt. Erwähnenswert ist auch das Gedicht *Komet Neowise* (S. 122), das von dem Kometen C/2020 F3 (NEOWISE) handelt, dessen Laufbahn 2020 in unmittelbarer Nähe der Erde aufgezeichnet wurde.[1] Das Gedicht offenbart außerdem, dass die Einzigartigkeit ein Konstrukt von Menschenhand ist, denn die Menschen neigen dazu die Geschichte zu wiederholen, so verhält es sich auch mit aktuellen (politischen) Ereignissen. Der Autor zitiert diesbezüglich Hannah Arendt: »[n]icht der Mensch bewohnt diesen Planeten, sondern Menschen. Die Mehrzahl ist das Gesetz der Erde.«[2]

Die Gedichte verweisen immer wieder bereits im Titel auch auf geografische Orte: *Begegnung im Great Bear Rainforest* (S. 107); *Dobring/Dobârca, Kreis Hermannstadt/Sibiu* (S. 111); *Hamruden, einen Spaltbreit offen (2017)* (S. 118); *Reschitza oder: Früher hieß es Zukunftsgläubigkeit* (S. 129). Die vielfältige räumliche Verortung offenbart die Reiselust des Autors, und intermediale Referenzen bereichern die Gedichte ebenso: *Giacometti* (S. 30); *Caravaggio* (S. 96); *Millionen, Stradivari* (S. 124), solche musikalischen Verweisstellen fungieren wie eine Art Soundtrack zu den Gedichten. Politische Andeutungen fehlen genauso wenig wie selbstreflexive Hinweise: *Der Maulwurf* (S. 19); *Der Zigeunerjunge* (S. 21); *Die Beiden* (S. 23); *Mund ist nicht Maul* (S. 38) oder *Bückware* (S. 53).

Hellmut Seilers Gedichtband lässt sich auch als Schwelle zwischen dem Raum- und Zeitkontinuum der Erinnerung und des Daseins lesen. Auf dieser Grundlage etabliert sich ein schwereloslyrisches Schreiben, das die Grenzen zwischen Vergangenheit, Gegenwart und Zukunft poetisch verwischt und so einen vielschichtigen Dialog zwischen unterschiedlichen Zeitebenen und Erfahrungen schafft. Seilers Gedichte sind einfach zu lesen, doch es braucht einen weiten Blickwinkel, um die Quintessenz seiner Lyrik zu erfassen. Durch Collage, Addition zum Beispiel im Gedicht *Streichhölzchen* (S. 41), Kürzungen wie im Gedicht *Giacometti* (S. 30) und Verlängerungen wie im Gedicht *Die Schreibmaschine II* (S. 58f.) liefert Seiler einen unkonventionellen – *Der Zigeunerjunge* (S. 21), *Die Beiden* (S. 23), *Mund ist nicht Maul* (S. 38.) – Einblick in verschiedene Lebensaspekte und ermöglicht so dem Leser die Verknüpfung von Gegenwart und Vergangenheit. *D. Doris Coța*

Die Frage nach dem Erzähler

Drago Jančar: Als die Welt entstand. Roman. Aus dem Slowenischen von Erwin Köstler. Wien: Zsolnay 2023. 272 S.

Der vorliegende Roman, im Original *Ob nastanku sveta*, stammt aus der Feder des meist übersetzten zeitgenössischen slowenischen Schriftstellers Drago Jančar (* 1948) und ist 2023 in der Übertragung von Erwin Köstler im Paul Zsolnay Verlag in Wien erschienen. Die Handlung spielt in Maribor (dt. Marburg an der Drau), der Geburtsstadt des Autors, und thematisiert die Liebe, wie bereits die Romane *Wenn die Liebe ruht* (2019) und *Nordlicht* (1990). Jančar lässt in seinem historischen Roman keine bekannten Akteure der Geschichte als Figuren auf-

1 The Earth Observatory: Comet NEOWISE [Komet Neowise], <https://earthobservatory.nasa.gov/images/151536/on-this-day-in-2020-comet-neowise>, 12.12.2023.

2 Hannah Arendt: Vom Leben des Geistes. Band I. München 1998, S. 29.

treten, sondern die Menschen am Rande. Wie auch für seine anderen Romane bezeichnend, ist man trotz der spielerischen Erzählweise und der poetischen Sprache doch mit der Realität konfrontiert, dass das Ende des Krieges den Anbruch einer neuen Zeit mit sich brachte und vor allem die Menschen grundsätzlich veränderte.

Das Erzählen läuft für Jančars Prosa charakteristisch geschmeidig, ohne äußere Unterbrechungen wie etwa Kapitel. Der Roman ist als ein großer Rückblick aus dem fiktiven Jetzt konzipiert, also eine Erinnerung des heute älteren und erfahreneren Haupterzählers Danijel: »Damals habe ich nicht verstanden, sagt Danijel [...]. Heute verstehe ich, was los war«. (S. 148) Die Erzählsituation ist sehr komplex, denn über das vergangene Geschehen wird in fragmentarischer Form anhand Erinnerungen, Szenen, Bibelauszügen, Zeitungsausschnitten, Gedankenräuschen und Träumen des Haupterzählers im Dialog mit einem unbekannten Gesprächspartner berichtet. Der Erzähler Danijel ist ein wissbegieriger und außergewöhnlicher Junge, denn »er ist ein Seher« (S. 191) der zerrissenen Welt, die um ihn entsteht. Von der Mutter wird er gezwungen, heimlich den Religionsunterricht zu besuchen, und vom Vater muss er sich die Kämpferbundgeschichten und Verehrung der neuen kommunistischen Ideologie anhören. Die Zerrissenheit der Gesellschaft der Nachkriegszeit wird auf die Eltern, das heißt auf die kleinste Zelle der Gesellschaft übertragen. Dabei tritt ein weiterer, allwissender Erzähler auf, der zur Vervollständigung des Erzählten beiträgt und die Psyche des Nachkriegsmenschen, die eine antithetische Natur annimmt, darstellt: »Sie waren gute Leute, fröhliche. Aber manchmal auch schreckliche. [...]«. (S. 36) Die Figuren, die den Erzähler umgeben und über deren Schicksal Danijel berichtet, sind die neuangekommene Nachbarin Helene beziehungsweise Lena, Danijels Eltern, Vaters Kämpferbundkamerad Pepi, der notorische Ljubo, Pater Aloisius, Professor Fabjan, Danijels Halbbruder David, die deutsche Nachbarsfamilie Rainer, Danijels Mitschülerin Vasilka und der große, geistig gestörte Junge namens Malček [Knirps] – jeder von ihnen beeinflusst und verändert die Welt von Danijel. Während Pepi als Pantoffelheld, Ljubo als »Bad Boy«-Archetyp, Danijels Mutter als andächtige Frau und Malček als Sonderling auf der Figurenebene wirken, sind die restlichen Figuren weitgehend komplexer gestaltete Charaktere, die jeweils eine Gesellschaftsgruppe der Einwohner im Maribor der Nachkriegszeit repräsentieren, zum Beispiel Partisanen, Deutsche, Deutschtümler und Zuwanderer aus dem Küstengebiet und aus den ruralen Gebieten.

Das Geschehen schreitet zuerst etwas zögerlich voran und macht den Leser leicht ungeduldig. Die eigentliche Handlung beginnt mit Danijels Entdeckung, dass die von ihm beobachtete und verehrte neue Nachbarin Lena einen Liebhaber in ihre Wohnung im Erdgeschoss hereinlässt. Die aus einem Kärntner Dorf stammende junge Sekretärin bezaubert Danijel mit ihrem Aussehen, ihren häuslichen Fertigkeiten, dem Bücherlesen und der Nächstenliebe. Problematisch aber findet er neben ihrer Liebhaberwahl – dem tollpatschigen Pepi – vor allem ihren tiefen Glauben an Gott und die Orientierung an der Weisheit des Herzens. Der zuerst gehasste Liebhaber Pepi, ein trinklustiger Kamerad seines Vaters, der in Danijels Küche ständig den Sieg über Nazideutschland mitfeiert, obwohl er damals noch zu klein war, um daran teilzunehmen, wird durch das Voranschreiten der Beziehung der beiden Liebhaber und Danijels Kenntnis von Pepis Handwerk als Blitzschutzmonteur schließlich bewundert: »Und Pepi wächst mächtig in seinen [Danijels] Augen [...]«. (S. 85)

Es entwickelt sich eine tragische Liebesgeschichte mit einer Dreiecksbeziehung zwischen Lena, Pepi und dem Frauenheld Ljubo, die Elemente eines Krimis aufweist, da der Roman gleichzeitig von mehreren Verbrechen erzählt. Die Erwähnung, dass Lena im Herbst in der schwarzen Chronik der lokalen Zeitung als Helene M. angeführt wird, stellt eine Vorausdeutung auf das tragische Geschehen dar, was auf Elemente einer klassischen Detektivgeschichte hinweist. Die Dimension des Dunklen, Verborgenen, das »schlimme, sehr schlimme Dinge« (S. 23) ahnen lässt, stellt einen roten Faden dar, wobei der Leser die Hoffnung hegt, dass die kindliche Erzählerfigur mit ihrem hebräischen Namensgeber das Schicksal teilt und von den anbrechenden dunklen Ereignissen verschont bleibt.

Die slowenische Rezeption spricht bei Jančars Romanen von einer Art Bildungsroman, was auch in diesem Fall zutrifft. Der Leser kann durch Danijels Erzählen und Erleben seine seelische Entwicklung beobachten, doch ist es eher eine kurze Zeitspanne, von einem Frühling bis zum nächsten und von Danijels behütendem Interesse für Lena zu der sich langsam anbahnenden Liebe für die Mitschülerin Vasilka. Lenas Aussehen verändert sich durch das tragische Geschehen gegen Ende des Romans gänzlich. Aus einer ruhigen, stillen Sekretärin, die Bücher liest und Spitzenkragen trägt, wird eine psychisch und physisch zerrüttete, eifersüchtige Frau. Am Ende überflutet sie die Dunkelheit hinter ihren Augen, die Danijel schon anfangs bemerkt. Die in der slowenischen Rezeption oft kritisierte patriarchalisch dargestellte Welt von Jančars Romanen, in denen die Frauenfiguren lediglich einen kollateralen Schaden der Geschichte und der Handlungen männlicher Figuren darstellen, wird im vorliegenden Roman teilweise durchbrochen und die Passivität der weiblichen Figur aufgehoben, obwohl ihr Schicksal weiterhin tragisch bleibt. Lena, von einem Geliebten verehrt und geliebt, vom anderen aber verprügelt, betrogen und manipuliert, beschließt am Ende: »Etwas [zu] tun, das noch keine getan hat« (S. 254), was für Selbstbestimmung spricht.

Das ganze Geschehen wird aus Danijels kindlicher Perspektive geschildert, also aus dem subjektiven Blickpunkt, um mit Gérard Genette zu sprechen; Danijel spricht und sieht gleichzeitig und ist intradiegetisch, nimmt am Geschehen teil. Die kindliche Perspektive gehört erzähltheoretisch zum Typ des *unglaubwürdigen Erzählers*, der in das Geschehen verwickelt ist, weswegen er die Geschichte nicht objektiv oder zuverlässig wiedergeben kann. Er versucht über das Geschehene ein Urteil zu fällen, wobei die kindliche Perspektive gerade das unmöglich macht. Die Überwältigung durch die verwirrende Welt der Erwachsenen und der Nachkriegszeit thematisiert der junge Erzähler bewusst: »Ach, das sind so komplizierte Dinge«. (S. 139) Mit Danijels Satz: »Ich mag Kinder in Büchern nicht« (S. 26) wird selbstreferentiell im Roman thematisiert, welche Rolle Kinder als Erzähler oder Figuren in der Literatur erfüllen – es wird entweder Mitleid oder aber ein Gefühl der Mitverantwortlichkeit evoziert. In Bezug auf die Zwischenkriegszeit lässt Danijel den Leser wissen, dass es in »dieser Zeit« gar keine wahre Kindheit gegeben hat, denn »die Kindheit war schon Erwachsensein« (S. 26), und obwohl der Krieg schon seit mehr als 15 Jahren vorbei ist, die Handlung spielt also irgendwann in den 1960er-Jahren, »reden sie noch immer darüber«. (S. 68)

Dass Jančar einen Knaben die Vorgänge der Nachkriegszeit erzählen lässt, ist eine mehrfache äußerst kühne Wahl. Diese kindliche Erzählperspektive, die auch im Roman *Engel des Vergessens* von Maja Haderlap anzutreffen ist, bietet einige Vorteile: So gestattet sie dem Schriftsteller, eine neutrale Position einzunehmen, denn es werden literarische Erfahrungen historischer Fakten präsentiert, ohne eine explizite Verurteilung des Geschehens. Die moralischen Vorstellungen der Erwachsenen und der Gesellschaft entdeckt Danijel mit der Zeit und kann sie als Kind nur schwer begreifen, da sie verwirrend wirken. Aus dieser Diskrepanz entsteht oft ein komischer Moment, bei dem der Leser auflacht, obwohl die eigentlichen Themen weit entfernt vom Lachen sind – Deportationen, Hausdurchsuchungen, Internierung im KZ, also die Gräuel des NS-Regimes, und die Nachkriegsgräuel der neuen Machthaber wie etwa Ermordung der Partisanenverräter, Deportierungen von politisch Verdächtigen usw.

Der Roman trägt Merkmale des realistischen historischen Romans wie etwa fiktives Geschehen im historischen Raum, die linear-chronologische Anordnung des Geschehens sowie spielerische und stellenweise humorvolle Gestaltung der Geschichte, die durch die kindliche Perspektive ermöglicht und gerechtfertigt wird, zum Beispiel Gegenüberstellung von Hitler und Tito am Beispiel der physischen Folgen, die der deutsche Nachbar Rainer, der für die Deutschen an der Ostfront als Panzerfahrer kämpfte, und Danijels Vater als Kämpferbundmitglied wegen der beiden Diktatoren erlitten: »Wegen diesem Menschen [Hitler] hat Rainers Vater ein Bein verloren. Und Danijels Vater zieht wegen dem Marschall ein Bein nach. Nun, nicht unmittelbar wegen ihm, aber mittelbar: wegen der Hitze und dem Gulasch und dem Wein auf dem Partisanenmeeting, auf dem der Marschall gesprochen hat«. (S. 117)

Von den geschichtlichen Ereignissen wird unter anderem die Bombardierung Maribors seitens der Alliierten angesprochen, die Zerstörung der Brücke und Hitlers Auftritt in Maribor, Titos Treffen mit ausländischen Staatsoberhäuptern wie etwa Haile Selassie und Gamal Abdel Nasser auf der Insel Brioni usw. Der Wahrheitsanspruch wird auch mit Referenzen auf slowenische historische Zeitungen wie zum Beispiel die Zeitung der Triester Slowenen *Edinost* [Einheit] und fiktiven Auszügen aus der noch heute erscheinenden Mariborer Zeitung *Večer* [Abend] untermauert.

Eine der Fokusverschiebungen der angedeuteten »Katastrophe« stellen die protosoziologischen Alltagsbeobachtungen dar, anhand derer eine Atmosphäre der Stadt Maribor geschaffen wird, die heute nicht mehr existiert: das morgendliche und nachmittägliche Pulsieren einer Fabrikstadt und deren Proletariats. Die Arbeiterscharen, naturalistisch mit der Metapher eines Tausendfüßlers dargestellt, und die sozialen Missstände in einer Industriestadt treten in den Vordergrund. Interessant ist auch die Vermittlung einer Außenperspektive auf den sozialen Status der Familie, denn Danijels Onkel aus dem amerikanischen Bethlehem macht es sich zur Aufgabe, den »in der bitteren Armut des gottlosen Bolschewismus« (S. 73) lebenden Verwandten mit Paketen zu helfen, aber nicht mit den erwünschten Dollars, sondern mit Gebeten im Dialekt aus dem Übermurgebiet und abgenutzten Kleidern.

Eine der Leuchtturmfiguren für Danijel stellt der pensionierte Geschichtslehrer Fabjan, der Vertreter einer hybriden, sich aber in Ablösung befindenden sozialen Gruppe, dar. Die übermittelten Autostereotype der Slowenen weisen auf die damalige politische und ideologische Zerrissenheit der slowenischen Gesellschaft hin – wie Professor Fabjan unterstreicht, vergessen die Slowenen, im Gegensatz zu den Russen, nie und können dadurch auch nicht vergeben, was zum andauernden Hass führt. Daraus resultiert auch Fabjans Außenseitertum, denn die neue Welt, das heißt die slowenische

Gesellschaft der Nachkriegszeit, verzeiht ihm nicht, während des Krieges in Maribor auf Deutsch unterrichtet und wegen des NS-Regimes nicht eine Deportation durchgemacht zu haben. Das metaphorisch isolierte, in der Natur angesiedelte Haus am Waldrand bietet Danijel einen Zufluchtsort, es ist ein »Märchenhaus« von Stille und Kultur im Gegensatz zu der Fabrikatmosphäre und dem Lärm, von dem Danijel sonst umgeben ist. Hier kommt Danijel in Kontakt mit Magellans Entdeckungen, der Geschichte von Kosakenanführer Stenka Rasin – eine weitere dunkle Referenz auf Lenas Schicksal – und den Weltliteraturklassikern, neben der russischen Literatur etwa der *Odyssee.* Der intertextuelle Verweis auf Odysseus Fahrt zwischen Skylla und Charybdis ist eine Metapher für Danijels Leben, denn er bewegt sich in der Realität, den Träumen und Gedankenräuschen zwischen gefährlichen Orten, hört und erlebt vieles, was er als Kind nur schwer verstehen und verarbeiten kann. Für den Roman sind etliche weitere intertextuelle Verweise prägend, vor allem auf historische Romane wie zum Beispiel *Wesire und Konsuln* des bosnisch-serbischen Schriftstellers und Nobelpreisträgers Ivo Andrić, *Mit Feuer und Schwert* des polnischen Schriftstellers Henryk Sienkiewicz. Ebenso gibt es Bezüge zu den Werken der russischen Literatur, darunter Puschkin, Tolstoi oder Tschechow. Der Roman weist neben den illusionsartigen Gedankenräuschen und der Situationskomik eine Fülle von poetischen Stilmitteln wie Personifizierungen, Metaphern, Alliterationen, Geminationen und andere auf, was zur Poetisierung der Sprache beiträgt. Die Beschreibung des städtischen Alltags rekurriert auf die auditive Wahrnehmung von Maribor als einer Industriestadt, was mit Hilfe onomatopoetologischer Geminationen erreicht wird.

Das Ende des Romans ist mit biblischen Referenzen angereichert und philosophisch offen. Auch der bis zum Schluss unbekannte Gesprächspartner, dem Danijel seine Erinnerungen und Gedanken erzählt, geht in Danijels Ich auf und kommt zum Schluss, dass er weniger Angst hat, denn »es steht geschrieben, ist Wort geworden«. (S. 264) Vielleicht ist dieses Ich universell und stellvertretend für uns alle, die die Erzählung aus Danijels Mund vernehmen und somit wichtige Denkanstöße zum Leben, zur Liebe und unserer Vergangenheit lesen und reflektieren müssen. Die Übersetzung wird die deutschsprachigen Leser, die sich mit Jančars Werk bereits auskennen, sehr erfreuen, aber auch die Aufmerksamkeit eines breiteren deutschsprachigen Lesepublikums auf sich ziehen, da es den Leser in eine Atmosphäre der Nachkriegszeit eintauchen lässt, in der die Folgen des Zweiten Weltkrieges die Gesellschaft in ganz Europa tiefgreifend erschütterten. Jančar ist neben seinem Roman *Die Nacht, als ich sie sah* ein weiteres Meisterwerk der europäischen Literatur gelungen.

Anja Urekar Osvald

Tragische Liebe

Klara Blum: Der Hirte und die Weberin. Mit einem Essay von Julia Franck (Die Andere Bibliothek, Bd. 463). Berlin: Aufbau Verlage GmbH & Co. KG 2023. 311 S.

Die Geschichte der deutschen Exilliteratur ist in den letzten Dezennien recht gründlich und allseitig erforscht worden, und doch bleiben in diesem Bereich noch weiße Flecken. Zu den im Schatten gebliebenen Exilautoren gehört auch die deutsch-jüdische Schriftstellerin Klara Blum. »Der Literaturgeschichte ist sie eine Unbekannte« – stellt in ihrer *Weltgeschichte der deutschsprachigen Literatur*[1] Sandra Richter fest. Vielleicht war die-

1 Sandra Richter: Eine Weltgeschichte der deutschsprachigen Literatur. München 2019, S. 368.

ser Umstand für Julia Franck und Rainer Wieland vor allem bestimmend gewesen, um den vor mehr als siebzig Jahren im Rudolstädter Greifenverlag erschienenen Roman Klara Blums *Der Hirte und die Weberin* (1951) in die bibliophile, seinerzeit von Hans Magnus Enzensberger begründete Buchreihe *Die Andere Bibliothek* aufzunehmen und als Band 463 neu herauszugeben.

Die am 27. November 1904 im damals noch habsburgischen Czernowitz (ukr. Tscherniwzi, rum. Cernăuți) geborene Klara Blum ging nach der Scheidung der Eltern mit ihrer Mutter nach Wien, wo sie Psychologie studierte, sich aktiv an der feministischen Bewegung beteiligte und für zionistische und sozialistische Zeitungen zu schreiben begann. 1933 gewann sie mit ihrer *Ballade vom Gehorsam* den Preis der Internationalen Vereinigung revolutionärer Schriftsteller, der ihr eine zweimonatige Reise in die Sowjetunion einbrachte. Sie ging nach Moskau, knüpfte dort Kontakte zu den Exilzeitschriften *Das Wort* und *Internationale Literatur*, die J.-R. Becher und W. Bredel herausgaben, nahm 1935 die sowjetische Staatsbürgerschaft an und wurde in den sowjetischen Schriftstellerverband aufgenommen. Von 1939 bis 1944 veröffentlichte sie in sowjetischen Verlagen fünf Gedichtbände und galt bald als eine der begabtesten Stimmen der jungen Generation der deutschen antifaschistischen Literatur.

Ende 1937 geschah im Leben von Klara Blum ein Ereignis, das ihre bisherige Existenz mit einem Schlag radikal änderte – sie verliebte sich leidenschaftlich in den als politischer Emigrant in Moskau lebenden chinesischen Kommunisten und Theaterregisseur Zhu Xiangcheng. In ihm fand sie den erträumten Lebenspartner, mit dem sie sich auf der gleichen geistigen Augenhöhe als freie, emanzipierte Frau fühlte. Aber nur drei knappe Monate waren den beiden vergönnt – im Frühjahr 1938 verschwand ihr Geliebter spurlos unter rätselhaften Umständen. Erst Jahrzehnte später hat sich herausgestellt, dass er Opfer stalinistischer Säuberungen wurde und in Januar 1943 in einem sowjetischen Lager in Sibirien starb. Da sie über seine konspirative Arbeit im Auftrag der Kommunistischen Partei Chinas informiert war, nahm sie an, er sei von der Parteiführung mit einem geheimen Auftrag nach China zurückberufen worden und beschloss, ihm zu folgen. Unter unglaublichen Entbehrungen gelang es ihr über Warschau, Prag, Budapest, Bukarest und Paris Ende August 1947 Schanghai zu erreichen. Um die quälende Trennung einigermaßen zu kompensieren, lernte sie Chinesisch, erwarb die chinesische Staatsbürgerschaft und änderte ihren Namen in Zhu Bailan (Weiße Orchidee).

Die Geschichte dieser lebenslangen, doch nie ganz erfüllten leidenschaftlichen Liebe schildert die Schriftstellerin eindrucksvoll in ihrem Roman *Der Hirte und die Weberin*. Der Roman ist eine fiktionalisierte Autobiografie der Autorin, die hier unter dem Namen Hanna Bilkes erscheint (der Name ist wohl der Erzählung *Nach höherem Gesetz* von Karl Emil Franzos aus seinem Buch *Die Juden von Barnow* entlehnt). Darin erinnert eine im galizischen Drohobycz geborene, in Wien aufgewachsene und wegen ihrer kommunistischen Überzeugung in Moskau lebende deutsch-jüdische Dichterin an Klara Blum. Die Namensänderung der Protagonistin erlaubt der Schriftstellerin eine gewisse Freiheit bei der narrativen Entfaltung der Handlung, indem sie viele Episoden und Szenen mit ihren Visionen im Sinne der revolutionären Umwandlung gesellschaftlicher Verhältnisse hinzuschreibt. Der Roman spielt zuerst in Moskau, dann in einigen chinesischen Orten (Schanghai, Peking und andere), im Grunde folgt er den realen Ereignissen im Leben der Autorin. Die meisten biografischen Begebenheiten ihres Geliebten sind dagegen fiktionalisiert, zum Beispiel sein hypothetisches Tagebuch oder seine fast imaginäre, geheimnisvolle Rückkehr und ein kurzes Treffen von beiden am Ende des Romans, das nur wenige Stunden dauert und eher eine Wunschvorstellung der Erzählerin als ein wirkliches Wiedersehen ist. Als Motto steht hier der Dreizeiler, der einige Male an verschiedenen Stellen des Romans auftaucht und den verborgenen Sinn dieser absoluten Liebe intoniert: »Jahrelange Trennungszeit, / Kurze Stunde nur zu zweit / Und geliebt in Ewigkeit!«. (S. 76; 157; 207)

Das den Roman durchdrängende Trennungsmotiv der Verliebten kommt sowohl in der Folklore als auch in der Literatur vieler Völker vor. Bei Klara Blum geht dieses Motiv auf ein chinesisches Märchen zurück, das Nju-Lang Hanna Bilkes bereits am Anfang ihrer Liebesbeziehung in Moskau erzählt. Es handelt sich um zwei Sternbilder am nördlichen Himmel, die den Europäern als Adler (Aquila) und Leier (Lyra) bekannt sind. Für Chinesen sind diese Sternbilder ein Liebespaar – der Kuhhirte Nju-Lang und die Weberin Dshe-Nü. Mit diesen Namen werden im Weiteren die beiden Protagonisten des Romans poetisch assoziiert: »Nju-Lang und Dshe-Nü lieben einander, aber zwischen ihren Dörfern fließt die Milchstraße, und sie müssen ihre Arbeit getrennt vollbringen. Nur einmal im Jahr, am siebenten Abend des siebenten Monats, bilden die Himmelsvögel eine Brücke, eine schwirrende, farbige Brücke aus Vogelschwingen, und die beiden dürfen einander in die Arme stürzen«. (S. 74) Diese märchenhafte Metaparabel ist das poetische Symbol für die leidenschaftliche Liebe und das entbehrungsreiche Schicksal der Romanfiguren, die immer getrennt bleiben müssen.

Die innere Kraft und poetische Ausstrahlung des Romans liegen vor allem in der Idee einer allumfassenden und bedingungslosen Liebe, die imstande ist, alle Hürden und Schranken zu überwinden. Diese Grundidee, die sich von der chinesischen Volkslegende nährt, impliziert schon an sich die Tragik dieser Liebe, indem Hanna ihr Liebesgefühl ins Absolute transferiert – wegen konspirativer revolutionärer Arbeit Nju-Langs ist das Liebespaar geradezu prädestiniert, immer getrennt zu bleiben. Diese absurde dogmatische Forderung bildet eher den unvermeidlichen Tribut der revolutionären Romantik der Zeit als eine rational begründete Notwendigkeit und wird somit als inhuman, unmenschlich empfunden.

Die ersten Worte, die Nju-Lang bei ihrem Wiedersehen nach elf Jahren Trennung an seine Geliebte richtet, klingen beinahe höhnisch: »Hanna, du weißt, dass wir uns morgen wieder trennen müssen«. Worauf Hanna antwortet: »Ich weiß es. Und ich bin einverstanden«. (S. 270) Unfassbar, wenn man daran denkt, wie viele physische und moralische Strapazen sie dieses Wiedersehens wegen erleiden musste! In der letzten, etwas konstruiert wirkenden und doch ergreifenden Szene des Romans, in der sich beide nach vielen erbärmlichen Jahren endlich treffen, heißt es: »Da stand sie nun, am Ziel und doch nicht am Ziel, eingeschlossen im köstlichen Ring der Umarmung, den sie elf Jahre lang entbehrt hatte, und morgen wieder entbehren sollte, vielleicht monatelang, vielleicht jahrelang und vielleicht bis ins Alter und vielleicht bis in den Tod«. (S. 270f.) Diese Schlussszene stellt die Kulmination und zugleich die Lösung des Konflikts dar. Die von außen, von der revolutionären Ethik her aufgezwungene ewige Trennung der Verliebten, in der das lebendige menschliche Gefühl so erbarmungslos-brutal einem asketisch-revolutionären Prinzip geopfert wird, klingt kaum glaubhaft. Die ideologische Sturheit der Autorin hat ihrer dichterischen Begabung keinen guten Dienst geleistet – sie machte sie blind und taub für stalinistische Säuberungen in der Sowjetunion, deren Gipfel gerade in die Zeit fällt, in der sie sich in Moskau aufhielt und über die sie in ihrem Roman kein Wort verliert, obwohl sie letztendlich ihr menschliches Glück und ihr Leben zerstörten. Auch andere wichtige politische Zeitgeschehnisse – wie der Anschluss Österreichs oder der Überfall Nazideutschlands auf die Sowjetunion – klammerte sie aus, indem sie auf diese Ereignisse nur einsilbig oder gar nicht reagiert.

Trotz solch einer linientreuen Position Klara Blums war die Erstpublikation des Romans im ostdeutschen Greifenverlag mit spürbaren Schwierigkeiten verbunden. Das bereits gedruckte Buch wurde einer strengen politischen Zensur unterzogen und beinahe verboten. Vor allem die Figur von George Montini, eines einflussreichen Funktionärs der Komintern im Moskauer Exil, den Hanna als einen intriganten Antisemiten schildert (als Prototyp diente hier der österreichische Kulturbolschewist Ernst Fischer), bildete einen Stein des Anstoßes. Weitere Vorwürfe waren die starke Betonung des jüdischen Elements und die kaum schmeichelhafte Darstellung des gesamten Moskauer Emigrantenmilieus. Nur die Intervention des damaligen DDR-Präsidenten Wilhelm Pieck, den Klara Blum aus der Moskauer Zeit persönlich kannte, rettete die Publikation. Eine zweite Auflage des Romans wurde allerdings gestrichen, obwohl später noch zwei Bücher der Autorin in der DDR herausgebracht wurden – der Novellenband *Das Lied von Hongkong* (Rudolstadt 1959) und eine kleine Gedichtauswahl unter dem Titel *Der weite Weg* (Berlin 1961).

Erhebliche Probleme spürt der Leser dieses Romans vor allem bei zahlreichen chinesischen Namen und Realien, mit denen die Autorin gar nicht spart. Obwohl sie lateinisch transkribiert und auch in ihrer metaphorischen Semantik im Text oft erklärt werden (Nju-Lang – der Kuhhirte, Dshe-Nü – die Weberin, Mee-Tssjing – die Schöne Melodie, Tzai-Yün – die Leuchtende Wolke, Mee-Chua – Pflaumenblüte usw.), fällt es einem europäischen Leser nicht leicht, sich in diesem fremdartigen Namengewirr, das hier in alter Transkriptionsordnung vorliegt, die Klara Blum in ihrem Buch verwendete, zu orientieren. Manchmal überzieht oder verschiebt die Autorin einzelne Fakten (das imaginäre Treffen Nju-Langs mit Dshou En-Lai in Paris stimmt zeitlich nicht überein) oder verwechselt etliche Kulturrealien (»Gajaneh« ist keine Oper, sondern ein Ballett des armenischen Komponisten Aram Chatschaturjan).

Mit ihrem Roman *Der Hirte und die Weberin* gewährt uns Klara Blum einen Einblick in die stürmische Periode chinesischer Geschichte während des Übergangs vom Guo-Min-Dang-Regime zur kommunistischen Herrschaft. Vor unseren Augen entfalten sich politische Kämpfe zwischen der Nationalen Partei von Tschiang Kai-schek und den Kommunisten, die Entbehrungen des Bürgerkrieges, der Sieg der Befreiungsarmee unter Mao Zedong, die Bodenreform und andere für China schicksalhafte Ereignisse. Aber auch der Alltag, das familiäre Leben in der Stadt und auf dem Lande, Sitten und Bräuche, Theater, traditionelle Feste der Chinesen finden hier ihre gebührende Darstellung. Mit ihrem Roman stellt sich Klara Blum in die Reihe der deutschsprachigen Schriftsteller wie Franz Carl Weiskopf, Egon Erwin Kisch oder Otto Braun, die etwa um dieselbe Zeit mit ihren Reisebeschreibungen und Reportagen über China hervortraten. Sie ist aber die Einzige, die darüber in belletristischer Form erzählt hat. Wegen problematischer Publikationsgeschichte durfte das Buch in der DDR nicht besprochen werden, erst nach vielen Jahren erschien im *Greifenalmanach auf das Jahr 1958* eine verspätete Rezension Lion Feuchtwangers, in der der Roman als eine »große Ballade« gepriesen, zugleich aber auch manches »Leitartikelhafte« daran getadelt wurde.

Wie fast alle Bände der limitierten Bücherreihe *Die Andere Bibliothek* ist auch dieser künstlerisch geschmackvoll gestaltet und extra nummeriert. Zum unbestreitbaren Gewinn der Ausgabe gehört das profunde 30-seitige Nachwort der Herausgeberin Julia Franck. Am Ende dieses aufschlussreichen Essays steht eine wichtige Beobachtung: »Aus heutiger Perspektive kann man den Roman als frühes Dokument der eigensinnigen und kämpferischen Bildung eines antirassistischen Konzepts lesen« (S. 305) – eine These, die die Aktualität des Romans für die heutige Zeit begründen will. Mit keinem Wort wird aber darin erwähnt, dass der Roman bereits 2001 von der in Klagenfurt lebenden Literaturwissenschaftlerin Zhidong Yang im Rahmen ihrer kommentierten Auswahledition des Werks der Dichterin im Böhlau-Verlag publiziert wurde. Auch die 1996 bei Peter Lang in Buchform erschienene Dissertation dieser Forscherin *Klara Blum – Zhu Bailan (1904–1971). Leben und Werk einer österreichisch-chinesischen Schriftstellerin* wird verschwiegen, obwohl der Essay viele Informationen diesem Buch verdankt. Nur an einer Stelle (S. 297) wird ihr Name flüchtig als »Biographin« der Dichterin erwähnt, ohne diesen Hinweis kontextuell oder bibliografisch zu konkretisieren. Solch ein Verschweigen wirkt zumindest irritierend.

Petro Rychlo

Die innere Au

Alexandru Bulucz: Stundenholz. Gedichte. Frankfurt/Main: Schöffling 2024. 144 S.

Im Schöffling Verlag erschien in diesem Jahr der neue, dritte Gedichtband des Berliner Lyrikers, Essayisten und Herausgebers Alexandru Bulucz *Stundenholz*. Der Autor wurde 1987 im rumänischen Alba Iulia (dt. Weißenburg) geboren, er zog im Alter von dreizehn Jahren nach Deutschland. In *Stundenholz* thematisiert der Dichter vor verschiedenen Folien der Auseinandersetzung vermittels lyrischem Ich, eingeschobenen Miniaturessays, Kommentaren einige konkrete Verwerfungen zwischen persönlicher Erfahrung und allgemeiner Erfassung. Ein Personal aus Weggefährtinnen und -gefährten, Verwandten wie Begegnungen mit Gegenständen bis in die Wortebene – das Begegnen von Worten im Sprachenaustausch hat es Bulucz offenkundig angetan – füllt die Abteilungen des Gedichtbands. Derer gibt es insgesamt zehn, die in ihren Längen variieren. Grafisch stellt sich bei dem Taschenbuch eine Art Daumenkino beim Blättern ein, auf der jeweils rechten Seite wirbeln die Hölzer eben jenes (Comic-)Stundenholzes. Dieses ist übrigens ein aus vorherigen Werken Bulucz' bekanntes Sujet.

Der Band eröffnet mit Realien, Michael Jordans »MOVE« bei *Poetry in Motion* vs. Monks Sinn gegen den Gegensinn (S. 7, S. 9), beides nicht ohne jeweiliges Vorwissen einzuordnen, durch die direkten Kommentare jedoch wird die Verbindung zur TV-Serie respektive dem Sportwissen nachgereicht, erste autobiografische Fäden damit geknüpft. Es folgen die ersten Lektüren, die wiederum ohne Hintergrundwissen nicht jeweils sofort entschlüsselbar sind: »Eine Art REM, // also paradoxer Schlaf, in dem der Schmerz schmerzt / u. vom Beschmerzten augenblicklich verwertet wird / zu Kunst« (S. 12), später Fortschreibungen der *Mythen des Alltags* Roland Barthes'. (S. 13) Die Wort- und Lautverschiebungen, die ähnlich bereits andere Arbeiten des Dichters prominent gemacht haben, folgen im Abschnitt *Paranomasien*. Darin, in *durata, durere* (S. 20): »u. auch auf Rumänisch // liegen Dauer u. Schmerz beieinander«. Eine erste Wortbegegnung beziehungsweise Rückverführung wahlverwandter, eher sprachwurzelverwandter Denkbilder, zum Beispiel Rumänisch, Latein, die Bulucz immer wieder in seinem Verfahren neu aufrufen wird. Auffällig ist die häufige Verwendung von Abkürzungen, sowohl im Gedicht als auch im essayistischen Textmodus, an diesen wie anderen Stellen: Das »u.«, »o.«, »unwahrsch.« etc. zieht sich durch auf beinahe jeder Seite im Band, deutet auf eine allfällige Flüchtigkeit hin, vielleicht auch Verstummen. Dazu: »Die Identifikation mit den Opfern aus meiner Alterskohorte / u. Herkunftslandschaft ist zu groß, als dass ich sprechen sollte / darüber« (S. 23), eine Setzung im Spiegel von historischen Abtreibungsdiskussionen »Dekret 770« (ebd.), die ebenfalls Informationen außerhalb des Gelesenen voraussetzen, sodass sich die Hilfscollage der eigenen Erläuterungen ergibt. Insa Wilke drückt es auf dem Buchumschlag »für die Jury des Bachmann-Preises« so aus: »Die Gleichzeitigkeit von Fragilität und Souveränität, von Weltwissen, politischem Denken und philosophischer Erfahrung hat uns beeindruckt«.

Die erste Primärlyrik, wenn man so sagen kann, das heißt Text, der vornehmlich mit lyrischen Mitteln arbeitet und auskommt, beginnt im Abschnitt Übergangszeit. (S. 29) Hier verknüpfen sich autobiografische Bestandteile miteinander, wie auch in dem darauffolgenden Abschnitt. In *Kreischquelller Heuweg* (S. 37) wird mit den höheren, älteren Sprachregistern gespielt, wenn es heißt: »u. reichlich Polenta, die glänzte im Teller so hold«. Das Gedicht deutet sich im Anschluss »vom poetischen Wesen« (S. 38) selber aus, spricht allerdings von »einem lyrischen Ich«, behauptet einen ethnogeografischen Standpunkt und »könnte sich zu einem Zyklus auswachsen«. (S. 39) Ein interessantes Gedicht wird *Zur Herstellung von Hausseife auf dem Gehöft* (S. 41), das eine gerade Linie zieht zur »Asche des Waschens«. Schließlich: »Wie könnte ich die Gewandtheit / unserer Gesten beschreiben?« (S. 45), eine bukolische Szenerie aus jenem Gehöft wird in *Reliquien, Requisiten* umschrieben, ein längeres Poem, das dennoch analytische Register aufzieht, in Erinnerung arbeitet: »als ich die Schulferien u. Wochenenden auf dem Gehöft verlebte [...] nehme ich die Zeit zusammen, / [...] komme ich auf ein halbes Jahr«. (S. 46) Es verschmilzt die eigene Erfahrung mit einer dokumentarischen Allegorie, das Ich als Gehöft, in das die Details unter anderem der Großmutter Majka münden, später in »Erinnerungskrümel« (S. 54) die Episode vom »Stiefvatergroßvater«, die an den Patriarchen des Gehöfts erinnert, der betrunken den Abhang hinunter kullert und in einem Bach bei niedrigstem Wasser ertrinken muss. Die Lesenden werden gesiezt, »Sehen Sie« (S. 56), für archetypisch folkloristisch anmutende private Momente zum Beispiel jener Majka: »Sehen Sie? Sie trug sommers keine Unterwäsche // unterm Rock. Sehen Sie das unverschämte, vorkopernikanische / u. hündisch sein Revier markierende Glück«. (S. 56) Die Gedichte laufen in eine Gerätehaftigkeit, eine Perspektivemaschine, die sich ausgestellt geometrisch, mit gesuchter Sprache in der Jetztzeit verwirklicht, wenn nicht ein-nordet, könnte man sagen, »bis zu seiner Auflösung – / das Paradies bleibt mir verschlossen«. (S. 60) Mythologische Einhöhungen säumen jenen *Heuweg* an, »So o. so: Die drei Zinken biegen sich / ins ausgeweidete Weidetier, / so wie der spitze Schnabel des Adlers / sich in die Leber des Prometheus bohrt«. (S. 66f.)

Nach einem eigenen Ausdruck, er fällt wiederum als ein essayistisch gehaltener Kommentar zu den Gedichten im Anschluss, liege »das Daktylische dem Erzählerischen [seiner] Gedichte« (S. 75), das den Dichter mit Strenge aus einer Schreibblockade hat lösen können. Als Beispiel dafür mag die Schlussstrophe aus *Traum vom Angelhaken als Köder* (S. 77) dienen, bei der die Zwänge des Metrums ablesbar werden: »Klatschten wir gegen den Boden / durch unserer Fischkörper heftiges Zappeln / mit offenen Mäulern zu jüngeren Krängeln / auf kreisender Suche?«, später: »Hände in den Hosentaschen wie Anker am Gewässergrund« (S. 93), oder das häufiger bemühte »Kartendienst eines Onlinegiganten«. (S. 101) Motive des Feuers, in *Das Feuer* (S. 87), finden Erwähnung durch Referenzen zu Arcimboldi und Pink Floyd. Weitere Referenzen sind in *Telenovelas* zu finden (S. 88), »weshalb waren Arbeiterinnen so empfänglich dafür?«, »Zeitkritik, niedrigschwellig u. kitschig, doch immerhin eine / erste Stufe einer langen Treppe nach oben, die wir nahmen, / indem wir Spanisch lernten«. Der Abschnitt *Trübendes Hell* setzt die Brand- und Elektrizitätsthematik fort, im Gedicht *Entdunkelt* (S. 95) über die fahrlässigen Auswirkungen von Phosphordampf, Streichhölzern, Gasheizungen, Radiumuhren: »Kieferfraß nannte der Volksmund [es]«; darin auch erneut Bulucz' Vorliebe für nachgestellte Genitivkonstruktionen: »Wie im Malunterricht, als der Schulpinsel Haar struppig ward«.

Das Zykluskapitel *Außer Deutschland war kein anderes Land* zeigt ambitioniertes Dichten zwischen Auftragsarbeit und eigener aktueller Verortung, zu Beginn in *Stolperworte* steht: »Verspürt ihr nicht auch manchmal den Drang, / etwas rückgängig zu machen, ungeschehen?«. (S. 99) Es geht unter anderem um jene *Stolperworte*, die mit nämlichen erforschte jüdische Schicksale in die Aufmerksamkeit zurückbringen. Der Bogen reicht zu Abschiedsgedichten vom Vater, der in einer ebenfalls schicksalhaften Episode ums lyrische Ich dieses mit dem »Deutschen Gruß« zu greifen, seinerseits zu verorten versucht (S. 108), ein ziemliches Momentum, »indem sie [seine linke Hand] alle Kraft ihres kaputten Körpers zusammennahm«. (ebd.) Der Zyklus schraubt sich weiter, mit Bildern des Vaters als »der totale Integrator« (S. 110), den kontroversen Bildserien eines Anselm Kiefer (S. 113) als Provokateur sowie den Verstrickungen Rumäniens in antisemitische Kollaboration, die im Folgenden immer beleuchteter gerät, so bei dem In-eine-Reihe-Stellen einer literarischen Außerrumänien-Rumänentradition von Cioran, Eliade, Ionesco, die Bulucz als »Triumvirat« bezeichnet (S. 115) und als »gebrannte Kinder« (ebd., bis S. 117). Auf Fragen einer literarisch-kulturellen Auswertbarkeit dieser jedoch, die ihre eigenen Verstrickungen bestritten oder Verleugnungen betrieben ihrer faschistoiden Vergangenheit, apostrophiert der Dichter ein klares »Jein!« zur Antwort. (S. 117) Der tagebuchartige Zyklus läuft im Abschnitt *X* in ein Potpourri unverstellter Emotionen aus dem Alltag eines Lyrikers: »Ich muss meinen nächsten Auftrag absagen« (S. 118), oder »der Tag begann mit einem Hochgefühl. Die / *Frankfurter Allgemeine* hat Baránczak besprochen, an dem ich / jahrelang gearbeitet, viel zu lange. … u. nun das«. (ebd.) Der Gesundheitszustand des Vaters hält das lyrische Ich in Atem. In Rumänien geblieben, scheint es offenbar jedoch mit »Elena« eine Care-Arbeiterin zu geben, die sich der Pflege nun annimmt: »u. meine Dankbarkeit, dass sie das / verwindelte Dasein pflegt, sodass ich es nicht muss. Was ich ihr so / nicht sage, natürlich« (S. 120), worin sich ein Wort wie »natürlich« hier allerdings fast unnatürlich ausnimmt. Der Zyklus endet in einer weiteren Realie, »Popeye«, der folgendermaßen im prosaischen Zusammenhang stehe: »Die arme / Elena, die ihn wickeln muss. Sein Stuhlgang wird von dem Spinat u. / den ganzen Medikamenten grünflüssig sein. Dass er gern eine Pflanze / gewesen wäre, selbst wenn er bei einem Exkrement hätte Wache / halten müssen, nehme ich Emil Cioran nicht ab«. (S. 122)

Es folgen Gedichte um das titelgebende Stundenholz, darauf Bezug nehmende Prosa *Vom Mobiliar des Celan'schen Gedichts*, worin der Status dieses Gegenstands geklärt wird: »das Instrument ist in Rumänien derart gegenwärtig, dass das entsprechende rumänische Wort dafür, ›toaca‹, in eine Reihe von rumänischen Redewendungen Eingang gefunden hat und eng mit dem Zeitbegriff der rumänischsprachigen Welt verknüpft ist« (S. 129); neben einer Tafelbild-Abbildung schließlich weitere etymologische Betrachtungen. Die beiden letzten Gedichte wollen einen Bogen ins Konkrete, ins Jetzige schlagen: »Wieder steht ein Umzug bevor, / bevor du richtig ankommen konntest. / In dieser Kriechgeschwindigkeit / kommst du niemals heim« (S. 136), und in *Rumänische Träume*, dem Schlusstext des Bandes: »Träumte // von der Notwendigkeit, mit mir unbarmherzig zu sein«. (S. 137)

Dem Hölty-Preisträger Alexandru Bulucz gelingt ein Band mit viel Material, voller Selbstbewusstsein. Bisweilen läuft er auf einem schmalen Grat zwischen Lyrik und Prosa beziehungsweise Essay, obwohl *Gedichte* als Genre auf dem Buchumschlag solitär ausgewiesen ist, und auf einem schmalen Grat zwischen atavistisch mystifizierenden Sprach-Ducti und dem Tagebuch eines Schriftstellers, das häufig weniger Bilder dichterisch entstehen lässt denn Eigenheiten des Schreibens oder Stationen des Lebens in den Vordergrund stellt. *Stundenholz* hat Stile im Gepäck. Es ist für den Dichter Bulucz gewiss ein Schritt. *Jonis Hartmann*

Endstation Gardasee

Akos Doma: Das Haus in Limone. Roman. Salzburg: Jung und Jung 2024. 302 S.

Der lang erwartete vierte Roman des in Budapest geborenen, seit vielen Jahren in Eichstätt lebenden Akos Doma beginnt mit einem Prolog: »Am Morgen des 1. April 2018 fuhr Sebastian F., wie er später in den Zeitungen genannt wurde, mit der Seilbahn von Malcesine auf den Gipfel des Monte Baldo«. (S. 7) Von dort aus startet er seinen Gleitschirmflug, stürzt in den See und kann nur noch tot geborgen werden. »Als Unfallursache wurde menschliches Versagen angenommen, irgendein schwerwiegender Flugfehler […].« (S. 8) Limone, Malcesine, Gardasee? Für seine Romanreise ins Herz eines Mannes, dem die Gegenwart verloren geht und den seine Vergangenheit einholt, hat Akos Doma einen nicht unbedingt erwartbaren, aber mehr als nur landschaftlich reizvollen Schauplatz gewählt. Wobei es von einem Ufer zum anderen geht, parallel zum rasanten Hin und Her des aus den Fugen geratenen Innenlebens der Hauptfigur, des gut fünfzigjährigen Gabriel Berger. *Das Haus in Limone* ist zuallererst ein vertracktes literarisches Verwirrspiel um Mann und Frau – und zugleich ein aktueller Zeit- und Gesellschaftsroman.

Gabriel möchte eigentlich nur für ein Wochenende an den See fahren, um endlich sein Ferienhaus zu verkaufen, das er seit anderthalb Jahren nicht mehr betreten hat. Er will Abschied nehmen, Abschied von seinem früheren Leben und seiner einstigen großen Liebe Ana. Doch da taucht die Studentin Nella auf, die ihn stark an Ana erinnert und ihn in eben jene Vergangenheit versetzt, die er eigentlich loswerden will. Die Zeiten verknoten sich, und als er am nächsten Morgen aufwacht, entdeckt er in seinem Hotelzimmer eine ihm unbekannte Frau. Kann das sein? Hat er sich über Nacht verwandelt? »Mein Blick wanderte zu meiner Hand auf der Bettdecke, aber sie hatte gar nichts Insektenhaftes an sich« (S. 13f.) – nicht die einzige Anspielung auf Franz Kafka übrigens. Doch diese rätselhafte Hotel-Liliána, deren Mutter übrigens »Ungarin« war (S. 23), ist ganz real – und in großer Sorge, weil ihr Ehemann Alexander seit Tagen verschwunden ist. Gabriel macht sich mit ihr auf die Suche, und diese Suche, die die beiden schließlich auch zum Haus in Limone führt, wird immer mehr zu einem Trip in seine eigene Vergangenheit. Und in die von Liliána, denn bald stellt sich heraus, dass der vor anderthalb Jahren tödlich verunglückte Sebastian ihr Sohn war. »Seitdem gehört dieses Gefühl zu meinem Leben, es ist das Einzige, was mir geblieben ist [...] diese entsetzliche Leere [...].« (S. 78)

Das Grundgefühl einer inneren Leere verbindet die Figuren des Romans, und ihr Blick auf die Gegenwart ist oft abgrundtief pessimistisch. »Geld, Medien, Politik, alle Macht konzentriert sich in den Händen winziger Eliten, die uns mit Scheinproblemen ablenken« (S. 105), sagt Liliána. »Totale Überwachung, Kontrolle, Zensur, was heute Wirklichkeit ist, wäre noch vor zwanzig Jahren unvorstellbar gewesen, und wie wird es dann in zwanzig Jahren aussehen? Ich verstehe nichts davon, aber ich kann mir schon vorstellen, dass einer den Verstand verliert, wenn er da tiefer eintaucht.« (S. 105) Das ist offenbar Liliánas Sohn Sebastian passiert, der mit seiner Freundin Nora in Berlin gelebt und sich als Fotograf etabliert hatte, ehe er von einem Reisemagazin das Angebot erhielt, eine fantastisch verwunschene Burg in der Slowakei abzulichten – und eines Tages in den Osten aufbrach.

Diese Reise markiert den Beginn einer längeren, von Liliána erzählten Binnengeschichte: Sebastian verließ Nora, verschwand einfach – und als er wieder auftauchte, war Asja in sein Leben getreten, eine rätselhafte, verwirrend natürlich wirkende Pilzsucherin, eine faszinierende Persönlichkeit, die auf ihre Umgebung wirkte, als wäre sie nicht von dieser Welt. »Ihr Deutsch war fast perfekt, da die Familie ihrer Mutter der Volksgruppe der Zipser angehörte, die einst dort gelebt hatte, hätten sie zu Hause immer Deutsch gesprochen.« (S. 122) Die Liebe war groß, Asja brach mit der ihr vertrauten Welt, folgte Sebastian in die fremde deutsche Großstadt – und kehrte eines Tages vom Besuch ihrer Mutter nicht mehr nach Berlin zurück. Sebastian war tieftraurig, und seine Mutter litt aus der Ferne mit ihm. Und ihr Mann? »Alexander war abgetaucht, irgendwo hier am See, um an seinem ach so wichtigen Buch zur Aufklärung der Menschen zu arbeiten. Ich begann, ihn wirklich zu verachten, denn während er die Menschheit rettete, ging direkt vor seiner Nase das Leben seines eigenen Sohnes in die Brüche, und er bemerkte es nicht einmal. Wie all diese selbsternannten Weltretter war er in seinem Privatleben ein Versager.« (S. 131) Hier klingt ein Thema an, das im *Haus in Limone* öfter auftaucht: Kritik an, ja Verachtung für die sich vom Natürlichen immer weiter entfernenden Intellektuellen und Menschheitsbeglücker, die sich intensiver um ihr Ego kümmern als um ihre Familie und ihre Kinder – die »Biophobie«, wie er das nennt, ist für Akos Doma *der* zerstörerische Grundzug unserer Zeit (siehe Interview auf Seite 150–153). Auch Gabriel Berger ist davon nicht frei, obwohl er es besser wissen sollte. »Denn es war doch klar, sonnenklar, dass die Frau in ihrer Schönheit das Fleisch gewordene Leben war wie der Mann in seiner Missratenheit der Geist gewordene Tod.« (S. 144)

Das gelegentlich etwas unübersichtliche, jedenfalls nicht ganz mühelos zu entwirrende Erzählspiel setzt sich fort. Akos Domas mitunter bitterer Humor blitzt immer wieder auf, besonders in den pointierten Dialogen und den minutiösen Beschreibungen unterschiedlicher Milieus, die seine ganz eigene Sicht der Welt abseits gängiger Diskurse und oberflächlicher Ideologien deutlich werden lassen. Gabriels Blick auf seine Vergangenheit wird genauer, die

Gegenwart erscheint diffus, und für die Zukunft erwartet er sich nicht viel Gutes. Pessimist will er nicht sein: »Pessimistisch wäre die Vorstellung, dass es so weitergeht«. (S. 161) Doch die Gewissheiten, die Zeiten, die Frauennamen und -gesichter purzeln ineinander. »Those Were the Days!« (S. 168) – ist Gabriels Leben womöglich schon vorbei? Nein, aber die Orientierung fehlt, nicht nur im Kreisverkehr: »Ich fuhr weiter im Kreis, bremste, blinkte und blieb doch jedes Mal im Kreisel, Runde um Runde, bis in meinem Kopf wie in einem rasenden, außer Kontrolle geratenen Karussell, das alles von sich schleudert, nur noch ein Gesicht übrig blieb«. (S. 203) Die Frauen, die Liebe – Gabriel kommt einfach nicht klar damit und taumelt von einer »Mittsommernarretei« (S. 237) in die nächste.

Wo beginnt seine Schuld, was muss man als Verrat oder als Vertrauensbruch bezeichnen? »Ehrlich lügen, viele lieben und jede ganz ehrlich für *die* eine halten, hast Du eigentlich noch alle Tassen im Schrank?«, muss er sich fragen lassen. (S. 214) Nein, hat er nicht – und damit ist Gabriel in unserer durch und durch entfremdeten Gegenwart beileibe nicht allein. Der verwirrte Zustand des Protagonisten spiegelt den mehr oder weniger sinnfreien Aktivismus einer Gesellschaft, der eine verbindliche Vision eines humanen Zusammenlebens weitgehend abhandengekommen ist. »Sollte es wirklich auf diese kalte, kleinliche, idiotische Welt von Kondomen, Strafzetteln und Lebensversicherungen hinauslaufen? War das alles, was vom Traum übriggeblieben war?« (S. 275) Kein Wunder, dass *Das Haus in Limone* nicht unbedingt eine aufbauende oder gar heitere Lektüre ist. Wie denn auch? »Wenn nichts zu erwarten war, würde ich eben auf das Nichts warten. Da wusste man wenigstens, dass man am Ende nicht mit leeren Händen dastand.« (S. 298)

Klaus Hübner

Kleines Land, große Poesie

Matthias Göritz, Amalija Maček und Aleš Šteger (Hgg.): Mein Nachbar auf der Wolke. Slowenische Lyrik des 20. und 21. Jahrhunderts. München: Carl Hanser Verlag 2023. 309 S.

2023 wurde im Münchner Hanser Verlag im Auftrag der Deutschen Akademie für Sprache und Dichtung der Band *Mein Nachbar auf der Wolke. Slowenische Lyrik des 20. und 21. Jahrhunderts* publiziert und anschließend auf der Frankfurter Buchmesse präsentiert, auf der sich Slowenien als Ehrengast vorstellte. Die Anthologie, die vom literarischen Netzwerk Traduki, von der Slowenischen Buchagentur (Javna agencija za knjigo Republike Slovenije) und vom Slowenischen Kulturzentrum Skica Berlin gefördert wurde, bietet eine beeindruckende Sammlung von Gedichten, die die vielfältigen literarischen Stimmen und Strömungen der slowenischen Literatur des 20. und 21. Jahrhunderts einfängt. Die sorgfältig ausgewählten Gedichte decken sowohl traditionelle als auch moderne Themen und Formen ab und ermöglichen dem Leser einen tiefgreifenden Einblick in die kulturelle und poetische, aber auch historische Landschaft Sloweniens, des kleinen Landes mit einer Bevölkerung von etwa zwei Millionen Einwohnern, das im Herzen Mitteleuropas liegt, an Italien, Österreich, Ungarn und Kroatien grenzt und sich von den Alpen im Norden bis zur Adriaküste im Südwesten erstreckt. Das Land ist geprägt durch eine abwechslungsreiche Landschaft, die von Bergen, Wäldern und Seen charakterisiert wird. Zudem verfügt Slowenien über eine kurze Küstenlinie. Aufgrund seiner zentralen Lage fungiert das Land als Knotenpunkt verschiedener europäischer Kulturen und Landschaften. Die geopolitische Lage Sloweniens am Schnittpunkt unterschiedlichster Einflüsse spiegelt sich auch im künstlerischen Schaffen des Landes wider. Darüber hinaus ist Slowenien, wie die Herausgeber im Nachwort der vorliegenden Anthologie feststellen, ein Land der Poesie: »Slowenien mag ein kleines Land sein, aber seine Poesie ist groß«. (S. 267) Tatsächlich sind von den 3.500 Büchern, die jährlich in Slowenien erscheinen, 300 Gedichtbände.

Die Entscheidung der Herausgeber, eine Lyrikanthologie zu publizieren, ist also auch vor dem Hintergrund der seit jeher herausragenden Bedeutung der Lyrik in Slowenien nachvollziehbar. Bereits im 19. Jahrhundert, als das slowenische Siedlungsgebiet Teil der Donaumonarchie war, las (beziehungsweise schrieb) das Bildungsbürgertum in slowenischer Sprache, was als bewusster Akt nationaler Emanzipation bezeichnet werden kann: Denn während man Welt- oder Genreliteratur in deutscher Sprache las, sollte die slowenische Literatur in jeder Hinsicht Originalliteratur sein, »nicht Genre-Literatur, sondern spezifisch slowenisch und *anders* als das bisher Bekannte«.[1] In diesem Kontext stellte Lyrik eine Möglichkeit dar, die schöpferische Kraft des Slowenischen zu beweisen, wie die Grazer Historikerin und Translationswissenschaftlerin Karin Almasy in einer ihrer Studien hervorhebt.[2]

Obgleich sich der deutsche Kulturraum in nächster Nähe befindet und obwohl eine umfangreiche slowenische Lyrikproduktion vorzuweisen ist, stellt die vorliegende Anthologie einen der ersten Versuche dar, die slowenische Lyriklandschaft dem deutschen Publikum vorzustellen. Es sei hier insbesondere darauf verwiesen, dass am Rande der Übersetzungen der Gedichte ins Deutsche – teilweise von den Herausgebern Matthias Göritz, Amalija Maček und Aleš Šteger selbst übertragen – auch die slowenischen Originalgedichte klein gedruckt mitveröffentlicht werden. Die Anthologie kann zum gegenwärtigen Zeitpunkt als die aktuell umfangreichste Anthologie moderner slowenischer Lyrik bezeichnet werden und ist das Ergebnis langjähriger Arbeit zahlreicher Übersetzerinnen und Übersetzer sowie Herausgeberinnen und Herausgeber.

Der Titel des Bandes bezieht sich auf ein berühmtes Gedicht von Edvard Kocbek (1904–1981), einer der einflussreichsten Intellektuellen Sloweniens im 20. Jahrhundert. Während Kocbeks Gedicht den Titel *Der Nachbar auf der Wolke* trägt, haben die Herausgeber das Possessivpronomen »mein« verwendet und Kocbek paraphrasiert, um auf symbolischer Ebene die politische, historische und kulturelle Nähe zum deutschsprachigen Raum zum Ausdruck zu bringen. Die Nachbarschaft ist dabei sowohl von Harmonie als auch von Spannung geprägt, was insbesondere in Kärnten zum Ausdruck kommt, wo eine slowenische Minderheit lebt. Auch die Dichterinnen und Dichter, wie beispielsweise Gustav Januš (geb. 1903), Cvetka Lipuš (geb. 1966), Maja Haderlap (geb. 1961) oder Fabjan Hafner (1966–2016), stammen aus Kärnten und sind in der Anthologie vertreten. Des Weiteren verweist die Wolke im Titel auf etwas Grenzüberschreitendes, grundlegend Vernetzendes und Verbindendes, was die Fantasie anregt. Das rätselhafte Gedicht Kocbeks fungiert zudem als Motto, wird der Auswahl der Gedichte vorangestellt und führt in die vielfältigen Themen der slowenischen Lyrik des von Umbrüchen gekennzeichneten 20. Jahrhunderts ein.

Bei der von Göritz, Maček und Šteger vorgenommenen Auswahl von Gedichten wurde jedoch ein klarer zeitlicher Schnitt gesetzt. Die für die slowenische

1 Vgl. Miran Hladnik: Der Einfluss des Bilingualismus auf die Auswahl der zu übersetzenden narrativen Gattungen. In: *Kakanien revisited*, 16.6.2002, S. 5, <https://www.kakanien-revisited.at/beitr/fallstudie/MHladnik4.pdf>, 24.6.2024.

2 Vgl. Karin Almasy: Kanon und nationale Konsolidierung. Übersetzungen und ideologische Steuerung in slowenischen Schullesebüchern (1848–1918). Wien, Köln, Weimar 2018, S. 38.

Lyrik bedeutsame Romantik, aus der die Gedichte des größten slowenischen Dichters France Prešeren (1800–1849) stammen, wurde dabei außer Acht gelassen, sodass mit dem Zeitraum um den Ersten Weltkrieg begonnen wird. Diese Entscheidung lässt sich auch gut begründen, denn sie markiert den Zeitpunkt, zu dem die moderne slowenische Lyrik beginnt und allmählich eigene Konturen gewinnt. Die Anthologie vereint rund 80 Stimmen, die bis in die Gegenwart reichen. Die jüngste in der Anthologie vertretene Dichterin, Ana Svetel, wurde 1990 geboren.

Die meisten der 80 in der Anthologie vertretenen Autorinnen und Autoren sind Kinder des 20. Jahrhunderts und seiner bewegten Geschichte. In historischer Abfolge wurden jedoch nur sechzehn zentrale Dichterinnen und Dichter des letzten Jahrhunderts vorgestellt. Ihnen ist jeweils ein eigenes Kapitel gewidmet, das mit einer biografischen Skizze eingeleitet wird. Der Bogen spannt sich von Srečko Kosovels (1906–1926) expressionistischer Kriegslyrik über die bereits erwähnten Gedichte Kocbeks von politischen Zeitzeugen des Partisanenkampfes und Opfern der Nachkriegssäuberungen bis zur Großstadtlyrik Svetlana Makarovičs (geb. 1939) sowie zur emanzipatorischen Poetik Ifigenija Simonovićs (geb. 1953) und der engagierten Lyrik Boris A. Novaks (geb. 1935) während des Bosnienkrieges. Es darf angenommen werden, dass eine derartige Zusammenstellung der Anthologie auch mit der Deutschen Akademie für Sprache und Dichtung abgesprochen wurde. Die Herausgeber orientierten sich an der Prämisse, Dichterinnen und Dichter zu berücksichtigen, deren Werk vollständig oder nahezu vollständig vorliegt. Es ist bedauerlich, dass bei einem solchen Konzept die Autorinnen und Autoren der jüngeren Generation nicht berücksichtigt wurden, die zweifellos verdient hätten, ebenfalls durch ein eigenes Kapitel hervorgehoben zu werden. (zum Beispiel Uroš Zupan, Maja Vidmar, Peter Semolič, Tone Škrjanec, Barbara Korun, Cvetka Lipuš und andere).

Die Auswahl der Gedichte beruht also nicht ausschließlich auf einer historisch-chronologischen Auflistung der Autorinnen und Autoren: Abgesehen von der Auswahl der sechzehn zentralen Dichterinnen und Dichter haben die Herausgeber eine innovative Anordnung der übrigen Dichterinnen und Dichter vorgenommen, die sich von den gängigen Anthologien unterscheidet. Die Auswahl der Gedichte erfolgt nämlich nach zentralen Themen der slowenischen Lyrik. Die Gedichte wurden in zehn Kapitel unterteilt: *wasser & erde*, *revolte & kampf*, *zeit & geschichte*, *wort & schweigen*, *stadt & zuhause*, *gott & danach*, *verwandtschaft & nähe*, *grenze & unterwegs*, *tiere & pflanzen* und *du & ich*. Die Herausgeber postulieren dabei, dass die slowenische Lyrik »nicht nur als historische Abfolge, sondern auch als ein Gespräch über die Zeit hinweg« (S. 270) verstanden werden kann. Die vorliegende Anthologie vermag diese These zu verifizieren, da sie den Leser in ein Labyrinth des bisher Unbekannten entführt und ihm die Möglichkeit bietet, sich selbst ein umfassendes Bild der slowenischen Lyrik zu machen. In diesem Sinne ist auch die Gestaltung des Bandes als innovativ, kreativ und ansprechend zu bewerten. Die thematische Spannweite der Gedichte umfasst demnach Natur- und Landschaftsbeschreibungen, die tief in der slowenischen Identität verwurzelt sind, existenzielle und philosophische Reflexionen sowie politische und soziale Kommentare. Die Gedichte in diesem Band reflektieren die komplexen Realitäten sowie die reiche Kultur Sloweniens. In den ausgewählten Gedichten manifestiert sich eine bemerkenswerte Fähigkeit der Dichterinnen und Dichter, persönliche Erfahrungen und kollektive Geschichte miteinander zu verweben und dadurch eine tiefere Bedeutungsebene zu schaffen.

Auch die in dieser Anthologie enthaltenen Übersetzungen verdienen besondere Anerkennung. Sie sind, wie bereits erwähnt, zum Teil neu, zum Teil schon älter, und sind sehr gut gelungen. Sie bewahren die sprachliche Schönheit und den rhythmischen Fluss der Originale, was für die Vermittlung der emotionalen und intellektuellen Wirkung der Gedichte von entscheidender Bedeutung ist. Die sorgfältigen Übersetzungen ermöglichen es auch nicht-slowenischen Lesern, die Nuancen und die poetische Kraft der Originaltexte zu erleben.

Eine Besonderheit des Lyrikbandes sind die biografischen Skizzen zu den einzelnen Dichterinnen und Dichtern (S. 275–286 sowie die begleitenden Skizzen zu den 16 wichtigsten Stimmen der slowenischen Lyrik, denen ein eigenes Kapitel gewidmet ist) und die genauen Quellenangaben, wo die übersetzten Gedichte erschienen sind. Diese Elemente bieten dem Leser einen kontextuellen Rahmen und ermöglichen eine vertiefte Auseinandersetzung mit den Gedichten. Diese Informationen ermöglichen es dem Leser, die individuellen Hintergründe und literarischen Intentionen der Autorinnen und Autoren besser zu verstehen.

Die Anthologie der slowenischen Lyrik des 20. und 21. Jahrhunderts *Mein Nachbar auf der Wolke* kann insgesamt als sehr wertvoll bezeichnet werden. Sie ist sowohl für Liebhaber der Lyrik als auch für Neulinge auf dem Gebiet der slowenischen Literatur eine empfehlenswerte Lektüre. Der Band öffnet ein faszinierendes Fenster in die poetische Welt Sloweniens und zeigt die Vielfalt und Tiefe einer oft übersehenen literarischen Tradition. Darüber hinaus ist der Band eine Einladung zum Lesen und Weiterlesen, eine Einladung zu weiteren Entdeckungen in der slowenischen Poesie. Und es gibt noch viel zu entdecken. In diesem Sinne kann die vorliegende Anthologie als unentbehrlich für all jene bezeichnet werden, die sich zum ersten Mal mit der slowenischen Poesie beschäftigen oder ihre bereits vorhandenen Kenntnisse vertiefen möchten. Die Anthologie bietet darüber hinaus einen umfassenden und facettenreichen Einblick in ein Jahrhundert lyrischen Schaffens und stellt sowohl für die Literatur- als auch für die Kulturwissenschaft eine außerordentliche Bereicherung dar. *Tanja Žigon*

Wo gehobelt wird, blühen Späne

Franz Hodjak: Das Glas gibt dem Wein die gewünschte Form. Aphorismen. Mit einem Nachwort von Alexander Eilers. Würzburg: Königshausen & Neumann 2023. 125 S.

Immer schon ist der Dichter und Verlagslektor Franz Hodjak sein bester Leser gewesen. Dass er dabei stets auch ein strenger Lektor ist, diesmal zu eigenem Nutz und Frommen, versteht sich. »Aphorismen sind Späne, die beim Hobeln der Sätze von der Sprache fallen.« (S. 9) So elegant geschwungene, scharfwürzig blühende Späne bringt nur einer zustande, der den Hobel sowohl in scharfem Winkel anzusetzen als auch meisterlich zu führen weiß. So häuft sich neben Gedicht- und Prosabänden Buch um Buch. Dieses nun ist laut Nachwort von Alexander Eilers Hodjaks viertes mit diesmal 850 vermeintlichen »Nebenprodukten«, die er unbeirrt zur Hauptsache macht. Für die Hauptsache aber ist ihm kein Büchlein zu schmal.

Schmal ist nichts an dieser Ballung vernünftiger Einsichten, gepaart mit witzig umgekrempelten, dezidiert gestrafften und paradox pointierten Merksätzen – auf dass wir erneut sanft darauf gestoßen werden, wie gut wir tun daran, diesem Seh- und Satzmeister die Treue zu halten, denn: »Alle hatten es gewusst, aber erst nachdem Lichtenberg es gesagt hatte, wurde es wahr«. (S. 60) Ein Schelm, der nicht an Hodjak dabei denkt.

Den Achtzigjährigen treibt um und an, dass zwar diese »Alle« allerhand Wahrheiten gewusst haben und wissen mögen, auch die seinen, das Sagen aber Sache des Einzelnen bleibt. »Viele wissen gar nicht, wo es hingeht; sie sind bloß unterwegs, um andere zu überholen.« (S. 53) Einhalt ist das Gebot der Stunde, zumal derzeit andauernd die Stunde schlägt, zugleich ist der Einhalt ein Angebot gerade dieses Nimmermüden, der sich selbst keinen gewährt. Jung ist er nicht mehr, aber Alt-Klugheit verbietet er sich nicht nur, er verbittet sie sich mit derselben Bestimmtheit, mit der er das Sagen pflegt. »Meine Meinung kann sich ändern, nicht aber meine Überzeugung.« (S. 36) Dennoch möchte man ihm gerne gerade auch Letzteres zutrauen.

Wir Zeitgenossen staunen dankbar über Hodjaks beherzten Zugriff auf ein Vokabular, das uns aus der Zeit gefallen erscheint: Hoffnung und Trost, Glück und Unglück, Gott und Kirche, Optimismus und Pessimismus, gute und schlechte Menschen, Gerechtigkeit und Unrecht, Freiheit und Diktatur – das ganze Register an so gängigen wie strapazierten Wörtern, die hier zu neuen Worten geprägt werden. Keine Scheu kennt der Wortmächtige vor dem Pfeifen der Spatzen auf den Dächern, auch nicht vor den Plätzen, auf denen sich »Alle« tummeln. Gemeinplätzen und Trampelpfaden gewinnt er mit spielerischer Grazie Reize ab: »Je dümmer der Kunde ist, desto besser taugt er als König«. (S. 73) Nachgerade anrührend ist die sanfte Gelassenheit, mit der er Trauriges, ja Tragisches auf Alltägliches herunter bricht: »Das Gemeine an der Liebe ist, dass immer der, der am meisten liebt, auch am meisten leidet«. (S. 42)

Ein Recht zur Selbstgewissheit habe er sich nicht zuletzt durch Lesen verdient: »Ich wanderte durch viele Bücher, bis ich schließlich bei mir ankam«. (S. 52) Unter den vielen hat er dabei offenbar nicht nur jene von Georg Christoph Lichtenberg, sondern auch von Jean Paul verinnerlicht bis zur kollegialen Identifikation per Paraphrase: »Erinnerung ist Flucht in ein Paradies, aus dem man nicht vertrieben werden kann«. (S. 34) Eine schlicht natürliche Geste ist darum der kollegiale Wink in Richtung Karl Kraus: »Wer etwas zu sagen hat, den suchen die Wörter«. (S. 27) Umso eleganter schwingt sich der bio-bibliografische Bogen zurück bis ins Jahr 1974, zum Titelgedicht des dazumal in Klausenburg »selbstverlegten« Bandes *Spielräume. Gedichte & Einfälle*: »Die Freiheit liegt im Spielraum, den wir ihr geben«. (S. 109)

Allerweltswörter und Dichterwort, eigentlicher und übertragener Sinn, formelhaftes Klischee und sprachlich gebundene Form – Franz Hodjak lässt sie aufeinandertreffen und erzeugt schlankerhand das, was nicht oft vorkommt: »Geistesblitze sind selten. Gewöhnlich donnert es nur«. (S. 103) Er hingegen ist leise eingedenk all der gewittrigen Verfinsterung und der, nun ja: blitzgescheiten, Erkenntnis: »Nach der Geburt lernt man zuerst reden[,] und erst viel, viel später lernt man auch schweigen«. (S. 75)

Hell strahlt die Szenerie, wenn der Lyriker vortritt mit seinem bildhaften Vorstellungs- und Gestaltungsvermögen. Dann geht einem buchstäblich ein Lichtlein auf, ja man darf sich, traulich geschmeichelt, zu jenen »Allen« zählen, für die hier einer das Sagen übernimmt: »Sitzen sich ein Mann und eine Frau verlegen gegenüber, ist das meist ein Zeichen für den Beginn oder für das Ende einer Liebe«. (S. 61) Und wenn man einst gar Teil gehabt hat an der sozialistischen Erfahrungswelt, die dem Dichter widerfuhr, darf man stilles Einvernehmen mit ihm genießen: »In Diktaturen gewähren die Fesseln den Händen immerhin so viel

Spielraum, dass diese noch Beifall spenden können«. (S. 88) Oder in Erinnerung an den gemeinsamen Ritt über den rumänischen Bodensee gelinde erschrecken: »Ich habe die Zeiten noch erlebt, als selbst Tote zum Klassenfeind gehörten«. (S. 74)

Alexander Eilers hat mit Ausführungen über die Titelmetapher vom Wein die »Späne«, die funkelnden Gedankensplitter eines, der »nie großen Wert darauf gelegt [hat], so zu leben, dass ich gesund sterbe« (S. 62), ins schier Mythische gehoben. Ein durchaus anregendes Beginnen, (wein)selig frönt man der Lust am Spekulieren, wenngleich just am Schluss sich auftut, was auch weisen Männern auf schwindelnd hoher Warte passieren kann, wenn sie sich in ihren virtuos gewundenen Gedankenschleifen verstricken: »Ein Sieg lohnt sich wirklich, wenn man nur gewinnt, was der Verlierer verliert« (S. 119), vermeint Eilers zu zitieren. Auf Seite 27 heißt es allerdings: »***K***ein Sieg lohnt sich wirklich, wenn man nur gewinnt, was der Verlierer verliert«.

Franz Hodjak wird das lässliche Versehen, das schließlich die ihm eigene Dialektik gleichsam paroxystisch auf die Spitze treibt, mit einem Aphorismus quittieren, der auf Karl Kraus zurück-, jedoch hoffnungs- und verzweiflungsvoll, Zeitgenossen würden sagen: ultimativ, ins Offene weist: »Im Zweifelsfall sich immer für den Zweifel entscheiden«. (S. 53)

Georg Aescht

Eine Art Entwicklungsroman

Terézia Mora: Muna oder Die Hälfte des Lebens. Roman. Die weibliche Variante. München: Luchterhand 2023. 441 S.

Der neue Roman Terézia Moras führt uns in die Höllentiefen einer destruktiv abhängigen Liebe zwischen Muna Appelius, einer Schülerin vor dem Abitur, und einem Fotografen und Französischlehrer namens Magnus Otto. Die Geschichte könnte auch als Entwicklungsroman gelten, obwohl es hier nicht um eine geradlinige Entwicklung geht, sondern um durch zahlreiche Höhen und Tiefen gezeichnete, erlittene Lebenserfahrungen, die Muna zwischen ihrem 18. und 40. Geburtstag sammelt.

Wir lernen Muna als temperamentvolle, hübsche, junge Frau kennen, deren Mutter, eine alkoholkranke Schauspielerin, kurz vor Munas Abitur einen Selbstmordversuch verübt. Die Einblicke in das Leben der ostdeutschen Familie kurz vor der Wende 1989 zeigen uns Armut, den frühen Tod von Munas Vater und das Fehlen zuverlässiger Erwachsener, die sich um das Kind hätten kümmern können. Das Mittagessen kocht an den Sonntagen eine Nachbarin, während sich die Eltern in ihr Schlafzimmer zurückziehen. Die Spuren der Parentifizierung in Munas Beziehungen können wir auf den folgenden Seiten bei ihren enormen Schwierigkeiten, ein eigenständiges, selbstbestimmtes Leben zu führen, beobachten.

Sie bereitet sich allein aufs Abitur vor, während ihre Mutter sich nach dem Selbstmordversuch monatelang in einer Kur erholt. Muna macht trotzdem einen sehr guten Abschluss und nennt diese drei Monate eine sehr schöne Zeit, in der sie sich nur um sich zu kümmern brauchte. Die Abiturfeier findet mit ihren zwei Ersatzvätern aus einer Zeitungsredaktion statt, in der sie ein Praktikum macht. Hier lernt sie den Fotografen und Französischlehrer Magnus Otto kennen und lieben. Sie verbringen eine Nacht zusammen, bevor der Fotograf am nächsten Tag auf eine Reise nach Rumänien und Bulgarien aufbricht mit dem Ziel, nach drei Wochen zurückzukehren. Die Wende und die Öffnung der Grenzen kommen aber dazwischen und der Fotograf ändert spontan seine Pläne, ohne Muna irgendein Lebenszeichen zu geben. Sie startet eine Art Schattenleben im permanenten Wartezustand.

Studium der deutschen und englischen Philologie in Berlin, Wohnheimalltag, Partys, es wird schnell klar, dass Muna mit den gleichaltrigen jungen Männern wenig anfangen kann, sie sind zu ahnungslos, »Zu hell. Ja, irgendwie [...] beige« (S. 89), wie sie sagt, stattdessen stolpert sie in eine Affäre mit einem Englischlektor aus Glasgow. Am Anfang steht eine klare Grenzüberschreitung des Dozenten, ihre sexuellen Vorlieben gehen auch auseinander, aber sie schließen tragbare Kompromisse und mit dem Verhältnis erpresst Muna den Dozenten, ihr die Bestnote für ihre Seminararbeit zu geben, bevor er nach Schottland zurückkehrt. Weitere Stationen bringen sie im Rahmen eines Stipendiums nach London, wo sie sich als Babysitter so tief in das Familienleben eines jungen Künstlerpaares hineinziehen lässt, dass sie am Ende kaum studiert und teilweise fünf Nächte in der Woche auf die beiden Kleinkinder aufpasst. Milla, eine Schauspielerin, und Frederic, ein Drehbuchautor, erinnern sie an ihre eigenen Eltern, stellen jedoch eine reichere, freiere, schönere, gesündere Variante dar; dass es sie selbst auch in einer solchen Variante geben könnte, schließt Muna aber von vornherein aus.

Das Magisterstudium beginnt sie in Wien. Die gleichaltrigen Jungs ziehen erneut den Kürzeren, Muna kann nur ironisch reagieren, als sie ein »Ferdinand von« anspricht, »Ob ich beim Treiben von Schalen- und Niederwild mitmachen wolle«. (S. 149) Ein beliebter Professor entdeckt eine originelle Stimme in ihren Arbeiten und ermutigt sie bei einem Forschungsprojekt mitzuwirken, das – wie sich später herausstellt – Ingrid, eine Post-Doc-Stipendiatin, leitet, die Geliebte des Professors. Muna baut eine gute Beziehung zu Ingrid und weiteren Kollegen auf, sie schließt erfolgreich ihre Magisterarbeit ab und erhält die Möglichkeit, bei dem beliebten Professor zu promovieren. Auslandsaufenthalte, Studienabschluss, Promotion – ihr Leben scheint formal in den richtigen Bahnen voranzukommen.

Doch zufällig entdeckt sie im Publikum bei einem Theaterbesuch in Berlin sieben Jahre nach ihrer ersten Begegnung Magnus. In der Pause reden sie kurz und da er einen Platten in seinem Vorderrad hat und sich nicht dagegen wehrt, dass Muna ihn zu Fuß nach Hause begleitet, landen sie bei ihm. In diesem zehnten Kapitel fängt der Roman gewissermaßen neu an.

Muna erzählt Ingrid, dass bisher eine Verbindung, irgendeine Kontaktstelle gefehlt hätte, erst jetzt, da sie Magnus wiedergefunden habe, wisse sie, dass das Leben, das sie lebt, wirklich ihr Leben sei. Als sie versucht, Magnus von ihren Gefühlen zu erzählen, meint er, nach mehreren Gläsern Wein ein wenig lallend, dass sie sich in nichts hineinsteigern solle. Es gebe nur das Begehren, das zuverlässig funktionieren würde, der Rest wie romantische Liebe usw. sei orts- und zeitabhängig, quasi Mode.

Und das wird für Muna zu einem Rettungsanker, in kritischen Situationen scheint die Sexualität der einzige Kommunikationsweg zu sein, der zwischen den beiden noch funktioniert. Obwohl auch der Sex, wenn Magnus sie anfasst, mit der Zeit immer schmerzhafter für Muna wird. Sie will den Schmerz nicht, aber sie will ihn, den Mann, und der Gedanke, dass er ohne diesen Schmerz nicht zu haben sei, wirft einen dunklen Schatten auf ihre Beziehung.

Muna ist eine »geschickte Hochstaplerin« (S. 50), in Gesprächen stellt sie mit Leichtigkeit Verknüpfungen zu den Erfahrungen aus dem Schauspielerleben ihrer Mutter her und kann diese fast als ihre eigenen ausgeben, auch in Anwesenheit von Botschaftern und Professoren, und als junge, hübsche Frau wird sie wahrgenommen. Man sollte schließlich einsetzen, was man hat. Magnus erträgt diese falsch errungenen Triumphe in der Öffentlichkeit kaum, große Menschenansammlungen stressen ihn ohnehin, aber auch in Situationen, in denen sich Muna entschieden zum Beispiel gegen die sexistische Bemerkung eines betrunkenen Professors wehrt, ist Magnus die Peinlichkeit der öffentlichen Auseinandersetzung so zuwider, dass er ihr gegenüber gewalttätig wird. Ein schmerzhafter Automatismus schaltet sich ein: Sie fühlt sich allein gelassen, er fühlt sich durch sie bloßgestellt, er schlägt sie, sie fühlt sich schuldig, dass sie ihn dazu provoziert habe, sie haben Versöhnungssex, sie hofft, dass damit die Harmonie wiederhergestellt sei. Für die Zukunft nimmt sie sich vor, noch weniger Anlass dazu zu geben, aufzufallen, obwohl diese Situationen für sie sehr unberechenbar bleiben, sie hat den Eindruck, ständig Regeln zu verletzen, die sie nicht einmal kennt.

Die Höhen und Tiefen des Liebeswahns von Muna werden mit einem unglaublich reichen Personenkarussell garniert, das Terézia Mora mit zahlreichen zeitgenössischen Typen bestückt: der schwule Zahnarzt aus Rumänien, der mit seinem japanischen Freund eine Leihmutter sucht, die lesbische afrodeutsche Historikerin, die ein Pflegekind in ihre WG mitbringen will, der bipolare Wiener Kohlenlieferant mit Schreibambitionen und andere.

Man fragt sich, ob das nicht ein wenig zu bunt geraten ist und nicht zu offensichtlich, wie die Autorin die Lehrstationen für Muna gestaltet. Die wenigsten Figuren tauchen nämlich noch einmal im Roman auf, mit den meisten gerät Muna nur kurz in Kontakt. Ähnlich, wie sie die Schubladen in Magnus' Wohnung eine nach der anderen aufmacht, um mehr über ihren verschlossenen und verklemmten Freund zu erfahren, lässt Mora ihre Titelheldin in einem Kapitel nach dem anderen mit unterschiedlichen Lebensentwürfen in Kontakt treten.

Die Beschäftigung mit Texten ist ein Motiv, das sich durch den ganzen Roman zieht: Muna macht noch als Schülerin ein Praktikum in der Redaktion einer Zeitung, recherchiert später für unterschiedliche universitäre Projekte, um sich finanziell über Wasser zu halten. Sie arbeitet mehrmals als Schwangerschaftsvertretung in kleinen Verlagen, entweder in der Presseabteilung oder sie kämpft dafür, auch Manuskripte lesen zu können. Mit ihrer eigenen Dissertation, deren Thema gewissermaßen Ingrid für sie ausgesucht hat, ringt sie sehr lange. Am Ende jedoch schließt sie nicht nur die Doktorarbeit mit summa cum laude ab, sondern schreibt auch einen Band mit Kurzgeschichten, in denen sie ihre zahlreichen Erfahrungen verarbeitet und ihre eigene Stimme findet.

Unglaublich facettenreich werden die inneren Monologe von Muna gestaltet. Briefe, die sie entwirft, dann aber doch nicht abschickt, werden durchgestrichen abgedruckt; was Muna bei Dialogen als empörte, innerliche Spontanreaktion denkt, aber nicht ausspricht, ist in Klammern angeführt. Eine der schmerzhaftesten Stellen des Romans erzählt davon, dass Muna nach einer alltäglichen Auseinandersetzung Magnus in sein Zimmer folgt, nachdem er sich dorthin zurückgezogen und die Türe zugemacht hatte. Magnus bittet sie die Türe wieder von außen zu schließen, woraufhin Muna die Kontrolle verliert. Diese Episode wird mit erschreckend verständnisvoller Distanziertheit detailliert geschildert, als wäre Muna dazu bereit, die selbst erfahrene Gewalt jemandem genauso anzutun: »Ich gebe zu, dass ich anfing, wie am Spieß zu schreien. Wenn jemand das mit mir gemacht hätte, hätte ich denjenigen wahrscheinlich auch von meiner Schwelle gestoßen und die Tür vor ihm zugeknallt. Und hätte derjenige nicht genug Körperkontrolle gehabt und wäre hingefallen und hätte dann auf dem Boden sitzend, schäumend gegen die Tür getreten, hätte ich dann auch die Tür aufgemacht und hätte demjenigen mit einem Gürtel eins übergebraten, damit er durch den Schock wenigstens für einen Augenblick mit der Toberei aufhört und hört, wenn ich ihm ins Gesicht zische, dass ich ihn, wenn er sich nicht benehme, so was von auf die Straße setzen werde, dort, in der Gosse, könne er diesen Zirkus meinetwegen veranstalten, aber nicht hier!«. (S. 332f.)

Eine beeindruckende Geschichte einer Frau aus dem akademischen (Nomaden-)Milieu, die – aus armen Verhältnissen kommend – in der Nachwendezeit ihren Weg sucht und durch ihren Liebeswahn in seelische und körperliche Extremsituationen gerät. Wie man Moras Tage- und Arbeitsbuch *Fleckenverlauf* von 2021 entnehmen kann, haben wir es hier mit dem Anfang einer »Trilogie der Frauen« zu tun. Man darf auf die Fortsetzung gespannt sein. Eine unbedingte Leseempfehlung! *Krisztina Busa*

Erhöhte Reichweite

Ján Rozner: Seven Days to the Funeral. Translated by Julia and Peter Sherwood. Afterword by Ivana Taranenková. Prag: Karolinum Press 2024. 488 S.

Nun verlässt ein beachtenswertes literarisches Werk den relativ kleinen tschechisch-slowakischen Sprachraum, dessen jüngere Geschichte es implizit auch behandelt. Leider erreicht es nicht direkt unsere deutschsprachige Sphäre, die bereits weiträumiger als der ursprüngliche Sprachraum wäre und die auch Bezug zum Autor bedeutete. Aber, und dies ist ein großer Trost, es betritt die Weltbühne des Englischen, das uns ja geläufig wurde – und zwar des britischen Englisch, womit es seine europäische Heimat nicht verleugnet. Es wurde weltläufig und kann auf dem gesamten Globus gelesen werden.

Den Bogen und diese Perspektive aufzumachen, wäre gewiss im Sinn des Autors. Er zweifelte nicht nur an sich selbst, sondern auch an seinem Herkunftsland, und wollte gern darüber hinauswachsen, was ihm letztendlich vortrefflich glückte. Die Tschechoslowakei tat sich nach dem Zweiten Weltkrieg mit Mehrfachidentitäten enorm schwer, obwohl diese zuvor die Stärke des ostmitteleuropäischen Raums ausmachten.

Ján Rozner, später dann auch offiziell Hans Rosner, hätte sein *opus magnum* vielleicht nie fertiggestellt. Er schrieb Jahrzehnte daran, immer vom eigenen Anspruch angetrieben und sich selbst als ungenügend empfindend. Sein plötzlicher Tod 2006 in der Münchner Gartenstraße befreite ihn schließlich auch von der Qual um die Entscheidung für die endgültige Fassung seines Textes, der in verschiedenen Versionen vorlag. Die Herausforderung nahm dann seine Witwe Sláva Rosner in bewundernswerter Weise an. Sie fand auch einen Verleger in Pressburg / Bratislava, der schließlich noch zwei weitere, kleinere Erinnerungsbücher dieses bis dahin auch in der Slowakei (wieder) völlig unbekannten Autors edierte. Denn 2009 waren die *Sedem dní do pohrebu* [Sieben Tage bis zum Begräbnis] wie eine wahre Bombe im Literaturgeschehen eingeschlagen! Mit so viel Anerkennung war schon lange kein Werk von diversen Seiten bedacht worden, es war von »reifem« Schreiben die Rede. Und solche Stimmen ertönten selbst aus dem fernen Prag, das sich nicht so leicht vom ehemaligen slowakischen »Brudervolk« beeindrucken lässt. Rozner war als Autor triumphierend angekommen, auch wenn er selbst leider bereits gegangen war.

2014 erschien die tschechische Übersetzung, die noch der Weggefährte

Milan Schulz aus dunklen Normalisierungszeiten besorgt hatte. Und nun, wiederum aus Prag, kommt die englische Version: *Seven Days to the Funeral*. Karolinum Press nimmt sich der bewundernswerten Aufgabe an, *100 Slovak Classics* in sorgfältigen Editionen auf den Markt zu bringen – als ob es immer noch einen gemeinsamen Staat der Tschechen und Slowaken gäbe.

Den Ausgangspunkt für das autobiografische Buch bildet der Tod der ersten Ehefrau Rozners, Zora Jesenská. Das emotional aufwühlende Ereignis setzte später ein Erzählen in Gang, in dem der Autor in erster Linie sich selbst Rechenschaft ablegt über sein bisheriges Leben. Rozner wählt für seine Darstellung die scheinbar objektivierende dritte grammatische Person, kommt uns mit seinen Schilderungen aber existentiell nahe. Das Werk ist schlicht in die sieben Tage gegliedert, die auf das Versterben bis zur Beerdigung folgen. Dramatik und Sog entfaltet es nicht nur durch gewisse Zumutungen, denen der Witwer ausgesetzt wird, es geschieht durch die Verknüpfung alltäglicher Handlungen mit spontanen oder immer wieder auftauchenden Gedanken sowie schonungslos offengelegten Gefühlen und Bewertungen.

Der 1922 in Bratislava geborene Rozner entstammte einer Familienkonstellation, wie sie für diese geografischen Breiten durchaus gängig ist: Der Vater war ein aus Böhmen zugewanderter Jude, die Mutter kam deutschsprachig aus dem Sudentenland; es war für Rozner selbstverständlich, in ihrer Sprache mit ihr zu reden. Nach dem Abitur 1940 bereitete ihm der jüdische Hintergrund wegen den auch in der Slowakei geltenden Rassegesetzen des Slowakischen Staats Schwierigkeiten mit dem Studium. Als Krieg und dieses erste autoritäre Regime seines Lebens vorüber waren, betätigte sich Rozner als Kulturredakteur bei namhaften Zeitungen, arbeitete für Verlage und dann auch als Dramaturg am Nationaltheater. Ab den 1960er-Jahren widmete er sich dem Übersetzen aus dem Deutschen und Englischen, auch zusammen mit seiner Frau Zora Jesenská. Sie war eine bedeutende Mittlerin russischer Literatur und hatte unter anderem damit große Medienaufmerksamkeit erregt, dass ihre Übertragung von Pasternaks *Doktor Schiwago* halblegal an der bestehenden Zensur vorbei herauskam. In der Sowjetunion sowie im gesamten sogenannten Ostblock durfte das Buch nicht erscheinen, war aber heimlich in den Westen gelangt. Das Ehepaar gehörte inzwischen zur kulturellen Elite der Slowakei und als es sich nach den Ereignissen vom August 1968, der brutalen Niederwerfung des Prager Frühlings, gegen das Regime stellte, schlug dieses erbarmungslos zurück. (Eindrücklich ist ein dieser Buchausgabe beigegebener Brief Jesenskás vom April 1969, in dem sie während einer Demo an sich verübte polizeiliche Gewalt beschreibt, die allerdings nicht sie persönlich meinte.)

Nicht nur, dass beide keine Publikationsforen mehr erhielten, ihre Namen wurden sogar von Katalogkarten entfernt, um nur eine der abstrusen Maßnahmen der Staatsmacht konkret zu benennen. Während die 13 Jahre ältere Ehefrau sich mit dem erzwungenen Rückzug aus öffentlichem Wirken abzufinden wusste, bedeutete es für den Endvierziger Rozner einen herben Einschnitt in der produktivsten Phase seines Lebens. Sein ohnehin labiles Selbstwertgefühl wurde zusätzlich harten Prüfungen ausgesetzt. In dieser prekären Situation stirbt ihm kurz vor Weihnachten 1972 der liebste Mensch.

Der unersetzliche Verlust wird also zu einem Auslöser, um zugleich Zeugnis von unwürdigen Daseinsumständen abzulegen. Es gelingt fulminant. Rozner tastet sich an die schwierigen und schmerzlichen Facetten seines Lebens sowie dem vieler Mitmenschen über banale tägliche Erledigungen heran, die für die Organisation des Begräbnisses nötig sind. Er entschließt sich, eine Totenmaske seiner prominenten Ehefrau – sie entstammte einem gesetzten bürgerlichen slowakisch-nationalen Milieu – anfertigen zu lassen und muss dazu zwei Modelleure herbeibringen und treffen. Weiters besteht eine äußerst heikle Aufgabe darin, für die Geächtete einen würdigen Totenredner zu finden, ohne diesem selbst wieder zu schaden. Rozner beschreibt seine Tagesabläufe minutiös, aber nie langatmig, und seine eingeflochtenen Reflexionen betreffen das offene Eingeständnis seiner Alkoholsucht ebenso wie seine Versuche der Bekämpfung. Erinnerungen an die Verstorbene bis hin zum ersten Kuss tauchen liebe- und respektvoll auf. Und dann geht es natürlich um das Netz der Freunde und Bekannten, das in der Zeit der sogenannten Normalisierung – also der vom Regime durchgesetzten Rückkehr zur kommunistischen Ordnung – so eminent wichtig wurde fürs seelisch-geistige Überleben.

Vor unseren Augen erleben wir nahezu alle inzwischen namhaften Akteure der Dissidentenszene der 1970er-Jahre, neben den Schriftstellerkollegen Ladislav Mňačko und Peter Karvaš sind es Kritiker wie Jozef Bžoch und Agneša Kalinova. Zum einen beschreibt der Autor persönliche Treffen, um zum Beispiel über den Text der Trauerkarte zu beraten, zum anderen referiert er aus deren Biografien. Diese verborgene reiche Welt der gesellschaftlichen Opposition ist heute stark verblasst. Deshalb ist das »Who is who« in der englischen Ausgabe besonders wertvoll, und dies nicht nur für ausländische Leserinnen und Leser. Die Übersetzerin Julia Sherwood deckt Kürzel auf und spannt Fäden zwischen den historischen Protagonisten dieses Umfelds. Sie komplettiert für uns das Bild der düsteren Epoche, die jedoch aufgrund eines funktionierenden Beziehungsgeflechts Halt bot.

Den spannungsvollen Höhepunkt des Buchs bildet schließlich das Begräbnis Zora Jesenskás in ihrer Heimatstadt Martin. Als ehrenwerter Redner konnte der verdiente Hochschulprofessor Jozef Felix gewonnen werden, die Totenrede auf die Staatsfeindin zu halten. Und die Staatssicherheit entblößte sich nicht, aus einem letzten, der Pietät zugedachten Akt eine »tragikomische Farce mit verheerenden Folgen für alle aktiv Beteiligten« (S. 469) zu gestalten, wie es auf Englisch Ivana Taranenková in ihrem aufschlussreichen Nachwort ausdrückt.

Schlussendlich gelang es den inhumanen totalitären Strukturen nicht, Menschen wie Rozner oder Jesenská aus dem Gedächtnis ihrer Nation zu tilgen, wie es mit Karteieinträgen möglich ist. Auch dank engagierten Einsatzes wie jenem von Julia Sherwood, in ergänzender Perfektionierung durch ihren Mann Peter, kann die Erinnerung an menschlichen Mut zu geistiger Unabhängigkeit über die engen Grenzen seines ursprünglichen Wirkens hinausgetragen werden. Zusätzlich zum erwähnten Namensverzeichnis und hilfreichen Anmerkungen zeitgenössischer Realien verfasste die Übersetzerin auf Wunsch des Verlegers *A Personal Translator's Note*, was ihr zu Recht eine persönliche Stimme zugesteht. Sie ist die Tochter der oben bereits erwähnten Agneša Kalinová und von Ján L. Kalina. Ihre Eltern mussten als politische Gegner in den 1970er-Jahren staatliche Verfolgungsmaßnahmen durchstehen, die sogar zu Gefängnisstrafen führten. Sherwood war dadurch nicht nur selbst betroffen in ihrem Lebensweg, der Fall wurde sogar verfilmt und nun auch in wissenschaftlicher Analyse gewürdigt – womit er ein Exempel für die von Rozner beschriebenen Verhältnisse liefert, abgesehen davon, dass man sich dann gemeinsam im Exil wiederfand und die Freundschaft weiterpflegte. Die Rosners lebten wie die Kalinas in München-Schwabing, ihre Namen als verdiente Literaten fehlen jedoch noch auf der entsprechenden Hinweistafel des Nordfriedhofs.

Renata Sako Hoess

»Sächsische Mädchen im Fortschritt« und auch sonst manch Lesenswertes

Stefan Sienerth (Hg.): »Es ist fast keiner mehr«. Siebenbürgisch-deutsche Lyrik des 18. und der ersten Hälfte des 19. Jahrhunderts. Berlin: Edition Noack & Block 2024. 266 S.

In den Häusern siebenbürgisch-sächsischer Lehrer und Pfarrer (oftmals, zeitversetzt, in Personalunion) in Städtchen und Ländchen hieß es weiland: »Seid still, Kinder, der Vater schreibt Gedichte. – Segt reahich, ir Kengd, der Vuoter schreiwt Gedichter«. Aus noch heute nachwirkender Wirklichkeit gegriffen und erzählt hat das Stefan Sienerth, ein treuer Sohn all dieser Väter. (Dabei mag ihn wie uns anheimeln, dass in der Mundart die »Gedichte« in einem bedeutungsschweren »r« enden.) Als treusorgender Literaturhistoriker aber hat Stefan Sienerth schon in Siebenbürgen in die Hinterlassenschaft der Väter gegriffen und zutage gefördert, was ihm bedeutungsschwer genug erschienen ist. Im Klausenburger Dacia-Verlag hat er zwischen 1978 und 1986 vier Anthologien mit Lyrik von den »Anfängen« bis 1944 herausgegeben, diese fünfte gründet auf einem »Duplikat« des schon 1990 fertigen Manuskriptes, das zu edieren die damaligen Zeitläufte dem gleichermaßen treusorgenden Verlagslektor Franz Hodjak verwehrt haben.

Die Gedichte dieses Bandes runden die Sammlung von insgesamt 630 Volksliedern, Texten unbekannter sowie solche 140 namentlich bekannter Autoren ab. Der Herausgeber gesteht ein: »eine ganze Anzahl sind freilich bloß Gelegenheitsreimer«. (S. 6) Gleichwohl hat er mit seiner Kärrnerarbeit in Bibliotheken und Archiven, seinem Vorwort und den bio-bibliografischen Anmerkungen auch dieser fünften Sammlung aus anderthalb Jahrhunderten zur Lesens- und Denkwürdigkeit verholfen. Nachzudenken und nachzuhorchen ist einem Echo der Stille, die sich einst in jenen Häusern eingestellt haben mag oder auch nicht, vor allem aber der Stille, die sich derzeit über all das senkt und just darum dem einen oder anderen Gelegenheitsleser oder -literaten in den Ohren klingt.

Von den Ausklängen des Barock und pietistisch klammen Versen liest man sich vor zu bewegten Zeugnissen aufklärerischen Sendungsbewusstseins, gelangt durch anakreontisch ausgemalte Kulissen in siebenbürgische Verseschmieden, die von deutscher Klassik und Romantik befeuert sind, und gerät schließlich in die politisch bewegte Landschaft um die Mitte des 19. Jahrhunderts, in der auch Gedichteschreiber an der Geschichte mitzuschreiben gedenken. Das Gros der Texte ist schlicht, weil schlicht anlassbezogen, und poetische Überhöhung gerät meist nur zum Inbild der damit verbundenen Mühsal. Doch selbst deklarierte Leichen- und Hochzeitsgedichte, fromme Reimpredigten oder um das Gegenteil von Diskretion bemühte Huldigungen oder Schmähungen berühren durch Treuherzigkeit bis hin zu unfreiwilligem Humor. Betrachtet man sie durch das von Sienerth vorwörtlich angebotene literarhistorische Raster, mag man Dilettantismus konstatieren, darf aber redliches Bemühen nicht geringschätzen.

Lesegenuss wird sich schwerlich einstellen, sofern man nicht bereit ist, Stefan Sienerths akkurat zusammengestellte Anmerkungen mitzulesen, in denen sich anderthalb Jahrhunderte siebenbürgisch-sächsischer Kulturgeschichte auftun. Zumeist waren es Söhne (nur zwei Töchter sind zu verzeichnen) aus Häusern wie den eingangs genannten oder »besseren« im weitesten Sinn, die nach dem Abschluss eines Gymnasiums in Siebenbürgen an einer deutschen Universität (auffallend oft Jena) akademische Weihen erwarben und es dann als Stützen der sächsischen Gemeinschaft im Karpatenbogen ihren Altvorderen nachzutun suchten. Derlei nahezu missionarische Rückbesinnung ist nun beileibe kein siebenbürgisches Spezifikum, allerdings hat dieses Tun in jenem beinahe lauschig engen Kulturraum besondere Strahlkraft entwickelt. Von Wirkung zu reden ist ambitioniert, doch das Bewusstsein selbst auferlegter Pflicht ist keinem dieser Gesinnungsbewegten abzusprechen. In dessen Überschwang hat dann so mancher seinem Anliegen in gebundener Rede Nachdruck zu verleihen und eben »Gedichter« zu schreiben versucht. Das Gelingen liegt im Auge des Betrachters. So sei denn der »geneigte Leser« zum eigenen Vergnügen nicht abgeneigt, den einen oder anderen Schritt der manches Mal hinterwäldlerisch tapsigen Versfüße mitzugehen.

»*Es ist fast keiner mehr*, der nur nach Tugend freit ...«. (S. 36) Mit dem titelgebenden Vers klagt ein unbekannter Verfasser die Weltverkommenheit derart linkisch beschwörend ein, dass man einem anderen Unbekannten gleich darauf beim *Lied eines Gänsehirten an der französischen Grenze* die gleichsam »französische« Lockerheit zu danken weiß, mit der er an den »Genius der Welten« appelliert: »Lass ja auf unsrer Erde, was Gänse sind, stets dumm, / Denn sonst bringt manche Herde noch ihren Hirten um«. (S. 41) Gleichermaßen moralisch bedenklich und erfrischend das Zugeständnis eines dritten Unbekannten an den *Zahn der Zeit*, er möge alles »fressen«, jedoch: »Verschone, bitt ich dich, du lieber Zahn der Zeit, / Doch nur den Weinstock hier, der seine süßen Trauben / So gern mir gibt, und dies mein abgetragenes Kleid!«. (S. 47)

Wenn Valentin Zacharias Wankel von Seeberg seinen Liebesschwur *Wer wahre Tugend liebt* aufs Inständigste in Reime zwingt, mag man an dem aufgepfropften »e« seine verstohlene Freude finden: »Nun Schönste! Meine [meine] Hand, / Ich will mich nicht mehr retten; / Was kann mich mehr erfreuen, / Als also sklavisch seien?«. (S. 74) Auch Daniel Filtsch braucht in seiner als Hommage getarnten Rücktrittsforderung *An den Freiherrn von Brukenthal* einen Reim auf »so« und schließt mit einem nachgerade akrobatischen Vergleich: »In tät'ger Ruh wie Scipio!« (S. 79), worauf wir uns fragen müssen, wie die »Ruh« eines abgehalfterten Feldherrn ausgesehen haben mag. Jakob Aurelius Müller lässt in seinem Leichengedicht *Weicht[,] ihr Plagen* auf Johanna Regina Reißenfels die Verstorbene reimen: »Einmal blicke noch nach mir, / Weine nicht, oh! Tief [tief] Gebeugter. / Deine Tränen trockne dir / Dein Geliebter, Dein [dein] Erzeugter«. (S. 97) Der gemeinsame Sohn, muss der Leser sich zusammenreimen.

Ehe man sich aber wohlfeiler Stilblütenlese ergibt, darf man sich an so ergötzlichen wie aus heutiger Sicht bedenklichen Aperçus schadlos halten wie dem Rat des Johann Seivert mit Blick auf *Die Mädchens* [sic!], ob schwarz oder weiß: »Das [schwarze] musst du bei der Nacht und dies [weiße] bei Tage küssen«. (S. 87) Auch findet dieser burschikose Karpaten-Anakreontiker ein Hirtendasein zwar erstrebenswert, hat aber Bedenken, weil Hirten keinen Wein tränken und sich so des Vollgenusses von Küssen entschlügen, denn »Der macht sie schmackhaft, feurig, süße, / Und zu Vorboten größter Lust«. (S. 89) Um letztere ist es auch den tüchtig plappernden Frauen in dem üppigen Mundartpanorama *Hochzet* von Agatha Susanna Lebrecht (Löprich) zu tun, die sich durch arbeitsintensive Festvorbereitungen nicht davon abhalten lassen, vielmehr erst recht zum Tanzen, ja darüber hinaus zum, nun ja, Balgen gelangen wollen: »Woram siele mer nöt duunzen, / soot de zoppermölig Fie, / uch mät uundre' Männre' ruunzen; / mir sön dich nöt nor esü!«. (S. 118) »Nur so« seien sie beileibe nicht, und »dich« oder dir oder uns schon gar nicht, tut eine Sofie mit gespitztem Mäulchen kund, und wer wollte es ihr verdenken ... Wenn dann die Verschen zu Ende sind, wird dem herzigen Hochzeitshaus noch in aller Wohlanständigkeit gewünscht, es möge wohl ruhen: »Uch dös Wärsche' sön naa ous. / Rah wühl[, ta] härzet Hochzethous«. (S. 122)

Stolze sieben Gedichte entnimmt Sienerth den *Papieren aus dem Nachlasse eines kaiserlichen Offiziers* von Johann Samuel Kessler zum Beweis, dass dieser nicht nur Offizier und kaiserlich war. Der siebenbürgische Lyrikanthologist *avant la lettre* Johann Friedrich Geltch hat 1847 das *Liederbuch der Siebenbürger Deutschen* in zwei Bänden herausgegeben. Dieses Verdienst, dem auch der späte Sachwalter Stefan Sienerth Reverenz erweist, wird gewiss nicht geschmälert durch die prätentiös müßigen Volten, die Geltch etwa *Schillers Genius* angedeihen lässt: »– Blitze durchzuckten das All, deinen unsterblichen Geist – / Aber du schwangst dich empor auf des Rhythmus geheiligter Woge, / Und es schloss an die Zeit ewig der Himmel sich an«. (S. 189) Oder dadurch, dass ihm Jonas Wal im *Unauflösbaren Rätsel* ebenfalls zwecks Reim auf »sei« zum »vielberühmte[n] Hai« (S. 195) mutiert ist.

Heutigen Erwartungen schon näher kommt Leopold Maximilian Moltke, der aus Küstrin stammende Schöpfer des nach wie vor und allenthalben, wo Sachsen beisammen sind, hoch im Schwange stehenden *Siebenbürger Volkslieds*, nicht zuvorderst mit diesem volkstümlich hochmögenden Hymnus, sondern etwa mit bildhaft poetischen Mutmaßungen über *Eisblumen*: »Der Schmuck, den unsrer Fenster / Befrorne Scheiben tragen, / Das sind der Blumen Gespenster, / Die ihren Mörder verklagen«. (S. 209) Auch der jung verstorbene Joseph Marlin, dem als Lyriker in des Wortes moderner Bedeutung die meisten Seiten zustehen, brilliert für heutiges Empfinden weniger mit den aufrüttelnd intendierten *Denkversen* und *Freien Sonetten – Den Siebenbürger Sachsen* oder toxisch schnippischen Komplimenten an *Sachsenmädchen im Fortschritt* als durch die verhalten verzweifelte Anrufung *Am Fenster steh' ich*: »O Mutter Nacht, mit deinen grauen Flügeln / Bedecke mich, wie du rings auf den Hügeln / Still waltend lagerst deinen heiligen Frieden. // Bring Ruhe meiner Brust, der wehen, müden, / Mein Herz ist worden wie dein Angesicht, / Tiefdunkle Nacht! Versunken all mein Licht!«. (S. 218)

Stefan Sienerths »Duplikat«-Text hat bei der Erfassung wohl per Scanner und im Lektorat einige Schrammen davongetragen (in eckigen Klammern angedeutet), die Textverarbeitung hat nach manchem Ausrufungszeichen automatisch die Großschreibung oktroyiert, auch die Kommasetzung bedürfte punktueller Aktualisierung. Doch hier steht ein Korpus bereit, an dem hoffentlich nicht nur Rezensenten ihr laues Mütchen kühlen, sondern auch Gelegenheitsleser manch willkommene Gelegenheit zum Aufmerken finden und zu der Einsicht gelangen können: Nicht nur die Geschichte, auch jene der Literatur ist Mühe und Arbeit gewesen, und doch gibt es hin und wieder eine *Hochzet*, wie sie im Buche steht, auch in diesem Buch. *Georg Aescht*

Aus dem IKGS

Berichtszeitraum: März 2024 – August 2024

Hauptseminar: *Vereinskultur im Habsburgerreich*
PD Dr. Angela Ilić hielt im Sommersemester 2024 ein Hauptseminar zum Thema *Vereinsleben und Vereinskultur im Habsburgerreich ab dem späten 18. Jahrhundert bis 1918* am Historischen Seminar der Johannes Gutenberg-Universität Mainz.

Übung: *Historische Stereotypenforschung*
PD Dr. Tobias Weger leitete im Sommersemester 2024 an der Ludwig-Maximilians-Universität München eine Übung zum Thema *Einführung in die Historische Stereotypenforschung.*

Vortrag: *Kulturelle Aspekte der EU-Erweiterung*
Im Rahmen der eintägigen Veranstaltung im Stuttgarter Rathaus zum Thema *Mehr Europa wählen. Nachhaltigkeit, Migration und EU-Erweiterung* mit Fokus auf die Europawahlen im Juni 2024 hielt PD Dr. Angela Ilić am 12. April 2024 einen Vortrag zu *Kulturellen Aspekten der EU-Erweiterung.* Hauptveranstalter war die Evangelische Akademie Bad Boll.

Vortrag: *Lehrstück für Europa? Ethnien und (ihre) Religionen in der Dobrudscha*
Auf dem Mitte April 2024 vom Katholischen Bildungswerk Erbacher Hof in Verbindung mit dem Bessarabiendeutschen Verein e.V. im Roncalli-Haus in Magdeburg organisierten Seminar sprach PD Dr. Tobias Weger über die hauptsächlich aus Bessarabien Anfang des 19. Jahrhunderts in die Dobrudscha eingewanderten Deutschen sowie über die in der Region beheimateten Muslime und Orthodoxen.

Filmvorführung: *Die letzten Österreicher* (2020)
Gemeinsam mit dem Haus des Deutschen Ostens (HDO) zeigte das IKGS am 30. April 2024 den Film *Die letzten Österreicher* (2020). Im Dokumentarfilm wurden Nachkommen österreichischer Einwanderer in der Ukraine über den Zeitraum von drei Jahren bei ihren Lebensentscheidungen begleitet. An die Filmvorführung schloss sich eine von PD Dr. Angela Ilić moderierte Diskussionsrunde mit dem Regisseur Lukas Pitscheider an. Die Veranstaltung fand im Rahmen des HDO-Schwerpunktes *Deutsche in der Ukraine im Fokus* statt.

Vortrag: ***Die Nibelungen auf Budapester Bühne***

Im Rahmen der internationalen Tagung *Die europäische Rezeption des Nibelungenliedes*, die am 10. und 11. Mai 2024 an der Meraner Akademie stattfand, hielt Dr. Enikő Dácz einen Vortrag über die Rezeption des *Nibelungenliedes* in Ungarn. Der Vortrag fokussierte auf Dramen von János Térey und László Márton, die zu den prominentesten Vertretern der ungarischen Gegenwartsliteratur zählen, und kontextualisierte die Rückkehr der Nibelungen auf die ungarische Bühne zu Beginn des 21. Jahrhunderts, indem er nach den ausgearbeiteten Sinnpotentialen des Stoffes fragte.

Buchvorstellung: ***Identitäten in regionalen Zentren***

Am 14. Mai 2024 stellte PD Dr. Angela Ilić ihre neu erschienene Monografie, *Identitäten in regionalen Zentren der Habsburgermonarchie 1867–1918. Die Fallbeispiele Rijeka und Maribor*, im Museum der Stadt Rijeka vor. Bei der Veranstaltung sprachen auch Ervin Dubrović, ehemaliger Direktor des Museums, Dr. Ivan Jeličić sowie Dr. Marko Medved, beide von der Universität Rijeka, über das Buch. Über die Buchvorstellung berichteten auch die örtlichen Medien in kroatischer und italienischer Sprache.

Vortrag: ***The Imperial Legacies of Churches in Hungary in the Service of Hungarian Colonial Ambitions in Rijeka***

Im Rahmen der Tagung *Postcolonial, Decolonial, Postimperial, Deimperial*, die vom ERC-Projektteam *REVENANT–Revivals of Empire: Nostalgia, Amnesia, Tribulation* an der Universität Rijeka organisiert wurde, hielt PD Dr. Angela Ilić am 15. Mai 2024 einen Vortrag über die Rolle der Kirchen mit Bezug auf die ungarischen kolonialen Ambitionen im späthabsburgischen Fiume/Rijeka und warf dabei Fragen zur Kolonisierung und zivilisierungsmissionarischen Tätigkeiten auf.

Vortrag: ***Emília Kánya (1828–1905) in (Buda)pest, Temeswar und Rijeka***

Am 16. Mai 2024 hielt PD Dr. Angela Ilić an der Abteilung für Germanistik der Universität Rijeka einen Vortrag über das Leben und das mehrsprachige Œuvre Emília Kányas, einer ungarischen Zeitungsherausgeberin, Journalistin und Autorin, die ihre letzten 21 Lebensjahre in Rijeka verbrachte.

Vortrag: ***Dacians, Romans and the Romanians' Quest for Continuities***

Im Rahmen der Jahrestagung des GWZO Leipzig zum Thema *Myths of the Past in Service of the Present. Resurging Imaginations of National Origins in Central, Eastern and Southeastern Europe* hielt PD Dr. Tobias Weger Anfang Juni einen Vortrag über *Dacians, Romans and the Romanians' Quest for Continuities.*

Laudatio: Mitterauer-Förderungspreis 2023

Am 18. Juni 2024 hielt Dr. Florian Kührer-Wielach die Laudatio auf den Träger des Förderungspreises der Michael Mitterauer-Preise für Gesellschafts-, Kultur- und Wirtschaftsgeschichte in Wien des Jahres 2023, Dr. Andreas Pfützner. Er wurde für seine Dissertation *Die rumänisch-jüdische Frage. Die Entstehung einer europäischen Anomalie (ca. 1772–1870)* ausgezeichnet.

Diskussion: ***Gefährdetes Hinterland: Kulturgutschutz in der ukrainischen Nordbukowina***

Auf dem *Bundeskongress Heimat*, der am 24. und 25. Juni 2024 stattfand und unter dem Motto *Zeichen von Krieg und Frieden* stand, diskutierte Dr. Florian Kührer-Wielach anhand des Praxisbeispiels *Gefährdetes Hinterland: Kulturgutschutz in der ukrainischen Nordbukowina* mit Dr. Inge Gotzmann (Bund Heimat und Umwelt in Deutschland), Dr. Rita Mohr de Pérez (Amt für Bildung und Kultur im Landkreis Teltow-Fläming), Prof. Dr. Christoph Rass (Universität Osnabrück) sowie Serhij Lukanjuk (International Office der Nationalen Jurij-Fedkowytsch-Universität Czernowitz/Tscherniwzi, Ukraine).

Vortrag: *»faktisch und geistig unsere Zeit und Welt zu gestalten«*

IKGS-Mitarbeiterin Dr. Enikő Dácz hielt am 26. Juni 2024 im Rahmen der Ringvorlesung *Menschen in Beziehung: Perspektiven auf Netzwerke und Verflechtungen in (Alt-)Österreich* des Doktoratskollegs *Austrian Studies* an der Universität Innsbruck einen Vortrag über *Deutschsprachige literarische Netzwerke in Zentraleuropa im 20. Jahrhundert.* Sie ging auf zentraleuropäische deutschsprachige literarische Felder und Netzwerke aus einer transnationalen und transdisziplinären Perspektive ein und rückte Akteure in den Fokus, deren Tätigkeit die Fachliteratur überwiegend im nationalliterarischen Rahmen untersucht oder gänzlich marginalisiert hat.

IDM-Melange: Vorstellung des IKGS

Im Rahmen des Formats »IDM-Melange« des Instituts für den Donauraum und Mitteleuropa in Wien stellte Dr. Florian Kührer-Wielach am 26. Juni 2024 das IKGS vor. Gemeinsam mit dem Direktor des IDM, Sebastian Schäffer, und dem IDM-Team wurden verschiedene Möglichkeiten der Zusammenarbeit besprochen.

Kurzvortrag bei Gelöbniswallfahrt der Donauschwaben

Im Rahmen der 63. Gelöbniswallfahrt der Donauschwaben in der Basilika St. Anna in Altötting sprach PD Dr. Angela Ilić am 14. Juli 2024 das Wort des Laien zum Thema *Märtyrer und Glaubenszeugen: Mutige Vorbilder.*

Buchpräsentation: *Handbuch der Literaturen aus Czernowitz und der Bukowina*

Am 15. Juli 2024 wurde das von Andrei Corbea-Hoișie, Steffen Höhne, Oxana Matiychuk und Markus Winkler herausgegebene Grundlagenwerk an der Ludwig-Maximilians-Universität München vorgestellt. Es moderierte Dr. Enikő Dácz. Die Veranstaltung fand in Kooperation mit dem Bukowina-Institut Augsburg, der Graduiertenschule für Ost- und Südosteuropastudien sowie dem Institut für Deutsch als Fremdsprache der LMU München statt. Die Buchvorstellung kann als Podcast auf https://zwischen-grenzen.online nachgehört werden.

Vortrag: *Rewriting and Politics in Contemporary Hungarian Children's Literature*

Im Rahmen des internationalen Workshops *Politics of Text and Image in Children's Culture: Contemporary Eastern Europe and Beyond*, der von der Illinois Wesleyan University sowie der Ludwig-Maximilians-Universität München in der Internationalen Jugendbibliothek im Schloss Blutenburg organisiert wurde, referierte IKGS-Mitarbeiterin Dr. Enikő Dácz über aktuelle Tendenzen in der ungarischen Kinderliteratur.

Vorträge: *(Im)Materielles Kulturerbe in Südosteuropa im Spiegel des IKGS-Fotoarchivs / Sakralbauten und ihre Reinterpretation nach Migrationen: Das Beispiel Dobrudscha (Rumänien)*

Im Rahmen der Tagung *(Im)Materielles kulturelles Erbe als Praxis – Rekonstruktionen und Reinszenierungen in Mittel- und Osteuropa*, veranstaltet von der Kommission Kulturelle Kontexte des östlichen Europa in der Deutschen Gesellschaft für Empirische Kulturwissenschaft und der Fachkommission für Empirische Kulturwissenschaft im Herder-Forschungsrat, hielten PD Dr. Angela Ilić und PD Dr. Tobias Weger am 25. Juli 2024 jeweils einen Vortrag. PD Dr. Angela Ilić sprach über das *(Im)Materielle Kulturerbe in Südosteuropa im Spiegel des IKGS-Fotoarchivs*, während PD Dr. Tobias Weger auf *Sakralbauten und ihre Reinterpretation nach*

Migrationen am Beispiel der Dobrudscha einging. PD Dr. Tobias Weger war auch an der Organisation der Tagung beteiligt und führte am 26. Juli die Konferenzteilnehmer auf Spuren des östlichen Europa durch München.

Studienexkursion: *Auf den Spuren der Donauschwaben*

Die von Dr. Florian Kührer-Wielach in Zusammenarbeit mit Arte Travel Klausenburg/Cluj-Napoca (Traian Almaşan) organisierte Studienreise führte Ende Juli 2024 in historische Regionen, die über drei Jahrhunderte von der donauschwäbischen Kultur mitgeprägt wurden. Auf dem Programm standen unter anderem zwei Europäische Kulturhauptstädte – Neusatz/Novi Sad in der Batschka (2022) und Temeswar/Timișoara (2023) im rumänischen Banat –, die ungarische Stadt Frankenstadt/Baja mit seinem Ungarndeutschen Bildungszentrum, das in Serbien gelegene Jugendstil-Kleinod Maria-Theresiopel/Subotica und ein Besuch in Nitzkydorf/Nițchidorf, dem Geburtsort der Literaturnobelpreisträgerin Herta Müller, Hintergrundgespräche und Begegnungen mit Vertretern der deutschen Minderheit, Zivilgesellschaft, Bildung und Kultur sowie historische Gedenkstätten zur Geschichte der Donauschwaben und Österreich-Ungarns.

Vorträge: *Bessarabien und Dobrudscha in Sachsen-Anhalt*

Auf einem Seminar für Deutsche aus der Dobrudscha und aus Bessarabien beziehungsweise deren Nachkommen, das am 31. August 2024 von der Regionalgruppe Sachsen-Anhalt im Bessarabiendeutschen Verein e. V. organisiert wurde, hielt PD Dr. Tobias Weger zwei Vorträge zu den Themen *Wege in die osmanische Dobrudscha – Deutsche auf Wanderschaft ab 1840* und *Die nationalsozialistische Umsiedlung der Deutschen aus Bessarabien und der Dobrudscha 1940.*

Institutsgäste

Im Anschluss an seine Zeit als Praktikant im IKGS forschte Patrick Graur, Doktorand am DFG-Graduiertenkolleg 2806 *Literatur und Öffentlichkeit nach 1945* an der Friedrich-Alexander-Universität Erlangen-Nürnberg, im März 2024 als Gastwissenschaftler im IKGS.

Am 29. April 2024 freute sich das IKGS über den Besuch einer Gruppe Studierender der Germanistik an der Babeş-Bolyai-Universität Cluj-Napoca/Klausenburg und ihres Professors Dr. András F. Balogh. Sie erhielten Einblicke in die Arbeit des Instituts und konnten auch einen Blick in die Bibliothek werfen.

Publikationen der IKGS-Mitarbeiter:innen

Die wissenschaftlichen Mitarbeiter des IKGS veröffentlichten zuletzt folgende Beiträge und Bücher:

Enikő Dácz: Eine stürmische Nacht / O noapte furtunoasă (1943) R: Jean Georgescu. In: Dana Duma, Stephan Krause, Anke Pfeifer (Hgg.): Klassiker des rumänischen Films. Marburg 2024, S. 27–34.

Enikő Dácz: Verliebt in das Wesentliche. Betrachtungen zu István Kemény's Gedicht Kleinmut. In: Jan Cölln, Anne Gessing, Doreen Brandt, Helmut Braun (Hgg.): Lyrik interdisziplinär. Texte und Studien zu Ehren von Franz-Josef Holznagel. Basel, Berlin 2024, S. 357–369.

Enikő Dácz: Die »volksdeutsche Kulturleistung« des auslandsdeutschen »Dichters und Kämpfers«. Adolf Meschendörfers Positionierungsstrategie im literarischen Feld der 1930er-Jahre. In: dies., Réka Jakabházi, János Szabolcs (Hgg): Deutschsprachige literarische Felder und Akteure in Zentraleuropa im postimperialen Kontext. Wien 2024, S. 45–64.

Enikő Dácz, Réka Jakabházi, János Szabolcs (Hgg): Deutschsprachige literarische Felder und Akteure in Zentraleuropa im postimperialen Kontext. Wien 2024.

Angela Ilić: Identitäten in regionalen Zentren der Habsburgermonarchie 1867–1918. Die Fallbeispiele Rijeka und Maribor. Wiesbaden 2024.

Florian Kührer-Wielach, Svetlana Suveica: Zwischen den Mächten: Identitäten, Ideologien und Menschen in der moldauischen Geschichte. In: Bundeszentrale für politische Bildung (Hg.): Republik Moldau. Aus Politik und Zeitgeschichte 74 (2024), S. 6–13. Das Heft steht auf der Website der Bundeszentrale für politische Bildung zum kostenlosen Download bereit.

Tobias Weger: Heilige Gräber in Schlesien. Ein Beitrag zur Frömmigkeitsgeschichte der Frühen Neuzeit in Zentraleuropa. In: Rainer Bendel (Hg.): Religiöse Praxis und Volksfrömmigkeit in Schlesien. Münster 2022, S. 77–108.

Tobias Weger: Was geschah mit den ehemals deutschen Kirchen in der Dobrudscha? In: Mitteilungsblatt des Bessarabiendeutschen Vereins e.V. 79 (2024) H. 3, S. 11f.

Tobias Weger: Postimperiale Kolonialimaginationen. Adolf Meschendörfer und die Dobrudscha – zwischen Literatur, Publizistik und Politik. In: Enikő Dácz, Réka Jakabházi, János Szabolcs (Hgg): Deutschsprachige literarische Felder und Akteure in Zentraleuropa im postimperialen Kontext. Wien 2024, S. 65–78.

Tobias Weger: Zwischen Sprachen, Religionen und Konfessionen. Alltagspragmatismus in der Dobrudscha im 19. und 20. Jahrhundert. In: Bayerisches Jahrbuch für Volkskunde 2024. Hg. von der Kommission für bayerische Landesgeschichte bei der Bayerischen Akademie der Wissenschaften – Institut für Volkskunde. München 2024, S. 37–50.

Neuerscheinungen des IKGS

Ottmar Trașcă, Virgiliu Țârău,
Corneliu Pintilescu (Hgg.)
Building a Nazi Racial Community. Mobility and Transnational Transfers between Nazi Germany and the South-Eastern European Volksdeutsche
IKGS-Buchreihe, Band 144
Regensburg: Verlag Friedrich Pustet
2024, 544 Seiten, EUR 39,95

Im letzten Jahrzehnt erschienen zahlreiche Beiträge, die den transnationalen Charakter des Faschismus untersuchten, wenige jedoch gingen auf die Verstrickungen und Einflüsse zwischen dem Dritten Reich und den rechtsradikalen Bewegungen der deutschen Minderheiten in Südosteuropa ein. Der vorliegende Band möchte diese Lücke schließen, indem er Untersuchungen über die NS-Bewegungen unter den Deutschen in Rumänien, Ungarn, Jugoslawien und der Tschechoslowakei sowie deren Beziehungen zu Deutschland veröffentlicht. Die Kapitel behandeln Aspekte wie das Anwachsen der NS-Bewegung unter den jungen »Volksdeutschen«, das Kulturleben, die Veränderungen in der deutschsprachigen Presse oder die Ressourcen-Mobilisierung zur Unterstützung des von Hitler geführten Krieges. Besondere Aufmerksamkeit wird dem Transfer von Praktiken in Politik, Ideologie und Propaganda geschenkt.

Philippe Henri Blasen,
Ovidiu Buruiană (Hgg.)
Rumänisch-deutsche Spiegelungen. Die diskursive Darstellung Deutschlands und der Deutschen in Rumänien (1918–1940)
IKGS-Buchreihe, Band 145
Regensburg: Verlag Friedrich Pustet
2024, 240 Seiten, EUR 29,95

In elf Beiträgen behandelt dieser Sammelband die diskursive Darstellung Deutschlands und der Deutschen im Rumänien der Zwischenkriegszeit. Der Fokus liegt dabei nicht nur auf den Deutschland- und Deutschenbildern der ethnischen Rumänen, sondern auch auf jenen der deutschsprachigen Bukowiner Juden und der Luxemburger sowie auf den Fremd- und Eigenbildern der Rumäniendeutschen. Ein zwölfter Beitrag beschäftigt sich als Exkurs mit der Rezeption der rumänischen Literatur in der deutschsprachigen Bukowiner Presse. Die Aufsätze von Autoren und Autorinnen aus unterschiedlichen Fachgebieten und Regionen vereinen historische und literarische sowie rumänische und westeuropäische Perspektiven.

Angela Ilić
Identitäten in regionalen Zentren der Habsburgermonarchie 1867–1918. Die Fallbeispiele Rijeka und Maribor
Balkanologische Veröffentlichungen, Band 70
Wiesbaden: Harrassowitz-Verlag 2024, 328+XII Seiten, EUR 68,00

Im Mittelpunkt dieser multiperspektivisch und multilingual angelegten Studie stehen die Entwicklung und Repräsentation unterschiedlicher Identitätskonstruktionen im öffentlichen Raum zweier verschiedener Städte der späten Habsburgermonarchie: Rijeka/Fiume/Reka/St. Veit am Pflaum sowie Maribor/Marburg (an der Drau). Die Verbreitung und die Auswirkungen von Nationalismus, Panslawismus, Lokalpatriotismus, regionalen Selbstidentifizierungen sowie weiteren Ideologien und Bewegungen werden in beiden Städten dargestellt.
Um die dynamischen kulturellen Verflechtungen und Wechselwirkungen zu erfassen, untersucht die Autorin die zentralen Themen und Probleme der identitätsstiftenden Prozesse sowie die öffentlichen Selbstdarstellungen ausgewählter Bevölkerungsgruppen und sprachlicher Entitäten – in Rijeka deutsch, fiumanisch, italienisch, kroatisch, ungarisch, serbisch und slowenisch, in Maribor deutsch, slowenisch, kroatisch und tschechisch. Ergänzt wird dies durch die vergleichende Analyse schriftlicher Quellen aus Sprach-, Kultur- und Sportvereinen sowie religiösen Gemeinden in beiden multikulturellen und multireligiösen Orten. Beispiele aus der zeitgenössischen Presse veranschaulichen die Entwicklungen auf der lokalen und regionalen Ebene und ordnen sie in die nationalen und europaweiten Kontexte ein.

Enikő Dácz, Réka Jakabházi, János Szabolcs (Hgg):
Deutschsprachige literarische Felder und Akteure in Zentraleuropa im postimperialen Kontext.
Großwardeiner Beiträge zur Germanistik, Band 16
Praesens: Wien 2024, 161 Seiten, EUR 27,70

Am XII. Internationalen Kongress der Gesellschaft der Germanisten Rumäniens (GGR), der vom 2.–6. September 2022 in Constanța/Konstanza stattfand, lud das IKGS gemeinsam mit den Germanistischen Lehrstühlen der Babeș-Bolyai- sowie der Partium-Universität in einer Sondersektion dazu ein, deutschsprachige literarische Felder und Netzwerke der Zwischenkriegszeit in Zentraleuropa über nationale Grenzen hinaus zu untersuchen. Der Band versammelt ausgewählte Beiträge des Tagungspanels. Die geteilte Erfahrung der Österreichisch-Ungarischen Monarchie vor 1918 bietet die Grundlage für die gemeinsame Betrachtung unterschiedlichster deutschsprachiger Felder von der Bukowina bis hin zu Krain oder der kroatischen Hauptstadt Zagreb.
Das Buch erschien mit freundlicher Unterstützung der GGR, des IKGS und der Christlichen Universität Partium.